# 小南屯

车永江 著

吉林人民出版社

出 品 人：常　宏
选题策划：吴文阁
统　　筹：张文君　　王　斌
责任编辑：崔　晓

**图书在版编目（ＣＩＰ）数据**

小南屯 / 车永江著 . -- 长春：吉林人民出版社，
2023.7
ISBN 978-7-206-20147-9

Ⅰ . ①小… Ⅱ . ①车… Ⅲ . ①长篇小说 – 中国 – 当代
Ⅳ . ① I247.5

中国国家版本馆 CIP 数据核字 (2023) 第 189413 号

# 小 南 屯
## XIAO NAN TUN

著　　者：车永江
装帧设计：周　源
出版发行：吉林人民出版社
　　　　　（长春市人民大街 7548 号　邮政编码：130022）
咨询电话：0431-85378007
印　　刷：吉林省优视印务有限公司
开　　本：787mm×1092mm　　1/16
印　　张：20.5
字　　数：280 千字
标准书号：ISBN 978-7-206-20147-9
版　　次：2023 年 7 月第 1 版
印　　次：2024 年 1 月第 1 次印刷
定　　价：58.00 元

# 目 录

# 序　章

伴随着一声声清脆的礼炮声，刹那间，五颜六色的日景烟花绽放在小南屯的上空。"今天是什么日子？不年不节的，离国庆节还有一个多月呢。""该不是谁家办喜事吧？""不可能，办喜事也整不出这么大动静来。"四邻八乡的村民，怀揣着疑惑，向小南屯聚拢。

小南屯是梅河口市黑山头镇自强村的一个屯子。国道202线将自强村分成南北两部分，南面独立成屯叫小南屯，北面临近黄大岭①叫北山。

今日，在小南屯近千平方米的广场上，彩棚高搭，环绕着的大白杨枝繁叶茂。浓荫蔽日的树荫下摆放着桌椅板凳。人们边嗑着瓜子边不闲嘴地谈论着，心中的喜悦溢于言表。鼓乐声中陈发子登上了主席台，他对着麦克风大声说："大家静一静！听我说两句。父老乡亲们，兄弟姐妹们，今天是我们小南屯的节日！我们生活在今天这样的小南屯，心里美不美？""美！""我们能在这如诗如画的环境里生活，首先感谢车书记！下面请车书记上台讲两句！"陈发子身着白衬衫，还是一如既往地穿着那双小白鞋，可今天看起来不同往昔，显得格外稳重大方。

我在掌声中登上了主席台，望着黑压压的人群，热泪盈眶。我稳定了一下情绪，哽咽着说："乡亲们，我今天向大家汇报两件喜事。第一，我们小南屯顺利地通过了各项迎检，荣获了梅河口市第一批省级示范村的荣誉。小南屯能有今天，首先是党的政策好，中央政府和省级各

---

①黄大岭：山的名字，黑山头境内最高的山岭。

个部门高度重视新农村建设，为了提高老百姓的生活质量，全力以赴支持新农村建设。其次，也得益于我们在座的各位，经过了两年坚持不懈的努力，终于打造出了今天的小南屯。第二件喜事，就是咱们小南屯的学子方辉以优异的成绩被广东警官学院录取。这不仅仅是方家的骄傲，也是我们小南屯的骄傲，乃至全镇的骄傲！众人皆知，老方家条件不好，方辉的父亲去世早，他和母亲相依为命。就是在这种生活拮据的条件下，方辉靠着自己顽强的意志，学业有成。俗话说得好，寒门出贵子！他就是这寒门的贵子！是咱村孩子们的榜样！"说到此，我有了一瞬间的恍惚，想到了自己的经历……

# 第一章　不幸落榜

那是一九八五年七月十六日，晨光破晓，一轮红日挣脱大地的束缚冉冉升起，又是一个绚丽多彩的早晨带着清新降临人间。晨风中夹杂着花草的芬芳，薄薄的雾气丝丝缕缕慢慢地在天地间穿行，一颗颗晶莹剔透的露珠在微微的晨风吹拂下顺着叶子轻轻地滑落，瞬间被肥沃的土壤吸收。天气特别好，微风轻抚蓝天白云，我骑着陪伴我三年的"大金鹿"驰骋在返校的途中。

这一天是我们回校听取分数的日子，也是决定我们命运的关键时刻。以往走在这条无忧无虑的乡间小路上感觉路边的野花散发着香气，空气都是甜滋滋的，沁人心脾。花香袭人盎然的景色勾人陶醉。这条路是那样的熟悉，那样的亲切，那样的诗意……今日不同往昔，我心不在焉地蹬着脚踏板，就连这平时握在手中引以为傲的大雁把[①]也失去了往日的驾驭能力，左一下，右一下，不是碾压田间的稼禾，就是闯进一侧的沟辙。这些都是彻夜难眠的胡思乱想造成的。恍惚间，终于来到了既熟悉又陌生的校园。

驻车在校园的山脚下，仰望这所建在突兀黄土高坡上的校园，看似近在咫尺，实则是那样的遥远，又是那样的孤傲凋零。回想自己的初中生涯，就是在这里平凡度过。我推着自行车缓步踏入校园，极目远眺，相隔五百米外的宝山车站尤为突出。它成为旷野平原中的一大标志，与和平中学遥相呼应。校园中那两排校舍已不复往日的温馨，被笼罩

---

①大雁把：自行车把，形同大雁状。

在白杨树冠延伸下的红砖是那样刺眼醒目,反衬着暗灰的房瓦又是那样的苍凉。往日喧嚣的操场,此时也是如此的寂寥。一种落寞的感觉直戳入心间,就连那风靡一时的"我家住在黄土高坡,大风从坡上刮过……"高亢的大喇叭声也戛然而止。平时停落在操场四周白杨树上的喜鹊,今日却换成了一群乌鸦,一声声呱呱的凄叫声扰人心烦。

我们的教室处于西厢房的最南侧,我有些惶恐地推开教室的门,轻轻地来到自己的座位坐下。眼神呆滞的我扫视了一下四周,发现同学们都来得特早,正仨一伙俩一串地悄声谈论着考试的过程。同桌王波夸张地捅咕我一下,冷嘲热讽地说:"大学子,你还担心什么?你一定会脱颖而出,成为我们众多学子中的佼佼者。"往日他这些尖酸刻薄的言语,我会不屑一顾,或反唇相讥,不知今日为什么听起来却感觉那么贴切顺耳。也许这就是溺水之人抓住的救命稻草吧,看着他那尖嘴猴腮的模样以及那两颗土拨鼠似的外露的黄牙,不再有往日的厌恶。

随着丁零零的上课铃响,推门而入的张老师面挂寒霜地来到讲桌前,顺手拿出教案夹中的成绩单,沉冷的面容不见一丝笑容。她环视了一圈,略缓了缓说:"同学们,首先,我祝贺大家共同度过了这段分秒必争的时光,正所谓'长风破浪会有时,直挂云帆济沧海'。有些同学鸡鸣而起的努力得到了回报,无冬无夏的三载,说长不长,说短不短。对于你们来说可能是弹指一挥间,也可能是漫漫长夜。由此我重申一点,那些同样付出过,没有得到回报的同学也不要气馁。虽然有些惋惜,但我们毕竟努力过。展示自己的平台有很多,从哪儿跌倒就从哪儿爬起来,大不了从头再来。下面我公布一下考试结果,考上的同学录取通知书半月之内会送达给你……"富有节奏的唱名声飘荡在肃静的教室中,我屏住呼吸凝神静气地侧耳倾听,提心吊胆十分矛盾,虽害怕听到自己的名字,却又仔细地听着,唯恐一不留神就念过去了。终于听到了我的名字,心一下子提到了嗓子眼儿。听着老师的宣读,我的脸腾地红了,耳朵嗡嗡直响,立刻眼冒金星头晕目眩,虽然我已经做好了接受一切结果的思想准备，当听到以一分之差而名落孙山的结果时，我还是没能控制住内心的情绪。

我无精打采地回到家中，车子是怎么骑回来的自己都不记得。只觉得浑身无力，像散了架似的四仰八叉地躺在炕上，黯然无神的双眼直勾勾地盯着天棚。破旧的天棚用报纸左一层右一层地糊着，新旧不一略显破败。突然，眼神被报纸上的一栏电视预告吸了过去。我反复地看着"射雕英雄传"这几个字，骤然间，郭靖和黄蓉携手仗剑飞入了我的脑海，往事一幕幕萦绕于心，让我不由自主地想起曹江来。

记得那是我们上初二的时候，在一个周五半天放学后，曹江硬拽着我陪他一起去梅河口。他带着我逃票从货场穿出火车站，当我提心吊胆地跟着他连跑带颠地绕出车站才长长地呼出一口气，说："我再也不跟你来了，这要是被戴红袖标的老头儿抓到，那可怎么办？"曹江斜视了我一眼，撇着嘴说："看你那完蛋样，别说抓不着，就是抓到了又能把我们怎么样？我们还是学生，人家哪有时间搭咕咱？"

说话间我们三拐两拐地来到站前，被从一所歪斜破旧的小平房里发出的音响声吸引了过去。听着"呼、哈、乒、乓"刺激的打斗声，知道里边正播放武打录像呢。自从一九八二年看过风靡全世界的武打动作片《少林寺》后，我就对电影里的功夫如痴如醉，什么行如风、立如松……举手投足之间都在模仿电影里的动作。就这样，我俩不知不觉地来到门口，被门前招揽生意的小青年生拉硬拽地往屋里推。曹江本就家庭条件好，从小娇生惯养，锦衣玉食的，又是家里的老疙瘩①，简直就是父母的心头肉。加之平时哥哥姐姐们也给些，因此从来不缺零花钱。他顺兜掏出两块钱买了两张票，我俩掀开遮光的布帘儿，摸着黑走了进去，目不转睛地看着电视荧屏，用手摸着位置坐了下来。电视上正演到黄蓉乔装改扮成小叫花，这段活灵活现的演技和古灵精怪的神韵深深地吸引了我们。

①老疙瘩：家中最小的孩子。

哪承想这一看便上了瘾，好比黄河之水一发不可收拾。左一集右一集，一集连着一集。结果造成这一周只上了四节课。旷课被科任老师汇报给班主任，李老师也发现了我最近的异常，把我的反常表现详细地写了封信，交给与我同村的同学王霞，并吩咐她务必亲手交给我父母。

无巧不成书，这件事被去办公室送作业的吕东听到。他想尽办法把信息传递给了我，我暗自庆幸得到了这个消息。于是，我便早早地来到放学回家的必经之路黄大岭，胸有成竹地待在那里。天色尚早，我百无聊赖地躺在山坡上的堑壕里，跷着二郎腿闭目养神，不时地睁开眼睛看看天色。以往，时间总是在不经意间消逝，而今天却度日如年。时间一分一秒地过得很慢，我焦躁不安，躺在这交通要道上，满脑子胡思乱想中，远远地便望见有人稀稀拉拉地走近。我为之一震，挺腰站了起来，聚精会神地盯着来人，我对这条咽喉要道充满了信心，毫不担心漏过。

正在我望眼欲穿的时候，只见王霞甩着两根大辫子姗姗走来。我立马来了精神，一个蹦高从山坡上纵跳到路中间，学着程咬金劫皇杠的派头，大喝一声："哒！此山是我开，此树是我栽。要想从此过，留下兜里货！"吓得王霞"妈呀"一声扭头就跑，并大声地向远处的行人求救。我一看坏了，事儿闹大了，连忙喝止，气得王霞小脸煞白，咬着嘴唇，狠狠地瞪了我一眼，冲我走过来。我张开了双臂拦住了去路，然后将右手伸到她面前说道："拿出来！"她故作面无表情地说："拿什么？""装什么装？是不是敬酒不吃想吃罚酒？"

开始王霞是软硬不吃，抱紧书包不撒手。无计可施之下，我想出了一招："不拿出来是不是？那我就把你家那几只下蛋鸡都药死，看你以后还吃不吃鸡蛋。"在我的胁迫下，王霞心有不甘地掏出纸条甩给我："给你吧，你自己交给你爸妈吧。"话落止不住的眼泪刷地淌了下来，气呼呼地转身就走。"站住！"王霞倔强地转过身："你还想咋样？杀人不过头点地，难道我还怕你不成？""嚷嚷啥？你的使命还没完成呢，怎么能说走就走呢？麻烦你以我家长的口气给老师写封回信，明天交给老师。""我不写，你爱找谁写找谁写，你能把我咋的？"我盛气凌人地指着她说："你以为我在和你讨价还价吗？今天你不给我写出来，你能走得掉吗？"王霞的眼珠狡黠地转了一圈儿，态度来了个一百八十度大转弯儿："好，你说吧，我给你写。"说完，她拿出本儿放在石头台上，当着我的面工工整整地写了出来，并仔细地折叠好放进书包里。

自作聪明的我以为这下就能万无一失了，谁知被狡猾的王霞摆了一道。得意时忘乎所以，我忽略了王霞的笔迹，明察秋毫的李老师一眼便认出了王霞的笔迹。王霞便把事情的经过从头到尾一五一十地告诉了老师，并且添油加醋地描述了我劫道的情景。

当天晚上，我和往常一样很晚才回到家。我手握着书包带儿将书包从一侧肩膀斜搭在背上，哼着小曲儿信手推门而入，漫无目的地扫视一圈儿，立刻蒙了。我看见李老师正坐在炕沿上和我母亲唠嗑，脑袋嗡的一声，心想：露馅了。我呆呆地杵在地中间不知说什么好，还是李老师打破了僵局："车江，能和我说一说这几天你都干啥去了吗？"事已至此，索性我就来个死猪不怕开水烫，徐庶进曹营，我是一言不发。气得母亲操起笤帚疙瘩照着我后背啪啪抽了两下，此时我已如行尸走肉毫无感觉。见此状，李老师赶紧抓住母亲的手腕并心疼地抚摸着我的后背，然后她拉着我坐下，语重心长地对我说："平时我让同学们熟读《明日歌》，深刻理解'明日复明日，明日何其多，我生待明日，万事成蹉跎'的含义。你是个聪明上进的孩子，时不我待，少年不知勤学苦，老来方恨读书迟，万般皆下品，唯有读书高。只有坚持不懈地努力，才能成就辉煌的人生。我们不能玩物丧志，要有梦想，人生因有梦想而充满动力，不怕每天迈一小步，只怕停滞不前。只有付出了，才能离成功越来越近。"老师的每句话都深深地震撼着我的心灵。俗语说得好：近朱者赤，近墨者黑。我以后一定要多跟优秀的同学在一起交流。

李老师走后，我躺在炕上，望着天棚，追忆往事，就连母亲进屋的脚步声都没有听到。母亲坐在我身边，轻轻地问："儿子，考得怎么样？"我木然地摇了摇头，面无表情，什么都没说。母亲看着失魂落魄、目光呆滞的我，抚摸着我的头，心疼地说："中考很重要，但并没有重要到决定你以后人生胜负的地步。所以说，人生真的不是一场考试就能定成败的。或者说，人生不应该由胜负来定义，只要你坚定信念，不轻言放弃，无论成功还是失败，你的人生就一定是精彩的。这次考试没考好，咱可以复读来年重考。"从头至尾没听到母亲的一句谴责。母亲对我的爱我只能用一句话表达，那就是母爱无边。一生一世不求回报的爱。她用那博大无私的爱为我们遮风挡雨。我已经十七岁了，也是一个男子汉了，不能遇到点儿挫折就萎靡不振半死不活的。我挺直了腰板儿坐起来，坚定地说："不读了。好男儿志在四方，三百六十行，行行出状元。老天给我关上了一扇门，就会为我打开一扇窗。先在家待上一段时间，好好沉淀沉淀，再出去找一条适合自己的生存之道。"

　　我家的条件很差，住着三间破旧的茅草房。房子虽旧，但里里外外收拾得特别干净。家虽然贫穷，我却从未感到过自卑。因为我的父母辛勤地付出了，虽然每餐都是粗茶淡饭，但我们吃得津津有味。起码我们解决了温饱，不像有些人家在青黄不接的时候就得出去挪借。我的妹妹小学毕业就不念了，在父母农忙时也能在家烧个水，做个饭啥的。弟弟还小，刚上小学。

　　农村实施分产到户后，我家分到了十多亩地。终于有了自己的田地，忙的时候我们全家老少齐上阵。平时的农田活儿基本落在父亲肩上，一年三百六十五天除了过年能歇上那么十天八天的，平时都是日出而作日落而归。过度的劳累使得父亲四十多岁背就驼了。我明显地感觉父亲老了，也瘦了。他的两鬓已经花白，岁月就像一把利刃，无情地在他脸上刻下了一道道沧桑，那双原本炯炯有神的眼睛也显得有些呆滞。母亲更是伟大，她不仅对我们的人生成长谆谆教诲，更是个持家有方的农村妇女。她留着一头短发，柳叶眉下一双大眼睛，一张不大不小的嘴能说会道。母亲每日天不亮就起来为我们做早饭，收拾妥当后就一头钻进菜地里，菜园子在她的精心侍弄下一根杂草都没有。黄瓜、辣椒、豆角、茄子等各种菜品样样齐全，除了够自家食用外，还把多余的菜用手推车推到相距十里地的红梅镇去卖。卖点儿钱换来油盐酱醋，连同我们的学杂费。四十来岁的她，青丝中爬满了银发，和她的年龄很不相称。虽然没有电视中那些阔太太风姿绰约，但在我的心中，母亲永远是最美的。生活再艰辛，她始终温柔平和，即使在最困难的时候，也尽其所能给我们快乐而舒适的生活。

晚上父母还想劝我复读，我坚定地对他们说："我真的不是那块料，不念了。以后我就踏踏实实地和父亲种地，给家里减轻负担。"母亲看着我耐心地说："我们这辈子拱在土里也就算了，你年纪轻轻，不能没有个梦想吧？"我搪塞地分辩道："我怎么也不能一直待下去，以后走一步看一步吧！有机会再干点儿啥。"谁不愿自己是个天才能如愿考上理想的学校成为天之骄子呢？可是，很多事情往往都是不遂人意，事与愿违的。所以，不能怨天尤人自暴自弃，只能挺起胸膛朝前走。只要有信念，未来就一定能成功，把生活掌握在自己手中。

# 第二章　相约放马

我家养了匹马，每天早晨天蒙蒙亮，我就起床顶着露水割几捆稗草背回家。汗水掺杂着露水，把我浑身上下弄得湿漉漉的。锋利的草叶划得我脸、脖子、胳膊都火辣辣地疼，尤其再被汗水那么一浸，犹如万蚁噬心，难以忍受。有时我也问自己：这辈子真的就这样了？

我没事儿的时候只能去地里干活儿打发枯燥寂寥的生活。像那些劈柴割地等重活，再也不让父亲去干了。

正值农闲季节，家里的地又少，水稻已经甩穗扬花，丰收在望，为数不多的旱田被父亲种上了香瓜，香瓜也已经成熟。父亲每天忙在瓜地里摘瓜、掐尖、打叉的技术活儿，我也帮不上什么忙，只能每天傍晚将父亲摘下的瓜挑到地头过秤，打发那些前来批瓜的小贩。

这天晚饭后，我对父亲说："今晚你在家睡个安稳觉，我替你去瓜地看瓜。"父亲看看我，说："你还是在家吧，瓜地虫叮蚊咬你受不了。"我执意地说："我也是男子汉，为什么你能行，我就受不了？""那也行，白天我割的香蒿在窝棚边，你点着来驱赶蚊虫。"来到瓜地，我按照父亲的嘱咐，点着香蒿后，一头钻进了窝棚中。窝棚内密不透风，又正好是三伏天，又潮又闷，好不容易睡着了。不知睡了多长时间，被耳旁嗡嗡乱叫的蚊子吵醒了，坐起来一摸，满身满脸的大包，凡是露出来的地方被它们亲了个遍。浑身上下奇痒无比，挠得左一条檩子右一道伤痕。嫌窝棚闷，挡门的帘子不知啥时候被我拉开，睡前忘记挡上了。我披上衣服出去一看，蒿草也不知啥时熄灭了，又抱过来一捆点着，可是窝棚内的蚊子怎么熏也不肯出来。我浑身痒，没有了睡意，索性拎过来一把小凳子放在火堆旁坐下来，双手托腮仰望星空，开始是数星星来打发时间，渐渐地遐想起以后的人生之路。冥思遐想中被一阵脚步声打断。父亲怕吓到我，先轻轻地咳嗽一声，说："我就寻思你睡不着。这就不是你能遭的罪，赶快回去消停地补一觉吧！"我还想坚持下去，星光中看到父亲明亮的眼神，我默默地回去了。躺在炕上，我是彻夜难眠，心想：我辜负了父母的殷殷期盼不说，难道我的后半生真的要脸朝黄土背朝天吗？

眼看着日子在百无聊赖中慢慢度过。这一天闲来无事，我正倚在房后的大榆树下乘凉，儿时的玩伴于剑、葛全和莫水等来找我。于剑半开玩笑半安慰地说："知道你这几天因为没考上心情不好，那也不能总闷在家里啊。我不也是一样吗？考得还赶不上你呢，但我俩毕竟经历过。"他用手指一指旁边两位，接着说，"再看看这俩货色，小学没念完就回家放牛了，活得不也挺滋润嘛。别被小小的挫折击败，人生在世注定要受到许多挫折。只有经历无数次跌倒、爬起，才能获得成功。若想自己的生命获得极致和炫彩，就要勇敢地站起来，面对挫折。明天和我们一起上山放马吧。那种纵马驰骋逐日追风的感觉，会让你豪情万丈，志在千里，然后重新开始规划你的人生。"

晚饭过后，我把这些憋在心里的话和盘托出，父亲意味深长地说："你能融入你们那帮小朋友的圈子最好，只是咱家的马太烈，别把你伤着了。"我不失时宜地嘟囔一句："你不在家时又不是没碰过，不用担心。"父亲无奈地拍了拍我的肩膀，摇了摇头，算是默许吧。

第二天早晨，我收拾停当，整装待发。待太阳露出半边脸的时候，我轻快地走进马圈，解开拴在横木上的缰绳。随意看了一眼马圈，发现圈里非常干净，一点儿粪便都没有。便问万事操心的母亲："妈，为什么咱家的马圈总是这么干净呢？"母亲展开了笑容，耐心地说："你爹这一辈子就和马投缘，对马的爱护，甚至超过咱娘们儿。自从包干到户后，买了这匹马，更是三更半夜起来添料，顺便就把马粪清理干净了。"

正所谓马无夜草不肥，难怪我家的马又肥又壮。有可能我们娘俩磨叽的时间太长，一边的枣红马不耐烦地晃着脑袋打了两个喷嚏。我会意地摸了摸它那张俊脸，又仔细看了看它那不大坚挺的双耳，两只铜铃般的大眼睛明亮清澈，油亮的马鬃被修剪得整整齐齐，健壮的四肢肌肉凸显，看上去十分威武的样子。对着天空，它仰头打了个响鼻儿，马蹄在地面刻意地刨了几下，神骏无比。我壮着胆子借助矮墙跨上了马背，它扬起前蹄咴咴一阵长鸣，而后猛蹬后蹄箭一般地蹿了出去。我们几个小伙伴你追我逐中策马冲进了大山里。

当我躺在草地上吸着大自然特有的花草清香，呼出心中近日来憋闷的浊气，我才真正感受到大自然的广博，真正体会到"刀枪入库，马放南山"的那种意境。它就像母亲宽大的胸怀一样紧紧拥抱着我们，虽然有时风云变幻，飞沙走石，但更多的是赋予我们母亲般的柔情。

我望着遮雨蔽日的树荫，闻着漫山遍野的花香，此时才觉得错过了自己的一段时光。多日积压心中的阴霾一扫而空。我忘情地享受着大自然的广袤辽阔，一次又一次贪婪地吸吮着花草树木特有的清香，只觉得贯彻心脾，疏通百脉。静下心来，往事历历在目，一桩桩一件件像放电影似的在脑海里闪现。正在这时，于剑一屁股坐了过来，右手在我眼前晃了晃："想啥呢？对这个地方有印象没？还记得不，小学四年级的'六一'儿童节，咱俩在这表演的相声节目，你当时是逗哏，我给你捧哏，同学们都鼓掌叫好。咱俩还得了一等奖，乐得孟老师从头至尾都没合上嘴，还夸你一定会前途无量。"我白了他一眼，没好气地说："哪儿疼你往哪儿捅，不揭别人伤疤，你会死啊？"于剑也知道跑偏了，赶忙捂上了嘴。

日复一日，这种整天在山野奔跑的生活使我感觉单调乏味。就像吃惯了大鱼大肉，偶尔也得来顿萝卜白菜一样。我的这种细微的表露被有心的于剑察觉到。长我两岁的于剑足智多谋，总能拿出比较新奇又令大家感兴趣的主意。他梳着小平头，两只大大的眼睛往外凸着，双眼皮特别明显，平时总是自嘲长了一双鳄鱼眼。一张吃八方的大嘴，能说会道。脸上的皮肤略显粗糙，笑起来便被夸张地拉扯出几道大大的竖褶，面相比较成熟。在同村的伙伴中他是个很有头脑的大男孩儿。他鬼头蛤蟆眼地凑到我身边，悄声对我说："老车，咱们配合一下，大家做个游戏整整侯才吧！"边说边眼眉一挑，向我示意着远处玩得正嗨的侯才。

侯才也是我们的发小，但从不招人待见。与生俱来的一对扫帚眉，两只硕大的招风耳，一颗闪光的癞痢头，走起路来上蹿下跳的。张嘴搭腔也更是大声嚷气，看似人大心粗的样子，心眼儿却比针鼻儿还小，大事小事却总想咬个尖儿，一个豆儿吃不着都难受。姥姥不疼，舅舅不爱这么个主，不知什么时候却得了个美号叫"猴头"。

于剑尖着嗓子喊道："弟兄们，大家都过来！我们玩个游戏好不好？"一声召唤之下，八九个伙伴立刻聚拢过来，小脑袋瓜凑在一起叫嚷道："玩什么？"于剑故作夸张地说："老办法，我们玩抽签斗地主吧！只有一根草棍是长的，其余都是短的。谁抽到长的谁就是地主，也就是今天大伙斗的目标，愿赌服输。玩不起的就算了，就当我放屁。"大家轰然叫好。

于剑把折好的草棍儿放在手中，大家清点完毕后他象征性地放在背后。然后拿出来说："谁先来？"我配合默契地说："我来！"边说边假装伸出手去，只听一声断喝："不行！我先来！"于剑看着侯才故意不耐烦地说："干啥都是你咬尖儿，那就你先来吧！省得你总是说我们大家玩赖。"话音未落，侯才便上前迫不及待地抽出一根，端详一下，感觉自己抽的应该是短的。他正在洋洋得意欣赏着自己抽出的这根草棍时，趁着他走神，于剑以迅雷不及掩耳之势将手里其他草棍撅折一截，然后张开手伸到侯才面前，说："恭喜你！地主，你中彩了！其他人都不用抽了。你真是多福多寿之人啊，来呀，兄弟们！快下手吧！"其余几个伙伴都没搞懂，听于剑这么一喊，立马跟着欢呼雀跃起来，真是一呼百应。

大伙连蹦带跳地喊着："斗地主喽！斗地主喽！逗猴头喽！"喊声一浪高过一浪，尤其是"逗猴头"的声浪高过了"斗地主"。这就不是简单的对事不对人了，而是典型的对人不对事。

于是，大家七手八脚地抹肩头拢二背把侯才摁倒在地，用草绳和树藤把侯才五花大绑地绑在了树上，于剑给大家使了个眼色，率先背转过身撒尿和泥。大家竞相效仿，如法炮制，将和好的泥巴搓成泥球，然后在于剑的一声令下，大家一边起哄，一边将泥球向绑在树上的侯才投去。雨点儿般的泥球万箭齐发，射向侯才，将倒霉的侯才打得嗷嗷直叫。大家丢光了泥球就抓起落地的松塔向他砸去。霎那间，打得他面目全非，鼻青脸肿，浑身上下沾满了泥巴。哄笑声中大家作鸟兽散，留下孤苦伶仃的侯才无人问津。

天黑了，侯才的母亲领着满身是泥的他破马张飞地来到我家。看着侯才满脑袋沾着尿泥，还没有清洗，我当时心里是好笑又害怕，知道自己闯祸了。但对着张牙舞爪的侯才母亲也不甘示弱，我据理力争地强辩着当时的过程，还没有意识到事情的严重性，感觉只是闹着玩儿而已。另外，那么多人一起玩，为什么偏偏只来找我呀？觉得很不服气。正赶上父亲劳作归来，气不打一处来的父亲狠狠地给了我两个耳光。大声地呵斥道："书念不好也就算了，都这么大了还不省心，不指望你为父母争多大光，那也不能整天游手好闲惹是生非呀！总得有自己的人生目标吧！"这句话狠狠地刺痛了我，在脑海中留下了深深的烙印。侯才的母亲面对着此情此景，只能悻悻地离去。

我什么也没解释，捂着火辣辣的脸颊回到西屋，颓然地躺在炕上。火刺愣的，连晚饭都没吃。父亲说的话一直回荡在我耳边，也为自己的所作所为感到无比的羞愧。要不说严父出孝子，慈母多败儿。如果一直这样混下去，岂不成了社会上人见人烦的盲流？也许正是父亲这两巴掌给我扇醒了，充分认识到了自己的错误。再也不能这样无所事事麻木不仁了，一定要走出去闯一闯，找份工作来减轻家里的负担。我心里盘算着，整整一宿没睡，可算熬到了天亮。

第二天早晨起来，我胡乱地撸了几把脸，简单地洗漱了一下。母亲看着我红肿的脸庞，心疼地问我疼不疼，边问边责怪父亲下手太狠。我抬头看着母亲，说："不疼，幸好我爹恰到好处地给我打醒了。我不要这样的生活了。妈，我想出去找份工作，不管干啥都行，就想出去打拼一番。"简单地吃过早饭，我便蹬着那辆破旧的大金鹿，向着我的人生方向梅河口出发。

# 第三章　进城找活

　　我骑车路过福民的大榆树，看着树身绑着的一根根红绳。我把车停在树下，若有所思地双手合十闭上双眼，嘴里默默地祈祷着。据说，这棵大榆树已经有上千年的历史，很有灵性。有病乱投医吧，也许我的荒诞做法会引人嘲笑，但我多么期盼能有一片幸运之叶飘落在我的头上。平时树欲静而风不止，而今想让树动一动却连一丝风都没有。树叶牢牢地挂在枝头，纹丝不动，就连这点愿望上天都不想眷顾。本想借助心愿来激发出我的梦想，却只能失望地离去。

　　进入梅河口西街，眼睛感觉很不够用。虽然街道不宽也不平整，路两侧几栋小洋楼矗立在矮趴趴破旧的平房中，但窗明几净格外显眼。橱窗内的货品琳琅满目，看得我眼花缭乱，目不暇接。如今看来，当时真有点儿井底之蛙、孤陋寡闻了。我在这条筒子街里一边卖着傻呆一边推着自行车往前走，那些此起彼伏的叫卖声不绝于耳，阵阵扑鼻而来的饭店飘出的香味儿令人垂涎欲滴。只是囊中羞涩，不知市井繁华，只能强忍欲涎快速地向前走去。

　　从西街进来，走到一处岔路口，北通铁北桥洞，东至火车站，称之为裤裆街。这是当时梅河口的中心闹市，是城里的交通枢纽，一些新兴的建筑基本都围绕在裤裆街周围。我把打工的希望放在了建筑工地，那些又脏又累的活儿城里人也不稀得干。像当时的五大站及其下属单位招聘的，都是吃红卡片①的城镇子弟或是有背景有门路的子女。

　　①吃红卡片：这里指的是城镇户口。

像我这种泥腿子①，只有望而却步退避三舍的份儿，就别癞蛤蟆想吃天鹅肉了。

我信心满满地来到梅河口旅社建筑工地，刚想随着拉料的四轮车进去，就被把门儿的拦下。他用异样的眼神上下打量了我一番，生硬地问道："你是干什么的？贼眉鼠眼地乱窜。没看见门口那牌子吗？施工重地，闲人免进！"有求于人不便发作，我只能忍气吞声地说明来意："我想在这儿找个活儿干，不知你们这儿用不用人？"谁知，门卫瞟了我一眼，却用鼻子哼了一声，挺了挺他那有些驼了的背，不屑一顾地说："我们这里可是国营单位，上班的都是正式职工，端的都是铁饭碗，兜里揣着红本儿。这儿可不是救助站，哪有闲缺答对要饭的？"也许是我的穿戴破旧了些，虽然衣服上落了几块补丁，却也洗得干干净净啊，怎么如此狗眼看人低呢？我按捺不住心中怒火，真想冲上去狠狠地教训他一顿。但想想自己此来的目的，只能忍气吞声吧！心中自慰：就当今天出门没看皇历吧，遇到个丧门星，难道被狗咬了，还能反过来咬狗一口不成吗？

这时，从屋里出来一个四十来岁的妇女，我俩的一举一动她都看在眼里。来到近前，她严厉地对门卫说："老张，你不也是从农村托门子上来的吗？刚干了几天临时工，还没转正就开始耀武扬威了，做人不能忘本。这么大岁数了怎么和一个孩子这样说话呢？"只见门卫老张像哈巴狗一样点头哈腰地连声说道："周姐，您教训得是！您教训得是！我错了，以后再也不敢了！"

高挑的周姐足有一米七的个头，人长得挺黑。高挺的鼻梁配着一双大眼睛，乌黑乌黑的，梳着一条马尾辫，看起来既精神又严肃，不怒自威中透着亲切感。我喜出望外，把所有的希望都寄托在这个周姐身上，用感激的眼神望着她，她走到我跟前拍了拍我的肩膀，说："小伙子，你到这来想干什么？"我胆怯地说："我家里条件不好，想到你

———————
①泥腿子：指农民。

们这找份临时工做。"我简单地说出了心中的想法，她听后温和地对我说："我们这里是国营大集体，都是一铆顶一楔的。正常是不招临时工的，我真的无能为力，帮不上你什么忙。离我们这不远处有个个人包干儿的工地，他们那也许需要人手，你去那儿碰碰运气吧！"说罢，她摇了摇头，感慨地嘟囔着："真是穷人家的孩子立世早，都说寒门出贵子，小小年纪就出来奔波。"

于是，我心怀感激地按照周姐手指的方向来到了另一个工地。一踏入现场，就感觉跟刚才去过的工地完全两样。虽然我从未涉足过建筑行业，对这个行业一无所知，但没有平地就显不出高山来。这个工地连最基本的警示标志和告知牌都没有，感觉不太规范。人车出入也比较随便，施工材料和建筑垃圾随意堆放，找个干净的下脚地儿都比较费劲。好不容易问明了管事儿的所在，敲了半天门也没有回音，只听到屋里传来吆五喝六和骰子撞击瓷碗的清脆声。我轻轻推开门，探头朝屋里瞧了瞧，只见屋里传来几个人正玩得热火朝天，我深吸了口气，壮着胆儿走了进去。见没人理我，便轻声问道："你们这里招工吗？"几个人赌性正酣，我只能提高嗓音，又大声地问道，"你们这里需要人手吗？我什么活儿都能干。"一个赤着上身前胸长满瘆人毛，满脸横肉、横眉恶眼的中年人抬头瞪了我一眼，骂道："哪儿来的小屁孩儿，黄嘴丫子未退，乳臭未干，手无缚鸡之力，跑这儿来想混吃混喝？滚蛋！遇到了你这个丧门星，难怪我输钱。"

我转身推门走出来时，噙在眼中的泪水止不住地流下。莫名地就想痛痛快快地大哭一场。我的自尊心受到了极大的伤害，心中暗暗发誓：我一定要坚持到底，决不灰心！吃得苦中苦，方为人上人，要想出人头地就要付出比别人双倍的努力。我毅然地擦干眼泪，把这些话牢牢记在心里，作为推动自己前进的动力。

几天下来，我几乎跑遍了梅河口的每个角落。路不知走了多少，脚磨穿了我的青鞋布袜。到处遭人白眼、四处碰壁。难道天下之大真的就无我容身之地吗？付出的努力，不指望结出硕果，难道连个展示的机会都没有吗？一度的灰心丧气，却被萦绕在脑海中尖酸的话语时刻警示着。现在倒想感谢他，虽然他当时的那些话深深地伤害了我，却让我学会了坚强，在逆境中不屈不挠，大有"黄沙百战穿金甲，不破楼兰终不还"之气概。

第二天，不死心的我再次来到城里四处转，信马由缰地转到梅河口东北角的大修厂工地。工程承包者是个精明的南方人。他长得獐头鼠目瘦小枯干，好似一个大烟鬼，但眼睛却炯炯有神。他看着我瘦小的身材，还是摇了摇头，无论我怎么竭尽所能地辩说，最终他也没给我个机会，还撂下一句话："就你这身子骨还没一袋水泥沉呢，能干个啥？干搭饭！"我步履蹒跚地走出工地。心不在焉中险些被疾驰而来的汽车给撞上，无端地又招来司机的抢白和辱骂，心情糟透了。

真是天有不测风云，人有旦夕祸福，七八月的天就是多变，刚刚还响晴的天空霎时电闪雷鸣。头顶上左一道霹雳右一道闪电，大有斩破苍穹撕裂天幕之势。随着老天都为我鸣不平的念头生起，紧跟着豆大的雨点便无情地砸到我头上。开始一滴两滴还能细数过来，片刻便汇聚成瓢泼大雨，倾盆而下。站在这场突如其来的暴风雨中，我身心却感觉无限的畅意。雨水穿过肌肤，直抵灵魂深处。抬头望着一望无际的天空，不知是雨水还是泪水，朦胧了我的双眼。仰天长啸，似乎要把连日来所有的心酸委屈都发泄出来，借此来抒发多日的积闷。啸声穿过雨帘，直击苍穹，发泄过后我来到了梅河口火车站。

天色在雨幕中慢慢暗了下来，雨仍然毫不疲惫地下个不停。我坐在候车室的椅子上，扭了扭被衣裤裹着的身躯，湿透了的衣裤非常不适地紧紧贴在我身上，脚下的地面被身上滴落的雨水弄湿一片。起初还能被屋檐流下的雨帘带入遐想，时间一久，便烦躁不安。只能在候车室内徘徊来打发时间。我溜达到梅河口车站简介前驻足仔细观瞧，梅河口车站始建于一九二七年，当时是三十平方米砖瓦结构的平房。

一九二九年随着客货运量的增加和等级的提高，重新修建了四百多平方米的欧式二层小楼。而且坐落在东北的咽喉要道，也是东北地区的交通枢纽……晃眼间已到晚上九点钟，肚子咕咕的叫声提醒了我，家中的父母会因我的迟迟未归坐卧不宁，望眼欲穿。念及于此，我不顾外边的滂沱大雨，羸弱的身子卷在狂风骤雨中，深一脚浅一脚，借着闪电的亮光向前行去，雨水遮住了整个眼睛，跌倒了爬起来推着自行车继续前行。跌跌撞撞地好算快到家了，霎时风雨戛然而止，云幕徐徐散去，抬头看见满天星辰，连老天都在和我开玩笑。

回到家时，我已被冰冷的雨水浇成了落汤鸡。换下了连泥带水的衣裤，擦了把脸，我接过母亲端来的一碗热汤，三两口喝了下去，一股灼热从胸间散发。我草草地收拾一下便躺了下来。连累带委屈加上连日憋在心中的闷火，我终于挺不住病倒了，发着高烧满嘴起大泡，这是我记忆中人生的第一场大病。迷迷糊糊不知睡了几日，稀里糊涂地说着胡话，似乎睡梦中还在跟那些看不起我的人争执。

记得第一次醒来时，三叔坐在我身边，笑骂着对我说："你何苦舍近求远出去找活儿干？等你好了，到卫生所和我学当大夫吧！差不多时再到卫校进修几个月。"我苦笑着摇了摇头说："你又不是不知道，我从小就晕针。就为你给我打针，又不是没挨过骂，还是算了吧，别到时再整出个医疗事故，连你的饭碗都得整打了。"闻听此话，三叔笑骂："你个小瘪犊子，你还好意思说？不提此事，我倒忘了，以后挣钱了赔我根针管！"原来我小时候生病，去诊所打针，三叔刚擦完药棉花，我一回头，就见针管朝我屁股扎来，情急之下用手一捂，嗷的一声，我就不停地甩手，针管飞了出去，啪地摔在了地上。是三叔一紧张，针头扎我手背上了。

# 第四章　做钢筋工

我的遭遇被在外务工的舅姥爷知道了。刚巧那天他回家听姥姥说起我的事，便特意来到我家。舅姥爷父母过世早，从小在姥姥家长大，比母亲长那么五六岁，同母亲一起长大，所以和我家走得特近。他虽然一天书也没读过，但通过自己不懈的努力，字典上的常用字差不多都认识，尤其擅长识别繁体字。他特别喜欢读书，见到书就爱不释手。尤其是那些武打的古书，我平时借书都紧他先看，小辈中他和我特别投缘，也对我格外关照。他一米六多点儿的个头，一张略黑的国字脸，浓眉大眼，鼻直口方，留着小平头，干净利索，威严中透着慈祥。他心灵手巧，很早就在大队的铁匠铺上班，各种农具铁件样样精通，吃住在铁匠铺，晚上没事时点灯熬油地看一些有关建筑方面的书，且遇到难题善于钻研，有一年城建公司到我们大队招建筑钢筋工，管事儿的是从我们大队回城的知识青年杨波。当年知识青年下乡时，我们村接收了七男六女十三名知识青年，成立了集体户，杨波被推举为户长。插队落户的知识青年大多来自城市中的学校，青年知识分子来到农村生产第一线参加劳动。艰苦的条件、枯燥的生活，磨炼着他们。白天工作劳累，吃的却是粗茶淡饭，清汤寡水，一点油星儿都没有。一年后，这帮来自城里的小青年，个个面黄肌瘦，营养不良。看着几个瘦弱的女生就快病倒了，男生们的保护欲开始泛滥。在一个月黑风高的夜晚，几个男生凑在一起，头顶头嘀咕了一阵："我们去弄两只鸡回来改善改善！"杨波说："那就去老池家吧，老池头平时总是看贼一样盯着咱们，这回就吃他两只鸡。"没想到这种歪门邪道之事，却一拍即合。说做就做，他们纷纷从墙上摘下打场的风帽扣在头上，消失在夜色中。几道身影出现在池家的鸡架旁，另有两个望风的。只见赵华慌手慌脚地掏出两只鸡，也没细看，竟然把下蛋鸡给掏出来了。吃完鸡后把鸡毛和鸡骨头倒在了池家房后的雪地里，老池头顺着脚印找到了集体户，也找到了雪地中的鸡毛和鸡骨头。物证确凿下大家面面相觑，无法辩驳。杨波见状，只能硬着头皮顶了下来。老池头得理不让人，不肯善罢甘休，非要上报不可。如果追究起来，这几个年轻人的回乡梦是希望渺茫了，将会一辈子窝在山沟里。好心的舅姥爷知道这几个年少无知的孩子本性不坏，为此丢掉大好的前途心生不忍，赶紧让他们去给老池头赔礼道歉，并把自家的两只下蛋鸡赔给了老池头。他平时和老池头交情不菲，晓以大义，老池头也是个通情达理之人，只是性格古板，看不上这些城里孩子的生活习惯。

正所谓浪子回头金不换，从此之后，几个青年痛定思痛，老老实实做人。他们对我舅姥爷的这次善举非常感念，这次来招钢筋工是有目标的，舅姥爷便理所当然地被录用了。

由于舅姥爷干活儿不遗余力，勤劳好学，很快便被提升为钢筋工班长。薪水也随之提高。他从小过惯了清水冷灶釜鱼甑尘的生活，虽然现在兜里有钱了，但他依然生活节俭，从不错花一分钱。但亲朋好友谁家过日子有个为难遭灾的，他从不吝啬，总是慷慨解囊，雪中送炭。

舅姥爷慈祥地抚摸着我的头，心疼地对我说："想外出打工，怎么不去找我呢？关键时刻怎么把你这个舅姥爷还给忘了？跟我还死要面子，走了那么大一圈弯路。"我红着脸，心中暗想：当初我又何尝没想过去找您呢？只是心气儿太高，想凭借着一己之力出去闯一闯。天下之大，还能无我容身之地？只要肯弯腰出力，又怎么能找不到活儿呢？谁知天意如此，造化弄人，最后还得借助舅姥爷这条线。我心病已除，全身通畅无比，真是百病由心起，多日的沉疴消逝得无影无踪，一骨碌从炕上坐起来。我迫不及待地对舅姥爷说："你什么时候回去？我想跟你一起走。"舅姥爷不紧不慢地说："不着急，你在家再养几天吧。"没等舅姥爷把话说完就被我打断了："不！不信你看，我已经好了。"说完我从炕上蹦到了地下，舅姥爷苦笑着摇了摇头："真是个孩子。"

第二天，我跟随舅姥爷来到了山城镇的一个建筑工地，主建方是市委党校。由注册在红梅镇的第五建筑公司承建。我随着舅姥爷走进一间办公室，见有人进来，屋内一个高大威猛的壮汉起身相迎，说话掷地有声余音绕梁："老于，你怎么回来了？不是给你两天假让你在家歇两天吗？有什么事儿吗？"那人不停气儿地连问了几句，舅姥爷毫不见外地倒了杯水喝下去，说："谢谢杨经理，家里现在没啥活儿，也待不住，马上又要制作下层楼板了。噢，他是我外甥女家的孩子，初中刚毕业，从小就比较能吃苦耐劳，又聪明伶俐，想来我们这儿跟我做学徒。"杨经理大声嚷气地说："老于，钢筋班归你管，用谁不用谁，你说了算，你做事尺寸拿捏得当，从来不假公济私，只管放手大胆地去做就是了，公司绝不干预。"舅姥爷一本正经地说："那怎么行？毕竟挣的是你杨老板的钱。必须先请示汇报才能定夺，正所谓没有规矩不成方圆，人情可以照顾，但规矩不能坏了。"我用敬佩的眼神仰视着舅姥爷，他那高风亮节的人格魅力深深地感染着我，使我懂得以实待人，非唯益人，益己尤大。我心中暗自发誓：以后就以舅姥爷为榜样，做一个不言而信、高山仰止的人。

来到钢筋班组，大家听说来了新人，都不自觉地聚拢过来。舅姥爷指着我身旁一个稚嫩的少年对我说："他叫张猛，大家都叫他小不点儿，你俩年龄差不多，别看他长得小，可人小鬼大，干活儿更是一把好手，从不甘于人后。"我羡慕地看着眼前的这个小不点儿。长相精乖可爱，看到他使我立刻联想到了《三毛流浪记》里的三毛，圆圆的一张小脸儿，长长的睫毛掩不住那双明亮的大眼睛，翘起的蒜头儿鼻子肉乎乎的。后来才知道他那可爱的长相得到党校副校长家千金的青睐，因为她家家长不同意,坏了一段姻缘。舅姥爷指了指小不点儿身旁竹竿般的青年,说道:"他叫傅海伦,是这里的级工,多数的巧活儿基本都由他来做。图纸方面差些火候,不然可以独当一面了。"海伦把夹着的烟叼在嘴上,顺手抽出一支烟递了过来:"给,烟不好,将就着抽一支吧!"我边摇手边说:"谢谢,我不抽烟,我真的不会抽烟。"海伦露出一口黄牙,不屑地说:"哪像个男子汉?有道是'吞云吐雾一支烟,燃尽红尘两指间。抛却世间万千事,快乐赛过活神仙。'我像你这么大时,烟龄都已经七八年了。"看他引以为傲的样子,我没有作声。"他叫李春儿……"

舅姥爷从头至尾介绍了一圈儿,然后转过头来指着我对大家说:"他叫车江,以后要和大家在一个锅里吃食。刚出校门,从未涉足建筑市场,什么也不会,眼睛里看不到啥活儿,以后大家多带一带。"我心存感激,他没和大家提起我们之间的关系,没让大家误会我是靠着他的关系上位的,以免被大家照顾或瞧不起。小不点儿搂着我的肩膀煽情地说:"头儿,把他交给我,就让我来带他,您就放心吧!以后我俩同进同退。"他顺手递给我个安全帽,说,"走!我们到外面去看一看。"

来到了施工现场,也许是初次接触新鲜事物,也可能是我一生注定要吃这碗饭,我看什么都感兴趣,瞅什么都新奇,感觉眼睛从来都没有这么不够用过。各种型号的钢筋钢材摆放得整整齐齐,作业现场平整洁净。李春儿顺兜掏出一把卷尺和一张下料单递给我,说:"平常都是我和小不点儿下料,你刚来不会别的,去跟小不点儿下料吧。"小不点儿欣然地扛着断线钳领我来到调直的钢筋前,我看着料单上 Φ6 符号问小不点儿:"这个符号代表啥意思?"小不点儿挠挠头,不好意思地说:"我也不太懂,就知道是 Φ6 的钢筋。"这一上午我喋喋不休地问这问那,问得小不点儿刚开始是张口结舌支支吾吾,到后来干脆哑口无言。

中午休息时,我拿着料单问舅姥爷 Φ 是什么意思,见我做事一丝不苟,他便耐心地解释道:"Φ 是代表一级钢的直径。Φ 是代表二级钢的直径……"然后他又从抽屉里拿出一本书递给我，"这是一本《土木建筑施工操作大全》，你空闲的时候看一看，也许对你有用。"我捧着这本纸页泛黄并微微透出一股霉味儿的书页边缘处有些磨飞的旧书，如获至宝，找了个僻静处爱不释手地细读起来。这时才感觉初中这几年书没白读，什么操作规程和各种代表符号一看就通，尤其学的几何知识也派上了用场。我越看越通，越通就越爱上了这份工作。

平时工友们看我年龄比较小，干活儿都很照顾我，什么累活重活都不让我伸手，但我不想让大家照顾，我非常珍惜这份工作，浑身有的是力气，什么活儿都能干，丝毫不敢偷懒。于是我主动和大家一起抻钢筋、抡大锤……那时没有钢筋调直机，钢筋调直全靠拖拉机和笨重的绞磨机。绞磨机插里两根钢筋，四个人前腿弓后腿绷，像拉磨一样推着往前走，绝对是靠着团队的力量。就跟接力比赛一样，每个人对于团队来说都是不可替代的一员，因此，每个人都要努力发挥出自己的能量，做到彼此间相互信任和默契配合。只有这样，才能完美地诠释团队精神。如果有一个人偷奸耍滑不用力，磨就不走道。尤其最后那一圈，大家憋足了劲儿，得把钢筋上面的表漆抻掉，否则钢筋会打弯儿。

有一天，我们连说带笑你追我赶地抻了一百五十多根，舅姥爷不信，以前从未抻过那么多根，他老人家好信儿，还亲自数了一遍，难以置信地看着我们，然后给我们好个表扬。大家心情舒畅，以后的工作更是卓有成效。

傍晚下班回家，我十分兴奋，感觉浑身有使不完的力气。飞快地骑着自行车，一路哼着小曲儿。三十多里的路程，风驰电掣般转眼就到了家。我洗了把脸，吃了口饭，躺炕上就睡着了。睡梦中来到了初二时的夏季运动会，进行到接力项目。随着砰的一声枪响，各班的运动员就像离弦的箭一样冲了出去。我们班跑第一棒的同学一眨眼就逼近第二棒，飞一般地冲出去的第二棒迅速和别班拉开了距离。当我接过姜成的第三棒跑出去的时候，脚下一滑来了个狗抢屎。这一跤给我跌醒了。我是浑身酸痛，双手捂着膝盖好似还在梦境中一样。嗓子眼儿冒火，口干舌燥，起身想找口水喝，可全身像散了架似的不听使唤。尤其是屁股蛋到小腿肚上的肌肉就不像自己身上的东西，仿佛离了核一样，动一下钻心的酸痛。好不容易起来摸到水缸边儿，头扎在水瓢里来个鲸吞牛饮。沁人心脾的畅意流遍全身，舒服地打了个水嗝，全然没有了睡意。熬到天亮，强撑着爬起来，吃口饭，跨上心爱的座驾坚定不移地朝着目标前进。

钢筋活儿里最难做的就是撅箍筋了。普通箍筋四角都是九十度，两个钩还得达到标准的一百三十五度。如果撅瓢了或者角度不规范，绑扎时主筋就会不到位，那样就会不达标，质量验收就通不过。所以说那纯是技术活儿，不是光有两膀子力气就行的。我空闲时就站在一边儿认真观察，仔细琢磨，暗暗地学习操作程序，趁着中午大家午休的时候，我就用废料偷偷地练习。我屏气凝神，生怕有一点差错。可即便是这样，也没撅出来。刚开始手生，怎么也练不好。不是角度不够，就是瓢楞。一段废钢筋头儿被我撅完再直，直完再撅。功夫不负有心人，终于被我琢磨出道了。两只手必须要配合好，掌握好尺度，正如《卖油翁》中的"我亦无他，惟手熟尔"。

这个活儿不但要技术过硬，还需要有足够的臂力，而且主要是单人作业，枯燥无味。时间一长就寡然无味，所以大家都不愿意干。于是，我便和舅姥爷商量，白天我正常上班，利用晚上时间干点计件撅箍筋的活儿。舅姥爷看着我瘦弱的身材不无怜惜地说："不行，白天干一天已经累够呛了，晚上再加班加点超负荷，身体会吃不消的。"我坚持说："没问题，我现在年轻力壮的，眯一觉休息几个小时，体力就会恢复如初，精神抖擞，定将生龙活虎的。"在我的坚持下，白天和大家一起正常干活儿，晚上把第二天所用的箍筋全部赶出来。

刚开始手生，撅完总是凌晨一点钟左右，几日后闭着眼睛都能撅出来，事半功倍，半夜十一点来钟就能完成。我干活儿从来不惜力不打怵，只是干完活儿夜里回家时骑车会格外小心。回家的路有三十多里，其中有那么一段人迹罕至，甚至偶尔会有歹人在那拦路抢劫，尤其在月黑风高的夜晚行进在那狭窄崎岖不平的乡间小路上时。路的两侧都是成片的苞米地、高粱田。白天这片青纱帐满眼都是丰收的景象，暮夜下则不然，当你孑然一身行进其中，恬淡的月光洒满大地，荒寂的草丛在清冷的月光照射下生出无数的诡秘暗影。

风一吹，感觉晃动的高粱穗比头还大。苞米叶子唰唰直响，总感觉里面隐藏着很多人，让人骨寒毛竖，心惊胆战，草木皆兵，总是情不自禁地向两侧扫视，却又不敢多看，很怕从里面钻出什么东西来……那种掩耳盗铃的表现让人啼笑皆非，有时不单单是怕人劫道，更多的怕的是那些神呀鬼呀的。

也怪我平时鬼故事听得太多，有时沉浸在故事当中，犹如身临其境。我从小有个玩伴就爱讲聊斋故事，每每听到精彩处，大家都屏息凝神，鸦雀无声，尤其是讲到惊悚之处，那气氛就更紧张了，突如其来的一点动静，都会使得我们惊恐万分。现在想起来还让人毛骨悚然魂不附体呢。

每天加完班回家，我都把钢筋扳子别在车把上用作防身和壮胆，每次来到这段荒路前，心里就像十五只吊桶打水——七上八下的，那种望而生畏、踟蹰不前的感觉很难受。只能硬着头皮猛劲儿地蹬着自行车，想快速通过。有一次，在这惶恐不安之时，偏偏天有不测风云，连车链子都和我较劲，颠簸中哗啦一声掉链子了。我下了车撅着屁股手忙脚乱地去抠车链子，心慌意乱中怎么也挂不上，闭上眼深吸了一口气，静下心来，默默祈祷，求老天保佑。可笑之至。真是有病乱投医，逢庙就烧香。好算挂上了，刚想跨上车继续前行，还真是怕什么来什么。忽然从路边的苞米地蹿出一条野狗，吓得我"妈呀"一声，把自行车扔了过去，顺手把钢筋扳子抽了出来，野狗没事儿般地跑开了。我手捂着胸口大喘一口气，自己摸着头顶轻轻念叨着："摸摸毛，吓不着，摸摸身，魂上身。"黑暗中隐约看到了幢幢房屋，抹了一把头上的冷汗，惊魂不定之下，骑上自行车，磕磕绊绊里倒歪斜地进了村子，吐出一口浊气，如释重负，可算到家了。

　　终于盼到月底了，拿到了我人生的第一份工资。我上了二十一天班，基本工资五十二块五，计件儿工资比别人的满月工资还多。我头一次自己赚这么多钱，看了眼工资条后，没顾虑到工友们羡慕嫉妒的眼光，当着大家面颤抖地数了起来，别提心里有多高兴了。回到家没等进门就嚷嚷开了，毫无保留地把钱全部交给了母亲。母亲拿着钱，既高兴又心疼地对我说："儿子，你现在又黑又瘦了，以后不要太拼了，正常上班已经够辛苦的了，这些都是你挣的血汗钱，家里一分钱都不动，妈给你攒起来以后娶媳妇儿用。"母亲逢人便自豪地夸我："我儿子现在可出息啦，整天贪黑起早，不辞辛苦，就是给个正式工作都不换。我儿子头脑灵活，不挣死钱，以后必有出息。"现在才明白母亲当时是煞费苦心，怕穷人家的孩子说不上媳妇变相地为我以后娶媳妇增加筹码。

　　当时的建筑主要靠的是人力，上下料全靠落后的卷扬机。卷扬机的托盘宽度有限，上一些短料还可以将就，像超长的楼板钢筋用托盘根本运不上去，只能肩扛背驮外加使用"跑跳"①往上运。这天，上工前安排活儿，舅姥爷还是老生常谈地说："今天绑二层楼板注意安全……"还没等舅姥爷说完，岁数稍大点的徐老六抢过话把儿："头儿，今天咱们改个方式干呗，怎么都是一天，干脆包工呗！早干完早下班，还有点儿动力，省得在那靠点儿。"舅姥爷欣然同意了。随后，整个施工现场井然有序，我们都十分有干劲。大家利用"跑跳"七手八脚地把料运到支好模的楼板上，几个岁数大的在前边画线铺料，我们几个年轻的在后边紧跟着绑扎。我和小不点儿各把一边按画好的线麻利地绑扎。

---

　　①跑跳：安装在建筑外墙上的临时性平台，可以供工人进行高处作业和搬运货物。

我俩总是齐头并进遥相呼应,在其他人面前显得游刃有余。就像以前生产队干活儿打头的一样拽着大家。以前大家总是不紧不慢地绑着,可今天却不一样,你追我赶地紧紧跟随,不甘落后。同心协力之下,事半功倍,工期也被大大缩短了。这样一来下午两点多钟我们就完工了。大家各负其责地收拾着家伙什儿,我一如既往地来到工棚干我的计件活儿。徐老六一把拉住海伦的自行车,说:"你急赤火燎地干啥去?""下班儿不回家,搁这儿待着嘎哈?""去,你和我一样,一个老光棍儿回家还有啥奔头?看!咱们工地边这条小河是从山上驻军一个养鱼的水库淌下来的。河里鱼很多。今天下班这么早,捞点儿鱼回去下酒呗!"都是一些半大小子,一听捞鱼全无异议。

随后,徐老六把矛头指向了我:"车江,和我们一块儿去吧!"我晃晃头说:"你们去吧,我得把活儿赶出来。"小不点儿过来,摇着我胳膊说:"和我们一起去玩呗,你今天不加班也够我们干两天了。"看着小不点儿期望的眼神,实实在在地把我当成他们的哥们了,我现在俨然已经成为他们的中坚力量了。盛情难却下再不答应,显得我也太不合群了,我们很快便用工地废弃的筛子网做了个捞鱼工具。

这时,公司金经理带着儿子金星坐着吉普车来到工地。十一二岁的小金星眼睛不大,长得虎头虎脑的。他手里拎着一把木头大刀,看着不太精致,那还是工地的六级木匠给他削的。听说我们要去捞鱼,他像小狗崽儿一样,跟在大家屁股后寸步不离,嚷嚷着要跟着去。

我们兴致勃勃地来到河边。河水不深,清澈见底,成群结队的鱼儿或顺流而下,或逆流而上。它们优哉地穿梭在河水中,一旦听到响动,瞬间隐藏到岸边的水草里。老六和大莫下好渔网,准备搅浑河水,好浑水摸鱼。安排我在岸上拎桶捡鱼,小不点儿、海伦等脱鞋下河轰鱼。不甘寂寞的小金星穿着衣裤就跳到河里了。他挥舞着手里的木刀拍打着河里的水草,活蹦乱跳一气儿,溅了其他人满身的水。童心未泯的小不点儿比他大不了几岁,看他玩得如此开心,索性也跟着疯起来。先是彼此往对方身上扬水,满脑子鬼心眼儿的小不点儿觉得不过瘾,从河里抓了把稀泥糊了过去。糊得小金星满头满脸只露出一双白眼仁儿。不甘示弱的小金星照葫芦画瓢地也来这么一手,还变本加厉地四面乱甩。海伦和老六等城门失火殃及池鱼,也跟着被糊了个满身。于是,他们随即也加入了这场泥巴大战。你来我往不亦乐乎,见此光景,我站在岸上呐喊助威。岂料,覆巢之下,焉有完卵。不知是谁冷不防给我来一下,我连鞋带裤脚也被淋了一下稀泥。

我们尽兴地满载而归,刚踏入工地就觉得气氛有点儿不对。把门儿的老李看见我们转身就跑,边跑边喊:"找着了,找着了!回来了!"莫名其妙的我们呆立在大门口,只见金经理满头大汗地跑过来,看到金星满脸满身是泥,光着膀子,手里拎着背心的狼狈相时,冲着我们骂道:"你们这帮小王八犊子!谁?是谁把我儿子祸害成这样?"话音未落,大家不约而同地指向徐老六:"是他!"弄得老六一脸委屈相无可奈何地摇摇头。小金星拍着胸脯辩驳道:"爸爸,不是他们弄的,是我自己弄的,他们没人带我玩,是我偷偷跟着去的。"金经理抠着儿子头上的泥巴,半带疼惜半带责备地说:"以后我儿子再和你们玩,都给我照顾好了噢。"后来每逢周末,小金星就磨着父亲来工地,逐渐地成了我们不可缺的朋友。

日月如梭,一年眨眼而过。我不仅成了一名合格的钢筋工,更是赚到了走出校门后的第一桶金。

# 第五章　娶妻生女

转年春天，在舅姥爷刻意地栽培下，我不仅掌握了娴熟的技术，更是学会了看图用料，由一名徒工晋升为级工。在这个行业里崭露头角，前途不可限量。没过多久，建筑公司就改制了，工程可以由个人承包。钢筋活儿也可以清包工，舅姥爷找我合计："咱俩一起干吧！我负责联系活儿，你回村招几个人领着干。"我欣然答应着，这回我可以大展身手安家立业了。那些儿时的伙伴听说有活儿可以干，纷纷找上门来毛遂自荐，拉关系套近乎。我选了十多个身强体壮心灵手巧的玩伴，带着他们开始打拼。我以身作则认真传教，能够做到不出一点儿差错。由于我的合理安排和精打细算，大大提高了工作效率。几个活儿下来，收益颇丰。

有了钱之后便想把家里的住房环境改造一番，我跟父母商量把三间破旧的草房扒掉原地盖三间砖瓦房，母亲说："有必要盖个新房，但咱不在原地盖，让你爹找队长再新批个房场，你成家之后给你住，我和你爹就在这儿住了。"我坚决不同意："异地盖可以，但我们必须一起住。"就这样选了个好日子便开工奠基，挖地基那天好不热闹，就像节日一样。几乎每家每户都出人前来帮忙，整个房场挤满了人。男人们干着力气活儿，杀猪宰羊等。妇女们张罗着饭菜。孩子们兴奋地在周边玩耍，女孩儿们在踢毽子丢手绢，那些淘气的小子们弹溜溜、打弹弓。一张张活泼可爱的儿童笑脸像春天开放的鲜花一样灿烂。

几个同村的木匠在砍房架子，十几个年轻力壮的后生们跟着打下手。老木匠李贵边干活儿边对身边的师傅们说："这木头真叫个直，一个节子都没有，真是上好的材料！"我刚好听到了，看了一眼在一边忙活的于剑、葛全等一帮小哥们儿，笑着对李贵说："这还不多亏了我这帮小哥们儿。"盖房备料买木材时想找于剑陪我一块儿去，于剑一本正经地说："还买什么木材呀？人家都说靠山吃山，靠水吃水，你看谁家盖房子买木材了？咱后山漫山遍野的树林子有一块'三不管'之地，叫葛全开着他家的拖拉机，带上几个哥们儿，这事儿就能搞定。"我听完有些顾虑地说："这事儿能行吗？别让人抓住了，后果严重就得蹲笆篱子。到时候赔了夫人又折兵，那才叫悔之晚矣！"于剑不耐烦地说："别磨叽了，这事儿你别管了，我来操办，你就瞧好吧。"

吃过晚饭，夜幕渐渐落下来，葛全开着拖拉机拉着我们十多个人，由于做贼心虚，关着车灯借着月色来到后山和东丰交界的一片树林。四轮车停在了荒山野岭前，大家纷纷跳下车，望着眼前灌木丛生的莽莽密林，于剑断喝一声："还傻看啥？抄家伙什儿，抓紧动起来，半个小时解决战斗！"于是大家仨一伙俩一串，刀锯飞舞。无辜的树木一棵棵倒下，按照分工，大家手忙脚乱地将放倒的树木装上车，熟练地用绳索捆绑好，收拾停当正准备下山，只见离我们不远处的山路上燃起了一堆篝火。这是唯一的一条下山之路，一定是我们动作太大惊动了他们，想给我们来个瓮中捉鳖。王清说："坏了，干大发了，咱们被发现了。"池三胆子比较大，不慌不忙地说："没事儿，我先过去探探路，实在不行咱们就'杀'出去。"我怕他惹出什么麻烦，跟他一块儿悄悄地走到近前，原来是一对老两口在哭哭啼啼地烧着什么东西，根本和我们无关。我俩松了口气，转身回到山上，静静地等到山下没有任何动静了，才启动车小心翼翼地往回走。四轮车马上要接近村屯了，老秃干净利索地跳下车，蛮有经验地说："你们先走，我留下观察一下后边儿有没有尾巴……"

清晨，母亲发现房场凭空多了一堆木头，她站在院中满头雾水地发愣，随即喊道："老车，你快出来，这堆木头怎么回事儿？"父亲揉着惺忪的睡眼，望着院里这堆木头，也是丈二和尚摸不着头脑，自言自语地嘟哝道："我也不知道啊，哪儿来的呀？"两人的对话惊醒了睡梦中的我，我忙不迭地跑出来，毫无保留地和父母说出事情的经过。母亲不依不饶地数落着我，最后还是父亲替我解了围："别吵吵了，别把事情闹大了，一会儿我去村上交些钱，就当是咱批的木头吧！"说罢，父亲转过头来语重心长地对我说："孩子，别说咱现在的日子过得好了，就算是穷的时候，也不能这么干！咱不能这么不明不白地占公家的便宜。到什么时候都得记住了：占小便宜吃大亏，舍得舍得，有舍才有得。"父亲的话牢牢地印在我的心里，鞭策着我成长。

就这样，在亲朋好友的帮助下，以及全家人起早贪黑的努力下，亮堂堂的三间砖瓦房终于落成。在当时来说，虽算不上富丽堂皇，但那飞檐反宇的做工在比邻的建筑中也算是别具一格，在众人眼中还是蛮气派的。都说福无双至祸不单行，其实不然。自从新房落成后，前来说媒的人是络绎不绝，真是有了梧桐树，何愁引不来金凤凰？见有媒人上门，母亲总是急不可耐地催促我相亲。为了不惹她老人家生气，只能顺从地走过场，我总是敷衍地说："妈，我还小，好想谈一场真真切切的恋爱，不想过早地被婚姻束缚。另外，婚姻岂同儿戏？哪有什么一见钟情？不求千秋无绝色、悦目是佳人，但也要找一个彼此情投意合、相敬如宾、同甘苦共患难的人，白头偕老。"

有一天，我下班回来，进屋便看见我家的邻居和一个女孩坐在我家炕沿上。我上前礼貌地叫声刘大娘，随意瞟了一眼侧坐的女孩，她有些害羞地低着头。只见她梳着披肩发，鹅蛋形的脸庞，一双俊目，细长的眉毛延伸到发际，略厚的嘴唇自带福相。母亲凑过来轻轻对我说："她是你刘大娘的侄女。"我漫不经心地应着："哦，我认识。上初中时是我们下届的，家住宝山村，上学的路上经常碰到。"我寒暄了几句，洗把脸便回到了自己的房间，母亲把他们送走后，回来问我："儿子，你看这姑娘咋样？要我看比咱村那些丫头都强。男人嘛，家有贤妻不出横事。一福压百祸。妈相中了。"我有些败兴地说："妈，我们只是认识，没有太多了解。现在都是自由恋爱，婚姻岂能儿戏？我的事能不能让我说了算？给我个自由呗。"母亲一本正经地说："儿子，你别太挑剔了，这姑娘的爸爸是大队书记，正经人家的孩子，根正苗红。人家条件那么好，不挑咱就不错啦。"我固执地反驳道："大队书记咋啦？咱又不求他干啥。既然高攀不起，又何必委屈自己？门不当户不对的，能有个啥好结果？再说我还没到老大不小的时候，不想这么早就结婚。我还想谈一场轰轰烈烈的恋爱呢！"母亲含着眼泪激动地说："岁数小可以处处看。儿子，妈是过来人，什么风浪没经历过？相信妈的眼光，像她这种德才兼备又有福相的女人是可遇不可求的。机会稍纵即逝，过了这个村，就没有这个店了。有花堪折直须折，莫待花落空折枝。错过一个春天，还能有来年，若错过一个人，哪里是来生？只要彼此相爱，能够相濡以沫，人生何求？"看着一心为我好的母亲，不忍拂逆她。于是我俩花前月下，田野小径，静听蛙鸣，畅述人生。手拈艳丽的枫叶，编织着人生梦想。初恋让我们体会到了爱情的甜蜜，也有那青橄榄般的酸酸涩涩。我们的感情在懵懂、朦胧、纯洁中慢慢滋生，彼此都愿倾己所有去爱对方。就这样我俩在粮谷归仓的冬季订婚了，按照农村风俗，母亲请人挑了吉日，将大喜的日子定在了冬月十六。

很快便来到了大喜之日。这一天，一宿未咋合眼的我，精神抖擞，容光焕发，没有一点困意，还真是人逢喜事精神爽。我身着一身藏蓝色西装，内搭一件灰色高领毛衣。光洁白皙的脸庞略显清瘦，透着棱角分明的冷峻，乌黑深邃的眼眸好似一汪秋水。今天的我显得格外帅气，不时地外出张望，向着来路望眼欲穿，感觉寸阴若岁，度日如年。翘首盼望中，远处传来了机动车的轰鸣声，现场即刻热闹起来，鼓声喧天，锣声震耳。拐过村口的急弯，首先映入眼帘的四轮车头前开道，一辆"二八大胶轮"①衔尾相随，车头挂着醒目的大红花，排气管喷着黑色的烟圈，穿过夹道欢迎的人群缓缓地驶来。那个年代，农村送亲能有两辆拖拉机，也算是很有排场的了。

在伴娘的搀扶下，新娘轻松地下了车。我曾经赞叹过很多新娘的美貌，但今天我的新娘和她们相比，那真是"千秋无绝色，悦目是佳人"。只见她头盖着薄薄的红纱，身穿一件桃红色的锦缎棉袄，搭配一条火红色的长裙，光彩照人。唇不点而红，眉不画而翠，脸若银盆，眼如水杏，头发漆黑如瀑。她穿着红色高跟鞋，款步姗姗，体态丰腴。虽说我们这是一个普通的乡村婚礼，但节目精彩，高潮迭起。我在众人羡慕的目光和欢呼声中拥抱了新娘——我的妻子纪美丽。从此，我俩结为伉俪。庆典进行到了高潮，也接近了尾声，身边的一帮半大小子们鬼点子层出不穷，变着法地想让我俩出丑。正当我俩疲于应对，难以脱身之时，忙工头扯开嗓子喊道："帮忙的都哪儿去了？赶快把东西院的桌面压好！走菜的走菜，压桌的压桌。"此刻，这一声吼犹如天外之音，好比救苦救难的菩萨把我俩从困境中解救出来，弄得我的一帮哥们儿，意犹未尽，心有不甘。葛全一脸坏笑地瞅着我俩说："暂且放过你俩，等晚上让你俩好看。"那时的农村办事情，锅碗瓢盆都是东家拼西家凑，都用胶布写上字做好记号，所以家伙什儿参差不齐。在农村，不管谁家有事，基本都是全家抬，酒席得摆上两天。

妇女改刀码凉碟，男人劈柴挑水端方盘干些体力活儿。今天掌勺的是我年近古稀的爷爷。爷爷可是十里八乡有名的厨子。新中国成立前侍候过大户人家，熘炒烹炸样样拿手。他老人家乐于助人，谁家个大事小情的，有求必应。虽说近七十岁了，可腰不弯背不驼。慈眉善目，满面红光。由于年龄的关系，这十来年家里人说啥也不让他干了，赶上我结婚，他非要亲自下厨操刀掌勺不可。做的是传统的二八席，八凉八热外加一碗素烩汤。爷爷的酥白肉做得那是一个绝，外焦里嫩，

---

① "二八大胶轮"：大型四轮拖拉机，28马力柴油四不像车。

香脆可口。肉肠、鸡蛋肠、肉千子等咸淡适宜，香而不腻，风味独特。满桌荤素搭配，虽然没有什么山珍海味，却也十分丰盛。这是我吃过的最有意义的酒席，不仅仅齿颊留香，更令我回味无穷，因为这也是爷爷最后一次做酒席。他把所有的爱全部倾注了进去。直到今天，我自己有了外孙子，才真正体会到当时爷爷对我的隔辈亲。

都说结婚三天无大小，我又是同龄当中结婚最早的一个。当晚的洞房，闹得我是筋疲力尽。大人、孩子挤满了屋，就连门口都被人堵得里三层外三层的，密不透风。人们变戏法似的捉弄我和媳妇。先是用线绑着苹果吊在我俩中间，不能用手抓，让我俩同时去咬。当我俩把嘴凑过去要咬的时候，拎着线的人把苹果往上一提，我俩的嘴撞在一起，引来了满堂大笑。笑声中夹着呐喊声："亲一个，亲一个……"接着就是过"独木桥"，屋地中间放一条巴掌宽的长条凳，媳妇嘴里咬着一块糖，露出一半。我和媳妇从长条凳两边向对面走，走到凳子中间，我要把媳妇露在外边的糖咬断，把糖含在嘴里，然后再用舌尖送到媳妇嘴中。恶作剧一出接一出，妙趣横生。大家看着我俩滑稽的表现，爆发出一阵又一阵的掌声和开怀的笑声。尤其葛全和于剑，满脸透着奸猾，一副阴谋得逞的样子。我狠狠地瞪了他俩一眼，满不在乎地说："我现在是过来人，死猪不怕开水烫，但你俩还没结婚。磨道找驴蹄——咱们走着瞧！来日方长，你俩别落到我手里。"直到午夜，大家才散去。

婚后一年，在漫长的期盼中，妻子的小腹渐渐隆起。妻子的怀孕牵动着我的心，对于我来说，什么事都不重要了，只要是妻子的定期孕检，我一定陪伴左右。十月怀胎是个非常艰辛的过程。媳妇后期孕中反应特别强烈，腿脚肿得穿不上鞋。为了孩子能顺利生产，她每天都要坚持走几个小时的路。呕吐过后，她的肠胃翻江倒海，为了孩子出生后有一个健康的身体，她吃了吐，吐了再吃，历尽磨难。"不养儿不知父母恩"，此情此景，我对这句话有了更为深刻的理解。妻子突如其来的绞病<sup>①</sup>让我方寸大乱。母亲见多识广，赶紧吩咐我："儿子，你媳妇来不及去医院了，快生了，赶紧去卫生院把你崔姨接来！"没等母亲说完，我窜上摩托车两个转辗，好似离开了地面，冒着蓝烟飞向卫生院。等崔姨来到家时，母亲早已把屋里挂上了幔帐，烧好了一锅开水。我心焦如焚，坐立不安地等待，屋内媳妇声嘶力竭的叫声，声声撞击着我的心房。

随着哇的一声清脆的叫声，女儿和所有的孩子一样，在母亲的剧烈疼痛中来到了这个世界。我激动得流着眼泪喊道："我当爸爸了！我当爸爸了！"随后，迫不及待地掀开幔帐钻进去，没顾得上安慰媳妇两声就从崔姨手里接过了女儿。我双手小心翼翼地捧着女儿，生怕一不小心从指间滑落，又怕像雪花一样融化。倏忽间，捧在手里的女儿好似有千斤重。一种从未有过的责任感充塞心间，我愿用我的一切来换取女儿的一生幸福和快乐，希望她平安健康。我不厌其烦地查阅着字典，终于起了个满意的名字。"婉莹"字面上就蕴含着冰清玉洁、钟灵毓秀。期待着她长大后能够出落成像她妈妈一样的大美女，楚楚动人。

女儿的降临，使得平淡的生活变得充实了许多，也更加丰富多彩了。看着女儿耍着梦娇，一颦一笑中透着灵气，吹弹可破的小脸蛋红中透粉，扑闪扑闪的大眼睛熠熠闪光，我心中甭提有多高兴了。每天面对着女儿，我都百看不厌，享受着天伦之乐。

---

①绞病：东北方言，指孕妇临产前宫缩阵痛。

# 第六章　倒卖苹果

　　好景不长，就在我们工程活儿干得最红火的时候，舅姥爷病倒了，而且病得很重。老天真会捉弄人，平时干净利索的场面人偏偏得了个炕吃炕屙半身不遂的怪病。说不出来话，一动也不能动，不省人事，危在旦夕。我急三火四地把舅姥爷弄到医院，初步诊断是脑血栓。当时梅河口没有治疗血栓的有效药物，只有离梅河口很远的辽宁清原208部队医院能治。作为国内的试点，医院正在用独有的技术，研制一种专门攻克血栓的特效药，并大量收治脑出血和脑血栓患者。当时这所医院远近闻名，凡是心脑血管疾病的患者都慕名而去。

　　于是我带上家里全部的积蓄，和几个亲友雇辆面包车带着舅姥爷来到了208医院。青涩的我初次遭逢如此大事，又是来到人生地不熟的异地，真是有些呼天不应叫地不灵的感觉。好算在一位护士阿姨的帮助下办理了住院手续，却迟迟没有医生来过问。我惘然地看着往来的医护人员不知所措，邻床的病友见此情形提醒我说："小伙子，你是不是还没去拜见张主任？这有两盒红塔山，你先拿着，让他给安排个主治医生。不然像这种病满为患，医院都司空见惯了，没人搭理你。"我千恩万谢，满怀感激地接过烟。

　　诊断结果出来后，主治医生告诉我们："患者的血栓很严重，需要长时间治疗，而且很难痊愈。不知道你们经济条件咋样，治疗需要很多钱。是否留院治疗，需要你们家属决定。"亲属们都纷纷看着我，我一下成了他们的主心骨。我毅然决然地说："不管花多少钱，都要治！"

最后由我和小舅留下来照料，其余亲属全回去各忙各的。小舅比我还小两岁，和我一样从来没照顾过病人。舅姥爷长期不能进食，只靠药液维持，缺少营养，身体早已变得瘦骨嶙峋了。还是在好心的护士关照下，吩咐我们买张竹席铺在舅姥爷身底下，防止他身体长褥疮。每天勤翻动几次身体，没事的时候给他搓搓胳膊腿。由于精力有限，要长期照顾舅姥爷，工地的活儿也顾不上，只能忍痛把工程活儿辞去。舅姥爷平时爱干净，我俩每天都给他擦一两遍身子，保证他的身子没有异味儿。两个多月一晃就过去了，舅姥爷的手脚逐渐有了知觉，扶起来还可以坐一会儿，就是始终说不出话来。一天主治医生把我和小舅叫过去说："病人对药物已经不吸收了，不能再用药了，住院已经没有意义了，出院回家慢慢养吧！"听了医生的一番话，我和小舅一合计也只能这样了。

出院回家后，舅姥爷住在了姥姥家，三叔自告奋勇地免费给他做针灸。平时大家谁有空谁就去照顾着。由于舅姥爷不能说话，又写不了字，他的多年积蓄不知道存放在哪儿，大家尝试着各种猜测，让他点头或者摇头都徒劳无功。为了给舅姥爷治病，不但花掉了我所有的积蓄，还欠下了不少外债。

时至金秋，于剑兴冲冲地来找我，说："江子，我家辽宁庄河有个亲戚来信儿说今年苹果大丰收。不仅果实硕大诱人，还香气扑鼻沁人心脾，这个季节过去正好。咱俩凑钱拉车苹果回来卖吧！挣个过年钱。"听他说得有鼻子有眼的，而且我现在也正需要钱，因此一拍即合。我们向亲朋好友张罗了些钱，坐上火车就出发了。愤怒的火车头喷着发亮的火星，挂着十几节绿色的车厢，犹如一条绿色的长龙，满载着旅客盘绕在田野上。带着无限的畅想，我们来到了盖州。

下了火车，换乘汽车，我们直奔庄河步云山。那是我记事以来坐过的最破的一辆车。叮叮咣咣的，除了喇叭不响，其他哪儿都响，感觉随时都会散花熄火罢工。但这些丝毫没有影响到我的心情，叮咣乱响我是充耳不闻。我透过车窗贪婪地望着窗外的原野。一片片黄澄澄的稻浪。漫山遍野晒红了脸的高粱和压弯了腰的苞米穗。又大又红的苹果将树枝压得贴近地面。黄里透红的南果梨看得人口水直流垂涎欲滴。挂在枝叶间的葡萄，有的紫红紫红像猫眼儿一般，有的绿如翡翠晶莹剔透。细雨无声叶上流，时光不语已入秋。天高云淡，风清气爽，好一幅绚烂亮丽的景色。再看那满地的农民一片繁忙，汗水里流淌着喜悦，有的镰刀飞舞，成片的稻谷应声而倒，有的正把成筐的果实轻轻地装在车中，好一幅丰收的画面！他们忙碌疲惫的脸颊挂着开心的笑容。汽车驶入了深山，公路两侧陡峭的高山连绵起伏形态各异，有的雄伟壮阔，有的婀娜多姿。苍松翠柏，枫林桦叶，层层叠叠，郁郁葱葱……一路欣赏，一路遐想，不知不觉间，我们来到了步云山。

还没等车停稳，我俩便迫不及待地蹦下车。刚巧有个五十多岁的老太太迎了过来，仔细看了于剑两眼后说："小剑呐，十来年没见了，都长这么大了。"于剑马上亲热地喊着："姑姥，你去我家时，我就已经不是孩子了，倒是您老一点儿没变，身体还是这么硬朗。"姑姥疼爱地看着于剑："小剑啊，你越来越懂事了，小嘴也越来越会说话了。士别三日当刮目相看，我们老喽……"我们边走边唠，到了于剑姑姥家，饭菜早已准备好。这一路上我俩也没太吃啥，本身又是农村孩子，朴实率直，没有那么多规矩，所以也不讲什么斯文了，狼吞虎咽地吃起来。

席间大致了解了一下当地的苹果行情。

第二天，我和于剑早早便起来了，开始张罗着下去抓货。精挑细选地收了一些一等果。途经一片山楂林，一串串红彤彤的山楂挂满枝头。于剑停下脚步兴奋地说："咱俩再收些山楂吧，马上入冬了，穿糖葫芦的比较多，估计能畅销。""这个我不在行，你放手做吧！都听你的。"于剑长我两岁，主意比较多，判断能力强。于是，苹果、山楂很快就收了一车，我俩是诸葛亮草船借箭——满载而归。

没有空调的驾驶室在秋阳的炙烤下如蒸笼一般。我坐在驾驶室内汗如雨下，又闻不惯刺鼻的柴油味，汗臭混杂着柴油味弥漫在狭小的驾驶室内，闻之欲呕。于是，我示意司机靠边儿停下。"唱完歌"后，于剑跟着我爬进了汽车的后货厢里，司机放心不下，一遍又一遍地叮嘱，山路十八弯，路又不平，在上面一定要注意安全。我俩笑着答应道："你放心吧！我俩也老大不小了，而且盖苹果的苫布铺得又平又结实。"我俩索性躺了下来，把腿伸在拢车的绳索下。躺在火辣的秋阳下暖暖和和的，车在行驶中带来了阵阵微风，夹带着丝丝凉爽，舒服极了。或许是躺在车上，望着蓝天白云，闻着身下透出的甜甜果香，使我回忆起童年的趣事，抑或是一筐筐的苹果使我触景生情吧。我冷不丁地问："于剑，你还记得我们小时候偷苹果的事儿吗？要不是我福大命大造化大，还能和你一块出来拉苹果吗？"他羞愧地冲着我笑了笑，说："能不能心胸坦荡一些呀？都过去这么多年了，还记仇呢？我当时就负荆请罪了。你要是觉得过意不去，回去还人家一筐啊？"

那还是我们十二三岁的时候，正处在讨人嫌的阶段。葛全家新盖了三间砖瓦房，原来的两间茅草房便闲置着。我们五六个小伙伴没事儿就住在那，玩得是随心所欲，无拘无束。什么弹溜溜、打卡片、摸瞎呼、藏猫猫……偶尔也会淘气地出去偷个瓜摸个枣的，经常玩到三更半夜。光阴终究有期，冬至如约而至。一天晚上，于剑神神秘秘地对大家说："大家都过来，听我说，天天啃着萝卜嗑嗒牙，打嗝放屁都一股臭萝卜味。想不想换换口味？"说完故意卖着关子，微眯着眼睛扫了扫四周，见大家正迫不及待地静听下文，觉得吊足了大家的胃口，便接着往下说，"我今天看见老王头家买了两筐苹果回来，八成是放在他家房后的菜窖里了。晚些时候我们去弄几个解解馋，怎么样？"听了他这番话，大家欢呼雀跃，一致拍手叫好。

那时候的冬季，农村家家都挖个储菜的菜窖，把新鲜的白菜、萝卜、土豆、胡萝卜等蔬菜储放在里边，一冬都可以吃到新鲜的蔬菜。王大爷家祖上是远近闻名的大地主，一九四九年后田地都被当家作主的劳动人民分了。但瘦死的骆驼比马大，他的家境仍比较殷实。他本人很讲究吃喝，每年冬季都买些苹果、梨等储存起来，茶余酒后来两个。大家急不可耐地等到九点多钟，于剑一声令下："出发！"一道道弱小的身影裹在夜幕里，我们以迅雷不及掩耳之势冲向王家的菜窖。好像晚到半步就捞不到似的。兴师动众的，这哪里是去偷，分明就是去抢。

很快来到目的地，大家都猫着腰，蹑手蹑脚地散在四周隐蔽起来。仿佛我们平时玩的地道战游戏似的，神神秘秘的。于剑哈腰捡起一小块石头扔了过去，来了招投石问路。半晌没见动静，我们便拥了过去七手八脚地掀开盖在菜窖口的乱稻草，露出了黑洞洞的菜窖口，像个噬人的魔口一样阴森恐怖。于剑撅着屁股用手电往菜窖里照了照，说："还真是深藏不露，果真在里面了，谁下去？"大伙你瞅瞅我，我瞅瞅你，全都默不作声。于剑冲着葛全用命令的口气说："就数你有劲儿，你下去吧！"葛全退在了我身后说："菜窖那么深，我个子太矮，又笨手笨脚的，下去之后上不来。"我用商量的口气对于剑说："咱几个数你岁数大，个子又顶数你高，满身的力气。作为我们的大哥，也得拿出大哥的样啊。你不下去谁下去？"于剑大眼珠子白愣白愣，摇头晃脑老谋深算地说："俗话说'三人同行小的受苦'。蛇无头不行。总不能让老大冲锋陷阵吧？那谁指挥呢？苹果就在下面，没人下去咱就回去吧！就当逛回夜景白溜达一趟。"说完后，刻意地看了我一眼，使了一招三十六计之中的激将法。葛全在身后捅咕我一下，轻声说："张罗了大半宿，冰天雪地里深一脚浅一脚顶风冒雪地来到这儿，是想来整几个苹果吃，又不是来踏雪寻梅的，怎么也不能无终而返呐。不然你下去吧！你不仅机智灵活，还身轻如燕。你往上扔，我们在上面捡。""那好吧！你们在上面给我把风，来人给我示警。"我边说边走向菜窖口。"没问题，你就放心大胆地下去吧！我们大家还等着吃你的苹果呢。"于剑眼见计谋得逞，咧开嘴得意忘形地笑得满脸是褶。

我双手扳着菜窖口试探地往里看，脚尖儿刚好碰到一个板凳，踩着板凳就势蹦到菜窖里。还没等站稳就听上面有人喊："不好了！来人啦！

风紧扯呼！"原来刚才的声音太大，惊动了菜窖的主人。上面的几个小伙伴一哄而散，逃之夭夭，真是大难来临个人顾个人，只把我一个人丢在了下面。我想出去已经是不可能的了，整不好就是被瓮中捉鳖。我赶紧蹲在土豆袋后边，用盖袋子的稻草把自己遮起来，做好了被抓的准备。一切只能听天由命了。我屏住呼吸，露出两眼，只听见王大爷在上面骂骂吵吵地由远而近。他撅着屁股趴在菜窖口，胡乱地用手电照了照里面，手电光从稻草的缝隙透过来，晃在我的脸上。我的心一下子提到了嗓子眼，大气都不敢喘，心想：这下完了，我被发现了。于是，我闭着眼睛厚着脸皮等着王大爷喊我上来。结果他又起身四处照了照，然后用稻草又把菜窖口严严实实地盖上，骂骂咧咧地回屋去了。我还真是大难不死，没被发现。

四周静悄悄的，静得让人毛骨悚然。菜窖里漆黑一片，伸手不见五指，什么都看不到，好似来到地狱中一样。在这黑暗中，我的全身一阵阵冒着凉气，头皮发麻，头发根根直立。仿佛前后左右有无数双眼睛在盯着我。本能中我的身体逐渐地缩成一团，使劲地闭上眼睛，再也不敢凝视黑暗。许久才从惊悚中恢复过来，用手轻轻地扶了扶胸口，我暗自庆幸着没有被发现，大有一种劫后余生的感觉。扒开盖在身上的稻草，焦急地等待着于剑他们来救援。可是时间一分一秒地过去，等了许久也不见上面有动静。这时，我的胸口一起一伏，嘴巴大口喘着粗气，头上开始冒虚汗，好像有个恶魔用他那可怕的双手死死地扼住喉咙似的，感觉呼吸越来越不顺畅。我大脑灵光一闪，与其在这坐以待毙，不如放手一搏寻找生机。不能再这样等下去了，也许人家早把我忘脑后去了，必须自己想办法赶紧出去。

于是，我摸索着向菜窖口的方向走去。突然被什么东西绊了一下，仔细一摸是荆条编织筐，筐里果然是苹果。这时已经顾不上什么苹果了，活命要紧。我站在那个板凳上，想推开菜窖口压得严严实实的稻草。可无论我怎么努力，还是手指将将碰到那稻草，真是拳头打在棉花上——用不上力。情急之下，我费了九牛二虎之力，拽过来一袋土豆，把凳子放在土豆袋子上面……这回轻而易举地推开了稻草。豁然开朗，月光水银般地洒在我的脸上，是那么的温馨。我张大嘴巴贪婪地吸着新鲜的空气，甜滋滋的，此时才领略到空气的可贵。

经这一折腾，肚子也饿得咕咕叫。我又折身来到苹果筐前，顺手摸出一个，用袖子擦吧擦吧吃了起来。我如猪八戒吃人参果似的狼吞虎咽，一大块苹果卡在了嗓子眼，咽不下去。窒息感越来越重，心想今天真的在劫难逃吗？伸脖瞪眼费了九牛二虎之力，好算咽了下去。随后，又掏出来一个苹果小心翼翼地咬了一口。我吃得津津有味，果汁顺着嘴丫子往外淌，吃完又掏了几个，把衣兜揣得满满的，然后我身如猿猴般翻出菜窖。好算是脱离了"魔窟"，面对着星空长长地呼出一口浊气。我用稻草把菜窖口盖好后便扬长而去，边走边暗自唏嘘，真的是再世为人了。

不知不觉间回到了葛全家的老房子，来到门外就听见葛全在屋里说："他这么长时间没回来，是不是被人抓住了？要不我们偷偷回去看看吧！"于剑漠不关心地说："回去看再中了埋伏，把我们全抓住怎么办？那不就全军覆没了吗？只能祈祷他吉人天相吧！"葛全反驳道："平时我们总说为朋友两肋插刀，福祸与共，咱们今天的做法是不是有点儿太不仗义了？"于剑嗤之一笑："你是不是有点儿太天真了？电视剧看太多了吧？现实中有谁又能做到？"这时又听到莫水的声音："我觉得葛全说得对，有福同享有难同当嘛！再说去偷苹果是你提议的，到了地儿你跟没事人似的，只管发号施令，赴汤蹈火的事全让车江做了。""你闭嘴！哪有你说话的份儿？你不也是见硬就躲吗？你要是真有两下子，你怎么不下去呢？不也跟我们一样望风而逃了吗？"于剑恶狠狠地冲他吼着。我站在门外越听越生气，怒不可遏地咣当一脚踹开房门，气得我浑身发抖，给他们一顿臭骂。于剑狡辩道："我们如果不跑，就会全部被抓到，幸亏我们跑了，你这不也化险为夷平安而归了吗？"看着他那大言不惭的丑态，我气急败坏地说："没理，你还要咬三分，你也没把我当成哥们儿，只顾着自己跑了。以后咱俩分道扬镳老死不相往来！"说完我顺兜掏出两个苹果，给莫水和葛全每人甩了一个，转身而去。

于剑自知理亏，第二天早早地就到我家找我上学，我视若无睹地独自前行。他也屁颠屁颠地跟在后边，一个劲儿地赔礼道歉。他能说会道，见我似有动摇，便将了我一军，道："杀人不过头点地，得饶人处且饶人。做人留一线，日后好相见。都是好哥们儿，还真的记仇了？"几天后，我们又玩在了一起……

唠着儿时的往事，一天很快就过去了。吃过晚饭，司机老于世故地说："你俩一会儿上车睡一觉，等明早睁眼就到家了。"汽车到家时，几个好友早已在于剑家房前挖了个大果窖，大家七手八脚地很快就把果都卸进了窖里。于剑的爱人忙前忙后地张罗着饭菜。她来到院子里，边用围裙擦着手边喊葛全："小全，快替嫂子抓只鸭子杀了，今儿中午好好犒劳犒劳大家。""得嘞，嫂子，瞧好吧！立马搞定。"随后葛全招呼莫水一块儿去抓鸭子。一阵鸭子的叫声过后，就听见斧子砍在木头上的声响。再看葛全，被没头的鸭子甩了一脸血，跟个血人似的。他瞪着两只黑眼珠，手里攥着两个鸭头，边用手抹着脸上的血迹边把鸭头扔进了旁边的热水盆里。这时于剑的老婆嗷的一声喊道："哎呀，死葛全，你怎么连母鸭也一起杀了？以后你们哥们儿喝酒嘴馋还吃不吃咸鸭蛋了？"葛全冲着嫂子调皮地笑了笑，说："没瞅准，一不小心就一下抓了两只。再说了，杀了一只，另一只又怎么能做'独命鸳鸯'呢？"说着，他回过头来挤眉弄眼地对我说，"这么多人就杀一只，还不得吃得我们甜嘴巴舌的？我不一下子剁两只，嫂子那么个辣茬，她还能让剁第二只吗？"原来他是故意的。真没看出来这小子憨憨的还挺有心眼子，我心中暗自佩服。

一顿丰盛的午餐正式开始，大家吃得很尽兴。酒酣耳熟之后，大家抠根儿问底地追问这趟出门有何奇闻趣事。见兄弟们兴致盎然、充满希冀的眼神，我便借着酒劲儿清了清嗓，饶有兴致地讲了起来。

那还是我俩到那儿三五天的光景，在于剑姑姥爷的引导下，我们走村串户来到一家院外。隔着院墙便听到猪的嘶叫声。这不年不节的杀啥猪？透过低矮的院墙，看到院内人头攒动，客还不少。隐约看见一个壮汉正哈腰踩着猪崽儿的脖子，另有两人扯着猪崽儿的前后腿，猪崽儿拼命地吱哇乱叫。凑到近前才看准，原来是兽医在劁猪。猪崽儿的小肚几乎被抛开。于剑看着他姑姥爷诧异地问：“你们这儿全是这么劁猪吗？怕是没有半月恢复不过来，这样风险高不说，还耽误小猪成长。”他的大嗓门偏让那个劁猪匠听到了，抬起头看了于剑一眼，有些恼怒地说：“那位看客，你真是站着说话不腰疼。如果真有本事，你何不露上一手？不吝赐教！”我轻轻地拽了一下于剑的衣袖，悄声说：“走吧，多一事不如少一事，别在这儿纠缠，咱到别处再看看。”于剑的性格注定他不会走，又多少有些技痒难耐。

我不想把事情闹大，赶紧出来打圆场，大声说道：“他只是随口一说，请这位师傅多多包涵，大人不计小人过。”听我这么一说，劁猪匠反倒不依不饶了：“咱这又不是打把式卖艺呢，靠的是手艺吃饭，是骡子是马拉出来遛遛！”于剑原本就没想走，听他这么一说，立马脱去了外套，把内衣袖子往上撸一撸，冲着猪的主人说：“今天猪要是被我给劁死了，双倍赔偿。要是成功了，我分文不取。”猪的主人听到有这便宜，也乐于求成。于剑从背包里掏出一个袖珍包，从中取出一支笔式手术刀和一根鱼钩形的弯针，将弯针引上了线。只见他轻盈地跳进了猪圈，手疾眼快地抓住了猪崽儿的后腿，倒提起来，轻轻放在猪炕上。他瞅准部位一刀下去，在刀口边上用拇指一摁，麻利地用中指在刀口里一勾，花肠随指而出，快速地摘去卵子，再用引好线的针缝了两针。整个动作一气呵成，干净利落，前后也就三五分钟。他那引以为傲的手艺出尽了风头。

看得众人目瞪口呆，静止的空气中不知谁叫了一声："好！"随之引来了一片掌声。劁猪匠也是个真正的汉子，一改起初目中无人的态度。他握着于剑的手，心悦诚服地说："这行饭以后我是真的不能吃了，遇到你之前我常常夜郎自大，目空一切。今天我才知道人外有人，天外有天，真是学无止境啊！"于剑也一片挚诚地笑着说："这行你要是不干了，这十里八村的老百姓还不骂我八辈祖宗啊？不要轻言放弃，干我们这行的就要胆大心细，下刀要稳、准、狠，百折不挠，久而久之就熟能生巧了。"

我们在一片畅谈中结束了午餐。

收回来的苹果色泽鲜艳，不但个大皮薄、甘甜多汁，而且卖价还低，坐在家里便销售一空。我俩喜出望外，心想这回准能赚到钱了。然而那些山楂却无人问津。于是，我俩推着手推车走街串巷去卖山楂。可买山楂的人并不多，走了好几天也没卖出去几斤。早晨怎么推出去的，晚上就怎么推回来。于剑找来几个穿糖葫芦的客户，人家看了山楂之后直摇头。山楂个头够用，就是虫子包太多没人要。于剑心有不甘地抓了一把，一个个捏开，的确有四成虫子包。山楂上凡是有一个小孔的里边都有虫子。于剑像霜打的茄子——蔫了。他愧疚地对我说："说好的去收苹果，都怪我自作聪明又买山楂，这么多山楂窝在手里卖不出去，钱赚不到不说，还害得你跟我一起赔钱。"看着他垂头丧气着急上火的样子，我想劝他几句，又不知从何说起，于是前言不搭后语地脱口而出："塞翁失马，穷则思变。""怎么变？还能把山楂变成苹果呀！"我继续安慰道："山楂虽然变不成苹果，但能变成好山楂。"于剑立马容光焕发，迫不及待地问："快说，怎么整？我都急死了。""现在是冬闲季节，叫上几个好朋友把虫子包挑一挑，然后再把那些穿糖葫芦的找来，折价卖给他们，只有这样才能把损失降到最低。"于剑无奈地点点头："这也是个不是办法的办法。"

这个办法还挺奏效，挑完的山楂被穿糖葫芦的收走了大半，还剩下一部分。于剑媳妇说："咱村人冬闲时都在聚堆玩牌，干脆我们把山楂穿成糖葫芦，在穿制过程中还能再过遍筛子，仔细挑挑拣拣。把糖葫芦拿到大家玩的地方去卖，多少还能回点本钱。"想法挺好，就是有点赶鸭子上架。谁会蘸糖葫芦呢？我媳妇自告奋勇地请缨："我来试一试吧！"只见她把一斤白糖放入锅里熬成糖稀，嘴里还振振有词："大泡，小泡，黄……"然后把熬好的糖稀盛到茶盘里，趁热将成串的山楂蘸上糖稀，糖葫芦就蘸好了。第一次糖熬得不到火候，蘸出来的糖葫芦咬上一口直粘牙，尽管如此也都卖出去了。后来糖葫芦蘸得又脆又甜，可是，我发现经常买糖葫芦的总是那些朋友，心里很是过意不去，感觉很不得劲儿。我不容置疑地对于剑说："这糖葫芦不能再穿了，明显是朋友们在照顾咱俩，相当于变相地给咱俩钱一样，适可而止吧！剩下的山楂给亲朋好友们分了吧。"于剑赞同地点了点头。就这样，我俩白忙活了俩月，不仅没赚到钱，每人还赔了一小笔。

春节期间，借着走亲访友的机会，又联系上了以前工地的那些老关系。当我见到舅姥爷的老朋友万泉时，他喜出望外地说："江子，正不知道怎么联系你呢。我这儿今年承包了个大工程，是市里的重点工程，一定要干出个样，确保是优质工程。我挺喜欢你这孩子的，为人正派，做事认真，干活儿麻利，最主要的是你做事用心。我这里活儿有的是，你就大张旗鼓地干吧！"

于是，我回家开始招兵买马，待到春暖花开时大干一场。

# 第七章　重返工地

转眼过了惊蛰来到春分，天气乍暖还寒，春风透骨凉，伤人不伤水，冰河已开化，万物正复苏。建筑工程都陆续开工，在万泉老工长的鼎力帮助下，我的工程活儿揽了不少。我脑子活泛，学东西快，再说九年寒窗苦读也不是吃素的，无论情商还是智商，都在线。很快，我的命运出现了转机。手下二十多个年轻力壮的民工都是跟我从小玩到大的哥们儿。先给他们进行了专业的技术培训，培养良好的个人形象和素质，提高专业技能和业务水平。在技术上也绝不允许有疏漏。然后，严明了工作纪律，每个人都要严格要求自己。一切都要服从命令听指挥，要有"从我做起，从现在做起"的紧迫感和责任心，保证安全生产。

詹老三曾经和我同在万泉工地共事过，我们彼此信赖，推心置腹，无话不说，好似亲兄弟一样。他年龄比我大几岁，性格又合得来。如今他自己承包了工程，钢筋活儿自然而然地给了我。我又揽了两个工地的钢筋活儿。不过，闲暇时我还是经常待在詹三哥的工地。赶上饭点儿，我们也经常一起吃饭，相处得十分融洽。有一次喝酒，三杯酒下肚，三哥似醉非醉地说："江子，三哥跟你说一句掏心窝子话。三哥头一年包工程，啥经验也没有。头脑一热，跟亲属借几个钱就拱进来了。咱工地也没雇技术员，你可不能瞅三哥笑话。没什么事你就多在三哥工地帮着照看点，可不能让三哥掉地上……"被哥们儿如此器重，我的内心就更增加了几分责任感。尤其是在自己单独打拼、举步维艰之时，不但得到哥们儿的青睐，还被放在一个重要位置上。于是，我对三哥的工地格外上心，该管的不该管的都面面俱到。因此，也遭到了别人的嫉妒，对此我毫不在意。为了一份信任，做自己的事，让别人说去吧。反而更加坚定我的信念，每道工序都亲自把关。正是如此，在绑扎地梁时发现了问题。

那是一段转角的半圆形地梁，工人们把制作好的地梁放在两个轴线间时发现钢筋短了很多。我脑袋嗡一下，第一反应：是不是工人下料出了差错？剑锋凑到我身边低声说："让师傅再下几根料，接起来也不耽误事。"我瞅了他一眼，说："不行，快去把图纸给我拿来！另外，于军你量一下咱们制作好的地梁钢筋长度。"我打开图纸，反复按图上所给的角度算出长度，多次计算的结果都和实物完全吻合。看来毛病不是出在我们钢筋活儿这儿，那一定是放线有问题。我马上找来了放线的宋师傅，委婉地和他反映发生的问题。我本是好意，想让他自己拿出补救方案。

六十多岁的宋师傅一颗圆头留着几根稀疏的毛发，下垂的嘴角上长着一个看不到鼻梁的酒糟鼻。他整天眯缝着眼睛，人挺倔，脾气也很大，是住宅公司的老放线员，承包了三个工地的线寸和木工活儿。当我说到趁着楼没有盖起来呢，有错误之处赶紧改过，以免造成不必要的损失时，宋师傅便气急败坏地指着我说："老子在这行干了二十多年，梅河口有名的几个活儿都是我干的，什么风浪没见过？我吃过的盐比你吃的饭都多，走过的桥比你走的路还长，怎么可能出错呢？啥时候轮到你这个黄嘴丫子未褪净的小屁孩儿在我面前指手画脚的？如果真要是错了，那也一定是你们的错。你才刚出道几天？做人要谦虚，不要把什么错都往别人身上推。"

看着他倚老卖老的姿态，我也不由得气从中来，怒怼道："现在不是争谁对谁错的时候，我们可以到现场去看一看，是谁的错一目了然。至于是谁的错不重要，关键是怎么把损失降到最低。"宋师傅很顽固地说："我已经反复验过线了，反正我没错，我也根本不用过去看，你自己看着办吧。"这么严重的事情，我不能瞒报，也不能擅作主张，必须为工程负责，只能去找詹工长，把问题向他反映一下。

詹三哥是木匠出身，对放线业务十分精通，还没等我汇报完，他便拿起钢尺火急火燎地来到现场，准备亲自检测一下。宋师傅正幸灾乐祸地隔岸观火，见詹老板亲临现场，也赶紧凑了过来，还不失时机地分辩道："詹老板，我这块绝对不会错。如果是我错的话，我可以一分钱不要就走人。"话说得如此坚定决绝，很是胸有成竹。三哥领着工人量完角度之后问宋师傅："你这个半弧是怎么放出来的？"宋师傅详细讲了一遍放线过程，真是让人又好气又好笑。不知道在这之前他放错过多少类似的圆弧。原来他是从两侧往中间放，最后的夹角是多少度就多少度。在铁证面前，他最终承认是自己的错，也承认这是他这么多年来第一次放圆弧，照葫芦画瓢，全凭经验，根本不懂几何知识。

经此一事，宋师傅觉得很没面子，之前又把话说过了头，覆水难收，只好跟詹工长请辞。本以为三哥能挽留一下，也好借坡下驴，没承想三哥很痛快地答应了，并给他结清了工资。

对宋师傅的辞工，我心里很过意不去，感觉此事多少与自己有关。也许当初自己再耐心地和他解释清楚，就不会发生此事了。

他临走时感慨地对我说："小兄弟，对不起，都是我太自负了，看你年纪轻轻的，没瞧得起你。'满招损，谦受益'，古语说得好，'活到老学到老'，一点都不错。你这孩子做事很细心，心眼儿正，又虚心，现在的建筑市场能吃得开的就是你这种人。青山不改，绿水长流，以后有机会咱俩碰到一起，一定会成为好搭档。"说完头也没回地离开了。看着他落寞的背影由实到虚，渐渐模糊，直至消失，我感到内心怅然若失，像打翻了五味瓶，真不是滋味。这件事在我心中始终是个结，总觉得对不住宋师傅。这世间总有那么一些事，叫人若干年后想起，还是感慨万分，刻骨铭心，难以释怀。

当天下班前三哥找到我说："有没有好的木匠头儿？我这么多年始

终在住宅公司，跟外界鲜有接触。一时也找不到合适的木匠头儿。"我情绪低落地说："当时为什么不挽留他一下呢？出来混口饭吃，都挺不容易的。""不是不想用他。知错能改，善莫大焉。他倒好，不撞南墙不回头，死不悔改，冥顽不灵，我敢用吗？""那你看曲涛应该行吧？知根知底，你也很熟悉的。这些年始终在老赵头儿工地带工，干过大活儿，也见过场面。另外，你这工地也应该物色个技术员，你平时不在工地时也好有个人帮你照管着。""嗯，是的，我明天琢磨一个，那今晚你陪我去找曲涛谈一下吧。工地撂不起，另外，也让周围的同行笑话。"三哥诚恳地说。"好吧！晚上去他家应该能找到人。"我很理解三哥此时的心情。

曲涛是个十分好客的人。我俩到他家时正赶上他下班刚回来，连忙叫媳妇炒两个菜，随后打开一瓶大高粱。他平时不喝酒，这次非要陪我俩喝两盅。席间我和他说明了来意，他毫不迟疑地答应下来，并且安慰三哥道："你放心，我明早就带人进入工地，保证不会耽误事。"骑车回来的路上，三哥带着酒意哼着小曲，兴奋地说："江子，这下你可帮了三哥大忙了，能有你这个好哥们儿真好。"

第二天，曲涛带着人马早早地就上来了，我们一起合计着拿出个补救方案。三哥亲自到设计院找王院长，很快就给出了设计变更，我们打了两个夜班，总算把进度撑了上来，一切步入正轨。

两天没去三哥工地了，接到通知，各班组长九点钟到办公室开会。大家按时来到办公室，三哥指着一个老太太给大家介绍："这是新来的唐老师。以前在煤校教学，刚退休，来我们这儿学技术员。她以前从没接触过基建，平时有啥问题，还请大家多帮助。"

唐老师五十多岁，瘦高个儿，说话有点公鸭嗓。她烫着短发，刀条子脸，眼睛不大，看起来非常刁。但接触一段时间之后，感觉全然不同。她不但为人热情，还乐于助人，遇事爱较真儿。不管啥事都刨根问底，必须弄明白。不愧做过教师，《十万个为什么》就好像是为她量体裁衣制作的。由于自身文化底子深，好学且不耻下问，常人需要几年的工夫，她没用多久就学会了看图纸，连简单的预算都能做。各种内业资料整理得井然有序，各个部门来检查时也接待得头头是道。她的到来给工地增添了不少色彩，没事时和工地管材料的池姐凑在一起有说不完的话。

池姐三十多岁，高高的个子，长发飘飘。人长得很秀气，是三哥合伙人的儿媳妇。她为人稳重，平时少言寡语。自从唐老师来之后，二人总是有说有笑。她们之间有了乐趣，我们的生活也有了改善。她们每个周末都能给大家包上一顿饺子。每逢吃饺子的时候，唐老师总是叫上我。久而久之就产生了一种亲切感，我总在不经意间叫她一声干妈。老太太总是乐得合不拢嘴地应着："哎，哎！"后期我们在一起总拿三哥和池姐开涮："看你俩郎才女貌的，相互间相敬如宾，一看就有夫妻相。"刚开始三哥还面红耳赤地说："别瞎说，我们只是普通朋友，别传出去让人误会，瞎话害死人的。"久而久之，三哥不以为意了。

# 第八章　出门进料

这一天中午，一建公司的老邹头儿来找我，拍着我肩膀笑眯眯地对我说："小车，麻烦你点事呗。你替我跟倒钢材的高老板去趟辽宁呗，帮我拉车钢材回来，只能有劳你了，好吗？这是七万块钱。"说完把手里装钱的布袋递给了我。他是一建公司的老工长，四十多岁，跟我父亲的年龄相仿。身材不高，胖胖的，长了一副弥勒相。他不笑不说话，从来不伤人，非常和蔼。他是从庄河跑盲流①来到梅河口的，刚来时举目无亲，靠着吃苦耐劳的劲儿打拼到今天。我接过钱袋，沉甸甸的，感觉此次使命任重道远，有些疑惑地问："邹总，咱工地不是有跑料的吗？""哦，他岁数比我还大，就那身子骨经不起长途颠簸，对钢材型号又一窍不通，就麻烦你跑一趟吧！"邹总含糊其词地找着借口。

其实跑料的是他大舅哥，人没个正形，平时买料账目不清，老邹头儿睁一眼闭一眼就过去了。头两天买木材，老邹头儿好信儿，让木匠清点了一下，结果发现跟票据上差了很多。我想这次拉钢材没让他去，可能就是这个缘故吧。他能信任我，是我莫大的荣幸，也就不再多想。

过不多时，高老板带着一辆大卡车来到工地，简单收拾了一下，我们就出发了。汽车在颠簸的行驶中来到辽宁红旗岭地界山脚下。公路两侧清一色的饭店，每家饭店门前都是宾客盈门车水马龙。汽车在姐妹饭店的门前还没停稳，饭店里立刻涌出来四五个打扮得十分妖艳

---

①跑盲流：指为逃荒、避难或谋生，从农村迁徙到城市，居无定所，无固定职业。

的女人。她们热情地招呼着高老板，左口一个高哥，右口一个亲爱的，嗲声嗲气，扭姿作态，让人听着感觉很肉麻。众女簇拥着高老板勾肩搭背地走进饭店。看来这里是高老板的饭点儿。司机从厕所里出来，边擦手边对我说："进屋吧！老弟，没见过这阵仗，头一次出门吧？"我默默地点了点头，跟随着司机走进屋坐在圆桌旁。很快就上来四道菜，服务员打开两瓶啤酒，高老板顺手递给我一瓶："谢谢您，我不会喝酒，您自己喝吧！"我怀揣重金，不能喝酒误事儿，礼貌地推辞掉。他也没有多让，独自斟满一杯豪饮起来。

这时，过来一个穿着暴露浓妆艳抹的年轻女子，拿起桌上的酒，毫不客气地边倒边说："亲爱的，我来陪你喝杯交杯酒吧？"顺势坐在了高老板的腿上。她端着酒杯的右手从高老板的脖子上绕了过来，高老板眉开眼笑地连声说："好的，好的。"这二人简直拿我们当空气一样。司机早已司空见惯自顾饮酒，我叫了一碗饭，把钱袋夹在两腿中间，只顾埋头吃饭，全然不知身旁多了个妖艳女人。"哟，小哥哥，什么宝贝东西，还夹得那么紧，不如陪姐姐我喝两盅，也好让姐姐我知道你成没成人。"说完带有挑逗性地朝着我的脸摸了过来。我身子一侧，眼疾手快地挡开了她的手，使劲白了她一眼，没有搭理她。我胡乱地扒了碗饭，起身打了个招呼："你们慢慢吃，我去车里休息一会儿。"我斜倚在副驾驶的座位上，把钱袋放在身下，眯着眼睛养神，不敢睡觉。

大约过了一个多小时，高老板红光满面地走了出来，后面跟着那个女人挥舞着手中的手帕，浪声浪气地叫着："高哥，常来啊！妹妹等你啊。"那声音，那表情，那场面，跟电视里那些搔首弄姿的小姐揽客的场景别无二致。

车在黑暗中跑了一宿，第二天日上三竿，来到了辽阳和鞍山之间一个叫首山的小镇。街道的两侧都是大大小小的轧钢厂，在高老板的指引下，我们来到一家看起来规模比较大的轧钢厂。我仔细地看了看钢材，冲着高老板说："这不是小钢厂生产的地轧材吗？"高老板不无得意地说:"是啊,你们邹老板要的就是这种货,现在工程都是个人承包,谁还用国标材?一吨得差不少钱呢,不信你可以给邹老板打电话问问。"

借着方便之机我来到隔壁厂家,详细询问了钢材信息,返回来时,高老板正和厂方讨价还价,其实就是做给我看的。他总以为自己老谋深算,拿别人权当傻子。他俩争得脸红脖粗之时,见戏演得差不多了,我淡然地给出了个合理价格,看着他俩面面相觑的样子,我轻蔑地一笑,说:"全镇的钢厂全是这个价格,高老板三天两头来一趟,还有给你抬价的吗?"弄得高老板狼狈不堪。商家也唯唯诺诺地说:"就按你说的价格办。"计量时,高老板故意装作尽职尽责地把我叫到钢材前监督,随后工人开始数起根数,想用理论计算法计重。我不以为然地说:"地轧钢本来就细,最容易偷工减料,必须过秤才比较合理。"高老板见此情形把我拽到一边,偷偷塞给我五百元钱,他认为没有用钱办不了的事。我义正词严地对他说:"君子爱财,取之有道。钱是好,但我得对得起老板对我的这份信任,无价的感情是用再多的金钱也买不到的!"说完生硬地把钱推了回去。高老板暴跳如雷地说:"那过秤的钱你出吧!你爱咋整咋整,我还不管了呢!"我断然回绝:"我只拿钢材款和运费,额外的花销我一分不出。否则我这就替老板做主,你的货我们不要了!这里钢厂多的是,去别家,这个价钱也可以买!"高老板在我的步步紧逼之下,只能无奈地按照我说的去做。

回程的路上,高老板一句话没说,我也懒得理睬他。这车货他没有赚到大钱,只能打碎门牙往肚里咽,自然觉得很窝火。又来到红旗岭的那家饭店内,那几个花姐像接财神一样奔了出来。再看高老板像斗败了的公鸡,垂头丧气已不复来时的精神头。来时陪他那个小姐,搔首弄姿地搂着他的脖子:"咋啦,亲爱的,蔫了吧唧的,哪儿不舒服了?"他提高了嗓门指桑骂槐地说:"我今天心情不好,出门没有看皇历,拉货遇到个丧门星,没有挣到钱。"我当时火冒三丈,指着他鼻子骂道:"你骂人不要拐弯抹角的,你要真是个站着撒尿的你就直来直去,含沙射影的，你算个啥？"司机是个见多识广之人，赶忙把话扯到一边，他没想到我看着瘦小枯干的还是个挺有脾气的人。高老板看了看我，没敢接茬。我攥紧拳头怒目切齿地瞪着他，气得浑身直抖，饭也没吃，若不是替朋友办事，我非得好好教训教训他不可。

第二天早晨，天刚蒙蒙亮，我们就安全到家。当着高老板的面，我把发生的所有经过一五一十地跟邹总汇报一遍。邹总大度地笑着说："高老板不是见利忘义的那种人吧？他是和你小孩闹着玩儿呢，这回他总该相信真金不怕火炼了，是吧？"邹总回过头目光深邃犀利地看着高老板。臊得高老板满脸通红，无地自容，恨不得找个地缝钻进去。我目光冰冷地瞪着他说："呸！什么东西，人模狗样的，即便装出一副正人君子的样子，也枉穿一身人皮。是狗永远也改不了吃屎。下次再敢骂我，绝不饶你！"吓得他大气没敢出，屁都没放一个。

从那以后，邹老板再也没用过他的钢材。好事不出门，坏事传千里，就连我的其他朋友也都不再用他的货了。不管我在哪个工地干活儿，他都不敢去推销钢材。我常跟大伙说："怎么都是花现钱，干吗不自己去办货呢？又不费什么事，何必让他在中间挣差价？"

转眼之间来到了月末，各个工地都按工程进度拨付了工程款，按劳分配，工人们高兴地领到了他们的报酬。给工人发完工资后，我手里还剩下厚厚一摞崭新的钞票，攥钱的手激动得有些颤抖。真有陈佩斯演过的《拍电影》小品的感觉——乡亲们呐，我王老五活了大半辈子，头一次见过这么多钱。

我承包的工地越来越多，工地之间的距离远近不一，每天骑着自行车挨个工地跑，有些力不从心不说，有时还误事。早就想买台摩托车来代替脚力，这回有钱了，买台差不多的摩托车绰绰有余。蓦然想起玩摩托车的朋友马强，他二十来岁就开始摆弄摩托车，对各种摩托车的性能很在行。早先就和我说过想买摩托车时去找他，听了我的想法，马强诚挚地对我说："你一天摩托车也没碰过，直接买新车不合适，周日我领你上车市买台二手车吧！只要看准了，骑上一年后再卖也不赔钱。"

好算盼到了周日，我和马强早早地就来到了车市。他领着我满市场转，不时地和别人打着招呼，就是不提买车的茬。眼看大半晌过去了，我心急火燎地跟着他瞎转。马强看出了我的心事，小声对我说："这些都是倒卖车的二手贩子，和他们做买卖那就是偷鸡不成蚀把米……"正说着就见一个中年男子骑着辆蓝色 AX-100 铃木车进了市场。那台摩托车就跟新的一样，蓝色的漆面就像蓝宝石一样闪闪发亮，十分惹眼。

说时迟那时快，马强三步并作两步地迎了上去，手扶着车把问："这车是哪年的，咋卖？"见有交易，呼啦啦地围过来五六个人。马强看过了行车证和出厂合格证后问："想要多少钱？"卖主说："我这车刚买不到半年，因为上楼没处放，不得不卖，虽然有些舍不得，也只能忍痛割爱了。就想找个惜车的好买主，我不会漫天要价，指定贴边儿。"众人见是马强在谈交易，不但没有撬行，还七嘴八舌帮忙压价。经过几番讨价还价，最后三千八百元谈妥了。马强蹦着火试了试车，骑了一圈感觉还不错，一手交钱，一手交车。

交易后马强带着我往回走，边走边兴奋地说："这车真不错，一给油直往前蹿，有种推背感。刚过磨合期，你一定要把变速箱机油看住，好好保养，骑上个三年两载再卖出去也赔不着钱。"

晚上骑着摩托车回家，摩托车的轰鸣声离老远便传到家里。妻子抱着女儿早已在村头翘首以盼。我的女儿刚满四岁，乌黑的头发裹着一张略圆的白里透红的小脸蛋儿，一双水灵灵的大眼睛明净清澈，长长的睫毛一眨一眨，笑起来一对小酒窝迷人可爱。女儿看着摩托车喜爱得不得了，坐在摩托车座上就不下来。媳妇连哄带骗地说："快下来吃饭吧！你才四岁还太小，等你长大了再让爸爸教你骑大摩托车，好不好？"父亲见我买了摩托车，没好气地问我："买这么个玩意儿，花多少钱？"我光顾着兴奋了，没听出来父亲说的是气话，也没观察父亲的脸色，随口回了一句："三千多块钱吧。""啥？三间大砖瓦房坐在屁股底下，你个败家玩意儿。天天突突的，哪儿得劲儿？"气得父亲破口大骂。好在母亲不失时宜地过来解围："你个老东西，在那蹦啥高？多老远就听你喊。俗话说得好，有多大的胸怀就能成就多大的事。你倒好，成年累月地省吃俭用，不也就攒下那三间茅草房吗？这大瓦房还不是儿子盖的吗？"说得父亲哑口无言。见有人为我撑腰，我的底气立马就上来了，拍着胸脯向父亲表态："爹，你放心，以后我挣大钱了咱们住楼房。"母亲听完乐呵呵地说："儿子，你有这个心意就行。妈不图别的，只要你有出息，妈就高兴。另外，工地活儿再忙，你骑车也不要急三火四的。慢点儿，稳当的，平安就是福。"经母亲这么一说，父亲也转怒为喜。

几天过后，我的车技也比较娴熟了。只要下班早了，我就抱着女儿，让她坐在前边，骑着摩托车行驶在乡间小路，一边哼着小调浏览乡间风景，一边逗着女儿开心。

有了摩托车，跑工地也方便多了。我可以多揽一些活儿，趁着年轻力壮多挣些钱。工地多了，有时活儿赶不开，只好隔三岔五地打个夜班。

一天傍晚，万泉工地的木工贪黑把楼板模支好，按照工序排班就会和杨工长的地梁活儿"碰车"。于是，我把剑锋、刘义和于军等七个年轻壮汉留下打夜班。他们几个在一起干活儿那真是人合心、马合套，个个手脚麻利，配合十分默契。本来差不多大半宿的工作量，不到半夜就完成了。收工准备打道回府时，我见他们各个精疲力竭，人困马乏的，便想给他们减轻一点负担。于是，我从仓库里找出几根绳子，先用绳子的一头绑在我摩托车的后货架上，然后把另一头绑在他们自行车的前梁上。如此做法，一辆连着一辆，把五辆自行车连成一串。我将摩托车启动着，后座上还带着两个人。一声令下，走起！他们几个不但干活儿合把，就连骑车也配套统一起步，非常顺利。

夜深人静也不担心从旁边蹿出人和车，大约以每小时三十公里的速度向前行进。我掌握着油门儿，稳稳地在前边拽着，五个小兄弟在后边大呼小叫地吹着口哨，有说有笑，唱着流行曲，简直是忘乎所以。正所谓天有不测风云，人有旦夕祸福。这几个人乐极生悲，险些酿出大祸。没承想好心办了坏事，本想减轻他们的疲乏，轻松愉快一些，谁知却弄巧成拙，适得其反。

当我们的车队行驶到宝山采石场附近时，有个急转弯，我的摩托车刚拐过去，就听到身后"喳、喳、喳……"响声一片。我回头一看，吓得我魂飞魄散，惊出一身冷汗。只见车后一条火龙紧紧相随，原来是自行车和砂石路磕磕碰碰迸出的火星。我顿时傻了眼，不敢急刹车，慢慢踩着制动将车停下来，扔下摩托车急忙往回跑。这五个人就像滚地葫芦一样，东倒西歪地躺了满道，吱哇乱叫，鬼哭狼嚎的。我们摩托车上的三个人赶紧扶起他们查看伤情，让他们慢慢地活动胳膊和腿，看看骨头有没有问题。刘义龇牙咧嘴地骂着于军："就怨你，瞎嘚瑟，还把脚放在车把上了，扔天上去得了呗！害得我们跟你遭受池鱼之殃。"

大家知道了原因，纷纷责怪，群起而攻之。我连忙说："别吵了，大半夜的，都看看自己身上受没受伤，要怪只能怪我，做事没脑子不考虑后果，冲动鲁莽，只图一时之快，连累弟兄们跟着遭罪。"于军还坐在地上直哼哼，剑峰过去将他搀起来。李伟也急忙过去帮忙，一边掀起他的衣服查看，一边说道："这小子衣服都卡破了，估计里边也好不了。呀！这半边肋八扇儿全卡秃噜皮了。"于军一听，将胳膊高高举起，哼哼的声音就更大了。景红看着他的伤处煽风点火地说："该！你这是自作自受，自讨苦吃，你叫唤个啥劲？"看着他的伤处，我犹如疼在自己身上，心疼地说："你忍着点，走两步，看看骨头伤着没，不行咱就上医院。"于军也真够皮实的，见大家都围过来关注他，推开了剑锋，甩甩胳膊伸伸腰，朗声一笑："你们看，啥事儿没有，上什么医院，皮外伤，小意思。就是连累兄弟们跟我一起遭罪了，但咱们不都说过吗？

有福同享，有难同当嘛！以后别都娘们儿叽叽的。"

　　其余四人只是卡破点手脚，并无大碍。我长吁一口气，真是万幸啊！本想让他们省些力气，没想到好心办了坏事，差点儿酿成大祸。我用车载着伤得较重的于军和刘义。其余五人骑着自行车走在前头，我在后边给他们照着亮。祖先保佑，总算是平安到了家。真是有惊无险啊！我暗自告诫自己，以后做事一定得多想想后果，走路朝前看，做事往后看，再也不敢如此思虑不周了。

# 第九章　迎来贵客

时至小暑，农村的各种瓜果蔬菜已经陆续下来。"六月鲜"苞米也成熟了，各种早熟的瓜果梨桃也已经开园。父亲在生产队时就是个远近闻名的"瓜把式"，分产到户以后，家里地少，父亲就琢磨着在自家的地里种上香瓜。种香瓜见利快，利润又高，今年我家的香瓜扣了地膜，早早就开园了。我跟唐老师提议："周日我想请大家到家里吃顿农家饭菜，工地的主体工程都已封顶，借此机会放松一下。大家带上家人来个乡村一日游，领略领略美丽自然的乡村风光，体会一下淳朴的乡土人情。"唐老师连声地拍手叫好："好啊！好啊！我替大家先应下了，还没见过你父母呢，他们一定很了不起，不然也不会有你这么优秀的儿子，周日我们都带着家人一块儿去过个周末。"

周日早晨，阳光明媚，风和日丽，夹杂在微风中的花草香直沁鼻端。我们全家人早早起来收拾妥当，就连女儿也打扮得俏皮可爱。我骑着摩托车来到黑山头小市场，想买几条新鲜的活鱼。我遛了一圈儿，来到一个鱼摊前，用手拨弄着盆里活蹦乱跳的鲤鱼，一看就是新捕的。"这鱼咋卖的？"卖鱼的捂着个大口罩，戴着遮阳帽，捂得严严实实的。她抬起头看了看我。突然惊呼了一声："车江！真的是你，打扮得这么帅气，办什么喜事呀？"我愣了一下，没认出来，卖鱼的赶紧摘下口罩凑过来，说："老同学，我是曹娟，咋的？有钱了连老同学都不认识了？"在这种场合下，久别重逢难免让我有些局促不安，说话有点儿语无伦次："噢，曹娟啊！这不是咱们班的大姐大吗？真不好意思，你捂得也太严实了，就是火眼金睛也看不出来呀！考验我的眼力呢？曹大美女，你这鱼多少钱一斤呢？"我们同学一场，什么钱不钱的，都是自家养的，今天能见面也是我们同学的缘分。"她边说边把鱼往塑料袋里装，满满的一袋鱼送到我面前，"拿走吧！不要钱的。"我一手接过鱼，一手掏钱："那怎么好意思，你若不要钱，我就不买了。"她爽快地笑道："同学之间还计较这些？枝是枝蔓是蔓的，有意思吗？咋的，怕我粘上你呀？你现在这么有钱，那把当年烧的我的裤子赔给我吧！"说完，她哈哈大笑。

我恍然想起，上学时我把她的裤子烧坏了。农村学校冬季教室都用铁炉子取暖，教学条件极其艰苦，优秀的教师不是回城就是托门挖窗去了更有发展的学校。每年能从这儿走出去的考生那是凤毛麟角，因此造成部分学生胸无大志。为了不使父母过早失望，他们每天出工不出力，得过且过，应付了事。以曹娟和丽芳为首的几个女同学，学习是个半吊子，但穿衣打扮却是一流的。在同学面前总是呼来喝去颐指气使，身边还总有那么几个阿谀奉承的男生推波助澜，里出外进前呼后拥的。就读黑山头中学的学生普遍都是农村孩子，家庭条件基本都不好。衣衫褴褛，捉襟见肘，很多都是捡哥哥姐姐穿过的衣服，有的甚至补丁摞补丁。

曹娟等几个同学家境殷实，总能穿些流行的时装。记得那年市面流行哔叽裤，穿在身上很板正。喇叭形的裤脚很时髦，价格不菲，那是有钱人的象征。我们班只有曹娟买了一条，裤线烫得倍儿直。穿着那条崭新的藏蓝色哔叽裤，高兴得她都不会走道了。走起路来仰脸朝天，搔首弄姿，迈着碎步，一副目空一切、傲视群伦的样子。

那时的我调皮捣蛋桀骜不驯，平时瞅着她那趾高气扬的样子就气不打一处来。尤其是她身边还总围着一帮捧臭屁的，从来不缺少一些虚头巴脑的男生在她面前阿谀奉承，唯命是从。她是众星捧月一般。看着她那狂妄劲儿，我就气不打一处来，灵机一动计上心来，心想：治她一下，杀杀她的锐气。

我的座位与火炉之间有个过道，火炉在我的右侧。早晨很早我就来到学校，把炉子烧得旺旺的，然后在座位上翻着书消磨时间，不时地用眼睛的余光瞄着门口。未见其人先闻其声。门响处，她像往常一样大摇大摆地走进教室。只见她仰着头，目视天棚，根本不看左右。当她走到我身边时，我装作不经意地把右腿往外支了一下，耳旁响起"哎呀！"一声，我忙不迭地站起来连说："对不起！对不起！"装作刚看见的样子，打躬作揖，嘴里说着对不起，却没忘了偷看她的裤子。只见她裤子左腿的外侧烫了个大洞，露出了里边的花棉裤，当时我心里惴惴不安，想不到能造成如此后果。因为我的裤子也被炉子烫过，只不过是表面糊了一小块而已。谁能想到这么高级的哔叽裤还没有我这土布料抗烫。心想这下惹祸上身了，做好了挨骂的准备。原以为她会破马张飞地破口大骂，会让我赔条裤子呢，她却出乎意料一声未吭地回到了座位，悄无声息地坐在那，然后哽咽起来。弄得我不知所措，悔恨之意油然而生，没想到一向很霸气的女生竟然也如此脆弱……

"喂，想啥呢？不让你赔裤子了，跟你闹着玩儿呢！"这一嗓子把我的思绪拉回眼前。这些年她没什么大变化，和以前一样，矬老婆高声，嗓门儿还那么大，嘻嘻哈哈大大咧咧的，为人仗义豪爽，跟一般的男人比有过之而无不及。当初是我错怪了她，从那之后心里对她一直有些愧疚。她不但不念旧恶，如今还不计前嫌，毫无遮掩地说："车江，有机会找几个同学一起聚聚呗！都毕业这么多年了，大家天各一方，做梦都想同学们了。"我听到此话有点热泪盈眶，扔下了一句："没问题，我也正有此意。这是我的联系方式，随时恭候！"留下电话号码，我便匆匆离开，准备回家迎接客人。

家里母亲早已把鸡杀了收拾完毕。媳妇也刚从菜地里回来，掰了苞米，摘了豆角、茄子，还抠了些土豆，拎着满满两大筐。我赶紧接过媳妇手里的筐，吩咐道："苞米和茄子用大锅单炕，蒸点辣椒酱，别忘了放点芹菜末更有味道。把土豆放在豆角锅里，出锅时油汪汪的带点咸味，城里人都爱吃。平时大鱼大肉的都吃腻了，让他们尝尝咱这地道的农家饭菜。"媳妇温和地说："赶快把鱼收拾好，再把排骨剁出来，剩下的活儿你就甭管了，等会儿把客人陪好就行。"

我一趟又一趟地去路口瞭望。大约九点来钟，见远处有一辆面包车向村里驶来，赶忙跑回屋去叫母亲和媳妇："客人到了！出来迎一下。"汽车停在我家门前，还没等车停稳，车门哗的一声就打开了。只听干妈大声问道："江子，这是你母亲吧？太年轻了！根本看不出来这么大岁数，我俩一比较，我倒像个农村老太太啦！"母亲热情地招呼大家往屋里请，也没等我给介绍，干妈就拽着母亲的手大声说："大妹子，我姓唐，是你儿子的干妈，也没征求你的意见，我就擅自做主认了他。"母亲连忙说："真是求之不得呀！我儿子修了几辈子遇到了你，承蒙你青眼相待，高兴还来不及呢，怎么能不同意呢？我儿子不懂事，能有你们关照他，我也就无牵无挂了。"

我依次把詹三哥和池姐等几家人介绍给母亲和媳妇。互相寒暄一阵便畅所欲言，有些相见恨晚的感觉。我提议带大家到我家瓜地去感受亲手采摘的乐趣，孩子们轰然叫好，干妈扯着母亲的手对我们说："我这么大岁数了，就不和你们去了，绊手绊脚的，在家和大妹子聊一会儿，你们年轻人带孩子去吧！"

前往瓜地的路上，从没来过农村的孩子们看到什么都感觉新奇，问这问那，叽叽喳喳地，欢呼雀跃地跑着，手舞足蹈地唱着，说笑间来到我家瓜地。父亲正在瓜地里下瓜呢，成排成趟的荠荠草花开得正艳，花瓣儿间三五成群的蜜蜂轻飞曼舞。

父亲是个守旧古板的人，脾气很偏，和母亲的性格截然相反，根本就没有"不是一家人不进一家门"之说。岁月的沧桑深深地刻在他脸上，花白的头发与年龄不相符。他从来不让女人进瓜地，说女人搽脂抹粉会改变瓜的口味。但是，当他看到我领着朋友来了，眉眼欢笑地招呼大家到地里亲自采摘，还不厌其烦地告诉大家哪个是生瓜哪个是熟瓜。几个孩子像小燕子一样冲进瓜地，有的揪花，有的摘瓜。三哥家的二姑娘招手大喊："妈妈，快来呀！我捡到好多香瓜呀！"逗得我们几个大人哈哈大笑。三嫂冲着孩子们喊："孩子们，赶快出来，别乱跑，别把爷爷的瓜都踩碎了！快出来，爷爷给你们摘瓜呢。"

这时，父亲拎着满满一筐香瓜走过来，热情地跟大家打招呼，还准备了一桶水给我们洗瓜，又拿来两把刀削瓜皮用。孩子们头一次看到满地的香瓜，特别兴奋，吃得满脸都是瓜瓤，三嫂用湿毛巾体贴入微地给孩子们擦着弄花的小脸。

瓜地紧挨着一座小山，山上开满了各种不知名的野花。孩子们吃饱香瓜，就跑到山上采起花来。三嫂看到孩子们玩得高兴，也怡然自乐，悠然神往，招呼大家："不如咱们也过去玩会儿，我带着相机给孩子们多照些照片吧！"

这是一座比较低矮平坦的山丘，山上只有几棵稀疏的小树。野草仿佛种植一般，齐刷刷的，像块大绿毯。各种野花争奇斗艳，一簇簇，一片片，五颜六色地散落在绿草丛中，在阳光的照射下，色彩更加艳丽，令人陶醉，流连忘返。三嫂虽已是半老徐娘，但风韵犹存。她是个优雅的女人，有一定的文化底蕴，修养层次高，人生阅历深。她高贵而不奢靡，端庄而不做作，热情而不浮躁。她是知性智慧的、自信大度的、聪明睿智的女人。在上学时就多才多艺，出类拔萃，虽是个女儿身，但性格爽朗，像个男子汉，任何困难都难以使她愁眉不展。

三嫂忍不住向三哥挑战："老詹，当年我们在学校时，我是文委，你是体委，唱歌你一直跑调，自然是比不过我了。跑步是你的长项，今天咱俩比试一下看谁跑得快，敢不敢？"三哥不甘示弱地说："好啊，那就练一练呗，输了的学狗叫。""光你俩比试啥意思啊。池姐年龄跟你俩相仿，不如让她也加入吧！正好配齐'三驾马车'。"我半开玩笑地建议着。池姐忸怩作态地说："他俩从上学到现在都配合十多年了，我哪能跑过人家呀，我可不行！"我边从池姐手里接过我女儿，边鼓励她说："重在参与，不跑怎么知道跑不过呀？输人不输场，起码在气势上压倒他俩。"

于是，他们三人一本正经地拉开阵势。我亮开嗓门拉着长音喊道："预备——跑！"三人像箭一样同时冲出去，你追我赶都不示弱，顺着一路向上的慢坡跑了一百米左右。三哥两口子是齐头并进，池姐落后七八米远。她停下来，弯着腰大口喘着粗气。我走到三哥三嫂面前，风趣地说："还真是文体不分家呀！"三嫂挺起胸自豪地说："那当然，俺两口子配合多默契呀！别说这么大动作，就是一个眼神儿都能心领神会。嘿嘿，是老詹让着我的……"说完之后娇喘微微。

孩子们手里捧着野花，头上戴着花环，都把自己打扮得十分漂亮。三嫂拿出相机给他们拍照留影，大家玩得酣畅淋漓。我抬头看看太阳，说道："我们回去吧！大家也都饿了吧？家里的饭菜应该好了，有些菜凉了再热就变味了。"我们兴高采烈地踏上了回家的路。三嫂给起了个头，孩子们唱着歌一路欢歌下了山。

回到家，饭菜早已摆了满满一桌。虽然没有什么山珍海味，但是看着就有食欲，吃起来绝对可口。媳妇非常细心，怕刚出锅的苞米烫着孩子，用筷子把苞米穿上后再递给他们。我用公筷夹了一大块鱼肉递给三哥："你尝一尝，这是我妈的拿手菜——大锅鱼。你在饭店是吃不到的。"三哥把鱼肉放入嘴里，细细品了品，然后连连点头："嗯，嗯！我头一次吃到这么好吃的鱼，香喷喷的鲜美之气蔓延迂回，萦绕鼻端，令人垂涎欲滴，色香味俱全。尝其肉，回味无穷。"听到如此赞美，我连忙招呼大伙吃鱼，干妈建议大伙共同敬我父母一杯。

母亲作为主人端杯敬酒。母亲是个场面人，说话得体，妙语连珠，村里谁家有个婚丧嫁娶，红白喜事都请母亲去给张罗。相比之下，父亲就少言寡语。三哥给父亲倒了杯酒，大家敬父亲酒时，父亲憨厚地笑着说："欢迎大家常来做客，吃好喝好。"从那满脸的笑容里，看出来他也是非常开心的。推杯换盏，觥筹交错，酒至酣处，几个孩子来了兴致，载歌载舞，大家就这样美美地吃了一顿农家饭。

临走时，父亲给每家准备了一筐香瓜，并小心翼翼地在上面盖上一层香蒿。听父亲说香蒿能使香瓜的口感更好，还能多放上几天。

# 第十章　意外受伤

由于人脉越来越广，找我干活儿的人越来越多。活儿多人少，还得继续招兵买马。我老姨是我招的第一个女工。她比我小四岁，上学时比较贪玩，"吃"不进去书本，小学没念完就辍学在家。

我每天骑着摩托车带着她上下班。一天下班回家的路上，下起了小雨。我们边走边唠嗑，过了站前路口，听到后边没有动静，我扭头一看，大惊失色，车上的人没了！赶紧调头往回找。走到灯笼酒家东侧，看见老姨正坐在地上，旁边停着一辆自行车。一个中年人正扶她，四周围了几个行人。原来我和那个骑自行车的错车时，他把老姨给刮到了地上。那人搭上我的影儿，就有些忐忑不安起来，忙不迭地问："摔坏了没有？要不要去医院检查一下？"我见老姨站起来没什么事儿，只是有些受到惊吓面如土色，并无大碍。这也算是不幸中的万幸，所以也就没有责怪那个人并让他走了。我惶恐不安地说："都怪我粗心大意，这要是有个三长两短的，回家怎么跟姥姥交代？"

各工地的活儿都有班长带着干。人员搭配合理，干起活儿来得心应手，轻车熟路。周末没事我就早点回家，干些零活儿陪陪家人。

这一天，我领着女儿去后山玩，回来发现院里的摩托车不见了。母亲说看见我媳妇在那摆弄了，可她从来也没有骑过。我正提心吊胆坐立不安地乱转，就见好友老秃在前边推着摩托车，媳妇和妹妹一瘸一拐地跟在后边。老秃怕我急眼，紧着说："我在村子外发现她俩坐在路边，摩托车两轮朝天倒在沟里，就赶紧帮着把车给推回来了。你去瞧瞧她俩，看看人摔坏没？"媳妇手捂着胳膊肘，妹妹手挂着腰，疼得龇牙咧嘴，紧鼻子瞪眼睛的，过膝袜子透着斑斑血迹，膝盖也都卡秃噜皮了，嘴里却说："没事，没事，看看你那车咋样了？""人都卡这样了，还寻思车呢。"母亲赶紧拿来紫药水一边帮着擦抹，一边嘟囔着。摩托起动杆摔弯了，前减震划掉点漆，好在油箱没怎样，自己维修一下就行。

我把起动杆拆下来平直后，从工具箱里找出一个钳子。我用钳子捏着，老秃拿锤子用力钉，钉着钉着，我的手突然一歪，就觉得左后脚跟里侧像被猫咬了一口，再看那销子，少了一块碴儿。心里咯噔一下，坏了，脚受伤了。只见后脚跟偏上一点，有个白色的伤口。一滴血也没流，外边是白碴儿，里边好像有个东西。老秃看看销子，再看看我的脚，有些瞠目结舌地说："坏、坏了，那块销子射进、进、你、你的脚后跟里了，没露头，挺深的，可能伤到骨头了。我陪你去、去医院吧！"这几句话听得这个累。"好吧！你骑摩托带我去吧！"

我的脚麻得厉害，感觉不到疼痛。很快就来到了镇卫生院，医生早已下班。老秃一进门就扯着喉咙喊："大夫！大夫！快出来看看，有病人！"

这时，从值班室里不紧不慢地踱出一个胖头胖脑身穿白大褂的家伙："小声点！喊什么喊？我又不聋。这么晚来干啥？医生都下班了。怎么了？"老秃赶紧说："他的脚受伤了。"穿白大褂的人瞥了我一眼，突然惊呼道："车江！怎么是你？咋整的？快坐下。"他嘴里热情地招呼着我，手上也没闲着，把我的腿在床上放平，哈着腰给我检查伤口。借此空当，我仔细观瞧，原来是老同学朱波，激动得我脱口而出："你怎么跑这来了？"

朱波是我初中同学，上学时就长得肥头大耳的，两只眼睛不大，不笑还好，一笑起来就眯成一条缝。上学时也是一个淘小子。我看着他不由自主地开了句玩笑："就你也能当医生？那得误了多少病啊！""哥呀，别说了。赶紧消停地坐着让我好好看一看吧！"他装模作样地用镊子扒开我的伤口，再用镊子拽了拽那块销子，纹丝不动。他摇了摇头，说："扎得还挺结实，还是先拍个片吧！看看结果再拿出处理方案。"我有些怀疑地问："拍片？你会吗？再说，是不是有点小题大做了？销子就在那，你使点劲薅出来得了。"他的眼睛又眯成一条缝："别小瞧我，今非昔比，这可是我上卫校时学的专修课，就连执业证书都拿下了。"他娴熟地给我拍了片，然后继续说，"已经知道这个东西的具体位置了，还好，还好，没有伤到骨头。来吧，先打一针麻药，我再给你把它抠出来。"我赶紧说："别，不用打麻药，我晕针。就这么来吧！我能挺得住。"他有些担心地说："那怎么行？不是一下两下的事，很疼的。"我坚定地说："来吧！上学时我就很皮实，关羽刮骨疗伤眉头都未皱一下，拽一个销子又能奈我何？别磨叽了。"

见说不服我，朱波无奈地拿来消过毒的手术刀、镊子，还有穿好线的针。他先用酒精棉在伤口周围擦了擦，算是消毒吧，然后让老秃攥住我的脚踝。朱波拿起手术刀笨拙地把伤口扩了扩，再用镊子往外拽销子。由于脚腕肿胀，肌肉把铁销片裹得牢牢的。十多分钟过去，伤处鲜血直流，疼得我龇牙咧嘴，满头大汗，强咬牙坚持着。朱波也是大汗淋漓，他越是着急越弄不出来，看我疼痛难忍的样子，就更加下不去手了，汗水顺着脸颊滴在地上。

于是，朱波停了下来，用手背擦了擦汗，说："还是先给你打针麻药，然后去Ｘ光室在透视镜下进行吧！"煮熟的鸭子——肉烂嘴硬。大话已经说出去了，就是疼死也不能收回。"麻药就不用打了，剩下的听你安排。"疼得我已经别无选择，只能乖乖地按照他说的去做。在Ｘ光灯下看得很清楚，他也不那么紧张了，进行得比较顺利，只用了两三分钟时间就把铁销片拿了出来。然后再次消毒，缝了四针，打了一针防止破伤风的药。一切完毕，朱波也就很放松，有说有笑地跟我聊起上学时的趣事。我感慨地说："还记得上学时我给你割耳朵的事吗？"他又眯起眼睛把耳朵凑过来笑着说："怎么不记得？现在耳朵上还有疤痕呢。"

那是上初中二年时，我和朱波都是通勤生，老师留的作业基本都在自习课上完成了。放学后我们就在学校逗留打闹。通勤车快来时，我们才到宝山车站等候乘车回家。记得那年春天，火车运蜂箱路过此地，车站四周是空旷的野地，一些散蜂随处乱飞，火车开走后便遗留下来。站台上到处都是蜜蜂，尤其是那三角警示牌上糊了厚厚一层，密密麻麻、黑乎乎的挤不透压不透的，行人路过时都绕开走。我们几个淘小子连打带闹来到车站。朱波见我们几个用衣服把头包得严严实实的，笑得眼睛眯成了一条缝，说："瞧瞧你们几个那熊样，还男子汉呢，让几个小虫吓成这样，看哥们儿的！蜜蜂见到我都绕着走，它敢蜇我？"他走在前边，斜挎着书包，仰脸朝天，得意扬扬地横晃。我跟张顺走在他身后，在距离警示牌十多米远时，我悄悄捡起一颗小石子，对准糊满蜜蜂的三角警示牌就扔了过去，我跟张顺立马用衣服捂住脑袋趴在地上。

什么叫捅了马蜂窝？这下总算领教了。所有的蜜蜂瞬间就炸了营，张开翅膀挺着蜂针朝着我们直飞过来。我和张顺都做好了掩护，趴在地上一动不动，蜜蜂在我们头上转了几圈后，直奔朱波飞去。就听朱波鬼哭狼嚎，像杀猪一样嗷嗷直叫，两手一阵乱胡噜。蜜蜂疯了一般，不管脑袋屁股，一顿乱蜇。没想到蜜蜂心那么齐，受到攻击就算拼了命也要出这口气。直到朱波也从书包里拽出一件上衣把脑袋和胳膊都遮挡起来，蜜蜂才逐渐散去。我们爬起来时，就见朱波顾头不顾腚的，好似受惊的野鸡，捂着脑袋扎在地上。我们把他拽起来，张顺揶揄地说道："咋样？老朱，蜜蜂还绕着你走不了？叫你吹牛，看见蜜蜂来袭还不赶紧趴下，还指望它们对你手下留情？"朱波放下了双手，乍看没什么异样，迎着落日余晖细看，他那透明的耳垂里有一根蜂针正一动一动地往里走。我赶忙拽住他的耳朵喊张顺："小二，快拿把小刀来，得把这根蜂针挑出来。"张顺拿把小刀杵在那，迟迟未动。"你杵在那像个木头橛子，能不能快点？蜂针越进越深。"张顺战战兢兢地说："我不敢，怕他踢我，还是你来吧。""真没用，你过来把住头，把刀给我。"张顺把着朱波的头，我一只手拽着他的耳朵，一只手拿着小刀，用刀尖轻轻在耳垂上划一个小口，把蜂针挑了出来。朱波的耳垂流血不止，我从书本上扯下一张没写字的白纸，把他耳朵包起来，然后用手捏住他那肥大的耳垂，不到片刻，血就止住了。

我们随着同学们坐上通勤车，一站地的车程很快就到达了。下车后，我和张顺搀着他来到镇卫生院。刚进大门，管药房的张阿姨破马张飞地跑过来，问道："咋整的？让谁给打了？走！我跟你们找他去，非挠死他不可。"她这一咋呼，全院的大夫、护士，连勤杂工都出来了。朱波的爸爸是镇医院的院长。他从小就长在医院，跟叔叔阿姨都很熟，他们都把他当成自己的孩子一样。眼见他受伤了，不问青红皂白便群情激奋。除了捅马蜂窝的环节没有说，我把事情的经过叙说一遍，姜医生鼻子不是鼻子，脸不是脸地数落着："耳朵是你们能随便碰的吗？穴位那么多，还拿个啥都削的破刀，消毒了吗？耳朵若是感染了，后果不堪设想，你们能负得了责吗？"挨了一顿狗屁呲，众人也跟着七嘴八舌地瞎饯饯。我实在忍无可忍："干吗呀？好心当成驴肝肺。"不过，朱波还算仗义，他连忙说："跟他俩没关系，当时看见蜂针往里走，一时情急，就用刀给挑出来了，这也不是谁好意的。"

我看着包扎好的脚，苦笑着说："这还真是磨道找驴蹄——找上了。当年，我割你的耳朵，如今，你抠我的脚后跟。""可不是吗？这些年我就一直找你，想报那'一刀之仇'。没想到你还自己送上门来了，我又岂能放过你？就是给你整个残废，那也只算是医疗事故。""好小子，原来刚才你是故意的，想报当年那'一刀之仇'啊？""哈哈哈……"我俩捧腹大笑。"不开玩笑了，听说你混得挺好，哪天我带着黄三、贾伟上你家聚聚。""好啊！随时恭候，欢迎你们到我家做客。"

久别重逢的同学碰到一起就有唠不完的嗑，秉承着"想做事先做人、为人处世不要斤斤计较、大度为怀"的原则，在建筑业上，我也算是小有成就，不用四处去跑活儿了。

　　这一年，我在新合镇接了个小活儿，手下带工的跟我说："头儿，你现在的活儿都挑着干，干吗接这个小活儿呀？又赚不了多少钱。"我郑重地告诉他："我接的不是活儿，而是朋友对我的那份信任。钱是有数的，信任是无价的。你没尝过找不到活儿时的那种艰难，当初缺少的不就是别人对咱的这种信任吗？另外，不论活儿大小，要先看对方的人品，再大的活儿，若老板人品不好，活儿干完了要不出钱，那又有什么用呢？"带工的被说得连连称是，对我赞不绝口。

　　一天中午，我应同学李伟之邀来到水利局楼下的一个饭店。这个饭店是他舅妈开的，他刚来饭店掌勺，想炒俩菜叫我过来品尝。忙过饭口，他做了一个拿手菜——锅包肉，又做了两道小菜，启开两瓶啤酒，我俩边喝边聊。他的菜做得真不错，感觉那是我有生以来吃的最好吃的锅包肉，现在想起来还回味无穷。什么英兰锅包肉，根本不能与之相提并论。吃过午饭，下午也没什么客人，他提议要跟我去新合镇工地看看。我俩起身往外就走，一脚门里一脚门外，就听头上"哎呀"一声惊叫，我连忙把迈出的右脚收了回来，顺势把李伟也拽了回来。说时迟，那时快，一大块玻璃从我俩眼前嗖的一声擦面而过，咔嚓一声摔得四裂八瓣。相差毫厘之间，真是危在旦夕。就听上面有人说："快下去看看，伤没伤到人？"我怒不可遏地朝上边喊道："谁扔的？抱你家孩子下井了？还是想图财害命？什么都敢往下扔，直接扔刀得了呗？"

　　这时，一个清洁工探出脑袋歉意地说："真对不起！我们擦玻璃没想到它会脱落。真是万幸！如果伤到你们，我们是难辞其咎。"我抬头看了一眼破旧的窗户，风吹雨淋，年久失修，无可奈何地说道："以后干活儿要小心谨慎，这么高掉下来东西，那可是人命关天的事。另外，跟你们单位主管领导反映一下，好好修缮修缮，不然赶上狂风大作，指不定产生什么后果。"

　　一场有惊无险过后，我骑着摩托带着李伟向新合镇出发。一路上我俩还为刚才那一幕感到后怕。人都说大难不死必有后福，可我俩却是祸不单行。就在我俩行至城南一带时，一辆拉煤的大汽车行驶在路中间，砂石路面被汽车带起漫天的沙尘。跟在汽车后面根本睁不开眼，鸣笛加油想超过去，我们加速，他也加速。我把车往里打，他压着里线跑。我往外超，他方向盘就往外打，故意和我们这么摽着。由于路面比较窄，他始终压在我们前面。前方有个拐弯，我猛加一下油，想从外侧超过去。大车司机好像在跟我较劲，他也往外打了下方向盘。我正行到大车的车身处，无处可躲，要是碰上，那就是车毁人亡。眼见无计可施，旁边就是一片稻田。我眼一闭，心一横，车把外掰，身子左倾，摩托车横着飞进稻田里，哧溜出去十几米远。我俩也像断线的纸鸢一样被甩在稻田里。当我们连滚带爬地起来时，浑身上下从头到脚都是泥，已经成了泥人，汽车早已无影无踪。这时，路边围了几个看热闹的，在那有说有笑，指指点点，弄得我俩站在稻地里无处藏身，只想赶快脱离这是非之地。我俩被摔得蒙头转向，根本推不出来摩托车。重赏之下必有勇夫，这招果然奏效。路边看热闹的两个人自告奋勇地把车给我们推了出来，我们付了酬金后慌乱地打着火扬长而去。

离开人们的视线后，来到河边连人带车好个洗，穿上刚洗过的衣裳顿觉暑意全无。等我们来到工地时，衣服被风吹得已经干得差不多了。宝林看着李伟问：“老弟，你这是怎么了？跟谁打仗了？”我这才发现李伟的上嘴唇肿得像雷震子一样，惊诧地问他什么时候弄的。他也是一头雾水，丈二的金刚摸不着头脑：“我也不知道啊，可能是刚才飞跃时撞到你胳膊肘儿了吧。”宝林听后连呼：“好险，真的好险啊！兄弟啊，以后遇事别再较劲，小心驶得万年船。”他摆了一桌酒席，以示慰藉。席间还风趣地说：“可惜你俩那个镜头了，简直都可以拍特技了。就是跟特技演员相比也不遑多让，总算是有惊无险。”我俩也暗自庆幸，感叹劫后重生。

第二天，朋友们听说了我俩的一日双劫，纷纷致电问候。在农机公司上班的刘力张罗道："正好我今天开支了，晚上找赵鸿、新春，咱哥几个整点儿，给你俩压压惊。尤其是我们的小伟，那可是少妇心目中的男神啊，如今毁了容还怎么抛头露面？"我直截了当地说："那就上小伟那儿吃吧。到哪儿都是花钱，吃什么不重要，去他那儿也给他长脸。以后咱哥们儿再有饭局就去那儿。"

小伟麻利地炒了几个菜，我们各自谈论着离校后的际遇。酒过三巡，大家喝得也差不多了，我带着微醺回到家已经很晚了，媳妇儿还在等我。她有些责怪地说："老公，你以后在外边能不能不喝酒？喝完酒骑着摩托车多危险呀！你现在是咱家的顶梁柱，这一大家子都指望着你呢。你要是有个三长两短，这日子还怎么过？求你了，别再让我们为你担心了。"

刚刚，山上的枫树还满树全是火焰般的红叶，一夜之间竟然忽地全都飘落了。真是秋风扫落叶，严寒飞雪花。

一眨眼，冬天来了。各个工地都已收工。宝林为了庆贺工程进展顺利，同时也答谢各班组成员在工作中尽心尽力，专门在工地边上的迎宾饭店摆了两桌酒席招待大家，美其名曰"庆功宴"，其实也是散伙酒。媳妇的话时刻在耳边回响，我只好以茶代酒。不觉间，到了半夜才散局。我骑着摩托车把衣领往上提一提，帽子压得很低。初冬的风非常硬，顺着领口往怀里钻，像刀子一样刮着脸。随着摩托车车速不断加快，嗖嗖的寒风像钢针一样刺透了我的绒衣，肆虐地刺着我的身体。

从 202 国道拐入林场路口，借着摩托车的灯光我发现前方大约二百米处蹿出两个人，他们手里好像还不停地挥舞着木棒。当时我的脑袋嗡的一下，心中第一感觉：坏了，遇到劫道的了。车速很快，又是砂石路面，想要掉头已经来不及了。我摸了一下别在后座防身用的棒球棍，咬了咬牙，心一横，把油门拧到头，硬着头皮奔着他俩就冲了过去。只见这两人连滚带爬闪了开去，这才发现他俩身后横着一棵大树拦在路上，顿时惊得魂飞魄散。险象环生，不容多想，我连忙手提车把人半站起来，身子往后仰"咕咚"一声，车竟然神奇般地从树身上飞了过去。当车安全着陆的那一刻，我的心也跟着落了地。

几个月前宝林说过的特技，今天真正体验了一回。那二人见我冲了过去，以为凶多吉少，大喊一声："不好，出人命了，快跑！"爬起来头也没回，起身就跑。我一脚急刹车，摩托车来了个一百八十度漂移停了下来，顺手抽出别在车座上的棒球棍，奋起直追，健步如飞。当时不知为啥跑得格外快，撵到近前，其中一个跑不动了停下来打躬作揖地哀求着："江子，求您高抬贵手，手下留情。你听我说，真不是故意的。"听声音是本村的葛红，我家盖房时他没少出力，而且还是我好兄弟的哥哥。我紧绷的神经立刻松懈下来。顿觉全身酸痛无力，犹如虫爬蚁走，特别是下身胀痛，拽着小肚子疼得直不起腰来，瘫坐在地上。

葛红和他姐夫赶忙过来把我搀起来，他姐夫略懂医术："刚才下身是不是硌了一下？然后又跑了这么远，搀着你原地蹓一蹓，不行咱就上医院，这可不是闹着玩儿的。"我下意识地摸了摸下身，发觉没什么问题，也就放下了忐忑不安的心。原来他俩是想偷村道边的杨树，树锯倒后倒在路中央。刚想锯断挪开，就见我骑着摩托下了国道，拐了过来。他们手忙脚乱中想拦停，却忘了放下手中的工具。我因此遭受这无妄之灾，好悬就一命呜呼。面对着眼前的大树难以想象刚才就是从它上面过去的，顿时觉得不可思议，真有些后怕。

再看我那心爱的摩托，两个前减震颠弯了，前瓦盖被斜梁磕出一道深沟，就连油箱的后部也硌出一个大坑，车胎也爆了。看到爱车受损如此严重，我的心好像被刀剜了一样，疼痛不已，特别难受。那真是看在眼里疼在心里。骑是骑不了了，只能推着走。勉强坚持到家，憋得难受想方便一下，结果一使劲下身拐带着小腹拧劲地疼，怎么也尿不出来。见我脸色苍白，浑身直冒虚汗，媳妇找来当医生的三叔。他给我挂了瓶消炎利尿的点滴，一直守在身边陪护着我。葛红挪开树木后也来了，他坚持要给我修摩托车。我媳妇说："这么晚了，你快回家休息吧！人没事比啥都强，钱财乃身外之物，俗话说得好：破财免灾嘛！从那么粗的树身上过来都安然无事，还不是祖上行善积德庇护我们吗？还啥车不车的？明儿个我们自己修修就行了。"

第二天，马强带着修理工来到我家，把前减震拆下来后，修理工摇了摇头，说道："这减震损坏得太严重了，很难修复，换对新的又不值当，现在只有铁路机务段有这设备，但人家不干私活儿。""没问题，只要有地儿能修就行，我去机务段找找人。"马强自信满满地说。

摩托车修好后，油箱迎着光看多少有点不那么光滑，减震也轻微往外渗油。葛红说什么也要出修车钱，扔下五百元钱就跑。我撵到他家把钱硬塞给他，并说道："哥们儿之间如果把钱看得这么重，以后还怎么能打成一片，患难与共？"

忙忙碌碌中，这一年很快就要过去了。生活中，有些磕磕碰碰的事情在所难免，只要我们保持乐观向上的心态，所有的事情就会迎刃而解。生活才会有声有色，丰富多彩。

# 第十一章　遇到祸事

临近年根，按照东北农村的习俗，有条件的家庭都会杀年猪，我家更不例外。这些年几乎每年都杀一头，而且必须是三百斤以上的。那样的五花肉满满地吃上一口，那才叫个香。今年在邻居家抓了一头四百来斤的白毛猪，过完秤后用车推了回来。大锅水早已烧开，众人七手八脚地把猪抬到案子上。杀猪的老莫用锋利的杀猪刀把脖颈上的猪毛刮了刮，肥猪不知已经死到临头，还在"哽，哽"一声接一声地低叫着。眨眼的工夫，老莫已经把杀猪刀顺着脖根捅入了心脏，外边只露了个刀把。当刀拔出来的一刹那，猪血顺着刀口喷涌而出，猪叫声、孩子们的嬉闹声、大厨的叫勺声交织在一起，那场面热闹非凡，比农村办喜事有过之而无不及。

肉香味儿弥漫着整个院落，烀熟的头蹄和下水装了满满两大盆，看着就让人垂涎三尺。家里来人去客母亲招待起来头头是道，根本不用我操心。我的任务就是陪客人喝茶、唠嗑，什么事都不用我插手。

午时，三姨夫一声令下，忙工们有条不紊地压好桌面，片刻之间便把各道凉热菜肴井然有序地摆满了桌子。这时，三姨夫登上了凳子，双臂一挥，喧嚣的场面顿时鸦雀无声了："各位亲朋好友、父老乡亲、车江工地的同仁和远来的客人，车江今天备下薄酒素菜，摆的是流水席，管吃管添，大家吃好喝好，不醉不归，开席！"

我陪宝林、詹三哥等几个城里哥们儿独坐一桌，刘义拎着酒壶给每一个人满满地斟上一碗老白干。三哥笑得两眼眯缝在一起："这哪里是吃杀猪菜呀，简直比办喜事还热闹。吃大锅饭时也尚有不及，头一回见这么大的场面，而且吃到这么丰盛的杀猪菜，更被农村这种亲和的氛围震撼。"母亲也端着酒杯站起来敬酒："各位三老四少亲姊热妹、街坊邻居，为了感谢大家平时对我儿子的支持和帮助、关照和信任，今天把大家聚在一起热闹一下。俗话说得好：'摆席容易请客难'。我不胜酒力，但为了表达对大家的感激之情，今天我就舍命陪君子，拿下此杯！大家尽兴。"母亲虽然没念几天书，但是说话唠嗑、待人接物非常到位得体，让人感觉特舒服。

看着大家吃得津津有味，我是满心欢喜。从小我就拙嘴笨腮，就好比茶壶里煮饺子——有货倒不出，只好委托三哥帮着张罗酒。三哥是个场面人，不仅意思能表达明白，话说得也到位。你提我敬，互相打着穿插相当融洽。手下的工人们，也借着酒劲儿过来敬酒，平时不善言辞的他们祝酒词说得一套一套的，恰到好处，真令我刮目相看。我单敬宝林时他有感而发："江子，你现在人脉这么好，技术水平也不差，又精于管理，不能只干钢筋活儿，趁着现在建筑业这么红火，不如把整个土建都承包下来。来年兴华盖乡政府办公楼，你就把整个土建都拿下来吧！"三哥也不失时机地加了把柴："世上无难事，只要肯登攀。"给我增加了无比的信心。

酒席持续到下午三点多钟，媳妇把早已泡好的茶水端上来，我们边喝茶边天南地北地聊着，直到傍晚，大家在我们的挽留中散去。整个猪都拿出来招待客人了，看着大家吃得开心，比我们自己吃了还快乐。母亲意味深长地说："年节好过，等到过年时再买点猪肉就过去了。"

转眼间新年已过，正月里走亲访友，忙得是乐不可支。喝酒不忘正事，有很多事也是在喝酒交流中落实的。兴华乡政府的土建活儿果真被我包了下来。经过一番筹划，确定了各班组人选。一切准备就绪，万事俱备，只等春暖花开时大展拳脚。

头一次出外干活儿，在外吃住，有些不太习惯。我从小就未离过家，成家后媳妇伺候得也是惯惯的，衣来伸手，饭来张口。好在出门人多，吃喝都在一起，也挺热闹的。那年省道营白公路改造，梅河口至兴华的客车每天只跑一趟，还得七拐八绕地走。想回趟家很不容易，况且钢筋活儿我也扔不下。虽然包了这个活儿，但也不能顾此失彼。本想两头兼顾，但事实是贪多嚼不烂。往年干旱的春季，轮到今年，迎来的不是春雨贵如油，简直就是一个烂春头子。从干基础开始，就没捞到一个好天儿。当时没啥机械设备，全靠人力突击。基础设计是毛石，为了提高效率，我雇人来个人海战术。别说此法还真立竿见影，初见成效，一多半的基础不到天黑就大功告成。

当挖另一半时，不可预料的麻烦接踵而来，基础还没挖够深度就像涌泉一样四处出水，地质又是狼屎泥加黄土层。黄泥见水，铁锹就被粘住，挖也挖不下去。水很快没过了脚脖，已经不符合施工条件。头一次干土建活儿就遇到这么大难题，技术员也是束手无策，只好叫停了工人，等拿出具体方案再继续往下干。

我这个人与生俱来就有个不服输的个性，越是有困难就越迎难而上，突破欲就越强烈。我把瓦工头儿和几个有经验的老艺人聚到一起，研究具体处理方案。几个人都是一筹莫展，拿不出什么好的办法。我把大家领到现场，看着满槽外溢的河水，我自言自语道："往年春天旱得厉害，河沟里一滴水都没有，偏偏今年烂春头子，三天两头一场雨，工期又耽误不得。"焦急万分，于是，我领着大家逆河而上，大约来到离大楼三十米处停下，忽然脑中灵光一现。"有了！"我指着河道对大家说，"在这儿新挖一条河渠，然后衬上塑料布不让水往泥土里渗透。从这里改道绕过工地。"大家拍手叫好，宝林挠着头说："这么简单的办法，我们竟然谁也没想到，平时都自视甚高，关键时刻却派不上用场。还是你活学多用，兄弟，真有你的！"

有了方案，大家立马精神抖擞投入"战斗"。二十四小时不停地工作，新渠很快完工，机修工将泥浆泵架在地基里，把半基的泥浆抽干。

天公作美，难得的晴天，我们趁着老天爷这两天开眼，铆足劲儿大干了几天。眼看基础就要竣工，胜利在望。都说唐僧取经有九九八十一难，我和他比也差不了多少。那真是推小车上台阶，一步一个坎儿。眼看基础就要全部完工，只差东北角二十多米，当挖到设计深度时，竟然是狼屎泥。赶忙叫技术员拿来地勘报告。报告上给出的勘查结果显示，这个深度应该是蒜瓣土。安排工人继续往下挖了接近一米，发现结果还是一样。甲方代表只好把设计院和做地勘的负责人找到现场。负责地勘的章工安排工人把削尖的钢管砸进地下一米多，往上拔时钢管被泥裹得纹丝不动。左推右晃再拔还是拔不出来。章工站在上边指手画脚吵吵巴火的。连日来的郁闷积压心中，找不着发泄的对象，看着他站在那瞎嘞嘞，气就不打一处来，我对着他吼道："你少说两句吧！巴掌大个地方都探不明白，还好意思管人要钱吗？"他站在那一声没吭，设计院的赵哥赶忙过来解围："别发火，谁也不是好意的，看过土质后，咱们进屋想办法。"

其实赵工心中早就有谱了，为了给做地勘的一个台阶下，故意把眼光转向他："章工，你有什么好建议，不妨说出来，我们大家共同研究一下。"章工看看我，试探着说："没什么太好的办法，唯一可行的就是换基。"赵工接过来说："换基确实是个好办法，但换基后会出现沉降不均，地梁必须加大，这会增加造价。"他把目光转向甲方负责人，继续说道："回去我就着手做设计变更，重新做工程签证，不知甲方可否同意？"甲方的董工表态："干工程不可预见的事多了，只要能保证大楼质量不出现任何问题，钱不是事。"赵工拍拍我的肩膀善意地说："江子，做啥事都要循序渐进，不要急于求成，不管出啥事都要稳妥点寻求解决办法。"面对众人，我羞愧地说："我这个人就是个急性子，有心无肺的，常出口伤人。章哥，你不要和我一样的。"章工摇摇头，苦笑着说："不会的，这么多年我还不清楚你的为人吗？"

天依旧是隔二岔五地拉拉点儿雨。工人基本上是小雨从来不休，眼看着大楼一天一天往起起。那年的雨水实在是太勤，雨一直下，我真的心乱如麻。相隔不远却回不了家，只能靠着喝酒来打发时间。刚进农历五月，雨水更加肆虐，仿佛进入了汛期一般。从初一到初三，天就没晴。马上就要过端午节了，与其让工人们窝在这里，还不如给他们放两天假，回趟家跟亲人聚聚，初六再正常上班。

晚上，我在乡里的一个饭店请大家喝酒，就当提前给大家过节了。大家按时来到饭店，池老板长得很富态，大腹便便，待人热情。不吃饭都能把人送出去二里地，天生做服务的料子。每次我们去吃饭，他都忙里忙外，端茶倒水。有时额外再给加两道菜。他虽面相给人感觉很厚道，但老话说得好：无尖不商。有一次我们去吃饭，手下的一个小兄弟很好信儿，算完账把菜单大致拢一下，发现老板另加的两道菜也算里了。于是半开玩笑地说："池老板，你家的菜也不便宜呀，羊毛出在羊身上，是不是把加的两道菜也算进去了？"池老板为人处世八面玲珑，拿过菜单故作算了一下的样子，然后哈哈一笑："可不，一定是服务员弄错了。下次我一定亲自把关，绝不敢再犯同样的错误。"在兴华这个乡镇上很难遇到像我们这种不赊欠的客人，所以他对我们格外热情。

我们十四五个人满满腾腾坐了一桌，一会儿的工夫就上了五六道菜。王江和铁牛忙着给大家倒酒。老何平时不胜酒力，也不好这口，我制止着铁牛不让给他多倒，但也不知他怎么了，今天竟然也要上酒了。他自己说什么也要满上。坐在他身边的连军趁他不注意，把他杯中的酒偷偷倒出一些，怕他喝多了扫了大家的兴。

推杯换盏，你敬我让，把这几天心头的阴霾一扫而光。天色渐晚，酒也喝得差不多了，我提议让大家早点回去休息，第二天早上好赶车回家。外面的雨依旧淅淅沥沥下个不停，我们打着伞回到住处——工地附近租的四间空房。我单独住一间，其余三间住着十多个人，大伙借着兴头要耍会儿扑克。王江过来喊我一块儿玩。我摇摇头说："你们玩吧，别玩太晚了。"

我躺在炕上，听着雨打窗棂声，不知不觉就睡着了。也不知道睡了多久，就感觉有人在喊我，迷迷糊糊睁开眼睛，只见连军一边摇着我的胳膊，一边惊慌失措地喊道："江子，快醒醒！不好了，老何不行了！"平时他们总爱恶作剧，我以为他们又拿老何跟我开玩笑，翻了个身就又睡着了。连军猛地拍我几下，面无人色，连连说道："老何真的不行了！老何真的不行了！"我呼啦一下坐起来，酒醒了大半，光着脚跑过去，用手一探，老何只有出气，没有回气。我吩咐道："赶快上医院！"

连军找来一块马车上的箱套板，大家七手八脚地把他抬到板上。我们的住处离卫生院一里来地，踩在泥泞的路上，深一脚浅一脚，一哧一滑，连跑带颠地来到医院。老何立刻被送进了抢救室。大约四十多分钟过去，医生从抢救室中出来，无奈地说道："我们已经尽力了，准备后事吧！"宝林负责联系他的家人，我掏出钱吩咐小梁子去对面的供销社买套寿衣。我跟连军手忙脚乱地给他往身上套，几个小年轻的根本不敢凑前。大约凌晨四点多钟，老何的家人坐着公司的小汽车赶到了。老何的亲侄儿也在工地打工，而且从始至终跟在身边，他把发生的经过从头到尾详细地向家人描述了一遍。医生给出的诊断结果是病人因为心肌梗死而去世的。公司拿了一万多块钱料理了后事。他的家人比较通情达理，也没多说什么。这段时间的摸爬滚打和这件不幸的事情发生，让我身心疲惫。

多数人认为包工头赚钱很容易，只要包到工程，就会赚上一大笔钱，而且是稳赚不赔的。其实不然，他们表面看起来光彩照人、耀武扬威、轻松自由，背后的苦辣辛酸又有谁知道？有时一衣而出，并日而食，也是吃尽了苦头。

端午节过后，天终于晴了，而且这一晴就是近两个月，滴雨未下，大旱。太阳像泼了油的火球，狗伸着舌头躲在大树下急促地喘息。多么祈盼着来一场滂沱大雨，但人们的希望像庄稼的叶子一样在一天天的等待中慢慢变黄。老百姓的生活是土里刨食靠天吃饭，谁不盼着有个风调雨顺的好年景？可是，天公不作美，在农作物正需要雨水的时候，来了个卡脖旱。农作物全部减产，有的山地甚至颗粒无收。于剑包了好多地，眼看着血本无归，愁得他无精打采，骑着摩托带着莫水跑了八十多里路到兴华来找我诉苦。兴华水库的水也所剩无几，水库里的鱼被捕上来满街叫卖。于是，我摆了一桌全鱼宴招待他俩，并找来宝林等几个好友作陪。席间我劝大家少喝酒，多吃菜。这是老何的事给我的教训。平时巧舌如簧、夸夸其谈的于剑此时竟然变得愁眉不展，少言寡语了。

第二天，我们一同回到梅河口，顺便回来打理打理梅河口的工地。几日过去，工地倒是相安无事，各项工序做得也是按部就班。由于前些日子天灾人祸闹得身心疲惫，所以每天工地没事我总是早早回家，就连工地里的夜班都很少跟着。

这一晚，工地的夜班是绑楼板，和往日一样，安排完我就回家了。剑锋带着老秃等几个人吃过晚饭就投入工作中。夜班电工简单地扯上电灯，敷衍了事就回屋睡觉去了。夜班通常都是包工活儿，干起活儿来急三火四只求速度，安全意识淡薄。景军和大伟在前面铺筋。毛手毛脚地抬着一大捆板筋，没有留意身边绑灯线的支杆。支杆没有固定牢靠，被板筋的钩勾倒了。眼看整个楼板都快绑完了，摔碎的灯泡将整个楼板都连上了电，形成了一张电网，绑筋的几个人被电得一抖一抖的。幸亏景军反应快，一步蹿了过去，眼疾手快地把电线拎了起来。老秃等几个人东倒西歪地瘫倒在楼板上，楼下的人听到楼上的叫喊声，知道出事了，大家急忙往楼上跑。看到楼上的情景，全都蒙头转向六神无主。带班的老李镇定下来，说道："大家还傻站着干啥？赶快动手，把人送到附近医院。"

我接到景军打来的电话，着急忙慌穿上衣服，骑着摩托风驰电掣地赶到医院。医生安抚着我："好在这几个人都还年轻，身体素质好，被电的过程很短，没造成什么严重的后果。病人只是有些头晕恶心的反应，心率比较正常，放心吧！没什么大事，休息两天就好了。"我心里默念着阿弥陀佛，只要人没事比啥都强，花点钱都是小事儿。

工程无小事，出事就是大事。人命关天，脑瓜里"安全"这根弦得时时刻刻绷着。一眼照顾不到，随时随地都会有事情发生。本想做一个出人头地的包工头，让人刮目相看，哪承想接二连三的打击挫伤了我的意志。一念及此，顿时对工程活儿有些心灰意冷，不想再这样风里来雨里去，提心吊胆地生活了，只想过两天安稳日子。

# 第十二章　回乡种地

正巧村里有撂荒地对外承包，于剑上下其手地帮我安排，轻而易举地就把那块荒地拿了下来。对于种地，我就是个门外汉。于剑给我加油鼓劲的同时打着边鼓："今年粮食几乎绝收，来年指定会卖上好价钱。再种些经济作物，一定错不了。"

婚后的我头一次单独种地，虽然土里刨食，但心气儿很高，感觉浑身有使不完的劲。刚过清明，大地还没有化透，我便雇来旋耕机把荒地耕了一遍，并向父亲请教，怎么合理地安排这七十来亩地。父亲看着我，摇了摇头，语重心长地说："你天生就不是种地的料，放着建筑活儿不干，偏要回来种地，看来你是不撞南墙不回头。但既然你选择了种地，那就要筹划好。山岗上的坡地种些西瓜，坡地沥水快，又是生荒地，种出的西瓜一定又大又甜。坡下的平地栽些土豆，土豆收完还能栽茬大葱或者种茬白菜。剩下的洼地只能种些玉米。"

同学郭志从市科协帮我选购了优良的土豆种。父亲也为我精心地挑选了适合北方生长的西瓜籽，并在房前的菜园子里育上瓜苗。求了两茬工栽了两天土豆，把西瓜地留出来，其余的地都种上了苞米。种完大地基本就没啥累活儿了，每天早晚给瓜苗浇浇水，没事上地里转转，大地的玉米几天的工夫就冒尖儿了。

我发现别人家地里的苞米苗出得齐刷刷的，唯独我家的地里隔三岔五就缺个苗。我把父亲找来到地里查看原因，父亲在缺苗的地方扒开土层看了看，说道："种子埋得太深，拱不出来，已经粉籽儿了。"

满腔的热情被浇了一盆冷水，我当即垂头丧气。正如父亲所说，我就不是种地的料。本来信心满怀，付出全部的心血和精力，没想到还没到秋天就已经宣布减产了。原来种地也不是那么容易的事，不是光凭着有两膀子力气就可以的。吃一堑长一智，等栽西瓜苗时一定好好听从父亲的指导，不能独断专行盲目地去干了。

我百无聊赖地打发着日子，闲着无事躺在炕上心不在焉地翻着书，就听到房后大道上吵吵嚷嚷。出门观看，几个妇女正围着一个南方人在讨价还价，原来是在买鹅崽儿。大伙都在筐里挑母鹅，卖鹅崽儿的人叽里呱啦地不让挑。正僵持不下时，我走过去说："老哥，让他们随便挑，剩下的鹅崽儿我全包了。"那人用余光打量着我，可能看我不像买鹅崽儿的样，以为我是来捣乱的，对我带搭不理的，当我的话是耳旁风。我心中的火腾的一下上来了，提高嗓门对他吼道："你聋啊？拿我的话当放屁了，是不是？"见我发火，那人随即见风使舵，点头哈腰地赔着不是："您别生气，我还以为你是逗着玩儿呢。"就这样，大伙挑剩下的三百多只鹅崽儿全被我包圆儿了。媳妇看着我整回来那些鹅崽儿生气地说："这么多鹅崽儿喂啥呀？你自己去采菜喂吧！我可不管。"我也没好气地说："你放心吧！不用你管，看我能不能把它们养大。"我在院里夹了个小园，把鹅崽儿放进去。这下可揽了个大活儿，每天都得起早贪黑去大地里采菜，胳膊被苞米叶子拉出一道道檩子。鹅崽儿一天天长大，媳妇嘴上说不管，但也没闲着。她就是对我的自作主张心里有气而已，哪能真的不管。每次采回来的菜，她都帮我剁碎拌上稻糠，按时按顿去喂养。

一天半夜，园里的鹅崽儿突然像炸了营一样叫个不停。院里的狗也狂吠不止。我急忙趿拉着鞋拿着手电跑出去。往园里一照，一只大耗子正在撕咬着鹅崽儿的脖颈。听到人声，从园子的缝隙钻出去瞬间消失得无影无踪。看着被咬死的鹅崽儿，我是火冒三丈，干瞪眼却无计可施，只好把大黄狗拴在园子边上。大黄狗后半夜基本没睡觉，隔一会就会出去巡视一圈，怕耗子再回来祸害鹅崽儿。大黄狗这回可算派上用场，再也不觉得狗拿耗子多管闲事了。第二天，我把小园用塑料布围了起来，还顺着园子外侧拉上一圈电线。没想到这一招立见奇效。没过两天还真发现两只耗子前爪搭在电线上一命呜呼了。此后，再也没有耗子光顾了。

半个多月过去了，鹅崽儿都长出了老毛，已能自己找食了。我便赶着大鹅浩浩荡荡地行走在去往我家苞米地的路上，正遇上父亲从田里回来，问我赶着这群鹅干啥去。我拍着胸脯胸有成竹地说："它们的翅膀硬了，该回归大自然独自找食了。自家的苞米地里有的是苣荬菜和稗草，而且地中间还有一条小水沟，有吃有喝的散养，到秋收时再赶回家。"父亲听了气得骂道："败家玩意儿，我活了大半辈子，还没见过有谁像你这样养鹅呢，不跑光了也是为别人养的。"我笑着说："没事。咱家地两边都是山坡，地头用塑料网拦上，鹅子是跑不掉的。"父亲了解我的脾性，认准的事十头牛也拉不回来。我隔三岔五到地里去看看，地里的杂草被大鹅吃得干干净净，真是立竿见影。本来还需要铲地，无形当中竟然省去了一道工序。

瓜田在父亲的侍弄下，西瓜长势良好，从压蔓、打叉、掐尖，到结蛋、留果，父亲都是事必躬亲，我根本插不上手。

九月初，西瓜全部成熟了。又大又圆的西瓜躺满了地，墨绿色的外衣被一条条黑带缠绕着。切开的刹那，红色的瓜汁顺着刀口直往外流，让人垂涎欲滴。那年种西瓜的农户特别多，再加上瓜贩子外进的西瓜也不少，满大街堆堆拉拉都是西瓜。再好的西瓜也卖不上价，就连瓜贩子也不来光顾。望着堆积成山的西瓜我是一筹莫展，只好硬着头皮和媳妇一起赶着堂哥家的牛车，拉着西瓜走街串巷去叫卖。头一次经历这种事，都不好意思张口吆喝。迫不得已之下，我只好声若蚊蝇地喊了两嗓子，毕竟这种抛头露面的事不能让媳妇来。她嘟嘟囔囔地说："你喊的声音连拉车的老牛都听不见，还是我来吧！"就这样，羞于启口之下，半天过去也没卖出去几个瓜，遇上熟人还得搭两个。大半天下来，送人的西瓜比卖的还多。回来的路上赶巧碰上出来检查防疫的朱波，听了他的一番话，好似溺水之人抓到了一根救命稻草。按照他的意思，我把车赶到了卫生院。刚到大门口，在朱波的鼓噪下，沸沸扬扬地从屋里拥出一帮人，将牛车围了起来，有两个人故作懂行地托着西瓜砰砰拍了两下。多半天无人问津的西瓜成了抢手货，引来了很多路人围抢，没用挪地儿多半车西瓜就卖光了。我心里清楚，多亏了朱波。

我满怀喜悦地往家赶时，老牛却发起了脾气，东一下西一下地不走正道，险些把我的腿报废了。总算步履维艰地挨到家，堂哥过来帮我卸车。他看到牛脖颈上的鞅子气乐了，心疼地说："难怪它不听话，你看这鞅子都撸到后颈上了，如果肿了就不玩活了。牛的这个部位最脆弱，稍微磨重一些就会疼痛难忍，不发牛脾气才怪了。"

媳妇把一天的经历夸大其词地学了一遍。耿直的堂嫂重重地把筷子摔在餐桌上，直来直去地说："江子，你以为种地还和你干工程活儿一样？不要再大手大脚的，种地的钱哪一分不是靠汗水浇出来的？明天你老实在家待着，剩这些瓜我和小丽去卖。"正是收获忙碌的金秋时节，望着那一望无边金灿灿的稻浪，漫山遍野老干巴了胡须的大苞米棒子，我满眼都是丰收的景色，喜不自胜。

我们起早贪黑地忙碌在田间地头，虽然干起活儿来显得有些笨拙，没有那些地道的农民娴熟，但我和媳妇浑身有使不完的劲儿，满手的血泡逐渐变成老茧，手指头也裂开了一道道小口。成片成片的玉米秆被割倒后，成群的大白鹅露了出来，一只只肥肥大大的，蹒跚而行，不断地张开翅膀伸长脖子仰天长鸣。我触景生情："鹅，鹅，鹅，曲项向天歌。白毛浮绿水，红掌拨清波。"放出去三百来只，收回来二百多只，虽然损失了百八十只，但比预想的要好得多，起码光铲地除草这一项，就省了很多工。留下三十来只，剩余的都卖给了鹅贩子。起初来的鹅贩子，挑肥拣瘦的。无奈，大鹅太能吃喂不起，只能忍痛割爱，卖给他一些。后来，同乡的"沈大鹅"闻风赶来。他出价合理，不论肥瘦大小，全部同价收购。真是天无绝人之路，本来在无可奈何之下，想要听天由命了。谁知，"沈大鹅"戏剧般地出现，使结果峰回路转了。不仅没赔上，还获得了意外的收获。还真是柳暗花明又一村啊！蛮有成就感的。

秋天的天总感觉那么短，时间是那么地不够用，得争分夺秒地抢秋。啥时候把粮食脱粒归仓了，才能有个喘息之机。打稻子通常都是几家合伙在一起，相互之间换工帮忙，讲究点的供顿饭。

那年的第一场雪来得比往年都早，我家打稻子那天，暖阳照身，无风无浪。媳妇头天就杀了两只大鹅，帮忙的也真有口福，没有这场小雪怎么会吃到大鹅炖酸菜呢？大半天活儿就干完了，趁着天还早又有人手，就把公粮送去了。远远地便望见粮库门前排了长长一条车队，葛全为了投机取巧，开着四轮车目中无人地来到车队前边。后边排队的不干了，纷纷围上来责问，葛全拎着四轮车的摇把子，说道："吵吵啥，我不动弹你们还能飞过去呀？"我刚想张嘴叫葛全把车挪开，于剑示意我不要管。刚好验粮的走了出来，于剑见状，连跑带颠地冲了过去，边喊着麻叔边拽出夹着的验粮匣子来到车前。验粮的老麻刚用探子扎了两袋，不知道谁喊了一句："他们加塞儿！你管不管？"老麻头没回眼没看地说："我只管验粮，维持秩序的另有其人。"侯才支棱个耳朵大声嚎气地说："谁瞎喊啥？"顿时四下里鸦雀无声。我怕把事情闹大了不好收场，示意他不要无理取闹、惹是生非，刚好碰见贾伟给他表哥算完账出来，热情地告诉我同学岳芬在财会室管结算，我告诉他晚上去我家喝酒。于剑不怀好意地笑得满脸都是褶子，说道："这回这块狗皮膏药算是黏你手里了。"

贾伟回到卫生院直接到朱波办公室，说："老车今天卖粮，晚上供饭，招呼黄三一声，咱仨过去捧捧场。"三人一拍即合，早早地来到我家，他们仨和村民们混得很熟，嬉皮笑脸地和大家打过招呼，好似到自己家一样进屋上炕盘腿大坐。贾伟扯着嗓子喊："来客了,能不能上壶茶水,这岂不是有失待客之道?"我媳妇进屋边擦着手上的水渍,边从地桌上拎起水壶递过去,说道:"大家都忙着呢,你们自己倒吧,没闲人伺候你们。"就连老实巴交的黄三也推波助澜,吭哧两声:"小丽,上烟。"媳妇没好气儿地说:"烟在抽屉里,自己去拿,啥忙帮不上,净调皮捣蛋。"朱波眯着眼睛看热闹:"你俩赶紧下地把桌子放上,别不干活儿净扯皮,看老车一会儿回来咋收拾你俩。"

于剑捂着冻红的耳朵,嘶嘶哈哈地走进屋,看着炕上四平八稳坐着的仨人抽着小烟喝着茶水,气就不打一处来,连损带骂地道:"你们这三个吃货,硬装大盘鸡屎,一手没伸,还闹个正位。"贾伟斜眼吊炮看着于剑故意气他:"你撅腰挖腔地干,和我这坐堂的有啥区别?还能格外给你加菜呀?翠花,上酸菜。"刚好于剑的爱人老许端着一碗大鹅炖酸菜走了进来,顺手放在了于剑面前,还没等放稳,就被贾伟一把抢了过去,并把一盘刨豆腐送给于剑:"老于爱吃豆腐。"气得老于直翻愣眼睛干嘎巴嘴。老许端着碗饭转身回来递给于剑。老于撅了一口,碗里竟然埋着一个鹅心和几块精肉。老于津津有味地嚼着鹅心,故意吧嗒吧嗒嘴:"谁说没有加菜?"

我把帮忙的安排好,然后来到同学这桌。一杯酒下肚,老朱把贾伟扯皮的事有意无意地讲了一遍,以为我会呲儿他一顿,他仨的恶作剧我早就司空见惯。我看了贾伟一眼,他连忙打躬作揖,满脸嬉笑:"不敢了!不敢了!以后再也不敢了!"

我们边喝着小酒边打着嘴仗,不知不觉中天色已黑。于剑端起酒杯,说道:"今晚就进行到这吧。干一个,回去休息,大家也都挺累的。明天轮到下一家,趁着天儿好多干两家,就怕下雪变天把稻子捂雪里。哪能眼看着粮食拉到家了再糟践了?只有起早贪黑地奋战几天,等稻子都打完猫冬时咱们再可劲儿喝。"朱波脑袋摇得像拨浪鼓:"酒不喝了可以,但这时候了,让我们哥仨往哪儿走?挺长时间没在一起切磋了,咱哥几个玩一会儿啊！"为了不扫大家的兴，我虽然有些疲惫，也只能主随客便了，无奈地点了点头。

于剑没好气地说："这仁鸟，都是做钱的主儿，牌风又不咋的，和他们玩还有好？"喝得红头涨脸的朱波，眯缝着快要长死的小眼睛笑着说："今晚绝对不赖账！"

于是，酒桌刚撤，牌桌又支了起来……玩到半夜，手气欠佳，只有我自己输，无心恋战，实在困得睁不开眼睛，无奈地说道："散了吧！明天还得起早干活儿呢。"

我一觉睡到旭日东升，媳妇看我睡得很香，没舍得喊我，饭菜早已摆上桌。饭后算算账，连输带减产，基本没赚到钱。辛苦一冬带八夏，到头来是鸭子孵鸡崽儿——白忙活。媳妇看着我干裂的双唇，怕我上火，轻声细语地安慰我："别上火，没什么了不起的，至少我们学到了经验。"秋粮已全部入库，农村正式进入冬歇期，屡禁不止的赌博风瞬间刮遍了整个村，什么推牌九、打麻将、玩扑克、看小牌，以前都是些男人和岁数大的老人在玩，现在连大姑娘小媳妇也跟着一起耍。老池家五十来平方的小卖店，去了柜台，娱乐空间所剩无几。地下摆了张麻将桌，炕上放了两台扑克局。全屯的男女老少闲杂人等，吃过两顿饭就争先恐后地聚到小卖店。来晚了就挤不上座儿，平时还讲些男女授受不亲，一旦上了牌场，也顾不上男女有别。挤挤插插钻头不顾腚地围在一起，吆五喝六地喊着牌点。狭小的空间里乌烟瘴气的，烟熏火燎味掺杂着臭脚丫子味，令人闻之欲呕。嘭嘭的臭屁声掺杂在吆喝声里。如此境况下，这里竟然成为人们精神寄托之地。

# 第十三章　合伙贩狗

输了卖粮钱后我便起誓发愿再也不玩了。偶尔叫上三五个好友聚到家里喝点小酒，漫漫冬季得想法儿干点儿啥。一次老秃拿了块狗肉，登时激发了于剑的灵感，指着葛全一拍大腿，道："咱俩前几天上街，中午在一家朝鲜族饭店吃饭，叫了个小盘狗肉，外加两碗狗肉汤，结果一算账，收了五十多块。咱当地狗少，饭店都收不着，常听我爹说辽西老家那边没人吃狗肉，流浪狗遍地都是，不如收些狗回来卖，准能赚上一笔。"于剑有鼻子有眼儿的描述，听得我们聚精会神。最后大家把目光落在我身上，俨然把我当成他们的主心骨，于剑用试探的语气说："如果可以，我这就回家找老爹要详细地址，怎么样？"我若有所思地点了点头，语重心长地说："此事不宜操之过急，这两天我们下去摸摸底，做到知己知彼，再行定夺，我们真的输不起。"一向沉默寡言的老秃接过了话茬："不用那么麻烦了，我前些天刚卖了一条狗，半大的还卖一百四十五块呢！你们只管放心，狗收回来销售的事全包在我身上了。"是呀！怎么把这小子给忽略了，他可是远近闻名的"狗司令"。他长相彪悍，一米八左右的个头，浓眉大眼，面部黝黑。不管多厉害的狗，见到他都会夹起尾巴直拉拉尿，就像老鼠见了猫一样，那真是卤水点豆腐一物降一物，久而久之大家称之为"狗司令"。

正当我们踌躇满志，准备有所作为之时，于剑那边却出了点儿岔头。老人们大都守旧，穷怕了，一听于剑道明想法，没等于剑说完，便骂道："兜里刚有两个臭钱，就不够你们折腾的啦。"在于剑锲而不舍地坚持下，经历了一番软磨硬泡，终于在他父亲口里讨来了地址。

于剑的父亲是地地道道的辽西人。那还是民国期间，在辽西这块贫瘠的土地上，民不聊生，饿殍遍野。正所谓穷山恶水出刁民，胡子成群，绺子遍地，烧杀抢掠，占山为王，匪患不断。在这样的背景下，出现了像杜立三、"老北风"和冯占海等为代表的巨匪。老百姓的生活更是雪上加霜。十之三四不是饿死就是被打死。为了活命，于剑的父亲十多岁就独自一人背井离乡，走出了辽西，沿途乞讨，来到了梅河口。

我俩在朝阳下了火车，登上了开往大庙的长途汽车。大庙是与辽宁和内蒙古敖汉旗毗邻的大镇。这里自古以来民风就彪悍，又是两省交界的大镇，蒙古族和汉族混居，交通四通八达，那些经商做买卖的，打耍卖艺的，对缝儿凑热闹的蜂拥而至。不乏还有些做无本生意的梁上君子，那真是龙蛇混杂。

当晚我俩下榻在大庙镇的一个小旅馆，开店的丁老板冷眼一瞧就是个久混江湖、阅人无数的茬。我俩点了两道菜，上了一瓶酒，坐在一楼门边的餐桌旁，边喝边聊。他借着送开水之机来和我们搭讪。我俩为了更多地了解当地的风土人情，便邀请他坐下喝两盅，竟相谈甚欢。我们本就没什么心机，又把最后一道防范意识消失殆尽，所有的底牌都倾囊而吐。丁老板人倒挺爽快，他那轱辘来轱辘去的小眼睛里富有深意，满怀热情地说："兄弟，你别看哥这店小，但常年接待的都是那些南来的北往的做牛马生意的老客。狗在这块儿不值钱。人都吃不饱，哪有剩饭喂狗？老祖宗留下的规矩，又没人吃狗肉，满荒野都是流浪狗。另外，在大集市的门外有个牛马圈，那是兽医站为了迎检修建的库房，平时闲置不用。站长是我好哥们儿，用不了几个钱就能拿下。"这个意外的收获让我俩感激涕零，躺在被窝都相互唏嘘命运之神是如此关照。其实我俩资历太浅，不懂常见的那些人情世故。我们常怀感恩之心，世态炎凉、人心险恶也根本不是我俩那个年龄所能领悟到的。

天刚放亮，我俩就早早洗漱完毕，用过早餐，热情的丁老板早已等候在楼下。顺着大道向北走了大约五六百米，来到了镇子北端的大集市。集市是沿着公路两侧修建的，占地面积大约两万平方米。紧邻公路边上一溜日杂百货、瓜果蔬菜的床位。靠近集市里那片开阔地是专门儿从事牛马生意的。在牛马市边上割出了一块小角落，给那些卖猪崽儿家畜的小贩们经营。虽然没到赶集的日子，但集市里来往的人群川流不息，还真是热闹非凡。南边喊："快来买，快来看，新到的衣服！新到的款！穿上一定赛天仙！"北边喊："西瓜！西瓜！走一走，看一看，又圆又大又起沙，不甜不要钱！走过路过千万不要错过！"叫买叫卖声，一浪高过一浪。

顺着人流往前走，丁老板不时地和别人打着招呼。说话间来到了兽医站前，白色的二层小楼显得格外抢眼。丁老板向兽医站的刘站长说明了来意，刘站长爽快地答应着："多大个事儿？什么钱不钱的，闲着也是闲着，只管用就是了。出门在外也不容易，四海之内皆朋友。别提租金的事，就连检疫费意思意思就行了，保证达到哥们儿满意。"本以为举步维艰，寸步难行，谁知事情却轻而易举就拉开了帷幕。

商场如战场，一招不慎，满盘皆输。人生哪有免费的午餐？感情用事只会招来无尽的麻烦，青涩的我俩被他的豁达所感染，忘却了亲兄弟明算账，根本没谈租金和检疫的价格。看完仓库，虽然有些破陋不堪，四壁透风，但修修补补还可以。主要是位置挺理想的，却没想到为什么这么好个地方没人租用。我俩满心欢喜地掏出五百块钱递给了刘站长，兴奋地说道："先交给您五百块钱，不够完事再算。""好说好说，兄弟，你们太客气了！在这块地面上，有事儿只管跟哥说，出门在外谁也不能背着家出来。"他的一番话听得我俩热泪盈眶，感激涕零地说："哥，虽然我俩出门在外，不知为什么总有种回到家的感觉，不如晚上我们小酌两杯。"

晚上大家如约而至，酒菜不算奢华，但也挺体面，后期才知道那是大庙最好的饭店。我们叫了两瓶河套老窖，本店的拿手菜全部上来，席间刘站长唠到正题："收狗的事儿你俩只管坐享其成，用不着东奔西跑。啥事儿哥们儿给你们安排，瞧好吧！"听得我俩是慷慨激昂，酒喝得十分尽兴。

回到旅馆还意犹未尽，充分体会到了当地人的性情。于剑眉飞色舞地夸夸其谈道："辽西这块儿乃兵家必争之地，是进入热河的必经之路，虽比不上'秦时明月汉时关，万里长征人未还。但使龙城飞将在，不教胡马度阴山。'的玉门关，但在抗日战争中也让日寇吃尽了苦头，多的是肝胆相照的豪杰……"他说得津津有味，我这边早已鼾声如雷。

没想到事情出乎意料的顺利，一个大集下来就收了四五十条狗。却没想到中了人家欲擒故纵之计，此后两天稀稀拉拉地收了几条狗，就连大集那边也无人上门问津了。

晚上，丁老板拎着两个菜关怀备至地来到我俩住处，盛情难却下我俩多贪了两杯。临近半夜，睡梦里我正与人争长论短得口干舌燥，朦胧中起来找水，隐隐约约听到有撬门声。酒劲儿顿时消了大半，一股热血直冲脑际：不好！有人偷狗。我顺手揣出枕头下的刀，一个高蹿了起来，踢了于剑一脚："快起来，有人偷狗！"拐过房角就见两个黑影一闪而过消失在黑夜中。我毫不犹豫地追了上去，这时身后的于剑急迫喊道："江子，快回来，狗都跑了！"听到叫喊，我来不及多想，折身回奔。于剑正手忙脚乱地扶着门板，有两条狗正伸着头往门外挤。我急中生智地捡起于剑扔在地上的木棍，没头没脑地向狗头怼过去。负痛的狗连忙缩回脑袋。我俩重新把门板钉上后，清点一下狗数，跑了六七条。寒夜中我们虽然穿着内衣，但全然没有一点寒意，整个胸腔全被怒火挤爆。

第二天，丁老板和往常一样若无其事地来溜达。于剑故意察言观色地和他扯了一会儿，最后敲山震虎地说："昨晚来了两个蟊贼，想到这儿来浑水摸鱼，敢在太岁头上动土，若不是我哥俩手下留情，非得留下他一条腿不可。"丁老板打着哈哈说道："不能啊！这儿的人都挺本分的。再说有我罩着，不看僧面还看佛面呢，不可能有这样损人不利己的人。"话里话外表露出为我俩做了很多事，变相地想要些好处。终于露出了狐狸的尾巴，虽然没有明挑，影影绰绰地也知道此事和他有关。但也只能敬鬼神而远之，还得与他虚与委蛇，不能露出丝毫破绽。在人家一亩三分地上，一定要小心行事。我们忍气吞声地过了两天平静的日子，狗收得也差不多了，手里的钱也所剩无几。为了不打草惊蛇，先稳住他们，于剑专门登门拜访，邀请二人到我俩住处喝酒。席间故作欢颜，谈笑风生，敬酒时我漫不经心地问了句："刘哥，咱这儿一条狗检疫费得多少钱？过几天还得麻烦你帮着找辆车。"哪承想刘站长借着酒劲儿张开了血盆大口，露出了狰狞的面孔，喊出了一个天文数字来，让我俩瞠目结舌，互视一眼没有作声。

他俩走后，我心事重重地对于剑说："咱俩着人家道了，看来狗是轻易拉不走了。这阶段咱俩耳闻目睹的羊狗哪有检疫的？都是象征性地交那么一点费用就完事，咱先前给他那五百块钱，连房租带检疫是富富有余的，难怪这么好的库房无人问津，起初就是请君入瓮。如果真中了他们的招儿，那咱俩的投资岂不是肉包子打狗有去无回？"于剑手扶额头唉声叹气地说："那咋整，咱俩在这儿举目无亲，寸步难行。不然干脆明天你起早就往回赶，找好车带几个哥们儿过来，半夜我们装车来个瞒天过海、暗度陈仓，神不知鬼不觉地把狗拉走，让他们毛儿都捞不着，到头来竹篮子打水一场空。""还等什么明天早晨？我这就走。"

按照计划，隔天半夜我们如期会合。过程虽是惊心动魄，却有惊无险，顺利地装完车，出其不意地将狗拉走，安然无恙地出了大庙镇。

汽车行驶在回程的路上，虽然已是半夜一点多钟，大家却一点儿睡意也没有，津津乐道地讲述着装狗的过程。两个人一伙配合默契，一人拿抓狗的钳子，一人拎着装狗的笼子，就连司机也没闲着，为我们站岗放哨……尤其于剑心情格外愉快，兴致勃勃地说："你走之后，'丁老狗'来了。他问我你干什么去了，我若无其事地说你回去张罗点钱，过个三四天就回来，另外让他过几天后帮咱搭咕车。他们纵然是机关算尽，也没想到偷鸡不成蚀把米。明天他到人去楼空的库房一看，不知心里是啥滋味呢。"一路上，我们有说有笑，快速出了阜新地界，心里悬着的石头终于落了地，第二天傍晚就赶到了家。

销售的过程并不乐观，根本不像预期那样好卖。收回的那些流浪狗瘦骨嶙峋，和当地狗天差地别，出不了多少肉。不只是卖不上价，根本就是不好卖。就这样，老秃和于剑每天出去卖狗，我在家打理剩下的狗。每天面对它们的互相撕咬，我是身心疲惫，也想出去散散心，便毛遂自荐地要和老秃出去卖狗。

我们来到西街的一家朝鲜族饭馆，狗到饭店门口顿足不前。老秃和老板讲好了价，我们收完钱往外走时，狗一声声地哀叫。我忍不住回头看了一眼，见到狗双眼噙满泪水摇尾乞怜的样子，心生不忍，一把夺过了拎狗绳，顺势把握在手里的钱摔在柜台上，说道："这狗我不卖了。"我扭头就走，跨出房门的时候，"欢迎光临"变成了"神经病"。老秃跟在后边，丈二金刚摸不着头脑："咋的啦？""没事儿，剩下的狗或卖或送给那些养狗人吧！"

虽然这次又是徒劳无功，功败垂成，但却悟出一个道理：不管做任何事，不能我行我素一意孤行，一定要量力而为；不要忽略了自己的长处，想成功就要发挥好自己的长处。

# 第十四章 再返工地

俗语说："从哪儿跌倒就从哪儿爬起来。"这句话说得好，但分对谁而言。就拿我来说吧，接二连三的商场失意就是一个警示，自己从未涉足过商圈，盲目地一头钻了进去，结果输得一败涂地。不禁暗自感慨：黄河尚有澄清日，岂可人无得运时？

我之前一直坚信：世上无难事，只要肯登攀。但尺有所短寸有所长，为什么放着自己擅长的事情不去做，而非要去追求一窍不通的事业不可？有时人的思维就如一层薄薄的窗户纸，轻轻一捅便破。只要捅破了，思路也就清晰了。几经挫折使我明白了一个道理：自己根本就不是做买卖的那块料。好在干建筑的人脉还没断，只有重操旧业才是出路。

想到便做到，我决定还是从钢筋工入手，这样找活儿容易些。正赶上国家对储备粮食情况非常重视，全国各地粮库都进行改造，将普通的粮囤子改建成钢筋混凝土结构的粮仓，烘干储备一体化，采用电脑控制通风系统，避免粮食陈化。梅河口国家粮食储备库是省内第一批改造单位，承建方是我的好友王森。当我找到他道明来意时，他满口应承，并说："我正想要找你呢，头一回接这么大的活儿，你来得正好。你看看能干多少就给你多少，剩下的再安排其他人。"我本打算全部承揽过来，转念一想，他是个多疑之人，从不十分相信任何人。另外，没有平地也显不出高山来，毕竟没有比较就没有差距嘛。再说，他是个很有能力的人，如果通过这次合作能够获得他的认可，那么何愁以后没有活儿干？想到此，我张口便说："那我就包六栋，您看行吗？"

总共九栋，我张嘴就要六栋，本以为他会往下砍两栋，给他一个还价的空间，没想到他竟然痛快地答应了。并说："剩下三栋我再安排两伙人干，你的压力会很大。兄弟，记住了，一定要保质保量地完成。没有压力就没有动力，好好干吧！"价格给得也合理，他今天说话的公鸭嗓听起来十分悦耳动听。

我俩认识两年多了，从认识那天起，我就觉得他特别精明。个头不高，白皙瘦削的脸庞，长了一双孙红雷式的小眼睛。高挺的鼻梁下两片薄唇，非常健谈。在职场上，那真是八面玲珑、见风使舵、左右逢源、得心应手的人。他的话总能说到点子上，所有难题无不迎刃而解。他文化水平虽然不高，也没有什么专业知识，却能成为亿万富翁，主要是秉承着"不欠薪，守诚信"的理念。还有就是他讲人情味，无论何时何地都会让务工人员有一种归属感。

工程进展得很顺利，几天的工夫，六栋基础齐刷刷地出了地面。当我们的施工工序进行到第一道圈梁时，另外两伙中的一伙基础刚干了一多半。这天，正赶上王森到工地来巡查。看到明显的高低差距，泾渭分明，便问迎上来的工地负责人范华："咋的，那三栋车江干不上去呀？"范华紧咳了两声，说道："那哪是车江干的，是大爪子和曲剑干的，活儿干得不咋地不说，还为了眼前的一点蝇头小利斤斤计较，相互拆台，明里暗里钩心斗角。不但没有进度，质量也上不去，总返工。"王总一听，火腾的一下就起来了："走，到现场看看去！实在不行给他们两伙开个会，按奖罚制度执行，把罚的钱再添点儿，奖励给车江。"

工地管事儿的见王总来了，都围了过来，七嘴八舌地打着招呼。瓦工班长老唐不住地抱怨："王总，我们干半天歇半天，再这么继续下去，工人挣不到钱就都走光了。我们工人没事儿时都帮着往里扛钢筋，可就是干不过那边。"王森听着众人的嚷嚷声，望着眼前成排的柱茬子，感觉有些不对劲，张嘴便喊："哎，老郑呢？"王总的三哥接了过来："老郑在车江那边呢，那边忙不过来。另外，头两天他在这边和大爪子吵吵起来了，我就把他安排到那边了。什么事？这边小齐子负责。"

那还是二十世纪七十年代初，当时的农村以生产队为单位，二十多岁的王老三就被选为了队长，成为整个生产队的负责人。那时的生产队队长是很有权力的，大家过着集体生活，靠劳动挣工分转换收入。各家各户的口粮按工分和人头分配，整个生产队的生活水平全靠队长的能力。王老三所在的生产队离矿山很近，冬闲时他就带领社员赶着骡马车去矿上拉煤。虽然累，但年底前大家都能得到一份可观的收入。他家哥们儿多，除了读高中的王森上学和在矿上供销科上班的大哥，其余哥四个在冬闲时全搞副业。付出了就有回报。那个年代，他家的生活就比一般人家过得好。由于王老三正直无私、刚正不阿，他不仅让自家富了起来，也带动了整个生产队，无形当中积累了自己的号召力。只要他喊一嗓子，那是一呼百应。

自从王森步入建筑行业后，就把家里的哥儿几个都带出来了，自然少不了他三哥。

这个王老三个头不高，但嗓门贼大。古人有句话："矬老婆高声。"一点都不假，七十多米的距离扯嗓子喊了一声："小齐子呀，在哪儿呢？赶快过来！"只见腿脚不好的小齐子一蹚跶一蹚跶地跑过来，赶至近前，问："王总，啥事？"王总用手一指眼前的一排柱茬子，问："你看一下这排柱茬子是不是应该在一趟线上，怎么有两个差那么多？"听王总这么一说，大家才发现有两个柱子确实不在线上。小齐子一看，汗刷的一下就下来了。还是范华见多识广，说道："这和放线的没有关系，要错不可能错俩，放线都是通线。"大爪子见大家都在那儿指指点点，不知道发生了什么，硬着头皮凑了过去。没等他开口问明事情的缘由，王老三张嘴就来了句："大爪子，你看你那活儿是咋干的？平时喝点小酒净说大话！活儿活儿干不上去，干完的也净返工，你自己看看是不是又错了。"

大爪子是城建公司的老人，平时自恃有那么点威望，为人酸不拉唧臭，根本瞧不起我们农村人。早些年技术人员稀少，他还算有点名。现在岁数大了，又不爱给工人发工钱，手底下也没个在行的可使唤的人。俗话说："一个篱笆三个桩，一个好汉三个帮。"自己的能力再大也毕竟有限，就算全身是铁，又能碾出几个钉？作为建筑队的基层管理人员要善于用人，术业有专攻，找一些有能力的人加入团队，虚心好学，几年的工夫自己就撸出来了。但他却不然。听王老三一骂，他反倒硬气了，疵毛炸刺地说："你说我那活儿咋干的？有毛病吗？谁吃饭还不行掉个饭粒呀？咋的，还偏得挑软柿子捏呀？要是看谁不顺眼就趁早说，别鸡蛋里边挑骨头。"气得王老三这暴脾气一上来，嗓门更大了："你睁开眼睛看看，那两个柱子偏哪儿去了？""偏了咋的？偏了就得是我的错呀？我不得按线走吗？"这几句话气得一旁的王森脸色煞白，指着大爪子说道："你别喊了，谁的错，今天一定整个明白！老唐，你安排两个力工把混凝土刨出来。把线找出来，看看到底是谁的错。这次非查个大头小尾不可！"

话僵到这儿了，如果有人出头说句缓和话，给调解一下，王总也不一定非得和他较真儿不可。可是没有人出头帮他说话不说，大爪子自己还来劲儿了："刨就刨，如果是我的错，你们想咋办就咋办，工钱我也不要了，不行我就走人！"本来王总已经转身走出去十多步，一听他这较劲儿的话，磨身又回来了。指着王老三和老唐说："你们俩亲自在这儿盯着，我一会听结果。"混凝土打完还不到一天，刚好是初凝期，很好刨。一会儿的工夫就刨出来了。用水一浇轴线赫然在目，大家围到近前观看，一目了然，双方无可争辩，是大爪子把轴线当中线用了。大爪子哑口无言，垂头丧气地走了。

王总把大家召集到办公室开会，严厉地说道："大家天天在现场，都看到七、八、九号库施工速度迟滞不前，还经常返工。现在这大爪子又撂挑子了，看看谁有相当的人选再安排一伙。"他的目光落在范华身上，因为大爪子就是范华介绍来的。范华迎着王总的目光把头埋下，没有吭声。大爪子过去跟他是一个公司的，以前干活儿还可以，如今却给他出了这么大的丑，让他脸上很无光。王老三大声嚷气地抢过话头说："吃一百个豆还不嫌腥啊？找什么找，我看就让车江干最合适。"范华也连忙附和："三哥说得对，我也是这个想法。车江不但活儿干得又快又板正，而且还省料，下料算计得非常合理，看不见料头子。"王总沉思片刻，说："就怕他不干，当初看他想全干，我不放心，就安排了三伙。现在干个半截秃噜的，按他的性格能接吗？"王老三一听，道："不接也得接，还能看哥们儿笑话吗？你们等着，我找他去。"

　　我来到了办公室，听范华把经过一说，还没等他说完，就被我打断："这不是哥们儿不哥们儿的事儿，抛开我个人的人格不说，起码我也懂得行业规则。我若接手了，同行们会怎么看我？另外，大爪子以后在这个行业中还怎么混？再给他一次机会吧！"王总接过了话："就算你不干，这个活儿撂下，我也不会再起用他。他这个人技术差，还没有责任心，最主要的是人品不行。出了事不寻求解决问题的方法，不能及时改过，还没有担当。虽然他这样，但是钱不能差，把工程量合出来，有多少算多少，到月底让范华把钱给他拿过去。"听着王总略带感情色彩的语调，我无奈地看着范华说："那就把曲剑找来合计一下，让他把活儿接过来，然后我帮他找些工人。"王三哥见我执意如此，只得派人把曲剑喊来。

　　曲剑被找来后一听，立马喊道："打住！我干这两栋都跟头把式连跑带颠的，可别让我再丢人现眼了。老车，你就干吧！既是给王总救场，又是给我们这个圈子圆了这个脸。我以后再接活儿一定要量体裁衣，不能不自量力了。"既然大家把话都说到这份儿上了，我就不能再惺惺作态了，立马回去安排人手进入现场。

　　每栋库房的设计都是一模一样的，我手下的工人都轻车熟路，不到两天时间，新接的这栋基础就出了地面。再看曲剑那两栋，还在坑里趴着呢，心里很不是滋味。

晚上，我请他到工地对面的小酒馆吃饭，一杯酒下肚，我试探地和他说："明天我派几个人过去帮你抢一下基础，你看合适不？"因为手艺人都有个性，如果关系不到位冒蒙去帮人家，会被误会你是眼气他。曲剑听我这么一说，眼睛一亮，端着酒杯愣怔地看着我，呷了一小口酒，悠悠地说道："坊间同行们对你特别推崇，我心里一直不服气，总想找个场合跟你比试比试。经此一来，真感觉自己是关公面前耍大刀，跟你之间简直是天差地别。你不但手艺精，为人还特仗义，处处为他人着想。都说同行是冤家，可在你身上没显现出来不说，还处处护着我们。我偷摸上你工地去了两回，都是那种干法，也没有什么特别的。但是，你手下的工人干活儿总是不慌不忙有条不紊的。不知你是怎么管理的，能教教我吗？"看着他诚恳的眼神，我就没必要和他装腔作势了，推心置腹地对他讲："其实，也没有什么特别的诀窍。主要是业精于勤，熟能生巧而已。我每天晚上睡觉前都会把第二天的工作环节在脑中捋一遍，第二天早晨干活儿前再把自己的方案布置下去，每个部位都由专人负责。不用看图他们都知道怎么去做，这样，既省时又省力。我们这行切忌东一耙子西一扫帚，杂乱无章不出活儿不说，还容易干错。如果返工，不但浪费时间，还给老板浪费材料。"曲剑一拍脑门，说："听君一席话，胜读十年书。这顿饭我请！"我笑着举起酒杯，说："好了，别听我瞎白话啦，喝下这杯酒，早点回去休息。另外，我们这行以后要精诚团结，互帮互助，只要我们壮大了，还愁没有钱挣吗？"曲剑迎着我的酒杯重重地撞过来，说："以后你说了算。你指哪儿，我就打哪儿，绝不懈怠。"俨然我成了他心目中的大哥。

我心情舒畅，就多贪了两杯，很晚才回到家。媳妇看我醉醺醺地进了屋，生气地说道："你能不能让人家省点心？喝了这么多酒，走路都踉里倒歪斜，这要是有点啥事，扔下我和姑娘靠谁去？"媳妇从来都没和我发过这么大的火，我知道这都是对我好，心里一热，嘴上赔罪："老婆，别生气了。我今天特别高兴，才多喝了点，以后少喝就是了。"媳妇一听，愣住了。因为我以前从未喊过她老婆，总是称呼她为"美丽"。听我这么一叫，很是愕然，反而破涕一笑，说："啥事给你高兴成这样，莫不是走路卡跟头捡到金元宝了？就是开支也没见过你这么兴奋。"

女人真是多愁善感，就像七月的天，刚刚还是狂风骤雨，瞬间便雨过天晴，阳光灿烂。见此情景，我便得寸进尺，把脸凑了过去："亲一下，我就告诉你。"没等来甜甜的亲吻，却挨了轻轻一巴掌："快说！""噢，去给我打盆洗脚水。"媳妇连忙端着一盆热水走过来："早给你准备好了，快烫烫脚早点休息吧！"脚还没烫完我就倚在沙发上睡着了。

人生最大的幸福就是在相互关爱中被对方精心地呵护。我在惬意中醋醋地进入了梦乡。梦境中，我成了第一批少先队员。宣誓过后，我左右环视着身旁的一男三女，最后指着身边男生的鼻子说道："你以后每天都要提前到校，早早地把班级卫生打扫好。"只听他不服气地反驳道："为什么我得早早到校？为什么偏偏是我要把卫生搞好？"我指着他趾高气扬地说："哪儿来那么多为什么，十万个为什么是为你量身定做的吗？我是班长，你就得听我的！你要是不乐意做换于剑，别看你是老师的儿子，也不能享受特权。"话音刚落，一旁的黄龙站了起来："班长，我能做！我爸是生产队长，班里的生火柴我全包了。"我鄙夷地瞅了他一眼，说："瞧你那贼眉鼠眼的样儿，还没有三块豆腐摞起来高，作业不写，满脑子坏道，今天放学你留校补课。"

放学后，黄龙拿着八根气门芯找到我说："知道你喜欢弹弓子，我早已把气门芯给你准备好了。"他边说边把气门芯揣到我兜里。我歪着头看着他说："什么意思？你就不想补课了呗。"黄龙眨巴着小眼睛："这就是孝敬您的，有什么跑腿学舌的尽管吱声。以后还得靠你多多关照。"我拍着他肩膀："算你小子懂事，以后上课要好好听讲，不要和其他同学在下面搞小动作，滚吧。"黄龙刚离开，于剑就无声无息地钻了出来，把手伸到我面前，我有点恼火地问他什么意思，他无赖般地摊开双手，脸上带着神秘的诡笑："你知道我啥意思，见者有份。如果你不给我分一半，我就上老师那告发你。何去何从，你看着办。"这真是螳螂捕蝉黄雀在后，半路遇到敲竹杠的。未免东窗事发把到嘴的肥肉再丢了，只得无奈地拿出一半恨恨地交给他。

于剑心安理得地接过去后幸灾乐祸地看着我说："这就对了嘛！"看着他得逞的嘴脸，气得我破口大骂："你这个无耻的小人！想当初要不是我劝导你，你早就辍学回家了，也不至于今天受到你的胁迫。"他竟然反唇相讥："要不是为了陪你，我何至于从五年级降到三年级，白白搭了家里两年的学费。你不领我情也就罢了，还和我提起这些陈芝麻烂谷子的事儿。什么有福同享都是屁话，分你两根气门芯就急眼了？何来哥们儿一说？"一番话道来，好像理亏的是我。他的伶牙俐齿歪理邪说，气得我浑身打战，磕磕巴巴地说："你那是分吗？是硬要。"说着，我把手中剩下的一半摔在他身上，"这些也给你！"扭头便走。

连日来，我对于剑不理不睬。这天，放学的路上，我闷着头走在前边，他连跑带颠地撵了上来，从后边捅咕我一下，说："给！"我扭头看了一眼，随即转过头来继续往前走。他边颠颠儿地跟着边说："你真的往心里去了？这两天你不理我，我心里老不得劲儿了，同学们也都躲着我。虽然我比你大两岁，但哪次不都是你让着我？我早就把弹弓子做好了，就等咱俩和好时给你，可你却连看都不看我一眼。我知道自己这次做得有些过分，所以，这不来求你原谅了吗？如果你还不理我，那我只能二次辍学在家了。"我停下了脚步转过身："你个讨厌的家伙！我这辈子最不长记性的就是遇见了你这个无赖。"就这样，美好纯真的童年在懵懵懂懂之中度过，我们均以优异的成绩被黑山头中学录取。

进入初中之后，和小学的生活截然不同。身边的同学都是来自全乡各村陌生的面孔，全然不相识的一群人坐在一间教室里，觉得特别的新奇。班主任是个待嫁的语文老师。

她梳着两根乌黑的大辫子，一双不大不小的杏核眼镶嵌在圆圆的脸庞上。微微上翘的嘴角看上去就面带笑容的样子，自带着一种亲和力。她手拿着花名册站在讲台上，首先做着自我介绍："同学们好！我叫李萍，有幸成为你们的班主任。今天是同学们踏入新学校的第一天，首先祝贺同学们经过不懈的努力，以优异的成绩考入了初中，又迈出了自己成长的一步，成了一名合格的初中生。作为班主任，我必须告诉你们，初中的生活是辛苦的，也是关键的。初中不是小学的简单继续，而是一个转折和爬坡。能不能顺利地升入高中，乃至考入理想的大学，都和初中的基础息息相关。只有基础牢固，学业扎实，遇到的难题，才能迎刃而解。初中的三年时光看似很长，实则短暂。几十年尚且弹指一挥间，何况三年乎？一寸光阴一寸金。要珍惜时间，规划设计好自己的学习目标，任何时候头脑都要保持清醒，不要盲目地去学习。要探索适合自己的学习方法，加大学习的灵活性，做到事半功倍。你们一起迈入了初中的大门，是站在同一起跑线上的。在初中这个新起点上，以前出类拔萃的，你也许不再拔尖，成绩不尽如人意，名次下滑。每个人都能遇到或多或少的挫折。但你们千万要记住，不要就此心灰意冷、一蹶不振，也不能断定自己不行而自暴自弃，新的环境都有一个适应的过程。同学们，让我们共同抓住宝贵的今天，扬帆起航，为创造更加美好的明天而努力奋斗。下面我点到名儿的同学请站起来，我们互相认识一下。王有福！"

"到！"一个脆生生的声音响彻整间教室。顺着声音看过去，一个瘦高挑的男生站了起来，一张又细又长的刀条子脸，一对又大又薄的招风耳，白眼仁儿覆盖下几乎看不到多大的黑眼珠。长得一点儿福相都没有，偏偏起了个"有福"的名。

"张金刚！"

"到。"随着娘声娘气的声音，站起来一个长相秀气的男生。不胖不瘦的脸蛋一边一块疙瘩肉，一双金鱼眼睛略往外鼓，秀外慧中没有一点金刚相。

"曹江！"话音刚落，哪的一声，随着·声屁响站起来个油头粉面的男生。长得还算干净，嬉皮笑脸，打眼一看就是个调皮捣蛋的刺儿头。响屁声代表了回答，引起了哄堂大笑。他在哄笑声中，大萝卜脸不红不白的甚至还有点儿自豪地坐了下去。为了酝酿这场笑话，这屁不知憋了多长时间了。

李老师格外多看了他两眼，被他这突如其来的屁声弄得满脸通红。她镇定了一下继续点名："黄山！"

同学们东张西望地寻找着，满教室连个屁声都没有。在一个角落里站起了个蔫头蔫脑的男生，可能是嗓子眼发痒的缘故，他站起来连续打了两个响鼻。

"于德春！"

教室里静悄悄的，针掉地上都能听见。李萍老师看着前排连喊了三遍，在前排的座位上慢腾腾地站起个学生，嘴里嘟囔着："你都看见我在这儿了，还喊啥？"

不用看都能猜到这是和我一起从自强小学升上来的"于老艮"，一点没改在小学时不紧不慢的德行。

李老师继续往下点着名，"邹晓波……"

后来才知道李萍老师是"于老艮"未来的嫂子，他这是给还没过门的李老师先来了个下马威，有这样一个小叔子以后也够李老师喝一壶的了。

严肃紧张的点名见面就这样戏剧性地结束了。经历了一学期的学习生活，同学之间由陌生冷淡到相处融洽。课间仨一伙俩一串地凑在一起破解难题。由于我的语文成绩比较突出，当上了语文课代表。我的作文经常被老师当作范文在课堂上读给大家听。这更激发了我对学习的兴趣，同时也增强了我对班级的责任心，爱替老师管点儿小闲事。

有一天早自习，于剑趴在我耳边小声告诉我："王有福昨天逃学在家抓鱼了。"他特意鬼头蛤蟆眼地加重了"逃学"的语气。正好头一节是班主任李萍老师的语文课。上课铃声响起，李老师走了进来。我举手说道："报告老师，王有福昨天为了抓鱼逃课了。"我坐下后，李老师叫起了王有福："王有福，既然你逃课，说明你已经胸有成竹了，什么都会了呗？那你把昨天学的《陋室铭》背一遍，我就不罚你。"王有福憋得满脸通红，吭哧瘪肚半天没整出完整的一句来。他被叫到讲台前，李老师问了半天，王有福是徐庶进曹营——一言不发。气得李老师用她细嫩的小手轻轻地给了他一个小嘴巴："你嘴馋了？"坐在后边的黄山磕磕巴巴地说了一句："老师，你问问他有没有福。"黄山平时唠正事那是一个扁屁都没有，抽冷子来两句攘熊的话那是一个顶俩。李老师气得当时就问："王有福，你有没有福？"王有福结结巴巴地回答："有福。"黄山在后边马上接了过去，"有个屁福！"李老师听后，啪的一声，又给了王有福一个小嘴巴："到底有没有福？"王有福躲闪着："呃，没福。"于剑来了句："没福更得削！"

厄运并没有就此结束。下午的自习课上，在于剑和黄山两个狗头军师的怂恿下，以曹江和姜成为首的一帮淘小子，用班里的草绳将有福五花大绑，像捆粽子一样将他拖到讲台上。于剑用食指点着有福的脑门问："你到底是有福还是没福？"

"没福。"

"抓的鱼呢？"

"炸酱了。"

"谁吃了？"

"我和我妈。"

"你馋不？"

"馋。"

"哪儿馋？"

"嘴馋。"

随着放学铃声响起，同学们在一场闹剧中度过了一个难忘的下午。

坐晚通勤车的同学们在往车站走的路上，对下午的恶作剧还津津乐道。相互嬉戏打闹着，金刚被我一拳打在胸前，一股黑烟腾空而起。徐宝权眼疾手快，三下五除二就把他的外衣扯了下来，一股焦臭的火药味扑鼻而来。金刚的前胸被火药烧得焦黑一片，烟熏火燎的面庞也漆黑一片，真成了名副其实的怒目金刚了。原来是他给弟弟买的二百响纸炮揣在了里怀兜儿里，被我这一拳给打着了……

正在这时，天空下起了一阵急雨，我激灵一下睁开双眼，见媳妇正朝着我的脸喷凉水。她见我睁开眼便埋怨道："睡觉也不让人消停，满嘴的胡言乱语，还动手打人。看把我的眼睛打得都睁不开了。"

我躺在那苦笑道："原来，刚才是南柯一梦啊！可惜，刚进入梦境就被你弄醒了。"

曲剑的工地虽然还是慢些，但已经步入了正轨。王三哥和范华整天在工地转悠，他们把这一功劳记到了我的头上，曲剑逢人便说是我帮了他的大忙。工程进展得很顺利，马上就要封檐头了。王总开着车匆忙赶到工地，把范华和王三哥召集到一起，说："我刚从预制厂回来，屋面板好办，架子太大，运输不了，就得在现场加工。预制厂答应给我们派个技术员，工人就在当地找。你俩看看找谁合适？"范华不容置疑地说："这还用研究吗？车江啊！非车江莫属。"王三哥看着王总，问："价钱怎么定？按什么标准算？"王总看着二人，道："我已经打听了，绑一盘架子不算穿管，人工费一千八百元。你俩跟他合计一下，看看给他一千五一盘干不干。"王三哥张口就给驳了回去："这样不好吧？市面上多少钱咱就给多少，人家车江能不打听吗？如果弄岔劈了再往回拽，那岂不成了牵着不走打着倒退吗？我看干脆连穿管都包给他，再给他加一百块钱，咱就不另外找人了。这样省心省力还省钱。"王总很相信范华和他三哥这对搭档，有了能文能武的他俩，自己只负责把工程揽下来，工地上的事从来不用操心。

我被叫到工地办公室，和王总打过招呼后，王三哥一五一十地说着经过。话还没说完，进来个老头儿张嘴就问："老三，小六子，正好你们都在，我还没伸手管你们要钱，靠在工地收拾点破烂卖点钱养活自己，你们又答应谁了？把破烂都给谁了？"问得王总直发蒙，疑惑地瞅着三哥。王三哥对着老头儿说道："哎呀，我的亲爹呀！那破烂不都在院里了吗？我一会安排人给你收拾去，你就上隔壁消停地待一会吧。"老头儿一听却不让劲了："哎，老三，你个瘪犊子！你蒙谁呢？这么大的工地，就把边那栋有点钢筋头，剩下的都被划拉得溜干净。"王三哥平时粗心大意，根本看不到这些细微的小事。看着他迷惑的眼神，我赶忙解释："是我安排了两个焊工把钢筋头都焊接起来用在了能用的地方。"王总听我这一说，看着我的眼神蓦然一亮，然后看着他老爹对我说："你做得很好，但还得麻烦你安排人再给老爷子切点钢筋头儿。"我迟疑了一下，没待我分说，王总似乎明白我的意思："没事儿，安排人切吧！"老爷子听后高兴地走了出去。

我试探地问王总："现在钢材这么金贵，钢筋头又卖不了多少钱，为什么不拿点钱给老爷子呢？"王总用赞许的眼神看着我，贴心地和我说道："你说他能缺钱吗？再说他要那么多钱干啥？都七十多岁了，还有我们哥儿几个呢。总归一句话，就是穷怕了。我母亲死得早，从小是老爷子既当爹又当妈地把我们哥儿六个屎一把尿一把地拉扯大，东挪西借地供我们上学读书。家里人多地少，别说积蓄，连温饱都成问题。后来我们长大了，走出家门，靠着我们农村人能吃苦耐劳的劲儿，一步步走到了今天。刚开始包活儿时，工地上没用的破烂东西就让老爷子收拾收拾卖了。久而久之，老爷子就卖上了瘾。卖完的钱都积攒起来，把存折放在了我这儿。他说自己年纪大了，整天糊里巴涂，怕万一哪天不行了忘了存折搁哪儿了找不着钱再瞎了。唉，说这些话干啥，咱们还是说正事儿吧。"

王总喝了口茶，继续说道："你没来时我们仨合计了一下，每盘预制房架子给你一千九百元工钱。这样吧，看你做事处处为我着想，以前用的人都怕搭工，谁也没为了给我省料焊过钢筋头。干脆每盘架子就按两千元给你，以后只要我有活就由你来干，工钱绝对亏不了你。"第一次听到王总这么敞亮的嗑儿，心里感触颇多。古语说得好："吃亏是福。"这次亲身体会到自己平时不争不讲，这次的结局竟然是如此完美。

我仔细研究图纸上的每一个节点，然后把重点部位和节点做法不厌其烦地反复给工人讲解。将工人分成组，每组四个人，各司其职，互相照应，首尾呼应，干起活来得心应手。

市质量监督站的王友是个老监督员，做事认真咬死理。虽然他文化水平并不高，但是乐意钻研，不懂就问，监管得比较严格。他也是头一次经历预制屋架的监督，拿着图纸看了老半天，最后问我咋绑的，我一一做着解答："先排好尺寸，把各个节点绑出来，再把节点之间的箍筋均匀开……"他参照着图纸又研究了很久，直起腰说："这就对了，我刚从通化一建工地那边过来。他们绑那屋架子看着就别扭，箍筋间距还对，就是说不出个子午卯酉。到这儿听你这么一说，再参照图纸总说明，就全明白了。原来是屋架子的受力点全落在节点部位。你们先干着吧，我还得回那个工地让他们返工。"

还真是现学现卖，他回到通化一建工地立马就给停了工。项目经理再三哀求，他就是不开面，并明确提出每盘架子必须经过他验收后才能进行下一道工序。他从工地走后，钢筋班长便在项目经理耳边煽风点火："经理，我们都是外来的，人生地不熟，你没看出来吗？他这是故意刁难咱。头一趟来时啥毛病也没说，二分脚回来就鼻子不是鼻子脸不是脸的，不容分说就给停了工。"一句话提醒了项目经理："走，咱们到里边工地看看去。"几个人像做贼似的偷偷摸摸来到我们工地。项目经理是个行家出身，也是从底层干上来的，当他看到眼前板板正正的房架子时，对钢筋班长说道："人比人得死，货比货得扔。还有什么好说的？回去吧！平时没事总说大话，是骡子是马牵出来遛遛，现在知道自己是骡子是马了吧？要手艺靠的是技术，不是靠耍嘴皮子。

人做事要务实，以后丢人现眼的话就不要说了。"

就这样，我跟着王总走南闯北地干了不少工程，也结识了一些有头有脸的人物。王总闯荡商海这么多年，从来滴酒不沾，他常常对我们说："喝酒，小酌是享受，喝多了，有的是自己难受，有的不单是自己难受，还让别人跟着难受。喝酒误事是普遍现象，大脑受到酒精麻醉后就会丧失正常的判断力，也可能忘记不该忘的事，会造成不可挽回的损失。但干我们这行的还不能缺少应酬，有些关系还得靠酒来沟通。"他的这些话深深地印在了我的心中，也在我以后事业发展中起到了很大作用。所以，一有酒局他就派范华去参加，每次只要方便，范华都会带上我在旁边帮衬。

范华嗜酒如命，酒后常常感叹自己怀才不遇的命运。他是二十世纪八十年代的大学生，由于家庭没什么背景，毕业后被分配在建筑公司工作。他总有一种怀才不遇的失落感，感慨上天没有给他一个展示的平台。公司改制后跟了王总，各种接待应酬场合总以刘伶标榜自己，席间常以《酒德颂》中的一段作为提酒词："捧罂承槽，衔杯漱醪；奋髯踑踞，枕麴藉糟；无思无虑，其乐陶陶。兀然而醉，豁尔而醒；静听不闻雷霆之声，熟视不睹泰山之形，不觉寒暑之切肌，利欲之感情……"就这段词偏就让他遇上个知音。那是在承建孤家子农场储备库时，建设单位管事儿的是个姓张的副主任，平时爱喝点小酒，喜欢舞文弄墨，傲才视物，有点个性。就因为在和王总的见面会上没有请他喝酒，他便认为王总瞧不起他，只和上层社会的人接触。于是，在以后的施工中，他是横挑鼻子竖挑眼，设置各种障碍，百般刁难，油盐不进，软硬不吃。

施工单位在孤家子工地管事的是王总的五哥。人长得是五大三粗，浓眉豹眼。性格耿直，情商不高，说话办事直来直去，不懂得转弯儿，也不考虑别人的感受。明明言语中并无恶意，可开口就给人难以接受的感觉。他从小练过武功。偏偏他这个习武之人做事特别死性，为人处世不懂得变通。于是，工程不能得以顺利进展，弄得他是一筹莫展。

王总知道后，不想把事情搞得太僵，便派范华来打点打点。范华来之前就已经通过别的渠道了解了张副主任的嗜好。来到工地后，在我的引导下来到张副主任办公室。相互介绍完毕落座后，两人东拉西扯地唠些不着边际的话。范华信手拿起了桌上的一本手抄本，随手翻看着，故作惊叹地问："张主任，这是你写的吗？写得太好了！故事情节生动，脉络清晰，很富有想象力。"张副主任一听有人夸奖他的作品，真好比遇到知音一般，马上变得热情起来，倒了杯茶水给范华递了过去。范华不失时机地说："张主任，晚上车江给我接风，我带了两瓶好酒，我们一起整两盅？你们这儿有没有比较有特色的饭店？狠狠地黑车江一顿。"张副主任一听说有好酒，便兴奋地说："饭店太闹哄，又喝不好。另外，我们甲乙双方在一起，让外人看见也不好。不如把菜买回来就在你们食堂吃，咱俩挑灯促膝长谈，就是别人看见也不犯毛病。"范华欣然答应："好，就按你说的办。我这就回去让他们准备，晚上咱俩好好交流交流。"满天的乌云一下就都散了。顿时，彩虹初现，一切问题可能迎刃而解。

　　晚宴准备得很丰盛，五哥因为不喝酒怕扫了大家的兴，就没参加。我和两个工程监理作陪。范华打开一瓶五粮液，亲自把大家面前的酒杯倒满，开场白便念起了刘伶那段《酒德颂》，正所谓：酒逢知己饮，诗向会人吟。我们几个犹如鸭子听雷。张副主任好像懂一些，拍手叫好。我们仨也机械般地跟着叫好。他二人旁若无人地论起古往今来的酒中英雄，什么盛唐饮中八仙啊，什么曹操煮酒论英雄啊，什么杯酒释兵权啊，又什么杜康造酒刘伶醉，一醉就是整三年的……他二人的谈论灌输到我们仨耳中真好比对牛弹琴。我们仨只有时不时地喊上一句："好！"有时喊得早了，他俩没说完，还得招到他俩一顿白眼。我们仨吃得差不多了，相互对视一眼，找个借口相继下了桌。这顿酒宴之后，张副主任再见到我们时，也不板着他那张老脸了。工序也自然而然地进入了正常轨道，工程进展得也特别顺利。

# 第十五章　换鞋风波

　　光阴荏苒，岁月苦短。东北的施工特性是 忙半年闲半年。随着二十四节气中霜降的来临，变了天。各个工地都陆续被强制停了工，进入猫冬阶段。想想往年在家猫冬闲不住，总想干点啥，结果每次都是赔得血本无归。痛定思痛之后，今年就选择了什么也不干，就在家稳当地一待。没事叫上三两个好友喝点小酒。头几天还好打发，时间一长，就感觉待得憋了巴屈，五脊六兽的。媳妇看我整天难受的样子，就劝我说："没事别总窝在家里，出去和大家打个小牌，小玩怡情又消磨时间，而且对锻炼头脑反应还有好处。"

　　这一天，我收拾停当，心里正琢磨着准备干点啥。突然接到于剑的电话："老车，你在哪儿呢？""我在家呢，正准备出去找麻友打两圈。""别玩了，赶快到玉子饭店来，有急事儿。"我和老于从小一起长大，平时也没个正形，见面就是一顿掐。我在电话里开着玩笑："咋的了？搞女人让人家给抓了？求我去救场啊？""别贫了，好事儿，快点过来得了！"我骑着摩托飞快地赶到玉子饭店。

　　这玉子饭店是一个朝鲜族特色饭店，坐落于团结村，与新建的镇卫生院毗邻。朱波、贾伟、黄山是这个饭店的常客。果不其然，我一进屋就看见于剑和他仁围坐在炕上的一张圆桌旁。于剑见我进屋，立马站起身故意在炕上像模像样地走了两圈，然后将目光转向了我，问道："咋样？有什么变化？"我咋看也没看出来他有什么变化，于是刻薄地说："没看出来有啥变化，就是比以前能嘚瑟了。"不得已，他把脚抬了起来，得意地望着脚上的鞋，稀罕巴嚓地说："怎么样？"我瞟了一眼："不怎么样，破鞋一双，有什么显摆的？一看就不是什么牌子货，也值不了几个钱。""你再帮我好好看看，这可是我这几年来穿着最舒服的一双鞋。"我不能太冷了他的热情，就哈下腰用手去捏了捏鞋面，直起身后对于剑说："能不舒服吗？充其量就是一双至少穿了一年的皮革鞋。"我俩的对话使旁边坐着的仨人笑得前仰后合的，朱波竟然还幸灾乐祸地说："怎么样？老于，刚才我那么劝你都不听，上来劲儿咬着屁股橛子给根麻花都不松口。"于剑露出一丝鳄鱼的眼神，抬起右手轻轻地给了自己一个小嘴巴，一字一蹦地说道："该！真不长记性！又让你们玩了，走着瞧，早晚让你们加倍偿还！"

说笑间，酒菜已经摆上了桌。见于剑被惹恼了，倒引起了我的兴趣，问道："到底是怎么回事？"黄山"嗯啊咳嘿咔"地清了清嗓，然后慢条斯理地讲道："这不嘛，老于刚卖完粮，有钱了，上山城镇办事，完事逛街，相中了一双皮鞋，花了二百多块买回来了。你看，就是贾伟脚上穿的这双。老于回来没下车就给朱波打电话，问在哪儿。"黄山说话吭哧瘪肚的，半天蹦不出一个屁来，听得我供不上溜儿，气得我一摆手："你打住吧，吃屎都赶不上热乎的，让波子说。"朱波接着说："老于给我打电话问我在单位没，我说在单位了，山哥和小伟也在这了。老于说马上就过来，让我们等他，哥儿几个搂两把扑克。不一会儿他就赶来了。进屋就显摆他那双新鞋。"朱波回忆了当时的经过。

贾伟看到老于的新鞋轻蔑地一撇嘴："啥老破鞋？穿在脚上一看就不值钱。"老于反唇相讥："你懂不懂？老人头，名牌！"贾伟变本加厉，"一看你就是个山炮，老人头早就过时了，只有土老帽才穿呢，真没见过世面。"于剑不得不信服地看着贾伟脚上的鞋，确实好。虽然是双旧鞋，但一个横褶也没有，而且擦得油光锃亮，一尘不染的感觉。人家贾伟从小就干净，父母都有工作，家境比较殷实，又是家里的老儿子，从小穿戴就讲究，总是溜光水滑的。所以他说话老于深信不疑，他不错眼珠地望着贾伟脚上的鞋，说："你能不能把鞋脱下来，让我试一试？"贾伟瞅着自己脚上的鞋，故作爱惜地说："不行，你那脚虽然跟我是同一个号码，但是你脚板太宽，脚面又高，给我试变形了咋整？"他故意吊足于剑胃口，因为他了解于剑的秉性，越是不可能的事情他越想去做，不达目的决不罢休。

正是这个性格，让他一步步入了圈套。不知不觉中上演了一幕请君入瓮。

于剑越发不让劲地说："多少钱的玩意儿？多大个事儿？试变形了我赔给你。"贾伟嘴里嘟嘟囔囔故意勉为其难地把鞋脱下来，于剑立马欢喜地蹬在脚上，在地中间遛了两圈，感觉特别舒服，就像量脚定制的一般，比他那双新老人头不知要舒服多少倍。于是，他非常想得到这双鞋，便觍着脸说："小伟，我拿那双新鞋跟你换吧！"贾伟一听，心生欢喜，此刻的心情像一壶烧开的沸水，激动得要溢出来，抑制不住内心的喜悦。虽然如此，他面部却没有表现出一丝欣喜若狂的样子。好似一位落魄的画师用了最冷的色调，草草勾勒出来的一张脸，面无表情。脑袋摇得像拨浪鼓似的，真是得了便宜还卖乖，口不对心地说："不行，你这鞋才几个钱，还卡脚。净想找便宜，谁跟你换？赶紧给我脱下来！"这时，朱波也不失时宜地搭腔劝着于剑："老于，别和他换了，你整不过他。哪次交手不都是你吃亏？"黄山也搭茬："对，老于大哥，你那个好赖不济是双新鞋，他这双再好也穿过了。啥鞋还不一样穿呢？不行明天掏几百元照他那样再买一双。"

我听到此处就已经知道结果了，于剑、黄山、朱波成天在一起，臭是一窝，烂是一块地配合巧妙着呢，比那唱双簧的配合得还默契。果不其然，于剑张嘴就来："实在不行我再给你找点钱。我那双新鞋确实有点卡脚，我花了二百二，取个整，我再找给你八十块。就这么定了，咱俩谁也别反悔。"贾伟眼皮往上一翻愣："这俩钱就想给我打发了？你这不是两分钱办丧事——糊弄鬼呢吗。别废话，少一百块钱不好使。"

于剑大眼珠子白愣他一眼，心想：话里话外就差二十块钱，这不跟我扯呢吗？忽然灵机一动，来了主意："别整那伤感情的事了，你争我讲的多没意思。干脆我请大家吃顿饭，庆祝一下我俩交易成功，怎么样？"朱波和黄山听有酒可喝在旁轰然叫好。黄山溜缝儿道："这么大的事，怎么能少了过场？这么整挺好，彼此不伤和气，还增进感情。不然争争讲讲地传出去还让别人笑话，况且我们买烟中奖都吃喜儿呢。"

说起吃喜儿，那还是几天前朱波值夜班的事。他一个人在单位寂寞无聊，打电话叫来了黄山和贾伟。仨人玩起了"填大坑"，直玩到第二天早晨。黄山和朱波输得分文没剩，交完班出了卫生院，经过一家超市，朱波觍着肥脸凑到贾伟眼前："我的烟昨晚都抽了了，能不能给我和山哥每人赏盒烟？"贾伟扬着头背着手，睥睨着黄山："山儿，开门。"黄山赶忙上前拽开了超市的门。

贾伟昂首阔步地走了进去。朱波和黄山在后面亦步亦趋地跟着。朱波进店后伸手拿了盒软包长白山，黄山瞅了眼贾伟，怕他不付账，便对朱波说："还是拿硬包的吧！里边有奖，看看手气。"朱波气哼哼地说："输得毛儿都没剩，还看什么手气？"嘴里这么说着，还是不情愿地把手里的烟换了盒硬包的。他顺势打开了烟盒，抽出一根叼在嘴上，黄山把手伸了过来，朱波把眼一瞪："你自己不有吗？"黄山眨巴眨巴眼睛，打开了自己那盒："咦，这里有张卡片儿，二十元！"他心念一动，立马收回了惊喜的笑容，随手把写着二十元的卡片递给了贾伟："给，小伟，你买的烟中奖了，二十元！"贾伟接过来一看，果真中了二十元，牛气哄哄地摔在柜台上："兑奖！"老板从抽屉里拿出二十元钱，贾伟接过来随手揣进兜里。黄山两眼直勾勾地看着小伟："咋的？一点表示都没有啊？那钱就那么好揣吗？得吃喜儿呀！"朱波也在一边开了腔："你以为那奖钱那么好接呢，如果真是那样，三哥自己不会兑？"

他们仨有个不成文的规矩，不论谁得了便宜，都得借由子喝点儿，何况这么一笔意外之财。

贾伟一拍脑门："哎呀呀呀呀呀！"常在河边转，哪有不湿鞋的？这个卡接得太莽撞了，太欠考虑了。没办法只能认了，说："你们俩想不想往回捞梢？我买点熟食，咱仨上于剑家干上一天'三打一'。"黄山和朱波大眼瞪小眼地互相望着，朱波边用手做着数钱的动作边说："没币子咋玩？触手指头啊？只想着兑奖吃饭的事儿。"贾伟说道："不行，要是请吃饭，我不是一分钱也得不到了吗？"黄山接过话茬："差不多就行了吧，你这不还赢了我们五百多嘛！手气这玩意儿可是一时好一时坏，别再把赢的倒回来，到头来岂不是竹篮打水一场空了？"贾伟只好故作忍痛割爱的样子答应下来……

朱波把事情的经过娓娓道来，最后说一句："事情的经过就这样。"贾伟接着朱波的话问我："老车，有毛病没？"我不假思索地回答："没毛病，就是你们仨太阴损。麻袋片做衣服——不是块好料！总是整些套路配合默契地糊弄老于。你们仨能不能换个人整？在他一个人身上能榨出多少油水？"我转过头假装劈头盖脸地呵斥着于剑："和你说多少回了，我不在场时不要擅自行动，不要和这几个人单兵作战，你总是充耳不闻。俗话说：吃一堑长一智。你倒好，哪一回你捞着好儿了？吃一百个豆不嫌腥！三个臭皮匠顶个诸葛亮，何况这三个人一个比一个精。那双鞋就算是新的也就值个五七八十的顶天了。现在穿了一年多了，就是个扔货，白给都不要。"刚说到此，黄山接了过去，说："那双鞋是去年我陪小伟买的，当时瞅着样子挺好看，五十五块钱又不贵，能穿个三五个月就够本了，没想到还能换双新鞋。就是让小伟给老于找个百八的，他都乐不得的。头阶段小伟上街就看好老于买的这个牌子的鞋了，我陪着去了好几趟跟老板讨价还价软磨硬泡也没砍下价来。他拎着那双鞋爱不释手，可惜囊中羞涩没能达成所愿。他正琢磨着想弄俩钱把那双鞋买下来，还真是踏破铁鞋无觅处，得来全不费工夫。真是天从人愿呐！今天让我大开眼界，小伟的沉着冷静让我佩服得五体投地。刚才换鞋时还咬着不放呢。别说，这招欲擒故纵还真管用。

我都替他捏把汗，怕他拿把大劲儿再整黄了。"自从贾伟把鞋穿上脚就没脱，上炕都穿着。气得于剑一言不发，哑巴吃黄连——有苦说不出，真是王八钻灶坑——憋气又窝火。只能暗气暗憋大口喝酒，大口地吃菜。再看他们仨，使尽浑身解数尽情表演，这分明是得了便宜还卖乖，故意刺激老于。

我当时恨得牙痒痒的，心中暗想：得替于剑出口气，不能就这么便宜了这仨人，绝不能让他们全身而退。我故意端起酒杯和他们仨一一碰了一下："谢谢你们的招待，我先干为敬。"贾伟连忙说："你别整错了，今天是老于请客。"我反唇相讥："你怎么好意思说出口？这要是到我们自强村，老于请没的说，他若不请我也得请。今天到你们这一亩三分地儿了，三位都是吃官粮的，于情于理都得做回东，还能好意思说出口让老于请客？做人做事就不能敞亮一回？抠抠搜搜这个劲儿还没有我们两个老农出手大方。再说了，从学校毕业到现在，我们俩吃过你们仨几顿饭？要不你们脱了鞋掰着脚丫子数一数，吃完饭不是拉屎就是撒尿，哪次算账了？就知道张嘴吃别人的。今天这账你们不算我算，反正今天不能让老于买单。"一番半带玩笑的话损得朱波红头涨脸："行，行，行，爹呀！这桌账我们算，服务员！再加两个菜！喝吧。"于剑一听他们算账来了精神头儿，一拍大腿说："车江，你没来时他们点菜，先点了盘狗肉，我看太贵就说你不吃狗肉看着烦，就被我勾掉了。他们又点了一个笨鸡炖蘑菇，我说鸡鸭鹅狗在我家隔三岔五就吃一顿，到这儿点它干吗？又让我画下去了。早知道是他们算账，那就鱼鳖虾蟹可劲儿上呗！何必整这清汤寡水地吃到肚里都不挂肠子。"我狠狠地瞪他一眼，心想：嘴一点把门的都没有，这些心里想想还可以，嘴上说出来，他们以后能放过你吗？

几个人边喝着酒边说笑着，直至酒酣耳熟方才收场。

朱波喊过来老板结账，服务员报了钱数，贾伟一听问道："不对呀，就几个小毛菜怎么这么多钱？"服务员将结账单子拿过来一看，菜单上赫然多了一盘狗肉。贾伟质问："怎么多记了一盘狗肉？"服务员委屈地指着于剑说："是那位先生点的，他让打包了。"气得贾伟直磨叽："刚开始点狗肉你给勾掉了，吃完饭了你却要一盘打包。你这不是连吃带拿吗？"朱波给了黄山一个眼色，黄山立马会意："别嘚吧了，反正下午也没啥事，算完账去老于家干一会儿。"这一盘狗肉又招来一帮狼。

老于媳妇见他仨进了院，热情地把他们让进了屋，沏茶倒水地侍候着。朱波本就嘴大舌敞，外加喝了二两"狗尿烧"，像竹筒倒豆子一样主动把换鞋的经过跟于剑媳妇学了一遍。气得老于媳妇直骂："妈的，他那熊样就得意二手的，说二手的舒服。"我骑着摩托带着老于刚进院就听见屋里的骂声了，他仨还在旁不停地煽风点火。

于剑媳妇一见我俩进了屋，就骂得更起劲了，指着于剑鼻子骂道："这回你真成了名副其实的大破鞋了，新的不得劲，还是旧的舒服，是不？"老于把脸一沉，骂道："闭嘴！给你脸了是不？"这一骂不要紧，老于媳妇嗷的一声更来劲了："你敢做还怕别人说呀？这回车江在这儿了，咱们当面锣背面鼓地把话说明白。你就说说头几天出去鬼混了一宿，回来说是跟车江在万镜湖住的，还能把衬裤整没了？说不上落谁家了……"

我赶忙给打证实："嫂子，头几天老于确实和我在一起了，那天玩完牌太晚了，我俩就在万镜湖泡了个澡，完事在休息大厅住了一宿。第二天老于回到家给我打电话说衬裤落浴池了，让我去给找一找。我当时还开玩笑地说他还真是皮糙肉厚啊，里边没穿衬裤，那老毛裤扎腿都没感觉吗？别找了，我去给买条新的吧！他说不行啊，嫂子你就要看到他那条。"

"原来是这么回事。"于嫂半信半疑地停下手说，"那你干吗做贼心虚地答不上来？"于剑边揉着脸边委屈地说："你不容分说就动手，给我解释的机会了吗？再者说我就是有那贼心，也没那贼胆啊！"

"嫂子，衬裤我不是让老汤和二军子上万镜湖找着了，给送回来了吗？"于嫂是个口无遮拦直性子的人，心里咋想嘴上就咋说："还不如不送了，你派那两个啥人啊？太不靠谱了。一个骑着摩托车，一个坐在后边扛着根竹竿。竹竿上挑着条红色衬裤，随着飞驰的摩托车像彩旗一样飘着招摇过市，格外显眼。他们来到我家房后把衬裤往榆树障子上一扔，高喊了一声：'老于呀，衬裤给送回来了！'整得村里人谁见谁问：'老于，你衬裤落谁家了？'气得我就回骂：'昨晚在你家走得急，不落你家了吗？'多碜碜人。"老于不耐烦地道："别嘚嘚了，快烧水去吧！""这不都是你闹出来的吗？"于嫂经我口中证实了老于的清白，立马心花怒放，屁颠屁颠地往外走。她前脚出门，我随后便对老于说："为了给你找那条破衬裤，我花了二百块钱雇了俩人，到头来还闹了个满身不是，图啥呀？"于剑龇牙一笑："谁叫咱俩是哥们儿了，不都说有福同享有难同当嘛，还没叫你两肋插刀呢，就是担个过受点埋怨还能咋的？关键是你这块挡箭牌还真管用，以后少不了拿你说事儿。"气得我干瞪眼说不出话来。

有些女人对心中在意的男人总是蛮不讲理，胡搅蛮缠，整天疑神疑鬼的，总是拿一些不着边际捕风捉影的事儿，闹得满城风雨，风云突变的。一旦雨过天晴，又是秧歌又是戏的，变脸比变天还快。于剑媳妇在这方面非常敏感，尤其自以为是，总会抓住一些只言片语信以为真，总是凭着臆想盖棺定论。

其实于嫂刚结婚时也不这样。他们那时的日子过得是一穷二白，两口子包了很多地，没日没夜地干活。经过长年累月的打拼，生活有了很大的起色，兜里有了积蓄。于剑也开始注重起自己的仪表。人靠衣装马靠鞍，狗配铃铛跑得欢。于剑在穿靴戴帽上经过刻意打扮，整个人的气质大变，前后判若两人。从一个拱地垄沟子的农民摇身一变成了一个器宇不凡的大老板。举止大方、谈吐不俗的他招来了本村众多妇女的追捧，而且个别女人对他还青睐有加。于剑本身就豪放不羁，不拘小节，这就给了一些女人可乘之机，打情骂俏时有发生。起初，于嫂看在眼里也不以为意。久而久之，就打翻了醋瓶子，酸溜溜的，心想：世间有几个坐怀不乱的柳下惠？哪有猫不吃腥的？

就这样，表面上熟视无睹无所用心，暗中好像附骨之疽如影随形，给老于来了招螳螂捕蝉，黄雀在后。别说，还真有效果，于剑在遛弯时偶遇到郭月，两人见面没聊几句就开始打情骂俏。不仅这样，还动了手，郭月伸手在于剑的脸蛋儿上掐了一把。她是村里有名的云心水性的女人，于嫂冷不丁地从暗处蹿了出来，不依不饶地骂开了。郭月见势不妙，灰溜溜地溜走了。这下于剑可捅了马蜂窝，于嫂刁天厥地地和他吵闹了好几天，弄得他筋疲力尽，苦不堪言。从此以后，于剑有所收敛，再也不敢放纵任性不加检点了。

见于嫂转身出去，老于冲着我们硬气地说："丑事家家有，不露是好手。连说带骂的，这不也就好了吗？"于嫂端着一壶开水，满面笑容地走了进来，看着地上于剑脱下的旧鞋，气呼呼地说："一看这双破鞋我就生气。别脏了我的屋子。"说着她哈腰拎起了鞋子，推开门一甩手扔到厕所后面的粪坑里，随后又故意拿着拖布夸张地擦来擦去。气得于剑小声骂道："这个败家娘们儿，你扔了我穿啥？"朱波端着水杯扯着嗓子喊："嫂子，老车不吃狗肉，你杀个鸭子，炖点酸菜。""好嘞，你们先玩着，一会就好。"于嫂爽快地答应着。于嫂人虽泼辣，但持家绝对是一把好手，干活麻利，那真是脚踢柴火，手擀面，胳膊肘能纺线。锅碗瓢盆齐声响，转眼饭菜摆满桌。推杯换盏之后，撤下了酒桌又换上了牌桌，我们吆五喝六地玩了个通宵达旦。

漫长的冬季就这么被我们在吃喝玩耍中挥霍掉了。

一日难再晨，盛年不重来，光阴似箭匆匆过，时光就这样不经意间从我们身边悄悄流逝。

# 第十六章　朋友点拨

阳春三月，天气转暖。忽如一夜春风来，千树万树梨花开。一年之计在于春。这个充满希望的季节，又开启了我风风火火暴走的模式。承揽工程多了一层挑剔，不像以前包活儿，有活儿就干，那真是"有奶便是娘"。如果市面上人品不行、口碑不好、压工钱的一律不合作，精挑细拣之后剩下来的都是些意气相投的朋友。这一日，临近中午，我来到了李东的工地。他正和几个小哥们儿打扑克，一见我来了，连忙撂下手中的牌，推门对着隔壁喊了两声："王姐，王姐！"其中一个牌友催促他："快点回来，把这把牌稳当地玩完。"他有些不高兴地说："江哥好几天没来了，我得好好招待招待，玩牌有那么重要吗？哥们儿来了还钻头不顾腚地玩，那还有人情味了吗？这把牌算我破了，给钱，黄局。喝点茶水，一会吃饭。"几个人都是我的熟人，我半开玩笑地打场："我是不是来得有些不合时宜？打扰了大家的牌兴。离吃饭还早着呢，你们继续，我也好在旁边看会儿热闹，喝着茶水两不耽误。"李东执拗地说道："不玩了，想玩有的是时间，哥儿几个难得相聚，唠会儿嗑儿多好。"

李东比我小个五六岁，一米七八的大高个，白皙干净的瓜子脸，挺直的鼻梁下，两片红润的薄唇。一双深邃明亮的眼睛洞察秋毫，洋气的毛寸略泛自然的微黄。一笑两个浅酒窝特别招女人喜欢，是男人嫉妒的那种类型。这样标致的美男子结婚前不知有多少女孩为之茶饭不思、神魂颠倒。

王姐带着小跑进了屋，问："李总，啥事？""江哥来了，上我车里取两瓶好酒，告诉厨房多炒几个菜，再掂对两个硬菜。"李东今天特兴奋，以前陪我喝酒总是倒上一杯甜了吧唧的红酒，一口白酒也不喝。今天自己主动倒了少半杯白酒。他的这个举动出乎我预料。当他端起酒杯说明原因后，我们大家不约而同地站了起来共同祝贺道："恭喜李总，喜得一双儿女，干杯！"原来李东结婚多年，一直没有小孩儿，两口子为此事非常苦恼。想不到这一有，竟然生了一对龙凤胎，大人平安，孩子健康。真是吉人自有天相。自古以来，先人总是劝人行善积德福荫后代，富贵不求自然来。厚德载物，好人自然有好报。《道德经》中说："天道无亲，常与善人。"上天从来不会亏待谁。李东能有今日，都是平时助人为乐，救人急难，在别人危难时顺手拉一把，这才带来了福报。

人逢喜事精神爽。李东少半杯白酒下肚竟然啥事没有，他自己又倒了杯红酒，情真意切地说："江哥，你在建筑行业也闯荡十多年了，天天耳濡目染的全是建筑行业这方面的事。你的为人大伙都认可，人脉又很广，怎么不琢磨琢磨自己出来另立山头？何必去给别人跑龙套作嫁衣呢？"我端着酒杯沉思良久，在这之前詹三哥就曾对我说过，让我有机会一定要把握住。他说打十年工不如包一年活儿，起码不用看别人脸色吃饭。我当时不自信地说道："我觉得现在挺好的，不操心，也不费力的，我已经很满足了。再说，包活儿那事也不是我能干得来的。"三哥鼓励我说："万事开头难，只要你有信心，就没有做不成的事。谁也不是与生俱来就啥都会的。咱俩刚认识时，我还做木匠活儿呢，谁能想到我现在也能包活儿了。所以，对自己要有信心……"今天，李东又提及此事，勾起了我的回忆。"端着酒杯咋走神了？还不快点喝呢？"李东催促着，我尴尬地笑了笑。

李东看出了我的心事，接着往下说："你也知道，我以前是开洗浴的，对建筑行业一窍不通。在一个偶然的机会，我们家庭聚会，我连襟的父亲是建筑公司的经理，在酒桌上，老爷子随口问我想不想改行包点儿工程活儿，我当时不假思索就答应了。因为我认识几个常来洗浴的包工头，他们刚包活时还不如我呢，结果包了活儿以后一夜暴富，出手一掷千金。不像我们干洗浴的挣钱是零钱凑整钱，挣点辛苦钱。"

李东专注地看着酒杯，仿佛里边有什么东西似的，停了停，然后接着说："那几年干洗浴干得够够儿的，但没别的干的，只能挺着往下维持。自从步入建筑行业，我是越干心气越高。也许跟这个行业有关，工作人员个个胸怀坦荡，豪气冲天。不像以前接触的那些魑魅魍魉，天天吃我的喝我的，为了点儿蝇头小利处处算计我。还总是摆道卖好，以为我看不出来呢。"

李东见我听得认真，又接着说："以后你要是包上活儿，有什么困难尽管吱声，要是用钱缺长补短什么的，尽管上我这儿来拿。我们是兄弟，不要跟我客气！"

这次酒事儿在我内心中触动很深，也正是这顿酒事儿为我以后自己承包工程奠定了自信的基础。

早晨来到工地就没闲着，一直忙到中午，下午基本就没啥大事了。正想着找两个哥们儿喝点，手机铃声就响了起来。我急忙掏出来一看，是贾伟，接起来便说："你一天天的不好好上班，没事瞎搁捞啥，是不是没事又闲出屁了？又想上我这儿来蹭饭了？"电话那头传来贾伟抱屈的声音："哎呀，老车，这回你可屈了我了，不能总是可你一个人来，隔三岔五的我们也得表示表示吧？省得以后一见我们电话如遇瘟神一般。大伙都在黄山家了，快点过来吧！你啥也不用带，这边连酒带菜啥都不缺，就差你了。"我撂下电话，心里嘀咕着：今天吹的是哪股邪风呢？好模样儿地请我吃饭？平时请我都是让我带酒，这几个无利不起早的家伙又想干什么？我突然想起前几天的事，在于剑家喝完酒后说啥要玩一会儿"填大坑"，结果让我把他们仨赢了，三更半夜地非要出去撸串子，时间太晚了我就没去。本想能躲过去一顿，结果第二天中午，朱波子给我打电话，问我在哪儿了，我当时心里庆幸着多亏没在梅河，这几个鸟人肯定是撵到梅河去了。于是在电话里轻松地回答："我在红梅镇呢。这边工地事多，过来看看。哪知一来就没脱开身，忙乎了一上午。这不，连饭都没顾得上吃呢。"只听朱波在电话里惊喜地说："这也太巧了不是？我们也在红梅镇，陪老于来办事，也忙乎了一上午，才忙完。我们在桥头饭店刚点完菜，你快过来吧！"我撂下电话自言自语道："难道这几个人真是属狗的，闻着味儿跟来了？看来还是有内鬼，不然怎么会摸得这么准？"心里犯着合计，当我来到桥头饭店推开最里边包间的门，便看见他们几个齐刷刷地围坐在圆桌旁，桌上摆着六菜一汤。酒杯已满，谁也没动筷，就等我了。

我坐在了他们给留好的买单位置上，睨视一圈后冷嘲热讽地说道："巧了不是？各位大仙齐聚在这小镇，是偶然呢？还是吃惯嘴，跑惯腿了？"气得于剑大眼珠子直白愣。朱波扯着猪嗓子喊："哎呀老车，良言一句三冬暖，恶语一句六月寒。我们哥儿几个好赖不济也是吃官粮的，凑巧而已。"言毕，惹来众人一阵哈哈大笑，我毫不放松地盯紧朱波："凭你那不通气的猪鼻子，也不可能撵到这儿来，你是怎么拱来的？"挨我坐着的于剑洋洋得意地说："他充其量也就是个吃货，一天天探头探脑、颠来倒去的，就会趾高气扬地对我们几个发号施令、呼来喝去的，像这种道道儿他是想不出来的。我早已在你身边安插了眼线，你的一举一动一言一行都在我的掌控之中。"我恍然大悟地一拍大腿："果然如此，我早就应该想到，如果没有家贼，怎么能引来外鬼？你们又怎么会摸得这么准？一定是他！"于剑大笑着说："除了莫大嘞嘞还能有谁？你想赢完钱就一走了事，别说他们几个不答应，就是我这一关也过不去。平时没事还得创造机会喝点儿呢，何况今天还是入伏头一天。俗语说：'头伏鸡，二伏狗，三伏甲鱼无处走。'头伏吃只鸡，一年好身体。这种大事他能放过？"我调侃道："你们几个还挺懂规矩，我没来谁也没动筷。不过，面对着美酒佳肴，把大嘞嘞扔在一边，你们几个过河拆桥、忘恩负义的家伙！真的很无语，大嘞嘞用他的背叛换来了你们这几条没良心的狗，只顾自己大吃二喝，却把他抛在脑后，置之不理。"

老于嘴一撇："屁！鸡刚上来老朱就要先尝一尝，说看熟没熟。我警告他：'你尝可以，老车来了也就罢了。老车若是不来，这桌账就得由你结。'他眼盯着菜碗，嘴淌哈喇子，不得已才把筷子撂下。至于大嘞嘞，都不用特意喊他，一会闻着味儿就来了。他是属穆桂英的——阵阵少不下。"说时迟那时快，于剑抢起筷子夹起一只鸡腿塞进嘴里，反手又把鸡头夹起来放到我碗里。朱波一张嘴，于剑顺势把鸡屁股给他堵个溜满，他还以为是一块鸡腿肉呢，吃得很香。

他们几个是不是又搞什么恶作剧？我揣着满怀的合计来到黄山家，看见黄山家的几个邻居正在园子里往回收拾间稻苗的工具，贾伟站在院子中央比比画画地指挥着。我终于明白了，这是想借着黄山家间苗来回请我，也就是多双筷子的事，日后不至于落下话把儿。

来到屋里，老于和朱波坐在炕上喝着茶水，白白话话地正在那吹牛呢。见我进了屋，老朱虚头巴脑地站了起来："来了老车，快脱鞋上炕喝点茶水。"我瞅着他俩嘲讽道："就一亩二分地口粮田，请来这么多人干活，连吃带喝的费用，就是买全年所收的粮食也下来了。"于剑从不落空儿："老车，这你就错了，这不显得有人场吗？都是面儿上人，家里有点儿事，没有点儿排场不让人笑话吗？另外，黄山早就有意思想把大伙找到家里吃顿饭，今天一心管二，搂草打兔子，一举两得，这还便宜他了呢。"说话间，饭菜已经端上来，老朱下地穿上鞋就坐了过去，我抢白地说道："你有点儿样没？人家干活的还没进屋，你倒先坐上了。"老朱觍着脸说："你快过来找个宽绰地儿先坐下吧！有道是他们忙在前吃在后，搁哪儿都能对付一口。"我晃着脑袋看着他，上辈子欠他们的，合着这辈子只能与他们为伍。

贾伟张张罗罗地进了屋，看着朱波稳稳当当地像个大盘鸡似的坐在那儿，扯着嗓子喊："干活儿的还没上桌呢，你来了就是烟啊茶啊的，还得专门搁人伺候你，什么活都不干不说，谱还摆得挺圆。"于剑嘴一撇："这不是你们'团结帮'的一贯作风吗？还说他，你不也那味儿？老鸹子落在猪身上——光看见别人黑瞅不见自己黑。"老朱眯着眼睛大拇指一竖："还是老于心直口快、刚正不阿、洞察秋毫。"满嘴的阿谀奉承灌了老于一耳朵，灌得老于迷迷糊糊，摇头晃脑地说："老朱，这些人中你是最拿得出手的，还数你有派头！"

干活儿的多是黄山的小学同学，其中也有两三个是我们初中的同学，只是时间久远叫不上名字而已。有个叫利明的提酒时说道："车江，再有什么活动能不能把我也带上？虽然我们不是一个班的，但毕竟是同届的同学。另外，你能不能召集一下搞个同学会？不然这么多年，我们都不认识了。"酒到酣时兴正浓，还没等撤桌，贾伟便把挑好的扑克牌放在垫子上，把几个黏席的生扯活拉地给撵走了。然后坐在我面前直勾勾地瞅着我，说道："跟他们喝的啥劲儿？快点上来抓几把得了。"老朱盯着贾伟，屁股都没欠，说："玩可以，你必须先亮亮底，别拿两毛半钱来糊弄我们。"贾伟一指箱子上的皮包，说道："包里有子儿。"气得朱波破口大骂："滚他妈犊子，那是你的呀？你真是屎壳郎戴面具——臭不要脸。那是这些天收上来的公款，明天还得交账呢！"说得贾伟是唱戏的腿抽筋——下不了台，可怜巴巴地用求助的眼神望向黄山。无奈的黄山抠抠搜搜地从兜儿里掏出五百块钱摔给了贾伟。贾伟大萝卜脸不红不白地把钱抓在手里，生拉硬拽地圈拢我们几个陪他玩。

我的手气特别好，牌点也旺，想啥来啥，不大工夫，仨人手里的钱全堆在了我面前。他们仨开始触起手指头来，卖呆的老于从厨房里拎来了菜刀，刀背在桌子上拍得啪啪直响，吓唬道："你们那是金手指啊？干脆把手指头剁下来当筹码得了。"

于是我见好就收，一把把钱揣进兜里，嘴里也没闲着："谢谢哥儿仨了！正好我家装修，灯具款还没着落，今儿个多谢各位友情赞助了！

不和你们扯了，我得回去买灯了。"说完起身便走。

我骑着摩托带着老于哼着小曲儿扬长而去。没等到街里，他的手机就响个不停。老于对我说："那三个兽撑来了，怎么办？""你就让他们直接到旭日灯饰城吧！提东西也需要人手，省得咱俩干活儿了。"接通了电话，老于还未开口，就听朱波说："你让老车给我返五十块钱，今晚的饭局就免了。"老于毫不迟疑地说道："你们快到旭日灯饰城吧！这儿正好缺两个拎东西的。"

我们在灯饰城碰巧遇见了在北药做裁缝的徐宝权。上学的时候我们就是好哥们儿，他母亲过世较早，父亲又整天忙于工作，使他养成了孤僻独傲的性格。他清瘦的面庞棱角分明，高挑的身材健美有力。我热情地邀请他晚上和我们一起喝点，叙叙旧。于剑建议去铁北找个串摊喝点儿啤酒。宝权爽快地答应着："我这就收拾收拾东西和你们一块走。"我们在铁北四合院附近找了一个顾客盈门的串店，老板在角落里给我们腾出一桌。铺面虽然不大，但各种特色小串是应有尽有。一盏茶的工夫，便上了满满一桌。各种小菜不但味道鲜美，而且看着也干净。加之服务态度又好，难怪这样一个不起眼的小店会如此门庭若市。

一瓶啤酒下肚，宝权兴奋地说："曹娟结婚就嫁在了铁北，离这儿不远，我联系联系她，看看她能出来不。"过不多时，曹娟穿着半透半隐的连衣裙，披着橘黄色的大波浪出现。她比上学时洋气多了，也多了几分女人味，只是性格和以前比没有丝毫改变。她热情地和大家打着招呼，然后大咧咧地坐在了宝权身边。朱波拎着凳子招呼道："老姑，来，坐在车总身边。不然，车总喝不下去酒。"我瞪了朱波一眼，说道："都叫老姑了，还让坐在我身边，怎么称呼我呢？懂得点规矩不？不得叫我老姑夫了吗？快把我和你姑的酒满上！"气得朱波直骂："你这个老犊子！不占我点便宜你是浑身不得劲儿。不就是叫老姑夫吗？行，无所谓，只要我老姑高兴，哪怕让我装孙子都行啊！"

曹娟也直摇着手："得！打住！就别拿我开玩笑了，我还有自知之明。现在我可高攀不起。说点真格的吧，咱们能不能组织全班同学聚一下？一晃十多年过去了，有些同学走路撞到一起都认不出来了。咱们就读的虽然不是什么名校，但毕竟是同学一场啊！而且咱们的学校早已合并，剩下的只有那模糊的记忆了。随着年纪的增长，恐怕这记忆哪一天也会从脑海中消失。别等到失去了，才开始怀念，那会遗憾终生。"朱波接过话茬："三年的同学情，不，有的还不只是三年，比如咱们当中某些人直接从三年降到二年，或是有什么非分之想，看好了哪个女生也不一定。"说着他带着挑逗的眼神瞄了我一眼。我心不在焉地说："还是算了吧！凭咱们这几个歪瓜裂枣的劣等生，尤其咱们这几个降级包在学业上一事无成，咱们出头召集此事有谁会来？到了还不得成为笑料？"

曹娟急忙分辩道："不对，车江，咱们虽然学习一般，但咱们的组织能力强。就拿你们几个来说，同学之中有几个能赶上你们的？特别是你车江，你的工程活儿现在干得是风生水起，不仅自己富起来了，还带动你们村里的人都跟着富起来。哥们儿，听说你都入党了，真了不起！我身边不少朋友都知道你，就连我老公也总在我面前夸赞你。如果你站出来登高一呼，那还不是一呼百应嘛。我们几个再跟着跑腿学舌帮衬一下，那不就水到渠成、马到成功了吗？"听了曹娟的一段话，大家都为之一振，纷纷表态，承诺联系身边的同学，联系不上的再想办法。

# 第十七章　同学相聚

在我们紧锣密鼓的张罗下，联系上了不少同学。出乎意料，上学时有几个比较突出的尖子生也愿意参加，并且表现积极，各自联络身边要好的同学。大家集思广益，各抒己见，一同策划着聚会方案。只差学委魏霞没联系上，听说她落榜后在家务农了。

那时候我刚买了一辆二手的小汽车，曹娟提议道："车江，干脆你开车拉着我，咱俩到建设村去一趟吧！俗话说：'宁落一屯，不落一人。'你就搭点儿油，受点儿累吧！另外，正好让我感受一下坐轿车的滋味。我出门子的时候都没坐上轿车，这回在你这儿圆了梦想。"于是，我开着车拉着曹娟前往建设村。我们边走边合计着聚会时的程序。我目视着前方一本正经地对曹娟说："六月是个好时候，天气不冷不热的，就把日子定在六月八日那天吧！""好，这个日子好，正好是星期日，上班的也都休息，农村活也都忙得差不多了。"曹娟附和着。

由于手把生疏，我不敢溜号。去建设村的路况崎岖不平，寸步难行，到了建设村我已经满手心是汗。我们边走边打听，终于来到了魏霞家，不巧的是铁将军把门，家中无人，吃了闭门羹。后经邻居指点，我们来到她家地中，离老远便看见她正在那儿撅着屁股铲地。总算没有白跑一趟。抑制不住心中的兴奋，曹娟站在地头扯着喉咙喊着魏霞。只见她拎着锄头慢慢悠悠地往地头走来，她不紧不慢地摘下头上的围巾和我们打着招呼。

在岁月的摧残下，她已不复上学时的娇柔靓丽。落榜带给她的精神压力和长期的农村生活，逐渐地把她演变成了地地道道的农村妇女，眼角的皱纹难掩岁月的沧桑。听曹娟道明来意后，她转身指着地里的苞米苗，说道："我很想参加你们的聚会，可是，太不凑巧了，开春种地时封闭药没打好，满地的稗草淹没了苞米苗。俺家老爷们儿在外打工也指不上，家里的农活全扔给了我。实在是没有时间，下次吧！下次我一定参加。"听着她委婉的谢词，我和曹娟也不好多说什么，我们心里都明白人家这是不想参加。也许是感觉自己毕业后混得不太好，不想见大伙吧。实际上，同学之间哪有那么多说道？都是从小一起长大的，没有什么高低贵贱之分，大家寻找的是那份彼此间不可替代的回忆。

一个偶然的机会，在砂轮市场遇到了卖鲶鱼的家海。他也是我们同学中的佼佼者。一双不大不小的眼睛熠熠生光，眼神里透着精明睿智。他是一个做事有性格、有主见，遇事迎难而上、吃苦耐劳的人。毕业后也混迹于建筑行业，凭着自己坚韧不拔的肯干劲儿，也闯出了自己的一片天地。

我俩交谈甚欢，家海提议："这次聚会把三班的若楠也叫上吧！毕竟到三年级的时候我们都是一个班的。"听他这么一说，我努力在脑海里搜索着若楠的影子。从混沌不清到慢慢走近眼前，一个梳着短发的青涩女孩。她平时不苟言笑，在默默无闻中一举脱胎换骨，由丑小鸭变成了白天鹅。而且她的父亲是我们的班主任，感觉她是个目空一切的清高女人。听家海要叫她，我连忙打断道："算了吧！不要找那自取其辱的事了，咱们跟人家不是能尿到一个壶里的人。"家海拍着胸脯表态："江子，你误解她了。其实她和别的女人不一样，早就和我打过招呼，说有机会要和同学们聚一聚。而且，自从她当上老师以后，我有很多事找到她头上，她都义不容辞地出手相助，是一个难得的性格率真的豪爽女生。这个事就交给我来联系，你就只管掌控大局吧。"我只能半信半疑地默许。

六月八日的清晨，当太阳挣脱地平线的束缚跳跃而起，第一缕阳光笼罩着梅河口时，我贪婪地享受着这美好时光。从昨晚就开始为今天的聚会而激动，躺在床上久久不能入眠。我相信其他同学一定也和我一样，难以抑制激动的心情，畅想着大家见面的情景。从开始张罗聚会到现在，已有几个月的时间，忙碌中，不知不觉就到了相见的日子。无论是身居高位，还是一介布衣，都会同聚一堂，重温往事，共叙同学情，感慨何止万千？

早餐后，我穿着一身白色西装精神抖擞地走出家门。天气格外好，风轻云淡，蔚蓝的天空在几朵白云的点缀下，呈现出一幅美丽的景象。一路上花红柳绿，行人如织，车水马龙，一片繁华。为了博得个好彩头，聚会的地点安排在了吉利来酒店。酒店的餐厅早已被几个心灵手巧的女生布置得光彩夺目。餐厅门口用气球扎起的拱门别有新意，天棚被五彩斑斓的拉花点缀得富丽堂皇，影墙上醒目的会标悬挂半空……处处洋溢着喜庆，这些用品都是在北药搞批发的丽芳所提供的。想当年在学校她整天打扮得花枝招展的，在同学眼里就是个"花瓶"。曾几何时做上了小老板，真是许多年不见，当刮目相看，不仅在生意场上巾帼不让须眉，还持家有道，教子有方。她为人热情，做事周到，正把陆续到来的同学让进会场。

用大红绒布罩着的大圆桌上摆放着瓜子和各色水果。桌旁的几个女生边嗑着瓜子边聊天，只有宝权自己孤零零地坐在另一张桌的边上。同学们见我到来，都热情地起身相迎，对我这个召集人格外高看一眼。

随着同学们的陆续到来，有些十多年未见的，看着眼生的过几分钟之后又都一见如故十分亲密了。俗话说："有女人的地方就有故事。"何况是有这么一大帮女人。只见她们挤在一起，叽叽喳喳的，有说不完的话，唠不完的嗑。姗姗来迟的张丽君老师在两个女生的陪同下闪亮登场，会场中立刻响起了雷鸣般的掌声。她是我们的化学老师，作为女老师的代表，参加我们的聚会。四十出头的女人，长相虽然普通，眼睛略小，皮肤黝黑，但是打扮得还算洋气。满头的羊毛卷束在脑后，显得蓬松自然，气质优雅。高挑的身材匀称适中，保持得比较完美。

邀请的人员就差朱波和纪老师没有到场了，电话又联系不上，请来的摄影师着急回单位点卯，我们只能开始合影了。大家推着我往前坐，半推半就中我挨着张老师坐了下来。忽觉一股电流通过我的右腿涌遍了我的全身，用眼睛的余光发现，不知是人为的操作还是上天的安排，高氏姐妹花就坐在我的右边，挨着我坐的正是那个高冷的若楠。我心潮澎湃，略微有点紧张，收了收腿。为什么会有这种异样的感觉？来不及多想。她今天是和家海一起来的。真是女大十八变，当年的丑小鸭如今变成了白天鹅。记忆中的她长得又黑又瘦，其貌不扬，整天冷着一张脸，很少与同学们交流……而如今的她文雅大方，一双含笑的杏仁眼，眼仁又黑又大，再加上标准的鹅蛋形脸，精致的五官正好符合"三庭五眼"。轻妆素抹，秀发披肩，涵养内敛，穿着得体大方，素有大家闺秀之风范。她长相温婉，天生有着古典美女的气质，蕴含着一种清新脱俗的美，给人以柔和恬静的美感。娴静时，如娇花照水；行动处，似弱柳扶风。就这样，三十多人毕业后第一次相聚的画面便定格在这一天。从此以后也就有了这个"黑大"同学群。这一具有历史意义的时刻将永远载入"黑大"同学的史册中。

合影留念这一项结束，纪老师和朱波才匆匆赶到。朱波连连拱手告罪，听说合影项目已经结束，失望之色溢于言表。曹娟恰合时宜地说："纪老师也到了，就和张老师各领一桌，男女同学各一桌，我们分别落座吧！"姜成推了推卡在鼻梁上的小眼镜，说道："上学时我们就男女生同桌，毕业都快二十年了，大家都已成家立业，这回还要分桌而坐，不是重温同学情吗？我看咱们就找找上学时的感觉，和同桌的你挨着坐，剩下单桌的再服从安排。"按照姜成的建议，大家都已落座。

同学们一致推举张老师致辞，张老师端起酒杯依旧和我们在校时一样落落大方地站了起来："同学们，在这风和日丽、繁花似锦的夏天，我们共聚在吉利来酒店。我代表黑山头中学八五届老二班的老师们，向你们表示由衷的祝福！我很高兴，也很激动。此时此刻，千言万语也难以表达我心中的喜悦。十八年说长不长，十八年说短也不短。它可以改变一个人的人生，也可以铸就一个人的辉煌历程。在此，我要表达我心中的三个意思，即感动、感谢和祝福。首先是感动。为了重温峥嵘岁月，追忆美好时光。今天大家放下手中忙碌的事务，专程从四面八方到这里欢聚一堂，共叙别离意，畅谈阔别情，我被大家促进友谊的精神感动。其次是感谢。车江、宝权和曹娟等同学为这次聚会做了精心的组织和策划，更是为这次聚会劳心费力，在此让我们以热烈的掌声对他们辛勤的付出表示由衷的感谢。其三是祝福。对同学们在各行各业取得的辉煌业绩表示衷心的祝福。十八年，弹指一挥间。你们历经了风风雨雨，在改革的大潮中探索前行，竞争拼搏，历经磨砺，经历诸多的挫折和考验，从一次次跌倒中爬起来。你们长大了，在各自的岗位上建功立业，为创造美好的明天书写着各自的人生乐章。同学们，日月如梭，光阴荏苒，你们已经进入了人生的快车道，加油吧！同时希望自此以后，你们勤沟通多交流，互相帮助，同舟共济，共同创造属于你们的美好未来。最后，祝大家身体健康，家庭幸福，事业有成，飞黄腾达！"话音刚落，会场响起了雷鸣般的掌声，掌声如潮，经久不息，酒宴在这激昂的氛围中进入了高潮。

席间，觥筹交错，笑语颜欢，气氛十分热烈。酒至微醺时，大家纷纷离座，逐个敬酒。我端着酒杯来到了纪老师身旁，还没等我开口说话，挨坐在纪老师身旁的邹晓波端着酒杯站起来说："敬酒不隔人，我也赞助一口。"只见她和上学时没有太大变化，眼睛细长，笑起来总是半眯着眼，在流转顾盼之间，美艳又勾人。纪老师连忙拽过来一把椅子，让我坐下唠会嗑。干了杯中酒后，他拍着我的肩头笑着说："你个臭小子，想不到你现在出息成这样。想当初，我刚毕业分到黑山头中学，教你们物理。咱俩都是自强村的，我和你老姑又是同学，所以对你要求特别严格。那时我刚参加工作，教学方法过于简单，过分的严格要求遭到了你的抵触，于是每到我的课，你就能淘出花来。记得有一次，讲两个铁球同时落地，刚讲到亚里士多德说：'一个 10 磅重的铁球和一个 1 磅重的铁球同时在同样的高处落下，10 磅重的一定先落地，而且速度是 1 磅重的 10 倍。'这句话使伽利略产生了疑问，伽利略带着这个疑问反复做了多次试验，结果都证明亚里士多德这句话说错了。结论是两个不同重量的铁球同时从同样的高度落下来总是同时着地。于是，你在下边起哄，非让我拿着铁球上房顶试验一下不可……后来你老姑知道了，让我狠狠收拾你，我把你叫到办公室。没等我动手，你比我还横，与我针锋相对，当时气得我是没着没落的，说话不假思考，可能伤害了你。现在想想，那时我要耐心一点，凭你的脑瓜，怎么也能考个差不多的学校。"听到这些话，一旁的曹江抽冷子来一句："学得好能咋的？学得好也就顶天考个师范，像若楠一样当个老师呗，能赶上现在吗？"我狠狠地白了他一眼。顺便用余光扫了一眼若楠，她正在和身边的邹晓波窃窃私语，目光时不时地扫向我们，一副若无其事的表情。但曹江的话她不可能没听到，毕竟曹江提到了她的名字。只不过她不屑与曹江一般见识罢了，或许是不想影响了大家的兴致与氛围。这就是所谓的涵养吧，我忽然对她多了几分敬重。

这时姜成端着高脚杯凑了过来，顺口念着："葡萄美酒夜光杯，欲饮琵琶马上催。醉卧沙场君莫笑，古来征战几人回？"张志眯缝着睁不开的小眼睛，拍了拍姜成的后背说道："你光会背，知道写的是啥意思吗？"姜成寻思背首诗调节一下气氛，也好配上他戴的小眼镜。没想到张志会整出这么一句，弄得他是干嘎巴嘴也说不出个所以然来。张志笑着说："你个老体育棒子，一猜你就解释不出来。我告诉你吧，省得你在别的场合答不上来多尴尬。记住了，意思是说酒筵上的葡萄美酒倒满在夜光杯中，歌伎们弹起琵琶催饮。想到即将跨马奔赴沙场杀敌报国，将士们各个豪情满怀。要一醉方休，即使醉倒在战场上又何妨？此次出征为国效力，本来就没准备活着回来。"听得纪老师都赞道：

138

"张志不愧是满腹经纶，上学时文科学得就好，你还记不记得有次上课你看小说被我给抓到了。""咋不记得？我正看书呢，你在讲台上喊我，'张志，你怎么上课睡觉？'我赶忙将大书塞到书包底下，抬头回答：'我没有。'过不多时我又去偷偷看，你就蹑手蹑脚地来到我身边，把书给我没收了。"聚会在这样热闹的氛围中进行着，大家都在恋恋不舍地交流着，迟迟不肯散去。

通过这次聚会，大多数同学联系上了，彼此之间都留下了联系方式，交往便频繁起来，同学的感情也增进了许多。

事有偶然，这一日，我正在福利汽车修配厂给车换机油。忽然眼前一亮，只见从楼洞中袅袅婷婷走出个美少妇。定睛一看，这不是我的同学若楠吗？她身穿一件深紫色修身鹿皮大衣，一圈浅紫色毛领围住她白皙的面庞。脚蹬一双高跟皮靴，双手斜插兜里。走起路来一副优雅高冷的样子。她正向我走来，于是，我自作多情地迎了上去，满心欢喜地打着招呼："哎，若楠，这么巧在这儿遇上了你。你这是要去哪儿呀？等下我送你吧！"还没等她回答，我又接着问："晚上有空吗？叫上两个同学我们坐一坐吧！"听着我的招呼，她惊鸿一瞥之下不冷不热地回道："噢，车江啊！"沉思片刻后说，"我去接孩子，今晚有事儿，不太凑巧啊！"她十分矜持地打个招呼，然后转身离去。

听着她这不冷不热的话，可能拿我当暴发户了。上学的时候我就对她恃才傲物、自视清高的性格很反感，只是在同学聚会时才改变初衷。今天拿着热脸贴人家冷屁股，真是可笑至极。不禁心中自我解嘲：这是个不懂世俗之人，见怪不怪，何必和她一般见识？

# 第十八章　当村书记

转眼已到了深秋，层林尽染，绚烂斑斓。一夜之间，秋风掠过树梢，碎落了一地的叶片，成了季节里的残痕。如果用春华秋实来形容这个季节，那是相当贴切。春天就像情窦初开的少女，给人带来美好的希望和无限的憧憬。而秋天就像一个大爱无疆的母亲，把她的博爱洒满人间。

放眼望去，满地黄澄澄的稻谷，山坡上红艳艳的高粱和那一望无际的玉米棒子，果园中挂满枝头的瓜果梨桃映红了农民的脸庞。粮已入库，果已进窖，又是一个丰收盛世好年景。在这收获醉人的季节，我莫名其妙地接到镇里秘书打来的电话，神神秘秘地让我马上过去一趟。电话里没说是啥事，只是让我赶快去，我只能一头雾水心急火燎地往镇里赶。

副镇长张烨早已等候在小会议室，他是黑山头镇的副镇长兼财政所长。他长得天庭饱满，地阁方圆，略微拔顶。眼睛深邃，如深夜的大海一般深不可测。鼻梁英挺，嘴唇略厚。看外表就知道是个精明干练之人。我俩平时有些交往，彼此还算了解，没有过多的虚套。他开门见山地对我说："找你来有事，是关于你们村里的事。你们村的村书记始终没选出来，开了两次会都被村民搅黄了。村书记的位置不能总空着，今年的各项税费开始收缴了，村里没有领导怎么行？党委研究决定明天再开一次党员大会。我们下去走访了解了一下，你在你们村的威望挺高，大多数村民都以你马首是瞻。作为一名合格的共产党员，组织需要的时候要挺身而出，迎难而上。这时你这个党员就不要置身事外了，回来帮我们维持一下秩序，让选举顺利产生。"这么大的事领导头一次让我帮忙，关乎到村里的兴衰和村民的切身利益，我义不容辞。

第二天上午，我如约来到了自强村部。大约四十平的屋里挤了三十多人，大家挤眉弄眼怪异地看着我。副镇长张烨讲了选举办法和要求后，刘玉芝将选票发了下去。按照要求各找肃静的地方背对背填写完毕，选举结果很快就出来了，除了我那一张选的是别人，其余的选票都选了我。一时让我丈二和尚摸不着头脑。不是说好了让我回来帮忙维持秩序的吗？怎么还把我弄上了？这时张烨宣布结果，我连忙叫停："这不是开玩笑吗？我对村里工作一窍不通，连地都种不明白，怎么能带领大家致富呢？我是万万不能接受。"说完我起身要走，门早已被几个小青年堵上了。

此刻，老村书记开了腔："车江啊，你就不要推辞了。大家一致推举你，那就说明大家都信任你，是众望所归啊。正所谓：若小家都过不好，何谈治理大家？我们头两次选举为何失败？就是没有一个合适的候选人。一筐木头砍不出一个楔子，也不能挖筐里就是菜。若选出个占着茅坑不拉屎的主，那咱们这村就彻底无望了。后来刘玉芝建议让你回来，我们一致赞同，才合计出这么个道儿。把你诓回来的，我们是没办法，不得不出此下策呀，不然你也不会回来。另外，我们对你也没抱有过高的期望，只要你选票过半我们就拥护你。没想到你小子只差一票就满票，那一票应该是你选的吧？你这是满票当选啊！这回你是干也得干，不干也得干了。"我被这突如其来的结果吓住了，急头白脸地反对着："你们这不是赶鸭子上架吗？我对村里的事一窍不通，这也不是生搬硬套的事，最后整得灰头土脸地贻人口实。主要是全村一千五六百张嘴靠我吃饭，这千斤重担又岂是我这个初出茅庐的毛头小子能撑起来的？什么时候阴天下雨不知道，自己能吃几碗干饭心里还是清楚的。这点儿自知之明我还是有的，我真的是无能为力，领导还是另请高明吧！"我的同学郭志和几个小青年在一旁煽风点火："以前的村书记都是由那些老成持重的人来做，这回难得由年轻人来主持大局，你就放心大胆地带领我们除旧布新、科学种田、绿色管理吧！让我们齐心协力把自强村治理好。我们定会全力支持你，你就不要有什么后顾之忧了。"看来只有临危受命，勉为其难了。我就这样稀里糊涂地捡了个官做。

回家后，我把事情的经过简要地跟母亲、媳妇等家人说了一遍。媳妇给我倒上酒略有所思地说："我爸当村书记那时，村里那摊事忙得一天天都不着家，这回轮到你，再加上工地那摊子事，你有多少精力去支配？我看以后够你受的。"母亲也意味深长地说："儿子，咱既然应承下来了，以后做事就要以身作则。作为村里的表率，不要鲁莽行事，做任何重大决定要思前想后。和乡亲们打交道，不要太意气用事，不然亲戚朋友都会被你得罪光。做事只要光明磊落，就身正不怕影子斜，顺其自然吧。"听了母亲的一番话，我的精神为之一振，作为一名共产党员，服从组织安排是我的职责，尤其是得到了大家的拥护。既然大家选择了我，我只能是义无反顾、勇往直前。为了这份神圣的职责，自己更要殚精竭虑、全力以赴、不辱使命地完成组织交给的任务。

还真让母亲和媳妇说中了，这次轻率的决定，果然给我以后的生活带来了无尽的烦恼。

走马上任的第一天，新组成的村委会班子召开第一次村委会会议，我听从了母亲的教诲，少说多听，免得言多语失。会议的主要内容是研究村里年前的重点工作。首先由新当选的村主任赵信抛砖引玉。他是由小组长选拔上来的，也算是个老村务通了，讲起话来一套一套的，侃侃而谈，条理清晰，层次分明。我正听得心里折服，猛地被王升打断了："能不能说点新鲜的？别总是大放厥词了，信口开河不着边际。每年说的都是这些陈词滥调，能不能切合实际研究点儿正经事？"我错愕地看着王升，搞得我是丈二和尚摸不着头脑，弄不明白他哪儿来这么大的火，以至于不留情面地打断了赵信的话，揭了他的短。老辣的周永赶忙站出来打圆场："哥儿几个都消消火，有什么话咱坐下来好好说，都是为了公家事，别闹个半红脸。没有过不去的火焰山。年年入冬就这些事，各项费用镇里催得紧，我们静下心坐下好好研究研究，看看怎么把这个难关渡过去。对上头有个交代，对下面想好措施。"会议还没开到一半就整了这么一出，看得我云山雾罩、不知所措的，只好用求助的眼神看着刘姐。在我们这几个人里，只有她算是老村干部①了，从二十多岁就开始主持妇女工作，作风硬朗。即使这样，也从不摆老资格，所以她说的话，我是相当信赖的。

刘姐张口娓娓道来："自从国家取消了任务粮收购，就出现了卖粮难、粮贩子压价等现象。好算遇到个丰收年，粮食就臭在家里卖不出去，增产不增收，一年的盼头又没了。各种负担又欠不下，所以农民种地的积极性普遍不高，不得不种就是了。上边还不让撂白茬，就这样穷年累月地恶性循环，也实在是没有个出路。江子，现在让你接手这个烂摊子也是个闹心的事，你看着办吧，哭的时候还在后头呢。"

一段话听完，我感觉心情无比沉重，对自己的前途也失去了信心，如履薄冰。我心里没了谱，想起母亲说过的话，这就是年轻气盛应付的代价。没承想刚一上任就碰到这么个难题，不觉得有些气馁，好在很快被自己心中的豪情万丈之气冲散了。我与生俱来不服输的犟劲儿又上来了，我环视着大家凝视我的眼神，心里明白他们眼神中的期待。我突然思维透彻，眼前的事没捋清之前一定不能轻率表态。待把前因后果了然于胸后再做表态，免得头一脚踢出之后就瘸脚，以后的工作更难以开展。想到此，我便对在座的人说："请诸位各抒高见，我在这洗耳恭听。最后把各位提出的问题归纳起来，我们逐一找出解决的办法。"话落半天无人吭声，再看在座的，各个面面相觑，欲言又止，可能受到此前王升和赵信的影响。僵持之下我只得点将："莫队长，你先

①村干部：人们对"两委会"（村党支部委员会和村民委员会）成员的统称。

来说几句吧！"老成持重的莫队长毫无迟疑顺兜掏出个小本子，边翻开边说："好记性不如烂笔头，冠冕堂皇的废话没有，我就把今年村组的开销费用和应缴的税费说一下。"他说完了各项应收应缴的费用后合上了小本，然后接着说，"我再把组里现有的情况介绍一下。我们组主要是以旱田为主，仅有的一点水田地除了留够口粮外也卖不了多少。眼下苞米没人收，贵贱卖不出去，又赶上农村信用社的贷款马上也到号了，就是东挪西借各家也得还上，不然来年贷不下来款，地就种不上。镇村的税费每口人三百多，眼巴前我们队能一次交齐的没几家……"

他把组里的事头头是道地说了一遍，望着眼前瘦小精干的小老头儿，虽然话说得言简意赅，但老百姓的事却了然于胸。过后才知道，当时推举他当村主任候选人时，他说啥也不干。凭能力，他比那些名不符实却总是高谈阔论的草包强多了。剩下的小队长都把自己的豆腐账念了一遍，有的干脆目不识丁，还是在周会计帮助下整出来的。总体归纳出两类：其一是纯粹的水田队，粮食卖了不差钱，属于观望型的；其二就是莫队长他们那类型的，粮卖不出去，确实没钱。我耳中听着他们的汇报，脑子飞快地运转着，心中早已有了方案。众人汇报完毕，当目光齐聚在我身上时，我不紧不慢地说道："今天的会就开到这儿，周会计留下，其余人员都散了吧，明天继续开会。"

我开车拉着周会计直奔镇政府，周会计真心地对我说："怎么不带上赵主任？咱俩一块出来不合适。他是个理性人，你俩在一起搭班子还得长期合作，以后你的路任重道远，班子首先要和谐，你才能调动好下边人多干活多出力。""噢，谢谢你！周叔。我当时没考虑那么多，只想着他去也没啥用，咱俩去就可以了。我一门心思给老百姓办点实事，不想弄那些虚头巴脑的。我想让你跟我说一说那些费用的轻重缓急。""好吧，农业税必须按时按点收缴，不然市里要在全市通报，镇里开会时就会在大会上被点名批评。剩下的费用和主要领导说一下难处，缓些日子。"听着这些肺腑之言，我暗自庆幸班子里还有两个可以依赖之人。若都是那些个信口开河、言过其实的"花三五"，那我这个村书记也就甭想干下去了。

刚好赶上饭口，我掏出手机给副镇长张烨拨了过去："喂，张镇，你在镇里吗？"

"在，正要去食堂吃饭呢，有啥事？"

"别上食堂了，到蔡家小酒馆，我在那等你。"

"噢，行，我和李秘书一块过去。"

过不多时，门帘掀处，老板娘指引着二人来到包房。

我是那儿的常客，从不赊欠，总是被奉为上宾。领导落座后，我直入主题，说明来意。张烨非常爽快，说道："你是我和李秘书极力推上去的，我们不能瞅你笑话。除了农业税缓不了外，其余的都好说。"闻听此言我心中像喝了蜂蜜一样甜滋滋的，将杯中美酒一饮而尽，然后扬起手中空杯，情真意切地说："就凭领导的这份信任，我也要全力以赴地把自强村的工作干上去。哪怕摆在面前的是龙潭虎穴，我也要闯上一闯，绝不轻言放弃，赴汤蹈火，在所不辞。农业税明天下班之前我就全部交过去。"张烨端着酒接着说："你上任后村里有什么设想，基础设施有什么想做的，来年镇里这边政策多给你们自强村争取一些。另外，信用社那边有什么需要尽管吱声，主任叫钱峰，以后老百姓的事你少不了要联系他，在不违反原则的情况下，他会尽全力帮助你们的。"我感动之余，猛然想起莫队长说的贷款的事。于是，我不礼貌地打断了张烨的话："择日不如撞日，我还真有事求他，正苦于无门。你真是我的及时雨，快打个电话把他叫来吧！"

片刻，文质彬彬的钱峰掀帘而入。他很有礼貌地打着招呼，这个谈吐文雅举止大方的人，我不但不陌生，而且还颇有深交。

钱峰随着张烨的介绍突然看见我："哎，车江，你怎么在这儿？啥时候来的？"我风趣地和他开着玩笑："我跟着你后边来的，你眼里光盯着领导了，哪能注意我这个小虾米？听说你现在都脱胎换骨晋升为大主任了，早已不是我认识的小信贷员了。你再回头看看你小哥我，好不容易从豆垅地里爬出去，如今又回来了。命里注定就是农民的儿子，即使穿上龙袍也不像太子，只好安于天命终老田园吧。"张副镇长和李秘书被我的戏说怪论弄得啼笑皆非。

尤其是张烨，手指乱点着脱口而出："车江，你俩的关系这么好还蒙我。"我笑了笑说："我跟他以前是好哥们儿，谁知道他摇身一变当上主任后会不会认识我？这不是想通过您增加点分量嘛。"钱峰听后一个箭步冲了过来，双手攥着我的双肩使劲摇晃着："咱俩得有三四年没见了，听说你在工程上混得不错，如果需要钱周转时，你就不要客气，直接来找我。小哥，我发现你变了，咱俩刚认识时，你总是一本正经不苟言笑，现在怎么变得油腔滑调嬉皮笑脸的？让我有些不敢认了。"我一把拽着他胳膊："快坐下吧！这么多年风吹雨打的，你倒是一点儿都没变，还是原来那个青涩的'小苹果'。看见人家大姑娘小媳妇的，刺挠地想看又不敢看，一旦对上眼，脸就变成红苹果。""你就埋汰我吧，以后再也不管你叫哥了。你说我去收贷款不面对着人家还能左顾右盼啊？""好，好，好，别生气了。你在下边跑业务那么多年，有没有对上眼的为你生个一儿半女的？你要不方便出头，哥就帮你照顾一下。"我俩久别重逢，往事种种，记忆犹新，有说不完的话想一吐为快，不知道用什么方式表达此刻的心情，就不为已甚地拿他来调侃。

气得钱峰红头涨脸的，"你太贫了，越说越不像话了。就不怕他仨笑话咱俩？"看他越急我就越得意，毫不放过地穷追猛打："我不贫点行吗？我家祖坟冒青气了，让我当上了自强村的村书记，也可以光耀门庭了，以后要经常和那些小媳妇、老大娘打交道，想先上你这取取经。我不得做到未雨绸缪、知己知彼吗？不能到时临渴掘井，为时已晚。"

钱峰惊疑地看着我说："扯什么呢？你要想干，头几年不就干了吗？当时大家那么圈拢你，你都心无旁骛无动于衷。自强村这两年整得乌烟瘴气乱糟糟的，人家躲都来不及，你倒好，这时心血来潮临危受命了。

你放着清福不享，自己找罪遭，到底图个啥？"

看着钱峰一脸为我着急担忧的样，我不由得眼圈一红，心里暖暖的。人生得一知己，夫复何求？人的一生其实是很短暂的，要珍惜身边的每一个朋友。不一定常常联系，但一定要时时记挂在心，懂得感恩，学会包容，才能在岁月的长河里患难与共。心情激荡之下，我一本正经地说："大丈夫有所为有所不为。人生一世，草木一秋，真要用我这五尺之躯做些对百姓有益的事，我也不枉来世上走一遭。我虽然没有那么高大，但从入党那天起，我这一堆一块儿就交给了党，尤其是生我育我的家乡。"我绷着脸说完这段话，最后实在忍俊不禁放荡不羁地说道，"更何况是让我回来做官，又不是回来改造了。"

听得周会计感动地说："自强村就得有你这种少年老成的能人来带领，老百姓才能有盼头。听了你这番话，我全身血脉偾张，有使不完的力气。谁说'人到中年万事休？天命之年可封侯。'以后你只管坐镇，别人我不敢打保票，我这块，你指到哪里，我就打到哪里，陪着你一起勇往直前，决不退缩。别看我今年六十多了，但我也是'老骥伏枥，志在千里'，绝不会给你们年轻人拖后腿。"

张烨和李秘书在一旁很难插上嘴，抓住个间歇，张烨恳切地说："你们刚才的表白真情外露，今天这顿饭吃得意义重大，回去后，我会如实地把今天发生的事向党委汇报，将自强村重新定调，以后镇里会最大限度地扶持你们村。""还有我们信用社，老百姓有什么需求，只要你一句话，听说老百姓今年的粮都没卖出去，不行就把贷款转贷一下，还上后争取在三个工作日之内再给贷出来。没有陈欠的贷款户，只要信誉好的还可以适当地增加点贷款额度。哎，我们行正想推出三户联贷联保项目，不行就拿到你们村做试点吧！那样手续简单，还能多贷点。就交给你来把握，只要你签字的，我们就给办。到时还不上就冲你说话，你这儿家趁人值的比什么抵押物都有保障。"钱峰说罢扭头冲着外间吼了一嗓子："老板，加两个硬菜！这顿饭算我的，我给哥们儿摆个庆祝酒。""打住，那可不成。你这个财大气粗的财神爷请我，怎么也得去个带星的酒店，别想在这荒村野店来对付我。这顿小钱还是我来请，毕竟我还有求于你。何况吃人的嘴短，你甭想封住我的嘴，以后该办的不该办的都得办。"

没想到这一顿饭把所有想办的事都解决了，可谓是一举多得。本来想中午少喝点，把镇里的事办完下午再去找钱峰，没想到事情解决得比预期要好上很多，出师大捷。

真是冥冥之中自有安排，难得今天机缘巧合，我恳求张烨道："下午别上班了，我们今天中午一醉方休，如何？""好！我打电话请个假。"我给每个人的酒杯斟满酒，然后举起酒杯说："以前，我和朋友喝酒那就是'痛饮狂歌空度日，飞扬跋扈为谁雄？'今天这酒喝的却不一样，掺着感情的交流，喝出了未来的希望，品出了胜利的喜悦。"酒足饭饱后，我和周会计一起往回走。他感慨地说："今天中午看到你们话无遮拦、畅所欲言，各个和你关系都这么好，我对你刮目相看，重拾斗志。同时，也让我对咱们村充满了希望。当我看到咱们良莠不齐的班子时，感觉又是换汤不换药，没什么太大的盼头了。看在一年那点工资的面儿上，继续往下混吧。你是不知道，每逢镇里开大会小会，好事肯定摊不到咱们头上，挨批的事丰收村和自强村从未缺席过。别说书记了，就连我这个会计坐在下边都觉得脸上无光。尤其是张镇，大事小事都由他端上去，老赫嘴还黑，看不上的出口绝不留情，咱们前任书记就是被他勒令辞职的。咱们村以后想要发展，首先必须通过赫书记那一关。得想办法做两件漂亮的事给他看看，彻底改变他对咱们村的看法。"

我若有所思地应着："嗯，嗯。"脑袋却飞速地运转着，乡村要振兴，产业是关键。要想让老百姓彻底脱贫致富，就要从根抓起。首先改变他们跟风盲种大田的老思想，根除他们的老观念，吃透国家的惠农政策，抢抓机遇，合理布局。创建棚膜蔬菜种植，推进生态农场建设，打好绿色牌，让城里人吃到新鲜的反季菜，促进农业绿色转型和高质量发展。其次得让农民在产业发展中获得实惠，为农村发展注入新的活力。既能拓宽农民增收渠道，提升生活质量，又能一年四季有事做。这一构想，为我们村以后的棚膜建设奠定了基础。思绪中，转眼之间回到了村部。猛然抬起头，我对周会计说："明天开会的时候，第一把火我想从班子成员烧起，包括小队长。打铁还需自身硬，其身正，不令而行，其身不正，虽令不从。不然，我们难以服众。喊破嗓子，不如做出样子。如果我们这些人的直系亲属的税没有收上来，全由我们这些人自己垫付。然后就从那些故意刁难调皮捣蛋的人抓起，先拿他们开刀。至于那些本分人家和困难户，我们就不要兴师动众地上门讨要。另外我们须制定个村规民约，对那些自觉遵守村规民约的，要区别对待，不能再一锅搅马勺了。无论以后在贷款上或村里有什么优惠政策，要可着这部分人先来。明天我从家里拿些钱把咱村的农业税先垫上，回去咱再收。这件事咱俩知道就行，不要扩大范围，以免那些拖欠户以后养成依赖性。"周会计会心地点点头。

　　第二天，会议如期举行。我拣主要的说道："首先，是贷款转贷和新贷的事，由队长牵头，只要符合条件用在正道上的，找我签字可协助办理；其次，是税费收缴，没卖粮的先把农业税交上来，卖完粮的就没啥商量的余地，家里有特殊事的除外。咱们这些人先可着自家身边人做起，想做这个小官，就得自负其责，干不了的趁早提出来，绝不勉强。就从我先做起，我家的亲属就由我负责，三天内把钱交到村里。"受到我的感染，大家都纷纷表态，没有一个缩头乌龟。

　　这种会场的气氛前所未有，会后，我和周会计带着钱如约地把税费交到财政所，我们是第一个足额完成农业税的村子。自从当上这个村书记，我就没消停过。从早晨一睁眼到半夜，一点不来旋①，那真是起五更爬半夜的，忙得不可开交，一天总有干不完的事。累点儿倒无所谓，气人的是没有人理解，尤其伤心的是家里人的不理解。

--------

①来旋：指说谎话、空话。

# 第十九章 以身作则

有时候你就是一百个好儿也换不来人家一个好儿。那是莫队长反映的一件事,他们队开荒种地成风,曾经被林业站治理过,给了相应的处罚后默许农林间种。但前提是必须向村里缴纳费用,村里允许后方可实施。头几年苞米行情好,小片荒地价收得又低,卖不卖粮相对都好收一些。偏赶上那年年景虽好,但粮价太低没有收粮的。我的叔伯哥哥带头闹事,不交地租钱。其他人放出话:"天塌下来有高个子顶着,他弟弟是村书记,他若不交,我们大伙全不交,看能怎么的?"他无形当中给大家当成了挡箭牌。

听完莫队长的汇报,我气就不打一处来。外人还没咋地,家里却翻了天。我气冲冲地开着车往哥家赶去,嫂子正在家烙黏火勺,见我来了放下手中的活儿热情地打着招呼:"哎呀,你这个大忙人今天是啥风把你吹来了?自从你当上这个村书记,可算给咱们家族光宗耀祖了。从我嫁给你们老车家,你大伯就常跟人说咱家近几代都是地地道道安分守己的农民,过着与世无争仰人鼻息的生活。这回可好了,咱们家有靠山了。看,光听我说了,兄弟,你来家里有事呀?"她边说着碎语边端着一盘油汪汪热乎乎的黏火勺放在我面前,"刚出锅的,快趁热吃两个,走时再装点,你拿家去。"

"啊,我来找我哥。他干啥去了?"

"噢,他在卖店玩呢。我这就去喊他,你先坐会,喝点水,我去去就来。"

不大工夫，就听见嫂子吵吵巴火地回来了："你这一天到晚就知道玩，看看这院子造得像猪圈似的，你也不给我搭把手收拾收拾，你老弟年八的也不来一趟，也不怕他笑话。房子破点倒没啥，但起码也得利整的呀！还总怪别人瞧不起咱。"大哥跟在后边，满身是理，嘴里嘟嘟囔囔地分辩着。推门进屋时绷着的脸强挤出一丝笑意："江子，你来找我有事吧？是队里的事吧？没承想把你还折腾来了。"我生气地回答："你这不是明知故问吗？知道是队里的事，为什么不把费用给交了？要是没钱你就吱一声，我给你拿。想种地就纳税，哪一个能欠得下？咱家从老到少祖祖辈辈就没出过无赖耍横的。出头的椽子先烂，枪打出头鸟。这点儿道理你都不懂？"

大哥气哼哼地说道："以前队里不管收什么费用都是拿咱家第一个开刀，咱也想过小胳膊拧不过大腿，每次都乖乖地先把钱交了。自从你当上村书记，可把我乐坏了。有了你这座大山，咱再也不用唯唯诺诺地看别人的脸色了，你哥我终于也可以挺直了腰杆扬眉吐气了。山重水复疑无路，柳暗花明又一村。这真是风水轮流转啊！没承想今年竟然还是先到咱家，莫队长简直欺人太甚。他家那些沾亲带拐的七大姑八大姨的，哪一个他去要了？就连出五服那些八竿子打不着的干亲拉爪子们都跟着借光呢。反倒是拿我先开刀，还说是你的意思。我就不明白了，跟你借个好光借不上也就算了，何必为难自家兄弟？你想要大公无私地当官你就当你的，反正钱我是不交，爱咋咋的，你就当没有我这个穷哥哥吧！"

一段话说得我哑口无言，心中暗想：好你个莫队长，枉我对你另眼相看，你却摆我一道。己所不欲勿施于人，分明是想看我出丑，绝不会让你得逞。虽想到此但还是耐心地和大哥解释道："打铁还需自身硬，弟弟现在大小也算个官，既然接下了这个差事，就要砥节奉公，为民办事。哥，你心里有什么牢骚可以跟我发泄。但你也要理解你弟弟的难处。你手里没钱我给你拿，但必须主动交到莫队长手里。让那些壁上观的竹篮打水，只要他们空欢喜一场，就都得乖乖儿交费。而且你这不是支持莫队长工作，是支持你弟弟的工作。"

嫂子在外屋听着，忍不住推门进来说道："车福子，你就不要给江子出难题了。现在大伙不都在看咱家吗？我看明白了，咱要是不交，别人就会拿咱当挡箭牌。平时你总唠叨啥忙也帮不上江子，今儿个咱把钱交上就是对他最大的支持，我这就去拿钱。"这句话说得我内心无比温暖，就像在春天的暖阳下，躺在草地上的感觉一样，舒服。

"拿啥钱？交什么交？你个老娘们儿懂啥？"

嫂子凤眼一瞪："你说的那是人话吗？江子，这事不用你管了，你先回去，他今天要敢不交，你看我咋收拾他。"

屋里立时变得鸦雀无声，我知道大哥怕嫂子。平时嫂子一立愣眼睛，大哥立马像耗子见了猫似的。为了给大哥赚个面子，我对嫂子说："其实大哥就是嘴上那么说说，我俩是亲叔伯兄弟，他能看他弟弟吃瘪吗？是吧？哥！"大哥无奈地点点头。我心里暗暗感谢嫂子，毕竟我和大哥是打折骨头连着筋的至亲。真是家有贤妻，男人不出横事。这件事就这样被嫂子轻描淡写地化解掉了，也保住了我们兄弟间的情分和颜面。

再次和莫队长相逢在村部，我用冷峻的目光扫了他几眼，他无地自容地低下了头，默不作声。他身边偎男外女一大帮，粮食都没卖出去，税费难收，就想耍个小聪明，拿我大哥搪一搪。以为我碍于颜面不会追那么紧，费用就能缓一阶段再交。没想到我走后不久，大哥就把钱给送去了，还连损带骂了他一顿。他打好的如意算盘，就这样被搅乱了。

大哥的事解决后，我就能放开手脚大刀阔斧地去表现了。头几天成效显著，村里每天结账前都能交上来一大部分钱，而且都是莫队长先来。这天，我们照例在村部等着结账，大家都已经结完账走了，也不见他的踪影。太阳已经卡山了，天马上就要黑了。周会计说："别等了，这么晚了他不会来了。财政所也已经下班了，这些钱你先带回去，放在我这儿也不准成。"

第二天早晨，我先到镇里把头一天收上来的钱交到财政所。回到村部后，村主任赵信把一摞账本往我面前一推，说："车书记，这是六队的往来账，莫队长让我交给你。"我错愕地问了一句："他呢？为什么把账交给我？"赵信犹如路人一般地回答："他是猪八戒摔耙子……"他说到此处就没下文了。我心中的火腾的一下就起来了，对赵信吼道："不伺候哪个猴了？你在这儿就是个摆设呀？他想干就干，不想干就不干，还有点规矩没？你去把他给我找回来！就是不干也给我说明白，因为啥？"赵信让我呛得大气没敢出，灰溜溜地骑着摩托车出去了。

半个时辰左右，赵信带着莫队长回到村部，莫队长看着我铁青着脸色，思忖片刻，说道："我并不想在这关键时候给你撂挑子。虽然我跟你要了个心眼儿，整得车福子满肚子意见，弄得我是猪八戒照镜子——里外不是人。但效果还不错，头几天收得特别顺利。最近这两天，家里的亲姊热妹和我闹得厉害，弄得我是焦头烂额。她们竟然放言和我老死不相往来，这点委屈也就无所谓了，都是家里人，打过闹过后就好了。谁知何二这王八犊子，从我进他家院就没给我好脸子。后来听我张嘴要钱，祖宗三代地给我好顿骂，还说什么再上他家把我腿打折，想要钱找他姐夫去。"

这个何二是本村一个有名的刺儿头，欺软怕硬无事生非，简直就是个人渣。已经被我列入治理范畴之内，这次让我找到了一个很好的借口。所谓安不忘危，治不忘乱，正好借此机会好好地归拢归拢他。

我明知故问地问莫队长："谁是他姐夫？干啥的？"赵信坐在那无地自容，羞愧地低下了头。片刻，他抬起头懦弱地说："他的费用从我工资里扣吧。"我斩钉截铁地回答："不行！你的工资有没有，什么时候开，还两码说呢。包括在座的各位，费用收不上来，任务完不成，还谈什么工资？如果你有钱先给他拿去，让他亲自交，不然别说我不顾情面，大义灭亲。这次，我就拿他杀一儆百，以儆效尤。另外，我们村干部除了周会计之外全部下去协助收费。我就和莫队长一组，如果费用收缴不齐，我的工资一分不要。"

大家见我如此，也都乖乖地各自搭伴。莫队长听说我自愿和他一组喜出望外，自信满满地对我说："车书记，只要帮我拿下何二之后，剩下的就不劳你费心了，你就安如泰山，稳坐钓鱼台吧！"

何二这个人我还是了解一些的，他从小就不合群，大家往东，他就偏往西，行事孤僻，作风狠辣，从小就满脑子坏水。

记得那是上小学的时候，我家离学校大约有四里地，如果走小毛道能近一里多地。同学们每天成帮结队地站排上学、放学，唯独何二不是溜边儿就是落后，从来不和同学们在一起。

一天，迟到的莫水在后边顺着小毛道连跑带颠地撵着大家，晃晃荡荡的何二挡在莫水前边。小毛道本就不宽绰，将够一个人走。莫水想从他身边超过去，结果他把屁股往外一歪，把腾空的莫水一下顶到稻田地里。莫水顿时成了落汤鸡，他在稻地里爬起来，从头到脚满身泥浆，就连书包也灌满了水。本来就尿叽叽的莫水哇的一声哭了起来。哭声惊动了前边的同学，大家匆忙地往回跑，看着横行霸道的何二。正所谓众怒难犯，不知是谁喊了一嗓子："揍他！"本就亮不开架的小道，前挤后拥的人们纷纷掉到稻田地里，雨点般的拳头落在何二身上，拉扯中何二被拽倒在稻田地中。发泄完的人们一哄而散，鼻青脸肿的何二岂肯善罢甘休？明来占不到香，只能暗中使坏。一个周日的傍晚，他扛着铁锹，在通往学校的羊肠小道上挖了几个一尺多深的坑，里边灌满屎尿，上面盖上树枝，覆上泥土，然后把道两边没腰高的蒿草系上暗扣。

每到周一，同学们都争先恐后地往学校赶，都想早点到校把教室清扫一番。就在这个周一，不少同学不是被绊倒抢破了手脚，就是掉进了陷阱中溅满身污秽……这就是何二，从小就坏得头顶流脓脚底生疮。

我脑海中浮现着何二所做过的一桩桩坏事，心里不停地思量着，如果再让他为所欲为地怙恶不悛下去，到最后就会积羽沉舟。这次去会他，如果他再敢胡作非为，那么我宁可搭上身家性命也要为民除害。在胡思乱想中，我们来到了何二家。还没等进院，何二的媳妇便从屋里冲了出来。她掐着腰站在门口，狐假虎威地嚷道："又来干啥？不是不让你们来了吗？呦，这还找来帮手了。找谁也没用！就是天王老子来了又能奈我何？想要钱，门儿都没有，看能把我咋的？"看着她紫色的大圆脸上嵌着的一对母狗眼，张开的大嘴叉子黄牙外露，我的反感和恶心直冲嗓子眼儿。

我没好气地呵斥道："把你撒泼骂街那套给我收一收，在我面前不好使。别给脸不要脸，要是没有三把神沙，也不敢倒反西岐。你家爷们儿死哪儿去了？轮到你出来叽叽，叫你家老爷们儿滚出来！"这一下先声夺人果然把她震住了，迟疑了半响才挤出一句："他没在家……""没在家找去呀！"没等她说完我便扔出了这句话。她懦虚地连连说："好，好，你俩先进屋坐会儿，我这就去找。"过了不多时，何二在前敞着怀，他老婆在后呼呼啦啦地赶回来了。莫队长凑过来小声说："小心点，防备他暗箭伤人，别到时措手不及。常言道：人无害虎心，虎有伤人意。花枝叶下犹藏刺，人心怎保不怀毒？有备无患，敢以此规。"我傲然地回答："要是贪生怕死我就不来了，既来之则安之。我倒要看看他敢把我咋样。"出乎预料，何二全然没有了往日的横劲。他来到我面前小心翼翼地说道："江子，你咋来了？有啥事咱们进屋说吧。"被他这突如其来的彬彬有礼弄得我不会了，预设好的满腹说辞一句也没用上。心中暗想：如果他真能改过自新岂非善莫大焉？我无畏无惧地跟在他身后往屋里走，莫队长在身旁悄悄地扯了扯我的衣袖，示意我多加防备，以防不测。

后来我才知道是赵信给他过了话，怕我拿他做典型。不过也挺好，自那以后他确实改变不少。进屋之后，他用埋了巴汰的两个杯子倒满了白开水递给我俩。我礼貌地接过杯子放在炕沿上，开门见山地直入主题："二哥，别忙活了，坐下来和你说点儿事儿。我是来收税的，既然地种了咱就得交税。别拖了，这事儿有拖黄的吗？"何二结结巴巴地说："不能，没有，不是，我已经准备好了，正要去交，就来了份儿收苞米的，刚合计完。正想着晚上抽空给送去。""知道你忙，我俩就过来了，谢谢你的配合。"心想：只要他能够顺当地把钱交上来，我就既往不咎，杀人不过头点地，也达到了预期的效果，所以也就不为已甚。我的脸色缓和了许多，逢场作戏地跟他拉了几句家常。

愚蠢的何二媳妇真是不开眼，她不理解何二为什么突然如此顺从，故意刁难地从炕琴柜上面的铁盒子里掏出一把一块、五角的零钱。何二扭头一看，张嘴就骂："你他妈脑袋让驴踢了？把用在别人身上那套搬来用在江子身上，你不找不自在吗？别他妈磨叽，快把钱拿出来！"

莫队长揣着钱从何二家走出来，乐此不疲地说道："今天真是气顺脉通，太痛快了！什么叫卤水点豆腐——一物降一物，嫩草怕霜霜怕日，恶人自有恶人磨，我算是亲眼见识了。车书记，你回村里吧，剩下的我自己就可以了，就不劳你大驾了，村里的全盘统筹还得靠你呢，少了你哪儿都玩不转，你就回去坐镇指挥吧。""难得来一趟，我想和你去老曹家看一看，听说他媳妇这几年得病没少花钱，把家造得够呛，咱们看看能不能从哪方面帮帮他家？"

莫队长语重心长地接过了话："是啊，古语说得好，过日子就怕有三糊：药壶、酒壶、迷糊。他们两口子常年吃药，没有一个身体好的。他家的日子太难熬了，光靠种地，没啥额外收入，年复一年，日子啥时是个头儿？饥荒不见少，年年往上擦。别人家平时都能改善下生活，他家倒好，年节都箪食瓢饮地还不受别人接济。他常说都是举家过日子，自己受穷也就罢了，何必拖累别人跟着吃苦？于心难安。他家的日子过得虽然清贫，心态倒也挺阳光。"

我们推开了用秫秆夹成的院门来到老曹家，两间古老的泥草房外表收拾得还算利整。新换的房草，黄泥抹面，一看就是个过日子人家。但没办法，在农村大病致贫屡见不鲜。推开陈旧的木板门，呈现于眼前的情景让人看着心酸。屋内家徒四壁，一件值钱的东西都没有，若不是亲眼所见其枕冷衾寒，道听途说还真不敢相信。老曹正在家搓草绳，见我俩进来慌忙站起来，手忙脚乱地收拾出一块干净的地方。

老曹面露羞愧地说："不知二位领导要来，这屋让我造的，日子过成这样让二位见笑了。你俩今天来是不是为费用的事儿？我这就出去张罗。"老曹媳妇在北炕支棱起了半边身子，连指责带埋怨地说："我昨天就让你出去先挪个掩，你就磨磨蹭蹭地往后腾，就不能主动点，还能腾黄了咋的？偏让人攥到家里要，你说这脸往哪儿搁？"莫队长忙抢过了话头儿："曹老二，我和车书记可不是管你要钱来了，是车书记听说你们两口子常年有病吃药，日子过得紧巴，眼看也来到年根儿了，过来看看你们眼巴前还有什么难处。他常跟我们说在其位谋其政，任其职尽其责，连百姓的温饱都解决不了，还当什么书记？既然老百姓选择了他，他就要全心全意地去做。他从来不要官僚主义，非要亲自来群众当中看一看不可。他说百姓身边无小事。所以，我陪着他来看看你们。"老曹感激地看着我说："这么多年，你是第一个来我家看我的领导，我这还不争气，年年给村里拖后腿，真是无颜见你们的面。平时口挪肚攒地想攒两个过河钱，可攒钱好比针挑土，败家犹如水推沙。偏赶上这当口，这败家娘们儿又病倒了，本来就拮据的生活，现在更是雪上加霜了，老天爷真是不给人活路了。""好了，不要说这些了。你心里有什么想法和要求不妨说出来，看看村里能帮你做点什么，只管说。"

老曹沉默了片刻，抬起头悠悠地说："我实在是羞于启口，但不得不说，我现在是求借无门。这几年亲戚朋友都让我借遍了，我不能再得寸进尺了，只求村里把我的税费宽限几天，等我把粮卖了，一并交齐。这要求提得实在是有点难以启齿，行就行，不行你们也别太难心，要不我就花高利抬点儿。"

听完这段话，我心酸得热泪盈眶。有些为富不仁的人手里攥着钱，却对上面摊派下来的税费横挑鼻子竖挑眼，拿出各种借口不交钱或缓交钱。眼前这个本分人过着并日而食的清苦日子，却对迟交税费而感到羞愧和不安。这真是一个老老实实的中国农民的本色。

一念至此，我开口便说："税是国家定的，我无权定夺。费是由村镇花销和各项开支产生的，全村像你这种情况的只你一家，除了税以外的费用全给你免了。另外，你若再用钱不要花高利抬钱了，可以到信用社去贷点。"老曹千恩万谢地打躬作揖："谢谢你，车书记，免就不用了。别人知道了会给你添麻烦，有那么一部分人整天在攀比观望，不能因为我让他们见缝插针，借题发挥，影响你们的工作。能让我缓交几天我就知足了。另外，像我们这样的家庭到信用社也贷不出来钱，我去了也是白去，谁敢把肉往虎口里填？"

"你放心去吧！由我出面给你作保，不会有差。你搓这么多草绳干吗？自己家也用不了。"

"噢，我闲着也是闲着，现在生活好了，很多人家都不搓了。但畦稻苗和披柴火垛都得用，一团草绳怎么也能卖个五七八块的，贴补一下家用呗。"

"那你买台草绳机多好啊，效率高又不费力，而且还有专门收购机制草绳的部门。"

"能有台机器倒是好，可哪能拿出来闲钱买机器呀？凑合着吧！"

我和他唠嗑时趁着他不注意往他家炕席底下塞了五百块钱，怕当面给他伤他自尊又不肯要。这点钱对于我来说不算什么，但对他却不一样了。富家一席酒，穷汉半年粮啊！解一时燃眉之急吧。然后说了几句场面话："时候不早了，我俩也该走了，以后有什么困难可以直接找我。"

出来后莫队长小声说："我看见你往炕席底下塞钱，他要是发现了问我咋说？要说是你个人给的他准不能要。"我看着他诚挚的面庞，说："那你就说是村里给的。另外，我给你拿钱，谁家有那不用的草绳机你给划拉一台，给他家送去。凭着他那股子干劲儿，我看也能早日脱贫。"莫队长动情地说："以后我再也不轻言放弃了，给你牵马坠镫值个儿，咱们自强村真的有希望了。虽然我已经步入古稀之年，但我也要和年轻人掰掰手腕，拼尽最后一把子力气，决不服老。"

# 第二十章　村里修路

　　"绿桑高下映平川，赛罢田神笑语喧；林外鸣鸠春雨歇，屋头初日杏花繁。"辞去了寒冷枯燥的冬季，步入了诗情画意的春天。正是草长莺飞的季节，我触景生情想起了这几句描写春天的诗句。迎春花刚刚绽放，柳树舒展开了黄绿嫩叶的枝条，在微微的春风中轻轻拂动，就像一群群身着绿装的纤纤少女舞动着飘逸的长袖在翩翩起舞，温柔地抚摸着大地，唤醒了沉睡中的生灵。飘洒春日的细雨，洗去了冬日的尘埃。真是"沾衣欲湿杏花雨，吹面不寒杨柳风。"我打着雨伞夹杂在川流不息的寄思人群中，口中轻吟着杜牧的《清明》："清明时节雨纷纷，路上行人欲断魂。借问酒家何处有？牧童遥指杏花村。"脚下泥泞的黄土路走起来一咴一滑的，清明寄思的路上，我和过往熟悉的村民打着招呼。大多数人都会问上一句："书记，咱们这路啥时候能修啊？"同一句话不停地在我耳际萦绕，我也不停地自问：这条路到底啥时候能修？当初，拍着胸脯夸下海口：要想富，先修路，一定要修出一条属于我们村的阳光大道。难道还能食言不成？"不能！"我在心里坚定地回答。落后的交通阻碍了农村的经济发展，有多少农作物，因为交通不便而运不出去，一旦交通得到改善，村里的农副产品就能够转化成资源优势，这对靠土地生存的百姓来说尤为重要。

　　修路的计划年前我就报上去了，也问了几次，为什么到现在还没有批复？我决定再次跑趟镇政府，说什么也要不遗余力地把这个项目拿下。否则，以前付出的努力就会前功尽弃。我来到镇政府见到了张烨，把我的想法开门见山地向他做了汇报。听完汇报，张烨模棱两可地对我说："正研究着呢，不要着急，很快就会定夺。我们争取多要些指标，把你们带上。"听着张烨话里话外言辞闪烁，我急得啪地一拍桌子："今天我不是以哥们儿关系来找你，我是代表着老百姓来找你，行不行你给个痛快话。你要是做不了主，我就直接找书记去。如果不给我一个满意的答复，以后你们爱找谁干就找谁干，我还真就不伺候了。"话音还没落地，我呼地从椅子上站起来，张烨急忙起来拽住我的胳膊，说道："你急啥眼呢？话还没说完呢，你坐下听我说，也不是一点办法都没有，我就和你说实话吧！其实交通局给咱镇里二十公里指标，党委会研究决定把这二十公里水泥路给建设和丰收两个村。先期条件是国家专项负责一部分，镇里承担一部分，村里匹配一部分。村里那块必须先存到交通局的专户，现在建设村和丰收村每公里六万迟迟交不上来。如果你们村那三点二公里的自筹款能存进来，来个先下手为强，生米煮成熟饭时，谁也没辙。"

听完后我用商量的口吻对张烨说："钱我可以先存进去，想和你商量商量，我村那三公里多路能不能让我们自己修？不想再给农民增加负担，我想以工代酬的方式来修路。设备我自己有，铺路基用的石毛，村里有个石场。这样再刨去利润，老百姓就不用掏腰包了，变相地减轻了农民的负担。要行的话你就把账号给我，这就回去给你打款。"听着我有理有据地陈述，张烨感慨地说："你就回去安排吧！我一定把你的想法如实地递上去，我想没有多大问题。你的方案很好，党委会一定会采纳。现在难得有你这样既有实力，又一心为民的村干部，你是自强村乃至全镇这么多年来最杰出的村书记，没有之一！趁着这次修路，动员好老百姓，把屯子里的路给它取直了。"

我回村后立即召集村民召开代表大会，把修路的计划详细地和大伙说一遍，大家听说只出工不摊钱顿时热情高涨，梦寐以求的水泥路终于可以开修了。最后，我主要强调了一点：路面工程不用大家来负担，由专业的队伍来处理。

我让周会计把钱存进交通局的专户后，批复很快就下来了，图纸也顺利拿到了手。路基工程按照各组的实际人口情况分了下去，以组为单位，我在我的工地调来了铲车负责装车。一些出不了力的老者自愿组成了监事会，主要是对封路的看护和对工程质量的监督。这些老当益壮的老者做起事来意气风发不说，还事必躬亲。每日都早出晚归，收工后不厌其烦地检查用电的设备有没有断电，水泥盖没盖严实，工具收没收回来。他们发挥出了老有所为的表率作用。尤其那几个老党员在这次修路中起到了至关重要的先锋模范作用。每天无私奉献，任劳任怨，用他们的言传身教感染着身边的每个人。

这一天，我正在路上监督指导工作，家住王大院的笱老十气急败坏地来找我："车书记，你手下这帮人你还管不管？跟土匪有什么两样？"还没等我搭言，后边跟来的白老就抢着说："车书记，你不用管。就这种卑颜奴膝的东西，生长在咱们村就是一种耻辱。一条鱼腥了一锅汤不说，还浪费了咱们村的资源。想当初他爹，在'文化大革命'时期美其名曰是咱们村的老贫协，回头看一看咱村这些干事的老一辈，哪一个没被他整过？"

我摆手示意以白老为首的几个老爷子，让笱老十把话说完，要弄清事情的是非曲直，不能因为他爹曾经做过的事而株连到他，毕竟时过境迁，过去是过去，现在是现在，不能混为一谈。笱老十吭哧瘪肚地将事情的来龙去脉说了一遍。原来，路基修到他家门前时打起来了。多年来他家侵道占道，将路挤出了个弓背形。修路之前我们就制定了村规民约：院墙占道扒院墙，仓房占道扒仓房，一切为修路让行。范队长正和他商谈此事僵持不下时，偏偏被这几个老爷子赶上，拿出村规民约和他交涉，掰开包子说馅。这个笱老十是软硬不吃，油盐不进，蛮横不讲理，气得白老抡起手中的拐杖便砸了过去，结结实实地打在笱老十的肩上。白老嘴里振振有词地骂道："从你那丧心病狂的父亲开始，你家就在村里欺男霸女横行霸道。看看你家把老姜家宅基地挤成啥形了？你还以为现在是你爹活着的时候让我们过着忍气吞声的日子呢？若不是当初你爹硬是不给我签字，我能回不了城吗？"

听到此处，我把白老挽到一边，让他消消气。转过头来对筢老十说："你马上回去自己把障子和猪圈拆了。"筢老十本想来个恶人先告状，没承想我会让他回去拆障子和猪圈，心有不甘地悻悻回去，嘴里却仍然不服软地说道："我看谁敢把我这猪圈推了……"当推土机的轰鸣声在村头响起时，筢老十惊慌失措地领着媳妇手忙脚乱地拆着障子和猪圈，嘴里不停地念叨着："马上就拆完，马上就拆完……"凶悍无比的霸气劲儿转眼消失。这种人纯是牵着不走打着倒退的主儿。

工程进展非常顺利，路基工程经过验收告一段落，马上进入路面混凝土工序。我找了一个十分专业的工程队，他们的机械设备一应俱全，三公里多的路十来天就完成了。

道路通车庆典的那天，全村的男女老少都聚集在道路的起点。小青年们自发地在摩托车前灯和自行车前叉上绑上了大红花和彩色气球。大姑娘和小媳妇脚上蹬着清一色的小白靴。老人们也都穿着旅游鞋轻装上阵。专等着吉时一到，鞭炮声一响，就享受着从坑洼不平的泥土路到康庄大道的转变。这一天像过节一样，每个人脸上都洋溢着幸福的笑容。

时光荏苒，光阴似箭，转眼又来到了一年的秋季。天高云淡，秋高气爽。血红的枫叶夹杂在翠绿的青松翠柏之间，一叶知秋的景色十分醒目。我陶醉其中即景生情，轻吟着杜牧的诗句："停车坐爱枫林晚，霜叶红于二月花。"这是一个用厚重的色彩点缀的美丽的收获季节，本应是老百姓最开心的时候。

这天早晨，三队的周寡妇哭天抹泪地来到村里。妇女主任刘姐热心地接待了她，嘘寒问暖地详细询问着发生了什么事情后，刘姐领着周寡妇愤愤不平地来见我，将事情的经过向我学了一遍。

原来她是因为宅基地和邻居起了纠纷。周寡妇的老伴儿活着时就和邻居家偶有摩擦。邻居盖房子时故意把檐头建在她家地界内，赶上下大雨时，水帘般的雨水正浇在她家道上，给她家造成了出行不便。邻家的主妇奇丑无比，长得脑满肠肥，大腹便便，浑身上下覆盖着一层厚厚的脂肪，脖子上的肉重重叠叠。就是母夜叉见着她也略逊几分。别看她人长得不怎么样，还一味地臭美。一张大肥脸好似用了半袋子大白粉刮过一样，扑扑地直掉渣，真有东施效颦的味道。就这货色居然把自家老爷们儿管得背服的，稍不顺心一声河东狮吼，就能让老爷们儿瑟瑟发抖。周寡妇老伴成年累月地在砖厂干出窑工作，由于灰尘大、温度高，慢慢地得了尘肺，没多久就英年早逝了。

周寡妇一个人带着孩子艰难度日。就这样，也没能换来邻居的同情，反而招来了变本加厉的欺凌。有言道："疾风暴雨，不入寡妇之门。"这孤儿寡母本就生活不易，饱受着生活的苦难，多想能得到好心人的帮助。她们不仅没有得到帮助，反而一直被恶邻欺负着，方方正正的园田地被邻居家老爷们儿每茬种菜都多挤过去一点。日积月累，周寡妇的园子被挤成个梯形。村里派刘姐去调解两次，也没起什么作用。今年的秋菜长势甚好，本想能换几个钱维持生计，却在即将收获之时被邻居家老爷们儿砍得七零八乱的。刘姐刚说了一半就听得我气冲斗牛，按捺不住怒火，起身就走。刘姐撵出了屋说："我和你一块去吧！不然你那臭脾气压不住火，一上来劲再把人家老爷们儿给打了。你现在不比以前，大小也是个官了，要控制好自己，不要意气用事。否则，在不在理都是你的错。到时候人家咬住不放，你就骑虎难下，不好收场了。"听刘姐说得言之有理，我的气也消了不少。

老远便看见小卖店门前围着一群人，走近一看都是些老人和妇女。她们都在为周寡妇愤愤不平，但却敢怒不敢言，背后凑在一起发泄发泄。大家都知道是周寡妇邻居家的女人指使老爷们儿干的，希望能有人狠狠地收拾收拾这个满肚子坏水的泼妇。

我们的车在她家门口还没停稳，她就披头散发疵毛撅腚地迎了过来，出口成"脏"地蹦高儿骂道："你她妈不就是能找人吗？找谁我都不怕，看你能把我咋的！"刘姐厉声斥道："李凤子，你好好说话！今天车书记亲自来解决此事，你不要蛮不讲理。你再这样胡搅蛮缠不会有好果子吃！"我对张牙舞爪的李凤子一哼："你这是不打自招，知道我们干啥来了，自惊什么？若不是你干的，你蹦什么高儿？叫你家顶门立户的男人出来说话，这时候充起老猫肉了，装什么缩头乌龟？"

"你骂谁是乌龟？我怎么了？东西街你打听打听，谁不知道我是一个老实的根本人？我是大门不出、二门不迈，怎能容你恣意糟蹋我的名声？你今天给我说清楚了，必须当着大伙的面还我一个公道！"

以前就常听大家说这个李凤子爱撒泼耍赖，今天算是领教了，都说好男不和女斗。不过，这种人就不能给她脸，否则就会蹬鼻子上脸。我不温不火地说："旁边那儿有个水坑……"还没等我说完，她倒灵巧，一蹦八个高儿："咋的？有水坑咋的？还要把我摁水里呛死啊？"我像欣赏耍猴戏般地看着她一个人在那耍，我笑了。见我如此，她反而静了下来，望着我说："你什么意思？你笑啥？"我不屑一顾地回答："我是想让你对着那水面照一照你自己，看看自己什么样，就算你想不正经，看看东西街这些老爷们有谁乐意粘上你。"我故意冷嘲热讽着，想激怒她，好逼出她家的老爷们儿。

以彼之道还施彼身，这招果然奏效，气得她暴跳如雷，破口大骂："你妈的柳三子，你老婆都让人家给熊这样了，你还缩在屋里当王八呢？那好，今天我就让你当个瞪眼王八！"她边说边解上衣纽扣。刘姐一大步冲了过去，一把攥住了她的手腕摔向一边，正气凛然地说："李凤子，你能不能理智些？别做这些有败风俗的事，求你给我们妇女留点脸面吧。"这时，围观的几个老太太也在窃窃私语："自己不要脸也就得了，还有这么多孩子围观呢，在他们幼小的心灵里会造成啥样影响？""她家也有儿有女的，就这么教育孩子能教育出什么好样？"

刘姐接着说："你今天要是真把衣服脱光了，那就犯了扰乱公共秩序罪。我们也就真的管不着你了，你就有待的地方了。另外，现在是法治社会，讲究的是杀人偿命，欠债还钱。你家柳老三损害邻居家的农作物，已经构成故意毁坏他人财物罪，以毁坏财物的多少来定罪的大小。是车书记看在你们左邻右舍的分上，低头不见抬头见的，平时也没有什么深仇大恨，这才压了下来没有上报，而且亲自来为你们调解，这还受累不讨好的。你们非但不领情，见面张嘴就骂人，是不是拿我们不理乎？那好，就找个地方给你们解决。"

这时，在屋里听了半天的柳三慢慢吞吞地走了出来。他诚惶诚恐地说道："车书记，怎么把您给惊动来了？"我用冷峻的眼神看着他，拽开了车门，说："上车！"吓得柳三惊慌失措地往后退着说："车书记，你这是干啥呀？你要拉我去哪儿呀？"

我轻蔑地看着他，"你不是能躲吗？做出了卑鄙龌龊的勾当咋还不敢面对呢？躲过了初一还能躲过十五？我治不了你，那我就把你送到一个能够治得了你的地方去。"

我还是比较了解柳三的。他比我高两届，从小就比较胆小怕事，做事谨小慎微。自从结了婚，在老婆的唆使下为虎作伥，那是言听计从。但其本质不坏，只是受制于老婆的淫威。听说这次砍了邻居家的白菜后也心生悔意，知道自己做了一件损人不利己的事，闯了大祸。刚埋怨媳妇几句，就惹得她摔盘子砸碗的，闹了个鸡犬不宁。

柳三颤抖地哀求："车书记，求求你了，放过我吧！我赔偿，让我咋做都行，只求你别把我送到派出所去。"我若有所思地问道："你能做得了你老婆的主吗？"柳三凄切地望着他老婆。正在这时，人群中传来一个沙哑的女中音："能！他也是响当当站着撒尿的老爷们儿！"话音落处，在人缝中走出了一个落落大方的中年妇女。虽然长得不算太漂亮，但绝对有气质，一看就是个场面人。

她不卑不亢地做着自我介绍："车书记是吧？我是柳三的小姨子。"

然后用手一指李凤子，"那个是我亲姐。我已经在旁边看了多时，也听到了大家私下里的议论，真为有这样的姐姐而感到羞愧！恨不得地上有个缝儿我就钻进去。但毕竟我俩是一奶同胞的姐妹，今儿个就是再砢碜也要和她一起面对。我都不知说什么好了，你说现在她怎么能这样呢？在家当姑娘的时候我们姐儿几个都以她为标杆，家里的脏活累活她都抢着干，从不让爹妈伸手。左邻右舍谁家有个大事小情的，她也都忙前忙后，从来都不多言不多语，还时时教导我们姐儿几个到哪儿都要有点眼力见儿，不要疯疯癫癫地让人瞧不起。今天若不是我亲眼所见，打死我也不会相信我姐现在会是个这样的人。"说罢，她凤眼一瞪，回手指向柳老三："就是你惹的祸！"柳三嘴一咧，委屈地双手一摊："这怎么能赖上我呢？自从她进门后，啥事都是她说了算，她说东，我都不敢西。"

"正是你这一味地纵容迁就，才助长了她骄横跋扈之性。如果你有一点阳刚之气，把这个家担起来，她能走到今天吗？正所谓驴拉车、马拉套、骡子驾辕瞎胡闹！你再看看那张脸让她祸祸的，今天切个双眼皮，明天做个拉皮，脸上的肉都僵死了。咱就是个农村人，踏踏实实地过日子不好吗？哪有那些闲钱往脸上搭？缺钱的时候东挪西借的，你就不能管一管吗？"

柳三赌气地嘟囔着："我敢管吗？不管，我这日子一天都不知道咋过的。"看得出来，李凤子对她这个妹妹也是十分惧服和敬重的，这么数落着，她一声都没敢吭。李凤子妹妹话锋一转，对着我说："车书记，你的大名我早有耳闻，我家是山城镇的，我老公和你是同行。他和他的朋友们常提起你，说你是业内的佼佼者，为人仗义，从不欺行霸市。今天发生了这么大的事，求你不看僧面看佛面，能不能大事化小，小事化了？"我心里明白才唠到正题，继续听她说下去，"家里事，家里解决，咱就别上派出所了，交那罚款不值当。有那钱还不如多给邻居那个姐姐点儿多好啊。"几句话说得清楚透彻，一看就是一个明白事理的人。

我不禁对这个女人另眼相看。她不但人长得有气质，说出来的话也中听。感叹老天爷真是捉弄人，同胞姐妹怎么差距这么大呢？其实，我来是解决事儿的，并不想把柳三送进派出所。只是我用了敲山震虎之计，吓唬吓唬他罢了，没想到他就真钻进去了。吓得半死的柳三不住地求饶，也收到了预期的效果。我问道："你们想怎么解决？"对方也算爽快："这事你定，你说咋办就咋办！""那好吧！既然你们这么有诚意，我这儿也不为已甚。每棵白菜就按十块钱算，查棵去吧。"李凤子刚一张嘴，想要说点什么，被妹妹拽了一下又咽回去了。

在刘姐的主持下，双方很快把棵数查完了，一共是二百多棵。李凤子妹妹爽快地从包里点出了两千多元钱递给了我，并笑着说道："谢谢你了！车书记，有空到山城镇一定让我老公请你吃饭。"我钦佩地说："应该谢谢的是你，若不是你深明大义，事情也不会这么快就解决好了。如果弄个两败俱伤，我这个村书记心里也不会好受。钱是要得多了点，但你姐这几年也没少欺负人家孤儿寡母的，你看那房檐都在人家地界，也算给她点教训吧！"当我把钱交给周寡妇时，她看着那一沓钱连说："太多了，我那片白菜总共也卖不上一千块钱，我不能要这么多钱。"我看着这个老实人既生气又感动，说："以后你们还是好邻居，好好相处，多余的就作为这几年她家对你家的补偿吧！"

回来的路上，我赞许地对刘姐说："今天多亏你跟着一起来了，要不然准闹出笑话。她若是真把衣服脱了，我还真就不知道怎么收场了。"一场纠纷就这样戏剧性地落下了帷幕。

随着国家对农村税改的落实，免去了农民种地的所有税费。往年村里收费最忙的季节，现在却格外清闲。随着生活水平的提高，人的文明程度自然也就上来了。邻里纠纷、偷鸡摸狗的事根本遇不到了。说是路不拾遗、夜不闭户，也不算什么夸张。我顶多每天上午到村里待上一会儿，安排完工作后就忙其他事去了。

这天中午，茶桌上的手机响了起来，我放下手中的茶杯，拿起电话一看是徐镇长打来的。我马上接了起来，电话那边响起徐镇熟悉的声音："车书记，你们村土地平整节水的项目下来了。你安排人下午一点在村里接待一下，土地局设计队到你们村去搞测量设计，你可要重视呀！这个项目拿下来不容易。""好，你放心吧！我亲自安排。"放下电话我就刻不容缓地赶到村里，安排王升带两个人在村里等着。我到地里先去看一看，下午我要亲自陪着。村里其他人不太懂工程，不能在一块地方铺天盖地地搞。因为项目资金有限，一定要花在刀刃上，挑几个重要部位来做，决不在公路边上搞面子工程。我站在与黑山头村的交界处，回望着眼前辽阔的沃野，构思着美好的蓝图，心潮澎湃，久久不能平静。飘到脸上的雪花被身体的热度融化，一丝凉意刺激着脑神经，将陶醉中的我忽然惊醒，不知不觉间飘起了漫天飞雪。

　　苍穹中的微风似牵着风筝的线，牵着菲菲瑞雪。这丝风主宰着粉蝶似的雪花，一忽儿斜跌下来，一忽儿打着旋儿飞走，一忽儿又悠悠扬扬地飘落大地。风中的柳丝随雪飘荡，残留在柳丝上的枯叶夹杂在雪花中随风飘落。顷刻，只剩下光秃秃的柳丝随风舞动。洁白的雪花悄然无声地落着，飘飘洒洒，纷纷扬扬。难怪大诗人李白能写出"应是天仙狂醉，乱把白云揉碎。"这等美句，只有身临其境，才能体会得到。一会儿工夫，地上便盖上了薄薄的一层雪。我正在为失去那满眼醉人的秋色而伤感，却又赞叹大地被这银白的雪装饰得洁白无瑕，那又是何等圣洁之美！

　　另类的美展现在我眼前，不觉得有感而发：严冬不肃杀，何以见阳春。冬天就这样悄悄地来到我们身边。"车书记，从哪儿干起？"我正欣赏美景被王升的语声打断，回身一看，身后站着六七个全副武装的人。他们扛着仪器整装待发，其中一人自我介绍道："你好！车书记，我是王军，负责测绘设计这块。我身边不少同事都是你的哥们儿，我经常听他们提起你。村里能争取到这个项目太不容易了，有什么要求只管提出来，只要不违反原则都可以商量。目的是建完之后物有所用，做到真正让老百姓受益。"望着漫天飞舞的雪花，我迟疑了一下："这种天气，水准也看不清，是不是太难为你们了？"王队长哑然一笑，说："参加工作这么多年，今天还真是，这可遇不可求的入冬第一场瑞雪让我们赶上了。"

我把心中的想法和王队长交流了一下，基本得到了他的认可。最后王队长笑着说："看你穿着的皮鞋油光锃亮的，你该忙啥就忙啥去吧，有他们陪着就可以了。我们边欣赏着雪景边干活，用不了多长时间就完事了。"我也就未客气地回答："那就恭敬不如从命了，我在灯笼酒家敬候，晚上我请大家喝酒。""不了，完事回去还有很多事要做呢，得把今天的数据整理出来，改日吧，这顿饭我先记下了。"

# 第二十一章　同学再聚

在参加朋友的结婚喜宴上，偶然和阔别已久的同学曹娟邂逅。她还是那样的奔放洒脱。她的人生格言就是：活得漂亮，走得铿锵，宁可做拼搏的失败者，也不做安于现状的普通人。她坐在我身边，大大方方地说："车江，自从我们同学会后，同学们都是三三两两地小打小闹喝点小酒，从来没大范围地聚过。马上要过元旦了，我们扩大一下同学的圈子怎么样？""好！没问题。你来组织，我买单。尽可能地都通知到，不想来也决不勉强，就元旦的头一天吧！地点还在吉利来酒店。"

就在聚会的头天晚上，王队长打来电话焦急地说："车书记，你们村的土地设计方案我做出来了，明天想去省规划院盖个章。局里的公车都派出去了，后天元旦放三天假，求你私人帮我出趟车，可以吗？"我不假思索地回答："没问题，别说是为我们跑事儿，就是你个人私事也只管言语一声，义不容辞。"第二天一早，我开车拉着王队长去长春，聚会的事就让曹娟张罗。一路上我们相叙甚欢，到了长春后，他去办事，我和曹娟通了电话。了解了一下大致情况，并委托她把菜点好，再买些果品，尽量办得丰盛一些。曹娟爽快地承诺："你就放心办事吧！这边的事你就不用操心了，有三十人左右，都是同学，我们大伙一起张罗。来的人挺多，不然咱就分两桌坐吧，大家随意，想坐哪桌坐哪桌。"没等她说完，就被我打断了："不行，同学当中本来就有几个混得不好，挺自卑的。我们再分两桌坐，难免有高低贵贱之嫌。长此以往，他们就会淡出我们这个同学圈子。就坐一桌，不行就把椅子换成小凳，挤点儿也没关系，菜多点点儿，热热闹闹的多有意思。""难得你胸怀宽广，格局又大，做起事来还这么细腻周到，我真的是自愧不如，以后得多向你讨教学习。好了，不说了，你安心开车吧。"

出了长春，天色渐晚，接着一遍遍的电话，我归心似箭地往回赶。当我风尘仆仆地推开包房门时，同学们都已经在一张特大圆桌边坐好，就等着我的到来。我歉意地和大家打着招呼，赶紧上卫生间洗把脸，回到同学们给我留好的主位上。我环视了一圈，发现有两三个上学时的淘小子也来了。

听说他们毕业成家后也变得安分守己、从善如流了。我起身和他们一一打着招呼，当眼神落到若楠身上时，忽地一走神，眼前浮现出上学时的点点滴滴，好像昨天发生似的，历历在目。心中暗想：此情可待成追忆，只是当时已惘然。心里一翻个儿，尤其经历了上次聚会后发生在福利汽车修配厂门前那一幕，我对眼前这个孤傲清高冷艳的女人不以为意了。正所谓落花有意，流水无情。这样的女人我见多了，从上次聚会后，我们的小聚她从来没参加过，此后我们也再没有邀请过她。这次她能来倒有些意外。发现自己走神儿后，礼貌性地对她点点头。不知为啥，她羞涩满面，和坐在她身边肥头大耳红光满面的朱波交相辉映。朱波脸红那是自然的，挨着当时班里的学霸美女自然心潮澎湃浮想联翩了。我又仔细看了看他俩，看得她忸怩地低下了头，和眯眼欢笑的朱波形成了鲜明的对比，真有种猪八戒初入高老庄的感觉。常言说得好：骏马常驮痴汉走，巧妻常伴拙夫眠。此情此景，令我心中泛起了一丝酸意，少时那种轻狂的单方意愿"曾经沧海难为水，除却巫山不是云"岂不是笑谈？"车总，你喝白的还是啤的？"慌乱中我昂然抬起头看着正在倒酒的老曹说："今天这么热闹，自然是喝白酒了！""那你喝白酒，车咋办？""没事，车就扔这儿，明日再来取。"

看着这种场面，想起了欧阳修的《醉翁亭记》中的描述："宴酣之乐，非丝非竹，射者中，弈者胜，觥筹交错，起坐而喧哗者，众宾欢也。"头杯酒大家还能把持有度，其后便叽叽喳喳或就邻喁喁私语，或坐在对面高谈阔论。张志见状，站起来挥着双臂提出建议："大家静一静，今天我们桌上三十来人，面面俱到不太可能。咱们玩个游戏，拿个汤匙放在小碟里，然后把小碟放在圆桌面的转盘上，把转盘转起来，转盘停后汤匙指向谁，谁就喝酒或唱首歌。怎么样？""好！"大家一致赞同，头一次玩这个游戏，大家兴致都很高，感觉既新颖又刺激。

汤匙戏剧般地在若楠面前连停两次，我本抱着幸灾乐祸的心态看她出乖露丑，不承想她倒豪气干云，巾帼不让须眉，脸不红气不喘地将两盅酒喝下。接下来，快速旋转的转盘上的汤匙到了我面前戛然而止，停得非常突然，按照正常速度它还得转一小会儿，应该停在我的对面大约还是若楠的位置。弄得我一头雾水，不知就里。虽有疑惑，但又来不及弄清缘由，只能不甘示弱地接受。一个弱不禁风的小女子尚且能连饮两盅，我一个堂堂男子汉岂肯甘拜下风？

我端起面前的口杯说："用这个，给我倒满！"然后，我脖子一仰一饮而尽，并乘着酒兴诵诗一首："君不见，黄河之水天上来，奔流到海不复回。君不见，高堂明镜悲白发，朝如青丝暮成雪。人生得意须尽欢，莫使金樽空对月。天生我材必有用，千金散尽还复来。烹羊宰牛且为乐，会须一饮三百杯。岑夫子，丹丘生，将进酒，杯莫停。与君歌一曲，请君为我倾耳听。钟鼓馔玉不足贵，但愿长醉不愿醒。古来圣贤皆寂寞，惟有饮者留其名。陈王昔时宴平乐，斗酒十千恣欢谑。主人何为言少钱，径须沽取对君酌。五花马，千金裘，呼儿将出换美酒，与尔同销万古愁。"这首李白的《将进酒》是众多酒客的挚爱，在我的渲染下变成了大合诵，我们声音震撼，整齐划一。当时的酒店一边喝酒一边唱歌的比较多，没想到我们的大朗诵引来了众多的围观者，很有成就感。再一次的转桌也是莫名其妙地停在了曹娟面前，停得也很突然。曹娟大方地拿起话筒说："我先给大家唱一首《同桌的你》，让我们重温一下当年我们的校园生活。"

当她张口唱出："明天你是否会想起，昨天你写的日记，明天你是否还惦记，曾经最爱哭的你……"同学们不自觉地都站了起来，会唱的跟着节拍唱，不会唱的记不住歌词的跟着滥竽充数瞎哼哼，还没等唱完，几个多愁善感的女生便雨打梨花，泪挂脸颊。大家缅怀校园生活，感触颇多。

再坐下来转桌时，我留意着同学们的举动。大家都把手放在桌子下，只有朱波将自己的口碟塞到转盘下，然后用筷子一别，虽然他的手没有直接去碰转盘，但是他也能控制住转盘，想让汤匙停在谁面前就停谁面前。他被我当场抓了个现行，在同学的声讨声中，朱波吊儿郎当笑眯眯地站起来说："下不为例！这次就饶了我吧！"并为自己辩解道："不是我故弄手脚，那个转盘有毛病，回回到这儿就慢慢停下来，我面前这俩菜就没变过。"有两个好事者试了一下，果然，汤匙又停在了若楠面前。

张志慢条斯理地说："那你也不能做鬼儿呀，你不会把汤匙偷偷挪一下？换个地方就好了。如果让它停在老黄那儿，他本身就能喝还乐意喝，不就没人计较了吗？"就这样讨价还价下罚朱波一口杯白酒。若楠觉得受她牵连有些过意不去，偷偷把朱波的酒倒给自己一些。刚好被我发现，本来对她有些误会，心存芥蒂，便借题发挥："谁给朱波倒的酒啊？咋啦？没酒啦？为啥不给倒满呢？"家海笑嘻嘻地拎着酒瓶过来："酒有的是，管喝管添。来，老朱，你喝一口，我给你添上。"涉世不深的若楠终于接了茬："他刚才已经倒满了，是我把他的酒倒在我杯中一些。"单纯的她以为这样解释一下就过去了，没想到会惹祸上身。"噢，原来是这样啊。"我故意板着脸对家海说："落一屯别落一人，你看，这就是你的不是了，若楠想喝酒，快给若楠也添满！"家海端着酒瓶子犹豫不决地看着她，若楠赌气似的把酒杯举到他面前："来，倒满！"

若楠和家海是小学同学，常在小学圈子里聚，家海从未见她喝过这么多酒，今天又是他执意要她来参加这个初中同学聚会的，顾虑重重地看我一眼。"倒酒啊！往哪儿看呢？要不我先喝一口你再倒？"若楠催促着家海。我也有些后悔，我本来是个大度的人，怎么涉及她就小气起来了呢？今天本是乐呵的事，给谁喝坏了都不好，更何况是一个如此弱不禁风却又倔强的女生。

曹娟看出我的意思，不愧是"酒"经沙场的老手。她站起来走过去接过酒瓶说："来，若楠，我给你点上点儿，意思意思。车总，给你也倒上点儿，谁让你总是那样盛气凌人、得理不让人呢？"若楠借着曹娟这个台阶站起来说："车江，我敬你一杯，给你赔个礼。都怪我太守旧，上学时你总惹是生非，不安心学习，造成了你在我心目中坏小子的形象。第一次同学聚会时听说你是包工头，在我心里就更无好感了。在部队教书那两年，部队营房改造用的包工头，一个个大金链子小手表，开着汽车满街跑。一身的土豪打扮，整天没事争奇猎艳，吃喝玩耍，以为你也和他们一样就是个暴发户。后期总听朋友说你为人仗义，做事严谨，尤其刚才李白的一首《将进酒》，在你的发挥下声情并茂，津津有味，真是令我刮目相看。有道是：'实墨无声空墨响，满瓶不动半瓶摇。'如此一看，你还真不是徒有虚名，以前发生的误会和不愉快就让它过去吧！以后真正做到'渡尽劫波兄弟在，相逢一笑泯恩仇。'我先干为敬！"语毕一饮而尽。一番话，一杯酒，使我对她冰释前嫌，多了些许好感。

冰冻三尺非一日之寒，想让我从根本上转变实在不可能。但我自幼就爱看那些武侠小说，尤其对《水浒传》中的武松敬若神人，景阳冈下鲸吞海饮是何等豪气。顿时，血往上冲，直塞脑门。来而不往非礼也！我端起酒杯说了一句话："酒品看人品。"海口大张，一灌而入。不知道我是怎么回的家，也不知道她咋样。总之，我是烂醉如泥。都说喝醉了什么都不知道，直到今天，我喝得大醉才发现，除了走路有点飘、趔趄歪斜，表情和动作不受控制外，心里跟明镜似的。直到第二天将近中午，我才醒酒。还没等洗漱，扰人的电话铃声丁零零响起来，我刚接起电话，就听曹娟在电话里喊道："你啥意思？答应开车拉我们回学校去看一看，都几点了，你头影不露，是不是想放我们鸽子？"听到此话，我头脑像被凉水泼了一下，立马清醒了，猛然想起昨天酒桌上承诺带她们回到校园重温一下校园生活，寻找一下当年的记忆，感受一下曾经的美好时光。然而，当我们来到黑山头中学校园时，校园早已成了工厂，一点儿学校的影子都没有了，那种感觉荡然无存。再回首，已是物是人非了，此情可待成追忆，只是当时已惘然。大家索然无趣，乘兴而来，败兴而归。

# 第二十二章　贵人相助

那次聚会之后，同学们的交往频繁了很多，我们也联系上了做果仁生意的刘永君同学。刘永君中等个头，身材匀称适度，一身休闲装也掩不住卓尔不群的英姿。俊美的脸庞，棱角分明，长长的睫毛下，一双星目锐利深邃，高挺的鼻梁上架着一副金边眼镜，更显文质彬彬、温文尔雅。他才华横溢，是我们同学中少有的大才子，在果仁界也是赫赫有名。梅河口在二十世纪九十年代就是整个东北亚最大的果仁集散中心，也正是那时，在砂轮厂跑销售的刘永君由于工厂顺应企业改制的大势所趋，跟其他人一样办理了下岗手续。而后，他凭着敏锐的嗅觉和洞察力，看好了果仁市场的前景。他为人正直，有胆有识，是一个典型的儒商。也正是因为这些交往，我结识了刘永君的表哥——门祥。他在银行工作，是主管贷款的行长。门行长急公好义，颇有梁山泊小旋风柴进之风范。他身材高挑，五官端正，文静儒雅。待人接物不卑不亢，恰到好处，总给人一种相见恨晚的感觉。

有一个长年做服装生意的汤姓老板，做事精明干练，能够适时抢抓商机。时势造英雄，正赶上改革开放的大浪潮。他做事善于筹划，正所谓业精于勤而荒于嬉。闻鸡而起，日落而息，付出就有回报。在其辛勤经营下，买卖做得是有声有色，赚了不少钱。于是，他就想转行做房地产。借鉴梅河口长白山建材城的模式，他想在朝阳镇开发个规模型的建材城。在门行长那儿办了一笔抵押贷款，闲聊时虚心请教门行长："你的朋友中有没有做工程的？人品好的给我推荐两个。"门行长立马想到了我，对他说："确实有这么一个人，做了很多年工程了，人也比较实在、严谨，做事一丝不苟。他干工程挺有名的，要不我打电话让他过来，你俩见一下？"汤老板欣然应承："好啊！这就让他过来，我俩谈一下，如果相当就定下来，我也就去了一块心病。"

接到电话后我匆匆赶了过去，在介绍中彼此寒暄几句，汤老板便详细地陈述了整个工程的概况和自己的想法。言谈中处处透露出生意人的精明，说话滴水不漏，纹理清晰。开始我抱着少说多听的态度，避免言多语失，汤老板好像看透了我的心思。别看他是个外行人，却语出惊人。他提出的一些问题用的都是专业术语，旁人听着特深奥的话题，我都对答如流。他眨着有神的小眼睛钦佩地对我说："你不要再叫我汤老板了，听着别扭，你就叫我汤宾或者叫汤哥就好。"他的话让人感觉特舒服，也一下子拉近了彼此之间的距离。亲近感使我俩畅所欲言，交谈甚欢。

事儿定得八九不离十，只等图纸设计出来后敲定造价再签合同。门行长在一旁打趣地说："看你俩这个架门儿，我这'媒'是保成了。天也不早了，今天我做东给你们双方庆贺一下。汤宾，顺便打电话把你家小萍叫来一起认识一下，省得以后合作了还得现介绍。"汤宾爽快地答应着："好的。不过，今天的客由我来做东。现在你们都是在帮我，再说，好歹大小我也是个老板，谁也不要跟我争了。"听着这些推心置腹的暖心话，再看看他那谦虚有礼的谈吐，和我见过的那些盛气凌人的有钱人截然不同，他把平易近人融入一举一动、一言一行之中，令我大有相见恨晚之感。我心中油然而生出了一种敬慕之情。

来到饭店后不多时，随着服务员的开门声，优雅地飘进来一位少妇。俊眉秀眼，两弯似蹙非蹙罥烟眉，一双似喜非喜含露目，顾盼神飞，文采精华，见之忘俗。她热情地和门行长打着招呼。我礼貌性地站了起来，门行长认真地为我俩做着介绍。我拘谨地在喉咙里挤出一声："徐老板好。"反倒是徐萍爽朗地一阵大笑，落落大方地伸出了手，说："一看你就是一个实在人，不要叫什么老板，就随你叫汤嫂吧！"我拘束的状态立刻放开了许多，往日的洒脱表露出来。俗话说："不是一家人不进一家门。"席间，汤宾讲述了他俩白手起家的发展史。

"我和徐萍是初中时的同桌，在小学时，也是一个年级的。所以并不陌生，只是没有什么交往。她的家境很优越，她在我眼里就像一个高高在上的女神，觉得她应该是个温柔贤淑的女生，可现实中的她却像是一个急人之难的女关羽。她给人的感觉知识很广博，满腹文采，上知天文，下知地理。她出口成章，讲讲这，说说那，简直比教科书还精彩，是个无所不知的大文豪。有时又觉得她很浅薄，比如有哪道题不会问她时，总是嗯上半天，然后说她不会。让人大跌眼镜，感觉不是她。她最大的优点就是有领导能力，课间休息时，班里的女生都围着她转，议论着一些怪异的问题。她学习不好，还不爱写作业，每次考试都排在后面，经常被老师留校。我看不过去，就帮她写作业。结果被老师看出破绽，老师用死亡凝视的眼神盯着我，罚我和她一起留校写作业。回家时，我总是借故顺路把她送回家，其实我俩家住着相反的方向。大多她心里也知道，我就是想送她回家，东南西北永远都顺路。我俩两小无猜，就这样从普普通通纯真的同学情变成了形影不离的知音。千金易得，知己难求。初中的三年很快就过去了，许多事随着时间的推移逐渐淡忘，而每日与自己朝夕相处的徐萍却念念不忘。百年修得同船渡，千年修得共枕眠。最后，我们有情人终成了眷属。"他猛地停下了，看了看我们，我们正听得认真，他笑了笑说："我的故事有点长，有点跑题了。"

汤宾也是穷人家的孩子，父亲是大修厂的一名普通工人。他和徐萍结婚后租了个平房，交完房租后基本身无分文，兜儿比脸还干净，也只能干着临时工，过着清苦的生活。年轻时的他俩就很有头脑，睡不着觉合计着：这样下去也没有个盼头，索性向亲朋好友借些钱做点小买卖吧！那样每天还都能见着点钱，二人一拍即合，说干就干。

第二天，两口子就四处张罗钱。汤宾兴冲冲地来到三叔家，他三叔是某单位的领导，家境比较殷实，不但工资高，而且奖金也不菲，逢年过节的，单位还搞些福利。汤宾感觉平时跟三叔的关系不错，所以首先来到他家。没想到，刚说明了来意，还没等三叔张嘴，三婶先把话头抢了过去，立马封了口："你弟弟马上大学就毕业了，安排工作需要钱，还得给他买房子成家立业，哪儿都需要钱。他刚看好一个房子，钱不够，我们也正在东凑西借呢，哪有闲钱借给你？再说，你们两口子年轻力壮，干点儿啥活儿不好？买卖也是你们能做的？赶紧打消这个念头吧！别到时候血本无归。"汤宾看了一眼三叔，三叔默默地低下了头。他知道三叔惧内，在媳妇面前大气不敢喘，家里一应大小事都是婶子说了算。他只能无奈地转过头，眼中噙着泪心灰意冷地走出三叔家。

汤宾坐在铁北桥洞的桥头，茫然地望着城市中川流不息匆匆而过的人群，心中一阵阵震痛。心想媳妇那边的结果是否和自己一样？一股意念让自己瞬间清醒，男子汉大丈夫怎么能受点挫折就萎靡不振？不能就这样颓废下去，更不能把希望寄托在女人身上。如若那样，以后还怎么能成大事？心中这股豪气使自己重新振奋起来，脑海中像演电影一样把身边的亲朋好友滤了一遍，然后信心十足地站了起来，迈着坚挺的步伐来到北药市场。

正在打理摊铺的杨伟看到汤宾，迎上前来握着他的手热情地打着招呼："宾子，你今天怎么有空闲来看我？"汤宾红着脸一时半会儿说不出话来，杨伟看在眼里，心中立时明白了他的来意。上赶着说："你是不是遇到什么难处了？需要钱是吗？没问题，只管说，需要多少？谁让我们是哥们儿了，有福同享，有难同当嘛！"汤宾听到此言，鼻子一酸，眼睛一红，眼泪差点掉下来，激动地抱住了杨伟。杨伟拽着汤宾的手，说："走，到里边喝点水，坐下来慢慢说。"汤宾平缓了一下澎湃的心情，与杨伟说了自己的想法。这真是一吐为快，紧张的心情也一下子轻松下来。

杨伟听完后，弯下腰用钥匙打开了钱匣子，掏出了匣子里所有的钱。他大致数了数，放在汤宾面前，说道："这是三千四百块钱，你先拿着，凑不够时，我再帮你想办法。"这时汤宾的眼泪终于忍不住，不争气地掉了下来。

汤宾本来就没指望杨伟能借给他这么多钱，心中暗暗发誓，受人滴水之恩当涌泉相报。何况这哪是滴水之恩？自己结个婚不过也就花这些钱，简直是再生父母。等以后有钱了当以百倍回报。心中这么想着嘴上却说："伟哥，我就不和你客气了，我给你打个条儿吧。""打什么条儿？条儿有哥们儿的情谊重吗？我看重的是你的人品，啥时候有啥时候还，以后做大了别把你哥忘了就行了。"

回家的路上，汤宾拎着装着钞票的袋子，感觉越发地沉重，心中感慨道：这袋子里装的哪里是钱啊？满满的全是哥们儿的情谊，重如泰山啊！被三婶似秋云冷雨般的人情薄凉所致的阴晦心情，如今一扫而空。不如意事常八九，可与语人无二三。以后的路还长着呢。俗话说得好："穷在路边无人问，富在深山有远亲。"这话一点不假。于是暗下决心：以后一定要多争气，付出百倍的努力，做出点样子，给身边人看一看，让帮助过自己的人心安，也让三婶悔不当初。没有翻不过去的高山，只要有坚强的信念，即使身处逆境，也不轻言放弃。古今成大事者，亦必有坚韧不拔之信念。

汤宾在胡思乱想中回到家中，媳妇还没有回来。他把钱放好，然后淘米做饭，把早晨的剩菜热了一下。他躺在床上闭着眼睛盘算着，等媳妇回来一起吃饭。门"吱嘎"一声响，媳妇挎着包走进屋。汤宾故意无精打采地躺在床上一动不动，媳妇看了一眼，放下包温情地安慰着："没关系，别上火，慢慢想办法。我收拾点饭菜，起来吃一口你再睡觉。"说完走进了厨房，见饭菜早已收拾好，又麻利地炒了盘土豆丝端上来，对老公说："宾子，自从结婚以后咱俩也没好好吃顿饭，今天咱俩喝点吧！"说完转身出去到边上的商店买了两瓶啤酒。本来不会喝酒的两个人，两杯啤酒下肚，已有醉意。徐萍更是面色微红，轻启朱唇，说：

"宾子，我和你说点事，你别生气，也别往心里去。今天我上二姐家去，刚进屋还未脱鞋，二姐便含枪夹棒地嘲讽我，'哟，这不咱家老四吗？不好好在家享清福，什么风把你吹这儿来了？小日子过得挺滋润呗。看，汤宾就是有本事，把你养得又白又胖的。'气得我眼泪当时就下来了，转身就要走。二姐夫把我拦下来了，他损了二姐一顿：'小萍不来你总是惦记着，来了见面就掐。'然后他转过头安慰着我：'快脱鞋进来坐着，你姐就那样，刀子嘴豆腐心。你们姐妹情深，就因为你放着福不享，嫁了个穷光蛋，心里有气，才跟你耿耿于怀，别跟你姐一样的。'"

看着汤宾越发难看的脸色，徐萍解释说："咱俩还没结婚时，有一次我陪二姐去姐夫单位，刚好遇到他们单位的范书记。二姐礼貌地和他打招呼并介绍给我认识，后来范书记把姐夫叫到办公室，打听我的情况。他听说我没结婚，便求姐夫把我介绍给他儿子，并许诺订婚后把我安排到医药站工作。他儿子和我姐夫是一个科的，长年在外跑销售业务，人长得不错，又是官宦子弟，前途无可限量，所以姐夫便一口应承下来了。当时姐夫不知道咱俩正在处对象，他不知道我早已心有所属，心里已经装不下任何人了。他刚一张嘴便被我拒绝了。姐夫也因此受到牵连，原本他这个供销科长干得非常出色，被站里列为拟提拔干部人选，正在考核中，结果凉了。好在供销科长的位子没动……我才把来意说到一半，二姐是连晃头带摆手：'打住！我们家没钱。再说，你走到今天，脚上的泡也是自己磨的，选择了什么因就吃什么果吧！'姐夫在一边听不下去了，说：'事已至此，你还埋怨她有啥用？他俩刚成家，想干点事儿，我们不帮谁还能帮？别磨叽了，看看家里还有多少钱，都先给她拿去。'二姐嘟囔着从柜里掏出一摞钱，数了数放在茶几上：'这三千二百块钱你拿去吧，记着还我呀。'其实，我知道二姐的鬼心思，她就是想让姐夫先张嘴，省得以后总把我们娘家人拽巴他挂在嘴上。"

汤宾也把自己的经历简略地说了一遍，两口子感慨了一阵后，合计着把借来的钱先存到银行，然后去轻工市场看看有没有合适的摊铺。第二天一早，汤宾刚出家门来到路口，便看见三叔倚着自行车在那抽烟，脚下的地面上扔了四五根烟蒂。汤宾迟疑了一下后疾步走上前打招呼。三叔抬起头沉重地说："宾子，不要记恨你婶，她就那样，没什么文化和修养，说出来的话让人听着不舒服。"然后，顺手从兜里掏出一个信封递了过去："这里有两千块钱，你拿去用吧！"汤宾正迟疑着，三叔硬是把钱塞到他手里，转身骑上自行车在他模糊的泪光中渐渐远去。

汤宾经过数日来的东奔西跑七拼八凑，终于盘下一个店面。二人随着相识的商贩来到西柳批发市场，在精挑细选下购进了时下流行的服装。回来后，灵心惠质的徐萍对汤宾说："宾子，咱们这些货不急着往店面上挂，我想买个熨斗子把它们都熨出来，要不褶褶巴巴的也不打人，货卖一张皮嘛。""好，就听你的。毕竟结婚之前你和三姐总逛商场，眼光和见解有独到之处。"熨好的衣裤被徐萍用大头针精心固定在墙面上，映衬出来的效果果然使人眼前一亮。满市场独一无二，非常吸人眼球。无论是买货的还是闲逛的，到此都会驻足观望，寻行问价。徐萍天生就是个做买卖的料，不管是有心买货的，还是遛街闲逛的，她都一视同仁，有问必答耐心讲解。她凭着三寸不烂之舌，总能让顾客满意而去。

第一天开张就收获颇丰，周围的店铺纷纷效仿，但都达不到她的效果。汤宾隔个三五天就得出去进货，那时候的出行主要就是坐火车。他虽然手里有点钱了，但每次出门都带上三两袋泡面，从不乱花一分钱。火车座位很紧张，满过道都是人，有时候一站就是多半宿。

有一次，他和一个熟人搭伴去进货。上车后看着满车的旅客，无奈地皱着眉头，心想：又得站一宿了。这时，同伴递给他几张报纸，弄得他莫名其妙地望着对方。同伴从他狐疑的眼神中明白了他的不解，说："不是让你看的，是用它铺在地上躺着睡觉的。"说罢便在一张座位下铺上报纸，把装货的旅行袋卷吧卷吧，一头钻了进去，枕着旅行袋舒服地睡去。汤宾恍然大悟,如法炮制,果然舒服多了。

　　忽有一日,来了一位顾客,把手中的袋子往柜台上一摔,说:"你家卖的这是啥裤子?两天没到头就拔丝了。"徐萍把裤子从口袋里拿出来看了看,汤宾说:"别看了,给他退钱吧!"来人没想到竟然这么痛快,倒有些不好意思地说:"看看能不能给我换一条。多退少补,行吗?"汤宾爽快地说:"可以,只要你愿意就行。我们做买卖不会强买强卖。"那人走后,徐萍拿着裤子埋怨汤宾:"你看,这分明就是人为造成的,还恬不知耻地来黑咱们。你倒好说话……"汤宾耐心地说:"他把裤子拿出来我一看就知道,但做买卖讲究的是和气生财。我们不但要讲信誉,更要有商德。《周易》中还讲'天行健,君子以自强不息;地势坤,君子以厚德载物'呢。所以,有时吃亏也是福,斤斤计较那点蝇头小利,怎么能做强做大?"二人的买卖做得风生水起,有声有色,整天是门庭若市。紧挨着的商铺却无人问津,二人用低廉的价格租了过来。店铺扩大了,进货渠道也跟着拓宽。上北京,下广州,走南闯北做起了名牌产品……

　　这顿饭吃得是让我受益匪浅,也让我明白了一个道理:每个受过磨炼的成功人士,他们的成功都不是偶然的。机会都是给有准备的人,当它到来的时候,不能犹豫,是需要抓的。否则,将会失去乘风而起的契机。我更深刻地了解了汤宾的为人,也就更加坚定地加深了合作的信念。

# 第二十三章　异地施工

工程终于如愿以偿地定了下来，回公司盖章签字时遇到了项目经理杨波。他主动过来打招呼："江子，今年又在哪儿干呢？"我谦卑地回答："汤总在朝阳镇开发个建材城，把工程给了我。这不，我回公司找刘总盖个章。""在朝阳镇？那可是个雁过拔毛、兔子不拉屎的地方。头几年我在那儿干了个活，各个监管部门那是鸡蛋里挑骨头，百般刁难呐，你可要有个心理准备呀！在家百日好，出门事事难。"闲聊了一会，我离开了公司。

杨波的话引起了我的重视，心里琢磨着得找个中间人去县建设局认认门，方便以后打交道。自然而然地想起了湘秋。他可是我的莫逆之交，曾任建设局质量监督站的站长，都是本地区建工口的好沟通。我俩还是他当质量监督员时结识的，他为人正派，做事认真，对于工程质量问题，从不打折扣。提起他就不能少了他的搭档任洪，他俩那真是绝配。任洪在建设局人送外号"老顽童"，他诙谐幽默中又弄鬼掉猴。总之，跟他在一起就没有烦心事。本来这次办正事也想把他叫上，又怕被他办砸了。说起我们三人的结识，中间还有个小插曲。记得那还是一九九一年古楼街改造时，他俩是监督员，我承包了古楼街十二号楼的钢筋工程。基础地梁绑扎时，湘秋骑着自行车驮着任洪来验收。自行车没有后货架，任洪脚蹬在自行车的后轴杆上，两手扶着湘秋肩头，抻个脖子四处观望，跟耍猴一样，既滑稽又好笑。刚进工地，任洪腾地跳了下来，还没到近前就喊了一嗓子："这绑的啥玩意儿？快拆了！不合格！返工！"随后就被迎出来的詹三哥拉进办公室，弄得我是丈二和尚，摸不着头脑。心想：这来的是什么鸟？一眼没看就让返工，心中无名火起，没人嘴大，只能压了压，无奈之下只能带领工人把绑好的地梁又拆了。不多时，他们喝完水来到现场，看着拆得稀淌哗漏的地梁，任洪又吹胡子瞪眼睛地说："谁让你们拆的？这还让我看啥？这不纯是浪费我的时间吗？"看着他，我张嘴结舌，半天没说出话来。湘秋看着我的窘态，急忙打圆场："任洪，这个玩笑开得过分了，他们一个打工的，哪知道你说的是真是假？一看车江就是个实在人，以后这样的玩笑开不得，浪费点材料事小，主要耽误工期。"詹三哥怕事情闹僵了不好收场，忙说："没事，咱再回屋里喝点水，一会就绑好了。"任洪汗颜地拉着我的手说："你也太实在了，开个玩笑你就当真了，走，进屋和我们一起唠会儿嗑。"从此以后，我们三人就成了好朋友。

湘秋陪着我欣然前往，汽车刚拐过质检站路口，远远地便望见楼下站着五六个人。还没等汽车停稳，领头的两个人便快步迎了过来，他们和湘秋热情地握手寒暄着。停好车后，我走了过去。其中一人说："走，楼上的茶早就沏好了，上楼慢慢聊。"

进屋后，湘秋隆重地将我介绍给大家。其中的两个头儿，一个是质检站站长福波，一个是建工处处长俞辉。福波说："湘秋，什么事还劳烦你亲自跑一趟，在电话里吩咐一声不就完了吗？"湘秋庄重地说："那我不是托大了吗？也不是我的为人呀！"他用手一指我，说："这是我最好的哥们儿，不是亲兄弟胜似亲兄弟。在你们这儿承包了个工程，希望在不违反原则的情况下，请多给予一些关照。""我以为多大个事儿呢，这算个啥，只要按照施工规则规范来做，剩下的都不是事儿。其他部门需要帮忙的，你尽管吱声，不要客气。走吧，我们吃饭去，边喝边聊，今天到我们这儿了，给我们个机会，让我们略尽地主之谊。"

席间，我趁着上卫生间的工夫，来到前台偷偷把账结了。曲尽人散之时，办公室主任进来对福波说："不知是谁把单买了。"服务员指着我说："是那位先生。"福波瞅着我说："老弟，你这分明是瞧不起我们嘛，快把钱收回去，不然我们真的做不了朋友了。何况湘秋是我们请都请不到的哥们儿，我们总是到梅河口吃人家的，难得人家来找我们办回事，小吃小喝的你把账算了，以后还让我们怎么混？"

在自己的努力和各方的帮助下，工程顺利地开工了。破土奠基那天，来了各方主要负责人，马达声响起，礼炮齐鸣。工人穿着统一的迷彩，按照颜色的区别来划分工种，显示出了外来工程队特有的风貌。为了提高文明施工的标准，我们还在工地的进出口做了道路硬化和洗车池，以免把工地的泥土带到马路上。各班组作业区统一规划，各种标识按照规章制度悬挂张贴，整个工地看起来井然有序。我内心有着强烈的意念：想要作为一个好的项目承包商，首先要做到规范管理。不仅要达到公司和监管部门的各种要求，而且要有一些自己独特的管理方法。定期做好培训工作，小心无大错，粗心铸大过。想要无事故，须得下功夫。排隐患，抓安全，促生产，只有科学管理，才能规范施工。

质量监督站给我派了一名叫术梅的女监督员，人长得乖巧娇小，秀外慧中。不但人漂亮，业务还精湛。做事一丝不苟，为人正直，性格开朗，乐于助人，看来福波站长还真的是上心了。我从老家带来的业务员对各部门都比较陌生，在跑外业务上处处受憋，不能所有事都得我亲力亲为啊，就算我全身是铁也捻不出来几个钉啊。

无奈之下只得求助术梅，看看能不能在朝阳镇帮我物色一个技术员。最好是与质检站、实验室都熟悉的，方便工作，工资高点儿也无所谓。术梅欣然应道："好，事不宜迟，我这就给你联系。"说罢，她操起电话就开始四处联系。打到第三通电话时，还真联系上了。不多时便来了个短小精悍、精气十足的小伙，二十多岁。术梅刚把我介绍完，还没等继续往下说，他便接过了话头，做着自我介绍："我叫万举……"说话嘎嘣脆，不卑不亢，在我心里增添了几分喜爱。我随便问了些技术员应知应会的规范常识，他都能对答如流，我定的工资标准他也欣然接受。

于是，我把从老家带来的技术员叫来，让他全力配合万举。然后，我把各个班组负责人叫到办公室。给大家开了个质量安全会，顺便把万举介绍给大家。要求大家明确态度：在确保安全的情况下，一定要保证工程质量，绝不允许有一丝一毫的马虎。每个人都必须从严要求自己，杜绝蒙混过关。

自从万举来了之后，我整个人轻松了很多，无论大小事情，他能办的从不折腾我。我也暗中观察了几次，他事情办得头头是道。这样一来，我从老家带来的技术员整天无所事事，越来越没有话语权了。

一天夜晚，我在办公室就着花生米喝着啤酒。我带来的技术员敲门走了进来，我顺手启开一瓶啤酒递给他："来，坐下陪我喝点。"半瓶酒下肚，他便打开了话匣子，摇唇鼓舌、极尽所能地诋毁诽谤万举的为人。我平生最恨的就是这种嫉贤妒能之人，偏偏碰到这么个不知眉眼高低的蠢货。气得我脸色铁青，他竟然还在那说三道四。我把酒瓶子往桌上重重一蹾，说："你明天到财会那把工资领了回去吧！"

我大半宿辗转反侧睡不着，又气又有些过意不去，人家跟我出来一回，还让我给撵回去了。为了顾全大局，还真不能让一条鱼腥了一锅汤……胡思乱想中东方已经泛白，索性披上衣服来到工地，随意地四处转转。突然打更的喝了一声："谁？干什么的？"我边回应着边想：还是负责任的人多，现在是最人困马乏的时辰，连打更的都各负其责。这么一想，心中的不愉快一扫而空。打更的还以为我在查岗，从此以后更是精神百倍，从未漏岗。

经过整改后的工地，从领导小组到工人，都捋顺条扬，很快步入了正轨。建设局主管监督的范站长带着手下几名得力干将来到我们工地，来了个突击检查。训练有素的队伍进入工地就立刻分散开来搜入施工现场。范站独自来到办公室，我正手忙脚乱地烧水沏茶，术梅走了进来，把手中的施工日记往桌上一摔，急头白脸地说："范站，你什么意思？

若是觉得我有问题就把我撤回去！"范站微笑着示意让她坐下，先不要发脾气。这时，进入现场的几人也陆续进来汇报："领导，耳听为虚，眼见为实。你自己去看一看吧！咱们当地的建筑队跟人家就没法比，人家不但整得利利整整的，就连活儿干得也是绝无仅有。"范站看着术梅娓娓道来："省里联合组马上要对各个市县抽调检查，咱们站里先来个预检，结果本地建筑队所在的工地都不理想，你们这个工地管理得好，今天过来看看，差不多能够代表咱辉南建工迎检。术梅，你干得不错哦，好好准备！这是咱们局里今年迎接的第一次大检，到时可别给我掉链子啊！"

正说到此，负责现场的刘义气喘吁吁地走进来："范站，你上去看一下吧！"我心里一震，不知道出了什么问题。紧接着就听他说："咱们辉南县自诩施工方面做得全地区最好，你看看人家的作品，钢筋绑扎得就像用卡尺摆放的一样，横平竖直，无可挑剔。人比人得死。省里来检查就定这儿吧！准保不会出问题。"无形之中我被列入了辉南县的迎检单位之中。

我正在紧锣密鼓地准备当中，这一天清晨，工地迎来了一位素不相识的客人。他不听门卫的劝阻径直走了进来，正在院中锻炼的我礼貌性地迎了过去。询问之后方知对方是在建的市场业户。刚好工地还没上班，我带着他转了转，简单地为他介绍了一下实际情况。没想到刚一上班，工地便拥入了一伙人，透过办公室的窗户便看见建工的两位领导，我便忙不迭地迎了出去。我发现早晨见到的业主也在其中，我老远伸出双手朝着福波走去。福波闪开身子，礼貌地为我介绍他身边的人："车总，这是我们局主管建工的王局长。"我一看是早上来过的那个"业主"，一紧张脸腾的一下就红了，手足无措，不知说啥才好。反倒是王局非常随和地拽着我说："如果我们当地的建筑单位都能像你们一样做得这么好，又何必这么劳心费力地来整顿建筑行业？大会小会都把文明施工长在嘴上，只是应于形式。今天大家看一看，一个初来乍到的外地企业，竟给我们辉南县树立了一个标杆。在场的诸位有什么感想，不用我多说了，大家回去好好想一想，制定一个方案，明天上午我们会上共同研讨，希望在场的各工地监管和代表都参加。"于是，我的工地成了大家交流的场所。

由于我平时乐于结交朋友，大家没事的时候都喜欢到我这儿打哈取乐。有一天，术梅带着同事孙霞来到工地，经过短暂的交谈，孙霞突然问我："车总，我刚进大门时看到公示牌，你们公司有个叫杨波的项目经理，你认识吧？"一听此言，我心里咯噔一下，迟疑片刻，我签合同盖章时听杨波说过朝阳镇的监理不咋样，很怕说错了话得罪人。我随口应了一句："噢，知道，都是一个公司的，平时我们之间没什么往来，只是公司有什么活动能见一面，人挺直性的。你打听他是有什么事情要了解吧？"

孙霞爽朗地笑了起来，说道："我了解他那要比你了解得多，我给他当了两年的监理。他业务上狗屁不懂，身边连个好施工员都没有，简直就是野蛮施工，基础整个半截秃噜，泥汤寡水的就让我给验槽，连个下脚的地儿都没有，气得我扭头就走，告诉他啥时候处理好了再来找我。他竟然说我故意刁难他，把我告到了站里。结果站领导来到现场一看，根本不是那么回事，于是便给他下了停工通知书，责令整改。他活干得不咋的，脾气倒挺大，每次见到我故意给我脸子看，经常指桑骂槐的。我还没见过哪个工程队老总像他那样，干脆一不做二不休了，只要下班点一到，我就立马走人，他们没有检验的工序就别想往下继续进行。索性我就铁面无私，公事公办。有一天晚上，我下班后他们瞒着我打了半层楼板。被我发现后，我坚持要求拆掉。他们开始耍横，就不拆，爱咋咋的。后期又托关系赔礼说情，我实在走不出自己的情结，就委婉地对说情人说让他们到站里去建议把我换掉。果不其然，他真的去了。结果他刚把想法说出来，就被站长劈头盖脸地损了一顿：'你把我们质检站当什么了？是菜市场啊？还容你挑肥拣瘦地扒了来扒了去呀？你要能干就给我循规蹈矩地干好，否则我们站里就建议建设单位把你换掉。'"

听到此处，我心里已经明白了大半，首先是老杨妄自尊大，失礼在先，到哪儿都摆老资格，多年养成的老毛病。在家一亩三分地凭着脸熟还行得通，一旦到了人生地不熟的地方，必须得学会尊重他人，才能换来对方的尊重。

真是好景不长，一天，工地来了几个不速之客，刚进办公室就吆五喝六地问谁是负责人。我礼貌地起身打招呼，为首之人用质问的口气对我说："你们工地所用的沙石是谁送的？"我以为他们是沙石管理所的，于是我客气地回答："是沙石场的张老三送的。"只听那人飞扬跋扈地说："从今儿个起，就把他的沙石停了，你们的沙石由我供应。否则就别想在朝阳镇再干下去！"他越说越起劲，最后竟然出口不逊："你们这帮没规没矩的外乡人，讨饭讨到老子的地界，码头不拜也就算了，竟敢坏了我的规矩！"

听到此，我便不卑不亢地接了茬："你要耍横撒野请到别处去，欺行霸市的我见多了。现在是法治社会，把你打打杀杀那一套收一收吧！做买卖讲究的是公平合理、物美价廉，不是生猛硬踹。"他们见我不吃那套，只好撂下两句狠话："好！那咱们就走着瞧！山不转水转，说不定哪天冤家路窄你就落在我手里，到时候让你哭都来不及。"当他们踹开门扬长而去之时，我很想冲上去和他们比画比画，但被身旁的万举拽住了，他轻声对我说："江哥，他们是本地的流氓无赖，长期把持着沙石市场，垄断沙石行业。当地人见到他们都敢怒不敢言，以后咱们对他们要多加防范，他们什么屎都能屙出来。"

真是人在家中坐，祸从天上来，无意之中竖了个强敌。工地的工人都是我从老家带来的，当天吃晚饭的时候我给大家开了个会，讲了一下白天发生的事儿，告诉大伙没事别往外乱跑。即使有事也别要单帮，邀上几个好友带着家伙什儿，做到未雨绸缪。当天夜里办公室的玻璃就被人用砖头砸了，我穿上衣服撵出去，漫漫黑夜，早已不见人影。

第二天，110来调查情况，在场的当事人把发生的事情经过讲述了一遍。大家毋庸置疑地认为就是那些无赖做的，但苦于无凭无据。送沙石的张老三听说后领着几个人过来，他愧疚地说："都是受到我们牵连，才让你无辜受害。我们几个合计好了，联合到县里举报他们。这帮害群之马只要在世一日，我们就不得安宁。"我仔细想了想，说："先忍一忍吧！凭现在他们这样小打小闹的事，也定不了什么大罪。要让其灭亡，必先使其疯狂。就让他们先表演吧！不是不报，时候未到。正义可能来得迟一些，但绝不会缺席。"

就这样相安无事了一段日子，冲突终于在我不在场的一个中午爆发了。他们来了二十多人，手握镐把冲入工地，见人就打。被打红眼睛的工人们自发地站起来反击，二十多个流氓被几百个工人打得屁滚尿流、呼爹喊娘。多亏工地的工长老成持重，他谨小慎微地边阻拦工人边报了警，不然工人们手无轻重，没准还得闹出人命来。

警车伴随着警笛声呼啸而至，见势不妙的闹事者扔下两个伤者作鸟兽散，出警的警员首先安排把受伤的民工送到医院救治。汤总听说此事后急匆匆地赶到工地，看到满院散落的棍棒，义愤填膺地对警员说："你们要是管不了，我就直接找县里，我可是你们县里招商而来的，而且是由纪检委包保的项目。"公安局经过缜密研究后，紧锣密鼓布置抓捕。

那些人早有预防，事先商定好，事成之后各自投亲靠友，出去躲避一阶段，等事情平息后再悄悄潜回。抓捕行动也只能是先告一段落。

这次风波过后，对方没有占到多大便宜。工地风平浪静，工程干得是顺风顺水。各班组配合默契，不辞劳苦，加班加点，在大家多快好赶的努力下，工程顺利封顶了。汤总对这次封顶仪式特别重视，专门向我讨教别人工地封顶都有啥讲究。我给他做了个比喻："这个封顶就好比农村盖房子上梁一样，要摆酒请客，犒劳工匠，图个大吉大利。

工地封顶尤为甚之，不仅要大肆渲染地搞宣传，还要大张旗鼓广撒请帖，宴请政商各界的知名人士，提高楼盘的知名度，由此加大我们的宣传力度。"没等我说完，汤总便兴奋地说："你这一番话让我茅塞顿开，就是借着这个庆典活动，用最小的投入换取最大的收获，一举两得。我没经历过这种事，拿一万块钱你张罗，不够再添。"

吉时就定在周六的九点二十八分。建材城挂满条幅鞭炮，插满彩旗，吉时一到，万炮齐鸣。五彩斑斓的日景烟花将整个天空点缀得十分绚烂，热闹的天空足足持续了十多分钟才静下来。各班组的工人在组长的指挥下，井然有序地压好了桌面，把我们梅河口来的朋友和朝阳镇的各界知名人士分别安排在三个大房间里。

从农村请来了两个厨师，杀了两头猪。清一色的全猪宴，流水席杀猪菜管吃管添。开席前，前来祝贺的梅河口的一个朋友把我叫到一边，又把一个戴墨镜的男子叫过来说："这位是以前和我一起做买卖的朋友，他叫池利。听说你们俩前一阶段发生一些不愉快的事，不是哥说你，这点事儿跟哥说一声，哪能发生那些事。我在这做了十多年买卖，和他处得像自家哥们儿一样。你那些工人的医药费花了多少钱？还有误工费都由你池哥补偿，你抬抬手，给哥个面子，不要再追究他手下那帮兄弟了。"

看着这个多年的朋友，我心想：冤家宜解不宜结。况且时过境迁，心中对这事早已淡忘了，但口中却淡然地说："钱就不用了，只要池哥以后不找我麻烦，我就谢天谢地了。"

听我如此一说，池利摘下眼镜，伸出手来窘迫地说："老弟，咱俩也算不打不相识，受伤工人的医药费必须由我来付，以后你看池哥怎么对你。你以后在朝阳镇有什么为难遭灾的，只管言语一声。"我嘴上虚应着，心中暗想：只要你不来寻衅滋事，就没人来为难我。

菜已经摆满了桌，马上就开席了，我朋友借坡下驴地拽着他走向桌边，算是给了他一个台阶，我也不用整天提心吊胆分神防范了。

我跟随汤总挨桌敬酒，首先来到朝阳镇建设口这屋。五桌全是朝阳镇各部门的精英。福波站起来感慨地说："我在质检站待了二十多年，从没见过像你们这样的建筑队，也没见过像你们这么大的场面，工地封顶摆了四五十桌，就是有些讲究排场的大户人家娶妻嫁女也不过如此。再看看我们当地那些建筑商，讲究点儿的在饭店摆个三桌五桌，绝大多数根本不张罗。就今天这酒菜，少说也得五七八万的。再看看前来捧场的嘉宾，朝阳镇这些有头有脸的就不说了，你们梅河来的这些蓄贾，虽然不知道他们是做什么的，但满大道的奔驰宝马绝对代表着他们的身价……"

　　多半圈儿下来，我俩喝得也差不多了。来到门祥这桌，还没等我俩说话，门祥先站起来，举着杯说："我们这几桌都是家里人，你俩就别忙乎啦，坐下来歇歇腿吧。首先，我代表大家祝贺你俩封顶大吉。我虽然是个外行，但自从踏入你这工地，耳濡目染的都是在评价工程不仅干得快，而且还保质保量、板板正正的。我这一颗悬着的心，终于可以放下了。原本生怕你俩的合作出现问题，现在看来，我的担心都是多余的。能在这人生地不熟的地方，把事情做得这么完美，你俩也算是黄金组合了。你们以后的事业也会风生水起的。汤宾，资金方面有什么困难只管来找我，我来帮你想办法，不要差人家工程款。"汤宾不紧不慢地接过话茬："祥哥，你放心吧，不差钱。工程款早已准备好了，下午就给他打过去。以后弟弟遇到困难，绝对不会少麻烦你的。不找你找谁？还是我俩敬你吧！谢谢你给我俩保的这个'媒'，真是强强联手。我虽不胜酒力，但今天梅河口来的都是我俩的至交，正应了那句'人逢喜事精神爽，酒逢知己千杯少'。希望大家一定要尽兴，今天不醉不归。"

# 第二十四章　勇战洪魔

　　朝阳镇的工程因此而一炮打响，我随之名声大噪，寻求合作的开发商也就络绎不绝。就在那年的炎夏之际，我回到了久违的梅河口。

　　在行业主管部门的推荐下，我和一个外来的开发商通力合作，打造了当时梅河口的一个经典之作。那也是梅河口第一座人车分离的花园小区，设计理念的高端，在我们这个小城市是前所未见的。开发商所追求的利益最大化的容积率没有突显不说，还反其道而行之地降低了政府所给的指导容积率。这种高瞻远瞩的站位无出其右，却被外行看作是胡闹。许多购房者抱着观望的态度，更有甚者大肆鼓噪："不知从哪儿来伙骗子到梅河口来融资，总之谎言满天。"就这样，工程在漫天非议之中开工了。正所谓万事开头难，不但被一群犯红眼病的小人们诅咒，而且天公还不作美。基础工程最怕的就是闹天儿，地下室开工动工那天，天响晴瓦亮。直至地下室防水做完都无一丝变化，我正暗自庆幸自己有天缘。谁知钢筋绑扎完毕，正要打底板混凝土的时候，接到监理部的通知，气象部门发布，最近几天有大到暴雨，所有基础工程一律停工，以免造成事故。接到通知后，我赶忙召开了工地班子会，制定部署防御方案，尽可能防患。

　　就在当天晚间，电闪雷鸣的暴风骤雨如期而至。倾盆大雨夹杂着一声声炸雷泼向大地，真有一种世界末日的感觉，吓得孩子把脑袋缩在紧裹着的被窝里。望着窗外的疾风骤雨，我焦虑地在客厅里来回踱着步，心烦气躁下禁不住拿着雨伞驱车来到工地。平日亮如白昼的点雾灯，此时显得那么的昏暗。撑着雨伞来到电器开关箱前，遮挡严密的开关箱上挂着一把锁头。我心头涌上了一丝安慰，浑然不觉暴风雨打湿了下半身。手中的雨伞呼啦一声被暴风卷了个个儿，不禁哑然失笑，真应了那句"一阵大风撸了杆"。正在那胡思乱想，身后突然亮起了一道手电光，紧接着有人问道："谁？干什么呢？"随之刺眼的手电光照在脸上："哦，车总。这么晚了，你怎么来了？"手电挪开的刹那，我努力地睁开眼睛，看见在摇曳的灯光下站着两个人，正是工地的当班班长和更夫。我欣然地说道："睡不着，过来转一转。""快，我们进屋说吧。"进屋还没等坐稳，机灵的小班长便捧着一杯热水递了过来："车总，快喝杯热水吧！祛祛寒，别淋感冒了。"喝着热水，心不在焉地闲聊了一会儿，我便起身告辞。

第二天早上，雨势一丝不见减。我胡乱扒拉一口饭，便开车赶往工地。老远便看见几个工人正在那架设水管，来到近前一看，整个基坑成了一片汪洋。绑好的底板筋淹没在雨水之中，只有那些穿出地面的柱茬子孤零零地竖立在雨水中。七八台水泵共同启动，水面在轰鸣的马达声中逐渐下降，一会儿便露出了沙层。含满水的沙层像涌泉一样汩汩外流。沙层随着涌泉纷纷脱落，抽水机与地表水形成了循环水，周而复始。我赶紧叫停了作业，重新研究制定可行性方案。

午饭期间，我接到镇秘书室紧急电话传达镇党委指示：各村带二十名青壮年应急队员到和盛拦河坝待命。汛情就是命令，撂下电话，我召集了在工地的二十多人外加一个电工，带上锹镐等工具，驾车直奔和盛拦河坝。远远地便看见堤坝上站着六七个人，穿着各式的雨衣。从手势中就能看出他们在研究方案。

我们是第一个来到现场的队伍，各村的抗洪抢险预备队也陆续到来。雨越下越大，这时庆库书记从市里开完会，带着抢险指挥部的包保领导和专家组成员急匆匆地赶到现场。他望着齐整整的抢险队员，铿锵有力地对大家说："这次抗洪抢险战役虽不在我们辖区，但关乎着整个梅河口的安全和城区几十万市民的生命安危，如果在此地决口，洪水将会像猛兽一样吞噬掉整个城市。到那时后果将不堪设想。市委市政府把这个最艰巨的任务交给了我们，这是对我们的充分信任和肯定，大家有没有决心与洪水奋战到底？"在场的人齐声喊道："有！我们必胜！""好，我们统一听从专家指挥和部署。"只见为首的一个负责人和先来的六七个人在一起商讨了一会儿，然后让我们七个村的抢险队分段填装泥土袋，以作加固堤坝所用。

由于河道九曲十八弯，只见从四面八方肆虐的洪水汇集到大柳河中一处向北的河湾处，其间夹杂着残枝断叶，像野兽般地嘶叫着拍打着北岸。孱弱的堤岸在滚滚洪流中慢慢被吞噬。照此情形，洪水将很快摧毁此段堤坝，险情已经生成。

专家组突发奇想，指向护坝的一排大柳树，让我们把它们用钢筋绑牢固了，然后安排专业人员将柳树伐向河道内阻挡河水来改变河水流向，美其名曰"挂柳"。只见成排的树木倒向了河中，平时碗口粗的大柳树在惊涛骇浪中犹如一片苇叶，随波逐流。片刻间便被掳去了大半的枝叶，只剩下些稀疏的枝干，收效甚微。而且树干还有可能被洪水卷去下游堵塞河道，留下了隐患，后果更是难以想象。

鉴于此情，庆库书记马上叫停了这番不成熟的操作，并把这里的实际险情立即上报给市委防汛抢险指挥部。险情引起了市委的高度重视，市委书记亲自带队赶赴险情第一线。庆库书记迎着匆匆赶来的市领导，并带领他们一同来到出险的一段堤坝处。众人经过仔细研究，制定了新方案：在河湾处修筑起两道石牛子①，来改变河流的方向。方案制定后，市人大李主任立刻指令交通局抽调所需车辆，一切听从现场负责人指挥。

片刻之后，就听见远处大型机械轰鸣的马达声。转瞬间，两台大铲车就来到了现场。不多时拉石料的渣土车也陆续到来了。由于堤坝狭窄，

①石牛子：指阻拦水流的石头。

而且又经过连日的雨淋，道路泥泞不堪，车辆是寸步难行。有人提议用钩机往里拖拽，我忍不住在旁提出异议："如果那样做费时费力，又不见得快到哪儿去，不要急在一时。磨刀不误砍柴工。我们先把路修好，再修一段错车道，只有车转起来，施工效率才能提高。"李主任指着我问身旁的庆库书记："这小伙儿是谁？干什么的？"庆库书记看着我说："他是自强村的车书记，自己有建筑队，很有施工经验，我看就让他来指挥车辆修路吧！""行，我看这小伙子可以。"就这样，我临危受命，当起了一个小指挥官。料车一辆接一辆有条不紊地就地卸车，用铲车推平后又陆续开走了。一条通道很快就铺成了，按计划，石料被一铲接一铲地推入洪流当中，就如石牛入海般地消失在汹涌澎湃的急流之中。抔土巨壑仍然收效甚微，但是人多出韩信。不知谁说了一句，可以焊些铁笼子把石料装在里边，用钩机把它们放入水中来挡石料。很快钢筋笼子就运来了，果然奏效！这样一来大大提高了石料的稳固性。推下去的石料立竿见影，渐渐地露出了水面。下午四时许，防汛指挥部来了紧急通知，说晚上将有大到暴雨，大约子时，将有一次洪峰到来。险情就是战情，必须争分夺秒地与时间赛跑，一定要在洪峰到来之前把石坝修好。

夜幕慢慢地降临，本就被乌云笼罩的夜空更加漆暗。随着咔嚓一声惊雷，将夜幕扯开一道耀眼的口子。短暂的亮如白昼后，整个施工现场漆黑一片。不知什么时候，庆库书记调来了农电所的工作人员，架设了临时照明。随即施工现场又灯火通明，给施工作业创造了有利的条件。也正在此时，机关女干部们捧着一盒盒热气腾腾的盒饭送到每个人手中，大家自觉地分成两组，歇人不歇马。

雨还在不停地下，入秋的雨水很凉。雨水拍打着每个人的脸颊和身体，发出啪啪的声响，大家浑然不觉，都在紧张地忙碌着。随着一铲一铲的石料推入水中，石坝也在一米一米地向河中间延伸。十点钟左右，两道二十多米的石坝顺利竣工，也正在此时，预期的洪峰提前来到了。

轰轰隆隆，翻江倒海，气势滔天，持续一个小时左右。再看两道石坝稳如磐石，岿然不动，经历了一场洪流的洗礼。沉寂中不知谁喊了一句："我们胜利啦！我们战胜天灾啦！"大家一片沸腾，浑然忘却了被雨水打湿的身体和沁人心脾的凉意。

沉睡中被一阵恼人的电话铃声惊醒。没想到我这个平时养成固定生物钟的人竟然也睡得这么死，电话那边传来小南屯队长急促的声音："车书记，你快来看看吧！拦河坝被大水冲垮了。"我一边开车往那儿赶一边打电话给灌区管理局的负责人张志，向他简单地介绍了团结拦河坝发生的情况。只听他在电话那头说："好，我知道了。这就带人赶过去。"我来到现场一看，横跨南北两岸的拦河坝，看似一座雄伟壮阔的建筑物，在洪水猛兽一般的肆虐下，摧枯拉朽般地被冲击得支离破碎。此刻，我真正领略到了大自然巨大的威力。

过不多时，张志一行四五人也驱车赶到了。下车后，他们四周观望了一会儿后迎着我打招呼："老同学，车大书记，还得麻烦你。你手里有车有人，拉些石料把这堤岸护一下。至于这道拦河坝，已经到了使用年限了，今年已经把修复计划报上去了。就是可惜了这条橡胶带，刚换两年，寻思还能利用上呢，那样还能少花点儿。至于你们出工出力，以后我会打在水毁工程里如实给你们报上去。"看着他那真挚且黝黑的面庞，不禁回忆起我们初中时期那段难忘的时光。

我俩前后座，他是班里的几何课代表，个子不高，头脑精明。一张略圆的脸上长着一双睁不开的细眼。乌黑的头发甩向一侧，平时少言寡语，但出口幽默风趣。当时我俩都是古侠迷。一旦见到一本武侠小说就爱不释手，如痴如醉。尤其被当时热播的霍元甲那种为国争光、快意江湖的侠肝义胆深深地感染着。我也不知道那时的张志有什么路子，总是能弄来一些精彩的武侠小说。印象最深的就是梁羽生的《云海玉弓缘》。小说的主人公金世遗是个亦正亦邪、游戏风尘的浪子。然而，当他遇到了谷子华和厉胜男后，却激发了他真正的本性。金世遗是个至情至性的男子汉，为了厉胜男临死前的凄然一笑，他流落荒岛，独守二十年。如此深情血汉试问世间能有几人？张志看书很快，一目十行。总是在上课时把书翻到老师要讲的那页放到桌上，然后低着头看着书桌里的小说。他眼睛长得本来就小，再耷拉着个眼皮，从前面看上去就好似睡着了一样。有两次老师讲课，冷不丁叫他回答刚才讲了什么，他总是能从容不迫地说出答案。这小子一心二用这个本事着实让我佩服。

和他相比，我看书很慢，总是沉醉在小说的细节之中。他极不情愿地借我看了两次书后，嫌我看得太慢，就再也不借给我了。我虽然生气，但也没有办法，看他总是自顾自地看书，我计上心来。这天正好上历史课，教历史的王老师出了名的厉害。她三十岁出头，一米六左右的个子。及肩的荷叶头包裹着一张干净的瓜子脸，一双大眼睛清澈有神，挺直的鼻梁下长着一双能言善讲的薄唇。她穿着干净朴素，看上去就精明干练。每当她转过身在黑板上写题时，张志就抓住时机，把眼神投在小说上。我立马就干咳两声，吓得张志赶忙正襟危坐，王老师就会停下来转身扫视一眼。如是三四次，气得她干脆停下来严厉地瞪着我，而我若无其事地翻着书不和她对视。

当她转过身去我正用书桌撞张志椅子的时候，她猛然又转了回来，这下让她抓个正着，我心想：坏了。随之耳中便钻进了她那大声地斥责："车江，你给我出来！"我无可奈何地把脖子一梗眼皮一耷拉站起身，一副大义凛然的样子。我边向前挪动着沉重的双腿边盘算着如何应对：是出卖张志把事情的真相一五一十地向老师反映，还是一个人担下来？刹那间，武侠小说里那些大侠在危难面前的种种壮举在我脑海里一一闪过。况且人家的书，借是人情，不借是本分，做人不能翻脸无情吧。想到此处，我心一横，爱咋咋的吧！脑袋掉了碗大个疤，还不至于要命吧，能咋的？正在那儿胡思乱想，就看见一只手狠狠地抢了过来。我下意识地用手一挡，只听一句："你还敢还手？"啪的一声，我的右脸结结实实地挨了个大耳光，脑袋嗡的一下，眼前金星乱转。我一挺胸，努力使自己站稳，嘭的一声，裤子刷地掉到腿弯，原来是系在腰间的布条断了。这下糗大了，片刻的寂静后，引起了哄堂大笑。王老师错愕了一下，也跟着笑起来，说："你赶快把裤子提起来。"我反倒不以为然了，反正死猪不怕开水烫，觍着脸说："我提起来倒行，谁能帮我把裤腰带接上？"这时张志跑过来捡起掉落地上的布条儿，接上后帮我系在腰间并歉疚地看着我，感激地一笑。我冲他点点头，他悬着的一颗心总算落地了。我知道，从这场闹剧的开始，他一直处于紧张状态……

收起回想，我对他说："你放心吧，钱不钱的倒无所谓，只要我们共同把损失降到最低就好。你该忙就忙去，这里交给我吧。"

# 第二十五章　修建围墙

太阳出来了，天终于晴起来了。一场浩劫就这样化险为夷了。市里启动了全面灾后重建工作，自强村一、二组的地势相对较低，大多数房屋是在202线改造前建成的。公路修成后好似给村落增添了一道"拦水坝"，村子里的水很难排出去。加之十年九不遇的一场大水，很多房屋都泡在了水中。洪水退去，所望之处，满目沧桑，狼藉遍野。正赶上市里提倡新农村建设美丽农家院活动，抓住这个契机，我第一时间赶到镇里，把想借着灾后重建的机会，将自强村的外部环境好好打造一番的想法，向领导和盘托出。领导被我的积极进取精神打动，专门开了个党委会，委员们一致表决：与其遍地开花，还不如主抓一个点，建成后在镇里也有个看点。就这样，我们村顺理成章地拿下了这个试点项目。常言道：机会都是留给有准备的人。我心中暗想：一定要好好把握住这次机会，各项事宜一定要做到未雨绸缪，切合实际地精心打造出一个具有乡村特色的美好家园。

村民小组会议上，各位村民代表畅所欲言。有人说："我家房盖儿的瓦早已破旧不堪了。一到雨季，外边下大雨，屋里就下小雨。接雨的锅碗瓢盆摆得满屋都是，甭说睡觉休息了，就连个下脚的地儿都没有，那还是人过的日子吗？"还没等说完就被别人抢了过去："你快闭嘴吧！正经人家过日子，哪有像你家那样式的？那还叫过日子吗？油瓶子倒了都不知道扶一下。都闲出屁了，就知道东家逛西家串的。有那闲工夫弄两块瓦上去捅咕捅咕不就结了？下雨天在屋里挨浇，你活该！依我说能不能把咱们的院子好好修一下？省着下雨天出门都下不去个脚。"

　　始终一言未发的李老艮儿把手中的烟袋锅在凳腿上磕了磕，慢声慢语地说："你们净瞎呛呛那些没用的，车书记好不容易争取了些钱，好钢得用在刀刃上。虽然我现在老了，也早已不当队长了，跟不上时代的步伐了，但我天天看新闻联播和乡村频道，咱们得顺应时势。尤其我们守着202线住在国道两旁，看看各家各户的栅栏，有几家砖砌的院墙，还砌得五花八门的。其余的障子有木头夹的，有秫秆夹的，有柳条插的……就是用秫秆夹的，你一年一换也行，有的三四年不动。里倒歪斜的还赶不上那几家大敞四开的院子呢。这国道上一天南来北往的车辆无数，甚至全国各地都有从这儿经过的流动人口，看到咱这破家破业的，有谁愿意把女儿嫁到咱们村往这火坑里推呢？货卖一张皮，人活一张脸，要我看咱就从东到西砌起一道笔直的院墙，统一样式的大门，只要是临时建筑，什么挡碍就扒掉什么，不要整得里出外进高低不平的。等到院墙砌完时，谁还能不把家里收拾利索的？就是有懒的，不收拾的也能遮个羞。我们既得到了实惠，又提高了村里的形象。有了梧桐树，何愁招不来金凤凰？"话音还没落地就引来了满场雷鸣般的掌声。

　　我还是第一次感受到民主带来的益处。受其感染我全身热血沸腾，呼的一下站了起来，双拳一抱，环揖四周，敞开了嗓子忘情地说道："感谢今天大家都能各抒己见，踊跃发言。正所谓：三个臭皮匠顶个诸葛亮。以后我们大家还要继续群策群力，我一定不遗余力地和大家来共同打造我们的美好家园。今天我提议由老李队长作为我们这个工程的监事会组长，组员就由我们在座的诸位推选出三五个人组成一个小组，和村委会成员共同参与制定工程施工方案并选择围墙样式。做出来的效果一定要让大家心满意足，无可挑剔。今天我们形成一个会议记录，请与会的代表在上面签上名字，我立即上报给镇政府，尽可能地使我们的项目早日开工。"

我手握着项目审批单疾步走出政府大楼，心中的快感不言而喻。不多时来到了村部。我一下车便挥着手中的审批单，向翘首企盼的人们展示着。片刻的沉默后，爆起了一阵欢呼。稍微静一些后，我手一挥，说："走！到现场去看一看。"

　　施工现场，好不热闹。因为关系着各家的切身利益，又是农闲的时节，老人孩子们围了一帮，远远地便看到一个瘦高挑的汉子，在那指手画脚。李老艮儿三步并作两步来到近前，指着瘦高个儿大声呵斥道："二杆子，你还真是属穆桂英的，阵阵少不下。别在这儿瞎掺和，赶快滚一边儿去！就知道张嘴在这儿瞎叭叭。"

　　二杆子是李老艮儿的远房侄子，半彪半傻那么个玩意儿。谁家有事儿蹭吃蹭喝的，看不出个眉眼高低，又不太会说话。偶尔能说两句好话还不分个场合，挺招人烦，也就李老艮儿能镇住他。他绕过李老艮儿来到我面前，手一伸："头儿，赏根烟抽呗，让我也品品好烟的味道。"我厌烦地斜了他一眼，说："我不抽烟。"谁知他蹭鼻子上脸："那你给我安排个监工干呗，一天也能挣两盒烟抽。整好了，还能对付一顿小酒。"我脸一摞，冷冷地说道："你拿我们这儿当啥地方啦？你以为你是谁呀？想干啥就干啥？真把自己当回事儿了，以后这地不允许你踏入半步，别瞎跟着叭叭！"二杆子看着我冷如寒冰的脸，识趣地走开了。

　　本来满腔激昂的热情让他浇灭了一多半，我从包里掏出几张样图，让大家传阅着，最后敲定了两张图。我又翻了翻，挑出一张，把这三张图交到从远处跑来的工头手里。看着工头那张被汗水冲得乌七八糟的花脸，我满腔的阴霾一扫而光。我打趣地说道："你这是看我来了，故意弄花了脸给我看的吧？"工头也幽默地配合着，他举起右手点头哈腰地起誓发愿："天地良心，这么火辣辣的秋头子，别说动弹了，就是坐那一会儿都一身汗。而且我还得东跑西颠地照管着，现在裤裆里都能养鱼了。"我赞许地拍了拍他肩膀，故意绷着脸说："你这是上我这儿邀功请赏来了，还是向我倒苦水呀？想让我赏你点啥呀？""我哪敢呀？啥时候不得以你马首是瞻？有事儿您只管吩咐，小的这就去办！"我终于忍不住扑哧笑了出来，说："你别跟我油嘴滑舌了，这三段样板墙一定要用心给我做好，到时候镇领导要来看，很有可能市领导也要来定板，别给我整掉链子了。""你就赊好吧！把心放在肚子里，大风大浪都过来了，还能在这阴沟里翻船？"看着他挤在一起滑稽的五官，我情不自禁地脱口而出："猴子，去把这三种方案向工人具体交代一下。"猴子本姓侯，叫顺口后大名早已忘记了，他本人又不在意别人叫他啥，但是人多的场合我还是尽量不叫。只听他爽快地应着："得嘞！立马安排。"话声刚落，人便无影无踪。

几天的工夫，三四百米的地梁笔直地摆在面前，三米一道的地桩外套着塑料管。活儿干得是既干净又利落，看着就很舒服。

这天上午，我和村委会的几个成员等候在装饰一新的样板墙边，准备迎接镇委领导班子莅临指导。三辆小车如约而至，车上陆续下来十多个人，其中两位似曾相识的人在镇领导的簇拥下徐徐走来。我疾步迎了过去，庆库书记指着身边两位给我介绍："这位是咱们市主管农业的蒋副市长，这位是农业局的刘局长。"我礼貌地打着招呼。蒋副市长人很随和，让我拘谨的心轻松了许多。他们着重问了一下农民的受灾情况和村里对灾情的上报，以及灾后的安置重建情况。这阶段我整个人就长在村里，所有事情都了然于胸，所以对他们提出的问题对答如流。领导们最后探讨了如何将损失降到最低。

也许想要亲自考证一下吧，蒋副市长思忖片刻说："那你就先带我们去看看两家受灾户吧！"我手指着低洼处的几户房屋说："领导，那几户人家都被水泡了，正在修缮中，我们过去随便挑两家都可以。"我们踏入第一家的屋里，刚铺设好的地砖焕然一新，户主老张头儿热情地拽着我的手说："车书记，太谢谢你们了！我得感谢共产党啊！如果没有共产党，我这双大泥脚还能踩在这么亮堂的地砖上？"我忙着给他介绍："这两位是市领导，这位是咱们镇的党委书记。"老张头儿耿直地说道："咱这儿的镇领导我认识，房子被淹时来过好几趟。"蒋副市长嘘寒问暖地和他唠着家常，问他还有什么需要，老张头儿满足地说："还有啥要求？村里做得比我自己想的都周到，就连厨房的锅台都给我粘上砖了，正干着呢。我这都不算啥，隔壁老于头儿泥瓦结构的房子被水泡裂个大缝，车书记二话没说安排人三下五除二就给扒了，也正盖着呢。你们上那儿去看看吧，车书记对我们这些受灾户关心备至，他个人就给我们搭老鼻子钱了。"

站在老于头儿家房场上，蒋副市长问："你们这笔钱从哪儿出？"我直接回答："我是干工程的，剩下的边角余料给他们盖所房绰绰有余，在我这儿不是个事儿，但对于这些低保户来说，却是奢望。"蒋副市长指着新房说："那是边角余料？明明都是新材料。庆库，你明天安排人上民政局跑一趟，我回去就协调，国家现在有这个政策，尽量多给些补助，别让人既出钱又出力的，不能冷了基层干部的心。"

这三段样板墙各有特色，难以取舍。领导们倒也很民主，采纳了村民们的意见。选定用棕色琉璃瓦，压顶帽头下一排镂空的水泥制品艺术构件。青白色的墙面在灰色的地脚衬托下格外醒目。格调定完后，我看蒋副市长兴致很高，索性来个趁热打铁见缝插针吧。我得寸进尺地说道："领导，趁着你们都在，现在'西装'有了，不能还蹬着一双'黄胶鞋'吧。"我这突如其来的一句话把蒋副市长造蒙圈了："怎么回事儿？你说明白。"我一看，有门儿，指着墙外说："大墙修好后，不能没有一条规矩的排水沟。如果雨水排不出去，大墙基础长期泡在水中，会对大墙的寿命有影响。"蒋副市长一点就通，爽朗地说："你绕这么大个弯子就是想要钱再修条排水沟吧？没问题！对你这种想干事儿、能干事儿的人，我们大力支持。但一定要做得实用美观才行，你准备怎么来做？"我不假思索地回答："最好的就是浆砌石，不但耐久，且美观实用。"就这样，一、二组的大墙和排水沟在紧锣密鼓的奋战中顺利完成了。

一道灰白相间的笔直的围墙矗立在202国道旁。这道靓丽的风景线不但引得本村其他组村民的欣赏和羡慕，更是招来了邻近各乡镇的参观和借鉴，偶尔还有些外地的小车驻足拍照。每当看到这些时，我便在心中暗暗发誓：我一定要创造条件，把其他组的环境也搞上去，尤其是脏乱差的小南屯，更要加大力度和心血，把它打造成自强村的独有村标，早日让老百姓都过上舒适的生活。

# 第二十六章　环境恶劣

　　小南屯本是自强村的一个自然屯。随着养殖产业的兴起，屯里多了一些养猪、养鸡的养殖户。部分养殖户便在自家的房前屋后私搭乱造了一些鸡舍猪圈等，无序的养殖给左邻右舍带来了无边的烦恼。有些养殖户素质特差。屯子西南角本有一块空地，是用来给村民茶余饭后聚集聊天的，有个别懒人在夜深人静时偷偷地将自家的猪粪、鸡粪等垃圾倒在空地边上的水坑里。开始还是偷偷摸摸地去倒，久而久之便明目张胆地大白天推着手推车去倒。天长日久，各种生活垃圾便堆积如山。

　　紧挨空地边上住着一户姓王的，家里主妇姓陈，人送外号"大喇叭"。只要一睁眼，她家就有动静，不是男人懒了、怂了，就是孩子随根儿、不争气了的叫骂声把整个屯子的人都能叫醒。开始有几个倒垃圾的，半夜被她撞见，夜里看不清，不管是谁都会被骂得狗血喷头。由于理亏，犯不着惹闲气，也没谁搭茬，都哑默悄悄地溜走了。日子一长，被骂的人多了，得罪的人也就多了。更有些睚眦必报的小人，趁着夜深人静的时候将一些稀腾腾的大粪直接倒在她家大门口。这下真好似引爆了火药桶一般，城门失火殃及池鱼，她站在大门口，双手掐着腰，一蹦八个高，祖宗三代被翻个遍，骂得满口冒白沫子。骂累了，见无人理会，便回到屋里把气撒在老爷们儿、孩子身上。就这样，吵闹声、叫骂声经常笼罩着整个村屯。

　　随着天气逐渐转暖，气温逐渐升高，屯子西南角的粪坑散发出了难闻的气味。由于处在上风头，风一吹来，便从门缝儿、窗户缝儿钻入各家屋内，简直臭死人了。这粪坑不但散发着浓浓的臭气，还滋生了很多蚊蝇。漫天乱飞的蚊蝇，满旮旯胡同乱窜的老鼠，让人看着既起鸡皮疙瘩，又恶心。家家户户门窗紧闭，不敢出门。开门进出都能跟进几只苍蝇。以往喧嚣的街巷、孩童的嬉闹声、小贩的吆喝声、黄昏后的广场舞都消失了，整个村子死气沉沉的。大热天的，只要出行，就得戴上口罩，女人还得围上头巾。大家都祈盼着下场暴风雨，将这满空的蚊蝇吹尽，将这满屯的污垢洗涤一清。

外乡人没什么重要事从不涉足小南屯，很怕把那里的毒蚊臭蝇携带回去。只有那些贩卖鸡鸭鹅狗猪的贩子不断光顾。尤其是那些烦人的猪贩子，总是在天亮前人们睡得正香的时候抓猪，瘆得拉的猪叫声将睡梦中的人们惊醒，弄得人们一天天都无精打采的。年轻力壮的选择了外出打工，屯子里剩下的大多是孤寡老人和留守儿童。姑娘们都托门挖窗地往外嫁，小伙子们往往过了而立之年都娶不上媳妇，愁坏了适龄青年的父母。在闲聊时就聊到这事上，老孟太太提议："咱们去找赵姐吧！让她出来主持公道。"赵玲是个有正义感、正直善良，有主见、敢担当的老太太。她六十多岁，中等身材，浓眉大眼，烫着短发，做事干净利落，热心肠，人缘好。平时谁家有个红白喜事大事小情的，总是请她出来张罗。她说起话来一套一套的，总能把嗑唠得恰到好处，主人听了高兴，客人听了也开心。

几个非养殖户的代表一起来到赵玲家，赵玲见到大家，心里立马明白七八分，知道大伙为何事而来，因为最近大家总在一起唠唠此事。她把大伙让到炕上，回身端过热水壶给每个人倒上一杯热水，笑着说："大伙来我家是有什么事吧？"还没等赵玲把话说完，大家七嘴八舌你争我抢地说起来。赵玲等大伙说得差不多了，抬手摆了一下，屋内立刻静了下来。她环视一周后慢声细语地说道："大家的心情我能理解，你们的想法都对，我也深有此感。但你们找我没用，我既不是组长，又不是村干部。大家还是一块去找小陈队长吧！毕竟他是我们大家选出来的领导，听听他的想法，然后我们再坐下来合计合计该怎么办。养殖户多半是他家亲属，处理尺度让他去拿捏。"大伙听后轰然叫好。

小陈队长在他们的逼迫下，硬着头皮把大伙召集到一块开个会。还没等人到齐，双方便你来我往地呛呛个半红脸。尤其陈大喇叭，她独当一面，连损带骂地和对方掰扯，毫不落下风。她成了非养殖户的中坚力量，不论说啥，大伙都齐声附和。于是，她就更有底气了，反正她不怕得罪人。她平时就这样，啥难听说啥，今天有人帮腔，她的嗓门就更大了。

总算把人凑齐了，小陈队长站起来喊了三四遍，才算静了下来。这小陈队长长了一对短眉，一双不大的眼睛，鼻子还算周正。他短眉倒竖，敞开公鸭嗓喊道："前几天我和几个村民代表研究一回，我们屯的环境卫生确实是太差了，看看你们这些养殖户是不是得规范一下？"还没等他把话说完，他小叔陈发子噌地一下站起来，开口便骂："你他妈的找谁合计了？哪几个村民代表？我怎么没参加呢？"他边骂边瞅着几个养殖户，起哄声顿时响起："对，都谁参加了？我们怎么不知道呢？我们还是这个队的人不？想给我们清出去咋的？有没有地儿说理？不行我们就往上找，你不给我们做主就重选队长！……"你一句我一句的，气得小陈队长脸通红，脖子上的血管青筋暴露，脸色由红变紫，眼中噙着泪水，一眨眼就要掉下来。小陈队长的母亲孟华不让了，她本就是个不让人的茬，眼见儿子受了这个屈，气急败坏地破口大骂："小发子，你们老陈家从老到小，哪有个好饼？就他妈窝里横，炕头的汉子，碰到外人一脚都踹不出个响屁……"几嗓子下来，会场立马鸦雀无声。一边的陈大喇叭不甘寂寞，很怕事情闹得小，张嘴接过话茬："对，陈发子媳妇在外边偷汉子，他把人咋的了？回家还不得给人家做饭、烧炕，他敢跟人叽叽吗？就欺负嫂子来能耐……"她这一煽风点火，顿时引起一场激战。双方你来我往对骂，互不示弱，一浪高过一浪。

一旁的赵玲实在忍不住了，她站起身，挥舞着双臂，提高八度的嗓音喊道："大家能不能静一下，都是住了几十年的老街坊邻居了，骂来骂去能解决事吗？几十年的感情就这么毁了吗？再怎么说，远亲还不如近邻呢，大家低头不见抬头见的，何必闹成这样呢？"平时各家都欠赵玲的过码，谁家有事求到她头上，她从未推辞过。不管什么难事都给解决得头头是道。碍于情面大家都停了下来，但相互间对视的目光里仍然充满着怨毒。赵玲接着说："大家拍着胸脯想一想，平时陈小子给大家做了多少事？谁有个头疼脑热、大病小灾的，人家二话不说，开着车就拉我们去医院，忙里跑外地帮着挂号就诊，从没要过报酬，人家说个啥没？还有，咱屯子这些孤寡老人的低保，哪次不是人家亲自拉着老人到乡民政去帮着办，人家图个啥？"这时，小陈队长眼中噙着的泪水像泄洪的闸门被打开了，刷地涌了出来，哽咽着连声说道："谢谢大家理解！"此后，双方虽然很平静，但因利益问题没能达成一致，会议在沉闷中不欢而散。

此次会议之后，邻里之间相处看似平和，但彼此之间已经存在了芥蒂。久而久之凝成一个解也解不开的疙瘩。

一天，小陈队长来村里找我，想辞去队长职务，被我一口回绝了。我对他印象很好，年轻实干，有头脑。最主要的是人品没问题，各种惠民政策尺度把握到位，基本上不给村里留下罗乱，是所有队长中我最欣赏的一个，甚至把他当成后备来培养。这是我不会轻易放手的原因之一。另一原因是他刚干一年多，不像其他队长老谋深算、一肚子道道儿、上有政策下有对策，上面交代的任务他总是第一个完成。我让他坐下来说说因为什么不干了。小陈队长坐在椅子上，将事情的前因后果细细叙说一遍。我给他倒杯茶，拍拍他的肩膀，安慰道："我以为多大个事，不就是让你叔骂几句吗？又不是旁人，再咋说也是你亲叔。他不是也被你妈臭骂一顿吗？应该也挺窝火的。好了，消消气吧！别上来劲儿就撂挑子，竟耍孩子脾气。我把村委会成员都叫来，共同研究一下吧！不然也不是个事儿，邻里不和不说，也影响大环境。"

我们立即召开了村委会会议，会议研究决定：由组里拿出一块机动地，将所有养殖户集中在一起，成立养殖合作社。所占土地按机动地承包价交到组里。这样一来，既改善了人居环境，又节省了人力、物力；既扩大了饲养规模，又为村子以后的发展创造了条件。最后我补充几句："这虽然是件好事，但真正实施起来难免会遇到阻力。在农村啥样人都能碰上，有的人一个豆咬不着都会横加阻拦。为了保险起见，我们先找几个村民代表和有代表性的人物制定个方案，然后再召开村民小组会议，争取按程序顺利解决问题，不留后患。我看咱们就趁热打铁，以免夜长梦多。今天晚饭后在村部聚齐，陈队长马上回去安排参会人员，七点准时到村里开会。"

晚饭后，村委会成员首先到齐，我对村文书王升说："一定要记好会议记录，每个人必须签到，会议记录形成后与会人员得签字按手印，不能有丝毫含糊。"我回过头来看到郭志坐在我身边，我不在村里的时候，村里的事情多数由他处理。我拍拍他的肩膀，欣慰地说道："老同学，你对他们的一举一动要观察到位，才能够掌握他们的动机，做到知己知彼，防患于未然。"

这边刚交代完毕，就听见外面一片喧嚷声由远而近。我顺着窗户往外看，小陈队长走在前边，另有十多个人分成两伙，间隔七八米远朝这边走来。他们边走边呛呛，嗓门都很大。我赶紧迎出门外，说："对不住大家了！休息时间把大伙折腾来，快进屋喝杯水坐下唠吧！"我客气地把大伙让进屋，向一旁的郭志使了个眼色。郭志立马打开一箱矿泉水，给每个人发了一瓶。王升拿出一盒香烟，边发烟边笑着对大家说："我这烟不好，大伙凑合着抽吧！"话音还未落地，有人接茬道："车书记那么有钱，就不能给我们买两盒好烟，让我们也尝尝好烟的味道？"我尴尬地抬头看去，竟然是我的小学同学张胜，他正调皮地瞅着我坏笑。张胜浓眉大眼，一米八出头的大个儿。他很勤快，一年四季不着闲，又娶了个精明的媳妇，日子过得很殷实。他是我非常要好的同学，上学时比较木讷，很少言笑。见是他，我随口扔过去一句："臭小子，现在混得不错，都敢和我开玩笑了。"张胜忙起身，边作揖边扮着小生的腔调说："岂敢？岂敢？错了，错了，俺认错了。"小会便在这笑声中开始了。

原本挺紧张的会，就这样在打诨取笑的插曲下松弛下来。我先把之前研究的方案跟大家说了一遍，之后叫大家畅所欲言各抒己见。我专门点了陈发子："这里数你文化水平高，又是咱村养殖户的典范。养殖方面，大伙在你身上没少学东西。你来发表一下对你们组当前的看法吧！"我先给他扣上一顶高帽，他平时挺飘，仗着念了儿天书，爱出个风头，嘚嘚瑟瑟不招人待见。就看他的长相和打扮，刀条子脸，秃眉下长着一双绿豆眼。一对招风耳，两撇小胡子，脑形不正还留了个草坪头。上着一件无领的蓝色汗衫，下穿一条黑色筒裤，脚蹬一双满是尘土的白色皮鞋。陈发子不自然地站起来，知道我看不上他，在他侄儿之前曾毛遂自荐想当队长，我没同意。因为我知道他在群众中威信不高。他无论在什么场合总想发表意见，却说不出个一二三来。是个虚头巴脑不办实事，嘴没把门的，有骆驼不说牛的主。

跃跃欲试的陈发子早已按捺不住，嘴里嘟嘟囔囔地抒发着自己的见解，没想到我会点到他的头上。只见他站起来嘎巴嘎巴嘴，不断地用干咳掩饰自己的窘态。结结巴巴表述起来，两片小薄嘴唇越说越溜，东一耙子，西一扫帚，胡诌八扯却讲得津津有味。什么南方发大水了，淹了几个县。北方着大火了，燎了几座山……一句有用的也没有，大家感觉像是在看耍猴。他正讲得兴起，猛听一声断喝："打住吧！别玄天舞地臭白话啦！来干啥来了？一句有用的没说。"人们的目光齐刷刷地集中在说话的孟辉身上。

孟辉是个复员军人，也是个共产党员，在部队就饲养过大鹅。回村后因家里人多地少，便养起肉食鸡。他才是个真正的能人，平时没事就看书学习。从鸡雏投笼到小鸡出笼，投食、饮水、放风、用药等时间段掌握得恰到好处。饲养的小鸡成活率总是比别人高，不但出笼早，而且个头儿大。开始看不起他的那些养鸡户们后来不得不服气，都虚心向他取经。他很豪爽，从来都不留后手，倾囊相授。所以，这个孟辉很受养殖户们拥护。大家见是他出语指责，便纷纷附和。陈发子也感觉自己扯远了，讪讪地坐了下来。我用胳膊肘捅了一下坐在身边的小陈，小陈队长看了看我，会心地笑了。

我的心情也随之放松下来，用自己的方式给小陈队长解了口气。虽然心里觉得对陈发子手段不是很光明，不过回头想想，对待这种人，也只能用这种手段。孟辉还在继续往下说："我看大家就不要东拉西扯了，车书记代表村委会为我们制定的方案就挺好，我们主要研究一下怎么去实施吧！"小陈队长连忙说："下面就让车书记分配具体工作。"

我思忖了片刻，说出了心中的想法："这事不要过于着急，首先把我们今天的讨论意愿渗透给自己身边的人，看看他们的反响。等工作全做通之后再召开全体大会，到时候我参加。"王升连忙接过话把儿："开大会时村里这边我和郭志先去参加，万一卡壳了，你再出面收场，别让他们一步给咱们将死了，得留个回旋余地。还有，市爱卫会给村里发放的耗子药每组两大袋，散会后都领回去，必须挨家挨户发放，顺便把今天的会议精神策略地跟大伙渗透一下。"

夜幕降临，好事的村民三三两两分成几堆站在村头的空地上。手里的蝇甩子不停地舞动着，驱赶着蚊虫。夜色下的苍蝇还比较安静，少了些绕耳的嗡嗡声。不知谁喊了一句："看，他们回来了！"大喇叭连忙迎上去，问道："你们开的啥会？"见没人理睬，追问道："陈发子，你是聋了还是哑巴了？"她直接对着陈发子开火，也不想想头天还和人家对骂。大喇叭就是个白肠白肚的人，早把昨天的事儿忘脑后了。偏遇陈发子这个二货，他见又围过来几个人，话匣子瞬间就打开了。小陈队长白了他一眼，对其他人说："把耗子药拿到我家分一分吧，好给各户发下去。"人们都知道陈发子说话不靠谱，便无人听他扯皮，哄的一下撵到小陈队长家，挤了一屋子人。都说人多好干活，大家三下五除二把药分好了，边干活嘴也没闲着，七嘴八舌地追问会议内容。小陈队长的解释淹没在嘈杂声中，有几个耳背的一句话也没听清。于是，一遍又一遍地刨根问底，张胜无奈地站起来，挥舞着双臂，真有一种鹤立鸡群的感觉。"大伙静一下！听陈队长给大伙说。"总算是静下来了，小陈队长快速地把今天开会的内容叙述一遍，大伙听后都说好。孟辉抓准时机说："今天不早了，陈队长也累一天了，我们大家把药领了回去休息吧！剩下没来的，明天劳驾陈队长再给发下去吧。"小陈队长补充道："一定把药放在安全的地方，别让孩子们碰到。"

　　第二天吃过早饭，我开着车早早来到小南屯。车刚进屯子，臭气便顺着车缝弥漫了整个车内空间。简直快窒息了，我极大限度地放缓了呼吸。推开车门的一刹那，发酵了的恶臭夹杂在热浪当中扑面而来，好似烧沸了的臭豆腐汤淋了过来，随之而来的苍蝇也在推波助澜直往脸上扑。我左手不自觉地捏着鼻子，右手不停地驱赶着苍蝇，好在车上有个草帽，赶紧取出来戴上，向后趟街走去。迎面遇到个干瘪的老头儿推个独轮车，车上装满垃圾，正蹒跚走来。我连忙上前阻止道："爷们儿，不要再往那倒了！找个离村子远点的地方，好吗？"老人停下车看过来："噢，车书记呀！真是对不起了，实在不想往那倒，又臭又埋汰，影响环境。可是，屯外也确实没有可倒垃圾的地方。"

　　"唉，这不是老孙大舅吗？你怎么老成这样了？"

　　"都快七十岁了，还能不老？还认识大舅啊？看你现在发展得多好，还得谢谢你两年前帮我儿子安排了工作。"

　　"要说谢，我得谢谢您。我父母结婚时连个窝都没有，当时要不是您家借给一间半房，我家还不得住露天地？想当初我还是在您家出生的呢。"

　　我们的说话声引来一些村民，大伙陆续围过来，你一言我一语地诉起苦来。有两个老太太说道："小车江子，你光着腚子跑的时候就住这儿，我们可是看着你长大的。你现在搬走了，也有钱了，可不能不管我们吧。这里老一辈少一辈的都没的说吧？行行好吧！可别让这儿变成被人遗忘的角落……"

几句话臊得我脸通红通红的，连连说："不能不管，你们放心吧！"见到我的窘态，老孙大舅赶忙打圆场："老张二老婆子，你们瞎叨叨啥？自从车书记上任后给咱大伙做了多少事了？还看着长大的，当年你家闲着一大趟房子，他爹妈借一间都没同意，还好意思提呢！"弄得老张太太扭过身子，背对着大家，小声嘟囔着："要知道他家现在发展成这样……"我忙向大家做保证："请大家放心，我一定要把小南屯治理好，否则就不当这个村书记了。"见人们越聚越多，我赶紧抽身离开，说道："你们唠着，我挨趟街看一看。"看着家家户户里出外进的围墙，歪歪斜斜的木头障子和秸秆栅栏把原本五米宽的街路挤得九曲八弯的，排水的边沟也造巴平了，满道的垃圾泔水，行人都无从下脚，我这心里真不是滋味。

我开车往回走的时候，跟随我上车的几只苍蝇在眼前转来绕去，真是让人烦上加烦。这个上午的心情糟透了，索性把车停在了村口，我打开四扇车窗，挥舞着手巾驱赶苍蝇。讨厌的苍蝇从前面赶便飞向后面，从后面赶又飞回前面，赖在车里就是赶不出去，简直是束手无策。"卖猪肉啦！卖猪肉啦！"杀猪的李玉把卖肉的三轮车停在路边，问："车书记，你撅着屁股在那儿干啥呢？跟谁生这么大的气？"我在车里挺直了腰："这不，刚从小南屯出来，跟上来几只臭苍蝇，坐这么远了，赖在车里，还轰不下去了。""得了，犯不上跟几只苍蝇置气。有办法，看我的吧！"说着，他就掀起了盖肉的塑料布，肉腥味立刻就飘了过来，车内的苍蝇争先恐后地飞了出去。我赶忙关上车窗，李玉手疾眼快，唰的一下就盖上了塑料布，没有叮到肉的苍蝇只能悻悻散去。"上小南屯干啥去了？那是人待的地方吗？"我把这次去小南屯的目的和过程简单说了一遍。"噢，是该治理治理了。另外，那儿的人素质也太低了，该好好管管了。我们这些小商小贩都不愿意往那儿去。有次我去了，转了一圈，根本就不敢掀盖肉布。就这样还惹来成群的苍蝇一路护送到村外很远，比你这可狼狈多了。今天的骨头不错，给你装回去炻上下酒吧？""停、停、停，不要跟我提吃的，现在我还直往上呕呢！怕是三天之内都不想吃东西了。你忙吧！我也要回去洗个澡了。"

# 第二十七章　卖粮风波

三天过后，王升和小陈队长同时来到村部，汇报了整个进程。"可以开大会了？"我用询问的眼神在他俩脸上来回巡视。王升会意地说："没问题，绝对没问题！"小陈队长也说："挨家挨户全走到了，反响挺好。听说治理环境，大家都挺支持。"我沉思了片刻说："那就宜早不宜迟，就今晚吧！晚上我在村部等你们的好消息。"

晚饭后泡了壶茶水，我便在村部里来回踱着步，脑海里规划着如何去做，更多的是焦虑着会议的结果。我不停地望着墙上挂着的石英钟，时间一分一分地过去了，手机连个响声都没有。我在心里自我安慰着：这可能是个好兆头吧？如果有问题，早有人给我打电话了。

上天往往就是这么捉弄人，美好的愿望就像吹出的肥皂泡一样，瞬间破灭。随着脸红脖子粗的王升和郭志猛然推门而入，把我的思绪拉回眼前。我什么也没说，转身倒了两杯茶水递给他俩："坐下歇会儿，喝点水吧！"郭志重重地把水杯蹾在桌子上，杯中水溅了一桌子。他气哼哼地说："就没见过这种人，本来为大家做好事，他跑出来横插一杠子，好歹我们还是同学一场，算什么东西？"我白了他一眼，示意让王升来说。王升平缓了一下心情，将事情的经过从头道来。

会议刚开始时大家说得都挺好，规划怎么建设好家园，憧憬着美好的未来。美梦未等成真，便被一句"我不同意！"惊醒。大家循着声音的方向看去，见是前任队长齐三。他不到一米六的身高，挺大个脑袋，满头的羊毛卷。拧劲的眉毛遮盖着一双蛤蟆眼。一股股脏气正从他蒜头鼻子下的蛤蟆嘴里泛出。"这么大个事我都不知道，起码也得找我商量商量。毕竟我也是养殖户的一员。今天要拍板了，把我们找来了，就是不尔乎我们吧！还是当我们软和咋的？"小陈队长连忙接过话："哎呀，三叔！你可冤枉死我了！我和王会计起码得去了你家四五次，每次门都反锁着。敲门时狗的叫声非常凶。这几天你家门前的空地上就从来没断过人。吵闹声连屯子东头都听得一清二楚，你会不知道？"齐三耍无赖地说："我觉大，耳背，就没听着。再说，就算是听着了，我不干，能把我咋的？我在我家院里养猪，碍着谁了？你们说迁就迁呢？另外，租地才几个钱，盖猪圈鸡舍那可是一笔大钱。反正我家是要人没人，要钱也没钱，你们要是给我盖好了，我就搬过去……"陈大喇叭没让他继续说下去："齐三，你还没钱？你当二三年队长贪了多少钱？组里的杨树林子让你卖了，我们没分到一分钱。电灌站换下来的旧设备让你当废品卖了，我们也没分到一分钱，全让你揣兜里了。就连组里机动地的承包款都让你拿出去放利了。替上面收水利费都得勒人点儿好处，不然就不给收。你做过一件人事吗？有谁说的也轮不到你瞎叭叭。"大伙轰然叫好。

齐三见有把柄在人家手里攥着，另外他也惧陈大喇叭，一旦对骂说不上还有更难听的话等着他，于是，他气哼哼地站起身边往外走边说："爱谁搬谁搬，我就不搬，谁能把我咋的？"陈大喇叭也不让劲："那你就烂那儿得了，省得往外抬。"几个养殖户在齐三走后对着陈队长说："我们还真没考虑到费用的事，回去合计合计再说吧！"一场酝酿挺好的会，就这么被齐三给搅黄了。

一声刺耳的刹车声在院内戛然而止，我忽地从椅子上站起来，炽热的身子被恼火燃烧着，烧着了我整个的理智："哪个神经病这么晚了跑这儿来寻死？"小陈队长随着话音推门走了进来。我满肚子火没好气地问："又来找我辞职来啦？"小陈队长愣愣地杵在那儿，木然地看着我。话一出口我就觉得后悔，自己的无能才导致今天的局面，怎么能把火全发在下属身上？我叹了口气，摆摆手说："坐下吧！大家不要和我一样地。"心中暗想：身为村书记，平时遇事冷静沉稳，处事不乱，作为班子的主心骨，今天怎么了？碰到这点儿事就情绪化，何以服众？怎么带领大家脱贫？"书记，我真的不干了，不是我不想干，是我干不好。什么事都解决不了，总是让你们给我擦屁股，还干个啥劲儿？"我轻蹀到他身边，拍着他的肩头："你是大家选出来的，不要轻言放弃，再说这事儿和你没关系，齐老三是冲着我来的。"

那还是三年前，因当时的队长身患重病，不能自理，只能辞去工作。当时常年在外闯荡，从不见人影的齐三回到村里，知道此事后找到我。他先是和我拉关系套近乎唠起同学时期的一些趣闻逸事。之后对当前形势高谈阔论一番，又讲述了自己的经历、自己的设想。最后阐述了如何抓住国家政策建设好新农村，不能光靠单一种地来实现脱贫致富，得搞一些订单农业和绿色农业等。他的这番话正说到我心坎儿里，在村委会会议上我曾经多次提过，可老百姓非常守旧，种大田的思想捍卫不动。那些小队长也没什么见识，水平又不行，始终难以推广。如今遇到个知心的，难得有个能和自己的想法同步的，便由衷地说道："你小子在外面没白逛荡，还真学点东西。上学的时候就爱耍个小聪明，一天鬼头蛤蟆眼的，满脑子坏道道儿，你个臭蛤蟆！""你都当书记了，还喊人家外号。你上学时当班长的霸道劲儿一点没改，就因为我总不写作业给我起这破外号，一直被人戏耍地叫到现在。""你小子得了便宜还卖乖，人无外号不发家，没有这外号，你能混到现在？"我边说边想，这小子到底想干啥？不会平白无故地来找我闲扯，我得悠着点，别稀里糊涂地把我套进去。

我心里打定主意，便和他聊着一些无关痛痒的往事。他见我一直不问来意，便毛遂自荐道："俺队不是缺个队长吗？家不可一日无主，我想回来为大家做点儿事儿，你看我回来当队长合适不？"我故意绷着脸，把他从上看到下，又从下看到上，看得他极不自然。他坐立不安地对我说："成不成你倒是说个话呀？干吗从上到下地这么来回看？"

"我说你小子好几年不见，怎么有闲心来找我扯？原来是有目的的，你想当队长？你先说说你小子在百姓眼里有什么值得信服的本领？还是有让人尊重的威信？"

"就凭我有科学的理念和超前的意识，我还有带领大家致富的决心够不？"

"咱俩同学一场，为了避嫌，也没到换届年头儿，你回去找几个有说服力的人推荐一下，必须得走程序。"我以为这样就把他挡回去了，没想到这小子还真凭他的三寸不烂之舌忽悠来几个代表，在这青黄不接之际，顺利地当上了队长。

齐三刚坐上这个位置，一天东跑西颠地也确实做了一些事。好事的村民将齐三、黄龙、郭志、白坤等人称为我的同学帮。古语说得好："江山易改，本性难移。"时间一长，齐三的不良嗜好就暴露出来了——爱占小便宜，见钱眼开，有钱就能办事，个子不高，胆子不小。

队里有个荒弃的池塘，他雇了台钩机把整个池塘护坡里里外外修筑一遍。然后以防汛救灾配备抢险物资的名义，从林业站要来了砍伐指标，把组里的杨树锯成板材，在池塘四周钉起木桩，搭起多个垂钓台。他又把通往池边的路以组里修农田作业道的名义铺成砂石路。然后从外地购买些鱼苗，故意在人多的路上大肆宣扬。他在车的四周挂上红色条幅，上面写着"自强垂钓园专用鱼"。就这么一车鱼，晚上偷摸拉出去，白天又大张旗鼓地拉回来，折腾两三回。估计这车鱼虽然氧没少吸，但也被晃荡个晕头转向，最后被投放在池塘里。看池塘的小五子问他："三哥，鱼都逛荡死了，你瞎折腾啥呀？没事闲的呀？"小五子爹娘死得早，从小就没人管，偷鸡摸狗的啥都干。不知道怎么被齐三划拉来给他看池塘，负责看管放钓。齐三骂道："你懂个屁？就知道喝酒吃饭。咱们鱼塘放钓不让那些钓客看到放这么多鱼，谁肯花好几十一竿上你这儿来钓？另外，鱼经过这么一折腾，一段时间内不吃食，不咬钩。

你别一天天嘴没个把门的，喝二两猫尿再给嘞嘞出去。明天我还得去拉一车，不下点血本人家也不会上钩。我把这两天录制的视频发到朋友圈里，以前我给别人看水库时认识的钓友们一定会看到，就赌好吧！天上掉馅饼的好事被我摊上了。"齐三好不得意。

钓友们果然如他所说，络绎不绝地赶来，沉寂的小山村瞬间热闹起来了。小汽车、摩托车、自行车停满了整条乡间小路。小五子忙不迭地收着钱，隔几个小时齐三就过来把钱取走。他经常偷偷躲在远处，默默地数着来往的钓友，几天下来没差账，才放心地交给小五子。不过，隔三岔五还是抽查着。一个月一晃就过去了，一天晚饭后，齐三顺兜掏出五十元钱丢给了小五子。小五子瞪着眼睛问："三哥，你挣这么多钱，就给我这两个子儿？明天我就不干了！"齐三撇了撇嘴，道："哟，长能耐了！我不养着你谁管你了？在这管吃管喝管住的，要那么多钱干啥？先拿点儿够买烟抽的就行了吧，给你多少糟践多少。你能攒下钱吗？放在我这儿给你攒着，省得你用钱的时候抓瞎。"小五子瘪了茄子，蔫蔫地坐下没吭声，狠狠地吸了几口烟走了出去。

可这毕竟是以欺骗的行为经营的鱼塘，钓友们连续几天都没有收获，来的人逐渐少了。有几个钓友实在不甘心，找来两个高手，在鱼塘四周转了一圈，看好一块窝风向阳的水面，大把大把地抛撒鱼食下喂子。一通操作后收获无几，只钓了几条野生小鱼和为数不多的鲤鱼。最后收了竿，说道："这地儿不能再来了！被忽悠了！要么没有鱼，要么就是放鱼前被什么特殊药水浸泡过不咬钩。"两个月后，这个生财道在投机取巧中就此断了，再也无人前来垂钓了。这天，饭菜一上桌，小五子便不管不顾，头不抬眼不睁地吃喝着。齐三重重摔着筷子，没好气地说："小五子，你也老大不小的了，不能老这么吃闲饭，谁养得起？出去找点活干吧！"小五子捏着酒杯，翻愣着白眼仁斜视着齐三："咋的？用不着我了？开始往外撵了？也行，把我的工钱给结了，我立马走人！若不是看在钱的分上，谁愿意在这儿被你呼来喝去的，就你那损色儿，也不撒泡尿照照。"

本就气闷的齐三被小五子一顿抢白，火腾的一下就上来了："你他妈的有点良心没？这几个月要不是我收留了你，你吃饭都得看天气预报，要没有西北风都得饿死你。让你在我这儿白吃白喝白住的，到头来还供出来个白眼狼，还管我要工钱？就你挣那几个钱，够你吃住的吗？还真是知恩图报天下少，翻脸无情世间多。""你给我打住！以前骂我好使，那是我仰你鼻息。从今往后，再敢跟我说话带啰唆，我打掉你满嘴牙！你以为我愿意端你家饭碗？都是看在钱的面子上，你立马给我拿五千块钱，我走人。"齐三瞪着小五子本想回骂两句，干嘎巴嘴没敢吐出声来。就在这一刻，他内心里想了很多，他这个有家有业的，真惹不起眼前这个主儿。俗话说："光脚的不怕穿鞋的。"眼前若把这主儿惹翻了，啥事都能做出来。好汉不吃眼前亏。于是，他不情愿地从屁兜儿里掏出一沓钱，摔在炕上。小五子捡起钱用手一捏，扫了一眼，大概能有一千多块钱，开口便骂："你打发鬼呢？就这点儿钱想把老子送走？没门！如果今天达不到老子满意，老子就让你吃不了兜着走！"他压倒性地挑衅着骂。齐三的火气也被勾上来了："家里就这么多了，爱要不要，不要拿回来！大不了要命一条，还能咋的？"小五子见齐三猛地硬起来，也不敢太逼了。兔子惹急眼还咬人呢，见好就收吧。他故意撂下两句狠话："你等着，以后没钱我还来找你！"拎起行李卷，一脚端开房门扬长而去。

齐三颓废地栽楞在炕上，心中不住地懊恼着，怎么请回来这么个丧门星，和小五子的梁子就此结下。经历这场风波之后，齐三萎靡不振地在家困了好几天。本就活跃的他自我解嘲地想：这算个啥事？得亏遇到这么个没心没肺的二货，帮我挣了这么多钱自己却心里没数，一千多块就给打发了。换个精明人还不够我喝一壶的？他自我安慰着便又出现在公众面前了。他整天在组里东游西逛，心里琢磨着什么东西能出钱，早把当初"为老百姓做点实事"的誓言忘到脑后。

有一天，镇里召开村组长以上的干部大会。在会场齐三遇上了邻村队长兰金子。兰金子初中时是我们一届的同学，口条也挺溜道，是个溜须拍马、好大喜功之人。办事总是玄天舞地的，不管见谁都自来熟。这二人凑在一起，有骆驼不说牛，臭味相投，真是天生的一对。

散会后齐三拽着一个人来到我面前："老车，你看这是谁？我们一起吃个饭吧！我请客。"其实在会场上我就在身后的相互吹捧抬举声中发现了他俩，我故作偶然地说道："兰金子，你也来开会了？"兰金子不自然地"噢，噢"两声。他知道我不喜欢他。他上学时就这德行，脸上还长了一些浅皮麻子，我经常喊他"兰坑人"，后来"兰麻子"这外号便在同学中叫开了。为此，我俩没少打架，也经常被老师体罚站讲台。不过落下风的总是他，因为同学们也都不怎么待见他。

然而，兰金子今天遇到齐三这路货，两人有唠不完的嗑，相见恨晚。我心里讨厌但又不得不装作遗憾地笑着说："真是太不凑巧了，我们难得遇到一块儿，可镇里李书记有事找我，改日再聚吧！你俩也少喝点，适量就行，注意安全，早点回去。"兰麻子说着场面话："你这个大忙人，请你吃饭太难了。哪天我在家招待，你可一定要来呀！"没等我应声，一旁的齐三接过话头："妥妥的，你啥时候张罗都行，老车这边就交给我吧！"兰麻子用询问的眼神望向我，我只能表面轻松地应付道："只要没有特殊情况，一定参加。""就这么定了！"齐三不把自己当外人地应承着。虚情假意地分手后，我自己都觉得好笑。我怎么也变得这么虚伪？不自觉打个冷战，感觉身上起了一层鸡皮疙瘩，摇着头苦笑着走了出去。

这两人来到政府边上蔡家小馆，点了盘花生米，外加两盘小炒，来了两杯散白，在大吹大擂中推杯换盏。半醉中粗俗的谈吐引来了服务员和客人的鄙夷与谩骂，在充耳不闻的谩骂声中，每人又灌下去两瓶啤酒。然后在半推半抢中把算账的机会让给了齐三。坐在回程车上的齐三，心里暗骂："我这个傻子，让兰麻子摆了一道，他压根儿就没有掏兜儿的意思。我一定得找回来，不能让他白吃我这顿。"

没过几天，齐三在家斜倚着被褥卷，手里摆弄着手机，漫无目的地翻看着通信记录。手指下的号码一个又一个溜过去。突然，他手指僵住不动，眼睛盯住了一个名字，"兰麻子，好你个兰麻子！几天前被你虚情假意地黑了一顿，今天我必须得回拜回拜。"想到此手指一动，便将兰麻子的号码拨了出去。手机响了很长时间，马上就要自动挂断，对方终于接通了："喂，哪位？"齐三气不打一处来："唉，兰金子，你心里还能有点我不？咱俩刚喝完几天？不能这么快就把哥们儿忘了吧？"

"啊，啊，哦，小齐呀，不好意思啊，我这边有客人，没看号就接起来了，啥事呀？"

"你那边方便不？没事我过去咱俩唠唠。"

"对不住，对不住，我今儿个实在是没时间，改日吧！我先撂了。"啪的一声就挂断了，兰麻子嘴里没闲着："小样的，还想上我这蹭吃混喝，让你蛤蟆赖上还有好？"

齐三恨恨地放下手机，从牙缝里挤出一句："兰麻子，你好奸猾，敢情这么长时间不接电话，是在琢磨怎么对付我，哼！等着，没完！"齐三就这样一天无所事事，百无聊赖地打发着日子。

一晃几天又过去了，这天齐三对着镜子用手蘸了点水捋了捋免烫的羊毛卷头发，整理一下衣领，正准备着无目的的又一天的开始。一阵清脆的手机铃声响起，他边掏着手机边自言自语："谁这么早打电话？"眼睛飞快地扫视着手机屏幕，"兰麻子！他能有什么好事？这个无利不起早的家伙！"齐三脑子飞快地转着，半天才接起电话漫不经心地问道："喂，哪位？"他把对自己的羞辱原封未变地回敬过去，终于把积压在心中已久的怨气吐了出来。"喂，老三，是我。今天中午我这儿来了两个外地哥们儿，你把老车叫上过来帮我陪一下。"兰麻子明知道我不会去，故意这么一说，给自己壮脸。齐三也不含糊："叫老车你不会自己打电话呀？我可没那么大面子。"他回着电话，心里思量着：

今儿个怎么把我放在主角位置上了？一定是有求于我，先把架子端足了，憋一憋他再说。想到这儿，说道："哦，今天中午恐怕不行了，我打算一会上街。这不换季了吗？给自己置办套行头。""别介呀，老同学，衣服哪天还不能买？赶明儿我陪你去。今儿个客人特别重要，买卖人，我怕陪不好，就想起你这个长年在外的哥们儿。"兰麻子首先把高帽给他扣上，又吊足了齐三的胃口。他知道齐三的德行，所以不能让他拿五做六地牵着走。果不其然，齐三连声地应着："既然这样，那我看看老车有没有时间，他忙，要是没空我就自己过去。"放下电话，兰麻子嘴角一撇："小样儿，跟我玩这套，玩死你！"

时间过得真慢，齐三在屋里不停地转着，时不时地抬头看着墙上的钟点。今天的石英钟好似坏了一样，感觉它总是停滞不前。好算熬到十点多，他挺了挺身板走了出去。

还不到十一点，齐三就来到了兰麻子家。还没等进门就在屋外嚷着："客人在哪儿呢？我在家忙了一上午，还没忙完呢，就急急忙忙赶了过来。"兰麻子趿拉个鞋，披件衣服，衣装不整地跑出来，伸出双手攥着齐三的两只手不停地抖着："老同学，我这儿正望眼欲穿地等着你。你知道，我这人嘴笨，你要不来，怕是陪不好客人，快进屋。"没等进屋，肉香味儿便从门缝中透出，齐三咽了咽流到嘴角的不争气的哈喇子："唉，老兰，看来今天这客人挺重要啊！""可不？人家是大买卖人，咱俩要是和人搭上，那以后可是受益匪浅啊！""快、快、快，快给我引见引见。""还没来呢，我打个电话催一下，看到哪儿了。老婆子，出来看看谁来了？另外再到小卖店看看有啥熟食，挨样儿整点儿，记组里账上。"齐三故作惊讶："这种招待，组里都能报？""老齐，你那儿没报过？"两人互视着，心照不宣地笑了。自从上面不让有招待费，个别人就将此项花销稍微变通一下划在组里其他花销中。

随着一声急刹车的声响，兰麻子赶忙迎了出去，齐三也跟了出去。从一辆破旧老式三菱越野车上下来两个人。从穿着打扮看，不像是太讲究的人,齐三在心里默默给定着位。兰麻子简单地给双方介绍了一下,双方假意地寒暄过后被让进屋里。饭菜早已摆上桌,杯中倒满了海龙大高粱酒。刚开始比较局促,双方聊些闲嗑。一杯酒下肚,便信口开河,天南地北地聊得热火朝天。似乎有种相见恨晚的感觉。兰麻子觉得时机成熟,举起酒杯:"来,老三,我单敬你一杯。"仰脖喝酒的兰麻子喝着酒也没耽误用眼角的余光观察着齐三,兰麻子放下酒杯,慢慢吐出一句:"老三,眼巴前有件好事,做不做?"齐三故作醉眼蒙眬地接道:"啥好事?快说!"其实他心里早已在嘀咕:才唠正题,一定是有求于我。小样儿,真以为我喝多了好糊弄,还真就不能让你瞧扁了。

兰麻子对着齐三继续说:"你那儿不是有一片杨树林子吗?都已经成材了,再不砍伐就要破肚子了。烂心子后就不值钱了,卖烧火柴都没人要。"说着冲两位客人努努嘴,"刘老板是做木材生意的,钱准成,给的价也高。最主要的是还不能让哥们儿白忙活。我这儿有一片,看看和你那片一起打捆卖,还能整个好价钱,怎么样?"齐三早就惦记队里的那片杨树了,苦于找不到销路,到嘴的肥肉始终吃不到,总觉得心里是个事儿。意外的惊喜忽然降临,反而故作深沉,拿捏一会儿后,便装模作样地说道:"这事我还定不了,得回去找几个主事的合计一下,然后再给您回信。"兰麻子的脸刷地拉下来,说:"多大个屁事,谁又不是没当过队长,还跟我扯这尿窝窝。我图个啥?要不是你说有什么好事带上你,我扯这犊子干啥?就当我没说。"齐三本想把事儿整复杂了,把木材价抬高一些,被兰麻子一顿抢白,整得极不自在,连说不是那个意思。刘老板见缝插针打着圆场:"喝酒,喝酒,今天只喝酒交流感情,不谈正事。兰哥,你那片林子不用发愁,怎么也得想办法找路子帮你这个忙。"齐三一听人家根本不是来谈生意的,心里凉了半截,傻愣地怔在那儿。刘老板接着道:"老哥,虽然现在生意难做,但我答应你的事儿一定办好,明天我就安排人过来。"

齐三眼睛立马亮了起来,瞅着兰麻子赔笑道:"你还真生气了啊?

队里的过场不得走一走吗？把我那儿一起算上吧！"其实这个刘老板是兰麻子的一个远房亲戚，两个人早已设计好了请君入瓮，自作聪明的齐三欣然入套。定完价后，刘老板告诉齐三在量尺上做些文章，不能让他白干一回。就这样，队里那片茂密的杨树林不声不响地让他给折腾没了。

天儿一天一天冷了下来，转眼进入了冬季。大地里的粮食全部收获入库，老百姓喜获丰收。这本应是件令人高兴的事儿，却成了老百姓犯愁闹心的事儿。往年热火朝天的卖粮季，而今却冷冷清清、无人问津。玉米的价格降到了冰点，眼看着要来到年底了，绝大多数专指着种地的农民，明知道赔钱，也不得不卖粮还饥荒。就这样，还卖不出去，粮食"臭"得出奇。据说国内有些用粮大企业都在国外进口玉米，听说那进口的玉米不仅品质好，价格还便宜。劳累了大半年的农民本想好好猫个冬，邀上三五个好友喝点小酒，或聚在一起侃侃大山、耍个小牌，往年的平常事而今却成了奢望。眼一睁便求爷爷告奶奶、挖门盗洞地找关系卖粮食。

齐三家粮虽不多，却也整天挖空心思找关系。他这不是为了百姓着想，而是瞅准了这个赚钱的机会，成天到粮库和酒精厂托人找关系对缝儿。

一天中午，齐三坐在粮库对过的小酒馆里，端着酒就着两盘小菜慢慢地自斟自饮着，东张西望地扫视着窗外过往的行人。一个似曾相识的女人身影闯入眼帘，她烫了个金黄色的垂肩大波浪，臂弯挎着时髦的红色皮包，五官比较端正。这个女人长得也算有几分姿色，她微睁着双眼，深邃而迷离的眼神散发出摄人魂魄的魅力，若即若离的撩拨，仿佛是聊斋中狐仙附体。她在一名随从男子哈腰开门的同时迈进了酒馆。随着夸张的鞋跟撞击地面的咔咔声，来到齐三对面的桌旁，弯腰用手轻抚了一下椅子面儿，掸了掸后坐了下来。

齐三在脑海里努力地翻腾着，突然一拍脑门儿，噢，崔丽呀！家住邻村，几年前泡舞厅时和她一起跳过舞，后来听说涉及诈骗被判了刑。想到此他连忙站起来打招呼："崔丽，这么巧在这儿遇见你。"崔丽闻声抬头看着面前这个其貌不扬的男人，漫不经心地问着："你谁呀？怎么会认识我？""哎呀，美女，姑奶奶，你真是贵人多忘事，我齐三呀！三儿，几年前我们还总在一起跳舞呢，你想想。"她懒得搭理地回应着："跳过舞的实在太多了，多如过江之鲫，你又算老几？"舞女无情戏子无义的想法在齐三心间一闪而过，看着眼前这主儿的扮相，一定是个有能力的人。齐三不死心地巴结道："难得今儿在这相遇，俗话说，相请不如偶遇，吃啥？我请客买单。"不管对方答应与否，接着喊道："服务员，点菜！"服务员捧着菜谱小跑着过来，把菜谱递给齐三。齐三对着服务员说："还不快点把这二位的餐具拿过来！"崔丽见有人请客，不吃白不吃，毫不客气地走过来。服务员赶忙弯下腰，用袖子来回轻拂一遍椅子。崔丽用嘉许的眼神看着服务员，落座。

　　齐三连忙把手中的菜谱递了过去："请您点菜！得意什么来什么。"崔丽扫了一眼身旁同来的男人，那男人立马心领神会地抢过菜谱，说："我们老板得意啥口味我知道。"他唰唰地翻着菜谱，神速地点了六菜一汤。什么熘里脊、滑肉片、干炸丸子、烹鱼段……小店里拿手的几道菜全点了。齐三心里恨恨地捏着兜里的钱，牙痒痒着还得赔着笑脸，故作大方地喊道："服务员，上瓶好酒！"同来的男人看了看酒架说："这小店，哪有什么好酒？"齐三听后硬撑着说："服务员，去旁边的超市买去！"半杯酒下肚，臭味相投的二人打开了话匣子，崔丽自吹自擂着，说自己嫁给了天津做粮食贸易的大老板，因为吉林省素有中国粮仓之称，而自己的家乡就在吉林省，这次回来看看粮食行情。刚和粮库方洽谈完代收意向，准备回去筹款收粮。齐三这个二货，立马两眼放光，语无伦次地说道："找什么粮库呀？还得给人家抽油头。粮食有的是，要是信得过，我给你张罗。"他也不想想，刚从粮库出来，如果谈成了，赶上饭点，库方能不安排饭菜吗？被人颠得五迷三道的，真是姜太公钓鱼——愿者上钩。不费吹灰之力，又自行进入骗局。

拉走的第一车苞米，足有六十多吨，全是齐三身边的亲友凑齐的，因为是赊欠的，卖了粮食后才能把钱支付给卖粮户。大家心里不托底，都在相互观望。三日后，崔丽如数把卖粮款付给大家，还比市面收粮价高了一分。这下齐三成了香饽饽，家里被村里村外的关系户挤得里三层外三层，陆续又拉走了十车苞米。

三天后，人们早饭过后就不约而同地聚到齐三家，大家喜悦地说着、笑着，东拉西扯，插科打诨直到太阳下山，也没见到送钱人的影。气氛由高昂变得越来越低沉，有人提醒道："齐三，打个电话吧！"电话关机没打通，又有人自我宽心地说："有可能是那边太忙，我们还是明天再来吧！"于是人们带着狐疑和忐忑的心情陆续离去。大家在煎熬和期盼中度过了漫长的一夜。

第二天早饭没吃人们就又齐刷刷地来到齐三家。大家都哑了，不复昨日的欢声笑语。偶尔有人干咳一声，目光都会齐刷地集中过去。气氛变得越来越沉闷，满屋子人没有一丝生气。对方的电话始终接不通，崔丽像在世间蒸发了一样踪迹皆无，接连几天皆是如此。"别等了，我们还是去村里找找车书记吧！"六神无主的村民随帮挤到了村部。

大家争抢着七嘴八舌地叙说着事情的经过。我听了个大概，示意大家静下来，然后详细地问了些主要环节，预感到不是什么好事，叫上两个主要代表带上齐三来到镇派出所，向于所长叙述了事情的经过。记录过程中，于所长已经安排干警到电信部门调取通信记录，并将此事上报局党委。我也将此事汇报给镇党委李书记，并引起了高度重视。他立即将党委成员及于所长召集到小会议室。我将事情发生的经过重新叙述一遍，这当口儿市局方面把崔丽近几年的简历传了过来。崔丽刚刚刑满释放三个多月，出狱后无事可做，整天混迹于社交场所，结交了一些不三不四的朋友。日子过得是捉襟见肘，很可能重操旧业。事情的严重性显而易见，多半是起诈骗案。

派出所马上立案侦查，齐三被扣押审查。派出的干警取回了通信记录，显示崔丽和大连的一个化工企业有联系。于所长立马联系上了该企业，跟企业领导简单地诉说了事情的经过。对方说有这么个人，几天前卖完货就把钱结算走了。于所长立刻将此事上报给市局主管领导，这是起涉农大案。市局召集了刑侦、经侦主要负责人研究后成立了由局长带队的专案组。首先冻结了崔丽所有的银行卡，签发了全国通缉令下发给各省市公安部门。通缉令发出的第二天，便在上海的某宾馆将崔丽抓获。

在政府的重视下，公安局神速破案。然而崔丽在这短短几天中将粮款挥霍掉十多万。公安局将追回的余款和扣押的财物交给政府，返还给百姓。通过审讯，此事与齐三无关，他只是被人利用而已。

被放回家的齐三没得消停，卖粮户全都呼到他家里，向齐三讨要卖粮的损失款。齐家整天鬼哭狼嚎、鸡飞狗跳的，弄得齐三是成宿隔夜在外躲着，不敢回家。实在没有办法，他找到我，看着他憔悴的脸庞和蔫不拉唧的样儿，虽说可怜之人必有可恨之处，可看着眼前的他，我心里怪不落忍的。安慰道："你明早大方地回去吧，把大家都叫到家里，我去一趟。"齐三立刻像抓住救命稻草般磕头作揖："你可救了我了！救命之恩当涌泉相报。"气得我连说："去、去、去，别用人的时候脸朝前，把忽悠别人那套用在我身上。"

第二天，为了让他长长记性，我故意晚到了一会。坐在房前的车里，就能听见从屋里传来的叫骂声。我慢吞吞地推门进屋，齐三腾的一下蹿到我身后："爷爷呀，你咋才来？你快和他们说说吧！不然我就死定了。"大家见我进屋，立刻安静下来，毕竟几天前给他们解决了件大事——把收缴的物品折价卖了出去，加上追回的余款，按照各家的比例发放下去，将损失降到最低。大家闪开了个位置让我坐下，这时几个卖呆的也跟了进来凑趣。我先说了几句安慰话，过场话后我说到正题："大家找齐三要钱，要得着吗？天天到人家来闹有意思吗？拍拍胸脯想一想，你们当初是不是上赶着求齐三给卖粮？他没去你们各家承诺给卖粮吧？"没等我说完，一旁卖呆的大喇叭含枪夹棒地接了过去："那可不是？不沾亲带故的，齐三哪个搭理了？像我们这样的，啥关系没有那就远点扇着，想靠前，门儿都没有。"陈发也幸灾乐祸地说："那可不？想跟齐三攀个干亲，还没来得及。但也好，好在有个物在。"被这两个搅屎棍子一闹，对方有两个压不住火的立刻对骂起来。我气得断喝一声："还当我存在不？我来是给你们解决事儿的，又不是听你们骂仗的。如果骂人能解决事儿，那叫我来干吗？"屋内又静了下来，我对他俩说："你俩长点心不？大伙都在上火闹心的时候，你们还有心在一旁说风凉话，这邻里关系咋相处的？没事回家吧！"经过这一闹，这些卖粮户也都能静下来想明白了，是和齐三没有直接关系。我接着说："大家的心情我能够理解，村里也正在研究沟通信用社和水利所，让你们的贷款和水费延期和缓交。"大伙还算满意,这事总算是告一段落了。

# 第二十八章　争取补贴

　　卖粮风波过后，村里主持召开全村组长以上大会。会议安排将各组花销账册全部报送镇经管站，由王升牵头逐组审查。其他几组多多少少有点儿小毛病，整理后都能过得去。唯独小南屯账目比较混乱，比往年花销多了一倍还拐弯。其实，在这之前就有人举报齐三公款私用，让王升去查了两次，齐三始终推托账目没完善等，找各种借口延迟查账。这次，我让王升和经管站管账员一起将账本端到村里，着重叮嘱王升细查承包款、卖木材款和水电站更换设备时换掉的旧设备去向。

　　王升拿着账本来到我办公室："书记，出大事了！真让你猜中了，收入栏基本没有啥，支出倒是一大堆。"我连忙翻开账本，收入一栏一片空白，再看支出一栏，乌泱泱地勾勾抹抹，密密麻麻、乱七八糟的。气得我将账本重重地摔在桌上："这账怎么整的？不是一季度一报吗？虽然村账乡管，但咱也得督促他们呀！"王升满脸委屈地说："我不是不管，我催了多次，他也没拿出来，我以为他那儿没啥大账，哪知他整得一塌糊涂。"听王升这么一说，我感觉自身也有责任，监管不严。于是，操起电话："喂，齐三，你马上到村里来一趟！"转头对着王升，"查，一项一项给我查！"

　　不长时间，齐三畏畏缩缩走进来，不知所措地两手互相搓着，佝偻着身子站在我面前。我抓起账本摔在他身上，他连忙哈腰捡起来。"你把上面的花销一项一项给我说明白，另外今年的承包地钱、卖木头钱都弄哪去儿了？更换下来的旧设备卖给谁了？账面上咋没有？擅自己兜里了？整不明白就等着蹲监狱吧！"吓得齐三不敢抬头直视我，扭头朝身边的王升怨毒地看了一眼。"你不要以为王升在我面前说了什么，你看看自己的账本上都有什么。现在是在村里我们解决，如果拿到农经局和检察院，还有你回旋的余地吗？自己修养鱼池卖钓，竟然以修农田作业道的名义把通向养鱼池的道垫得平平整整，别的道怎么不给修修呢？把这些花销还记在组里账上，你自己挣钱却把这些花销让老百姓承担，怎么想的？赶紧把这些窟窿堵上，不然，后果你是知道的。"没想到齐三一屁股坐到椅子上，耍起无赖地说："我就没钱，谁来能把我咋的。大不了进去蹲几天。再说钱都花在水库和路上了，又没揣进我兜里。""唉，齐三，真有你的！跟我耍狗驮子？真以为我治不了你，是吧？你们组的杨树林子我签字了吗？有采伐证吗？你以为个人家伐个三棵两棵的呀？就这一项乱砍盗伐就够你喝一壶的。没个三年五载的你能出来吗？和我叫板，来吧！我当这个书记就没怕得罪你，是退钱还是蹲监狱？两条道任你选。"齐三当即就瘪茄子了，泄气地说："能不能给我些时间把钱补上？"我本意也不想把他整进去，见他服软了，我故意板着脸说："告诉你齐三，不是看在同学一场，又在一个槽里吃这么长时间食的分上，就冲你做这些事，我不会把你叫到这儿来谈。给你三天时间，完事儿你这个队长就别干了。"就这样，齐三的队长被拿下了……

"所以说，这个事儿和你没关系，他是跟我较劲。"小陈队长点点头，"这事儿我知道，那以后怎么办？"我沉思一会："有办法，过两天再说，你们先回去吧。"

这一宿我是彻夜难眠。翻来覆去睡不着，满脑子闹心事儿，闭上眼睛就像演电影似的在脑子里浮现着。我干脆起床披上睡衣，泡了杯茶坐在沙发上慢慢呷着。茶倒没喝出啥味儿，心却静了下来。开始只是一味地想着这事若搁浅了，会让人笑话，以后的工作也没法干。为了小南屯的老百姓能过上好日子，甚至想到要和齐三拼个鱼死网破。

静下心来细品着齐三说的话也不无道理，养殖业本是冒着风险的行当，挣不着什么大钱，还很辛苦。如果盖猪舍的费用全部让百姓承担，压力肯定不小。如果他们把手里的积蓄全部投在异地建设上，就没了养猪的启动资金，断了资金链的养殖业还怎么运营？到那时候，小南屯的建设就更遥遥无期了。想到此也就不觉得齐三是在给我添堵了，心里顿时轻松了许多。

我望了望窗外微露的晨曦，倚着沙发闭上眼睛，美美地睡了个回笼觉，做了个美梦。早晨起来后心里有了打算，洗漱完毕喝了一碗热粥，我开着车早早地来到镇政府。不到八点钟，一辆黑色轿车徐徐开进政府大院。从车上下来的李书记一眼就看到我："车书记，你这么早来到镇里有什么事吗？""不早不行啊，正点上班时您那儿一屋子人，哪有时间接待我？"我半开玩笑地说着。"那就赶快上楼吧！到办公室谈。"说着，李书记就要往楼上走。"领导，我看别上楼了，能不能屈尊一下到我们村里看一看？帮我们筹划一下村屯改造和养殖合作社规模建设。""行，我早就想去你那考察了，你们村底子好，群众意识强，镇里也想在你们村搞个试点。""那就坐我车，边走边向您汇报。"我赶紧把李书记请进了我的车里。

开车的路上，我专注着前方，李书记不停地讲着新农村建设的形式和农村合作社的政策、走向。我心不在焉地"嗯、啊、行"回答着，脑子里一直在想着到小南屯后怎么去说，挨顿剋是在所难免的了，那也无所谓了，只要能把事儿办成，让老百姓生活有幸福感，就是给个处分也认了。正胡思乱想着，车已经拐进小南屯。我不自然地用眼角的余光扫了一眼李书记，只见他的脸色很难看，滔滔不绝的语声戛然而止。看到他的表情我反而镇定下来，把车停在村头的空地上，坐在车里向他讲述小南屯的状况。

听了一会儿，他的脸色缓和了很多，坚持要下车四处看看。我在前边引导着边看边谈，专找一些脏乱差的地方走，也不停地和各住户打着招呼，介绍着李书记。一圈儿走完，粪便沾了满鞋不说，还被苍蝇把全身亲了个遍。上了车，我急忙把事先准备好的毛巾递了过去："刚洗完的，擦把脸吧！要不我带您去市区的洗浴中心冲个澡吧？"李书记接过毛巾细细地擦着脸，边擦边说："我也没那么娇气，本是农村出来的孩子，没有大粪臭，哪儿来五谷香？现在讲究的不就是绿色作物吗？另外，你小子下次再来这种地方，事先给我打个招呼行不？我也好换身工作服。"我连连作揖："哪里还敢有下次？就这次还是冒着被撸的风险带您来的。""你小子不是光带我来看看这么简单吧？有什么企图到镇里再交代吧。"我见李书记也半开着玩笑，心情立马松弛下来，说话也就稍加放肆。在回镇里的路上我就把心里的想法说了出来："我就是想在小南屯成立养殖合作社，希望镇里帮着争取上级政府下发的补贴资金来筹建场区，并帮我们协调各部门办理审批手续。"李书记面色凝重地说："小南屯的这种环境必须改造。具体实施起来确实需要很大的人力和财力。难得你这么用心，有什么困难镇里能办的你只管说，党委会全力支持。"趁热打铁，我马上把话接了过来："领导，那您就把镇里一事一议的指标给俺们村吧？至于人力方面，我自己的工程队有钩机又有车，可以无偿地出工，绝不收取一分钱报酬！"李书记直门儿点头："好，好，我个人包括党委全力以赴支持你。到地儿了，上去坐一会儿吧！""不了，不瞒您说，我昨晚一宿没睡觉，我得回去好好补个觉。"

回家的路上，我哼着小曲儿轻驰到家。第二天来到村里，我看到什么都顺眼，听啥都动听。哎哟，那叫一个开心。轻松地交代完工作，我就开着车东跑西颠地去各部门办理相关手续。虽说是累了点儿，但有了奔头，乐在其中。真应了那句"人逢喜事精神爽"啊！晚上回家，喝了壶小酒，惬意地倚着沙发的靠枕，看着电视里播放的《希望的田野》节目，构想着小南屯的前景蓝图，就在醉意醺醺中睡去。忽被一阵急促的电话铃声惊醒，微醺的状态清醒了许多，边操起电话边嘟囔着："谁这么晚了打电话,真是太烦人了!"电话里小陈队长急促地说:"车书记,齐三放话了,就是咱们把猪舍盖好了他也不搬。"气得我在电话里破口大骂:"这个天杀的,一定是癫蛤蟆托生的,实在是膈应人!"

我呜嗷地发了一顿疯,才想起电话那头听骂的是小陈队长,自嘲地笑了笑,平缓了一下,说:"没事,继续干,争取早日竣工。搬迁的事儿我来想办法。"撂下电话,这一宿又没睡着。清早,我照常来到村里,正琢磨着怎样整治齐三,郭志和王升就陆续来上班。他们见我坐在那静静地想事儿,都没打扰我。这时,小陈队长毛愣三光地进来,幸灾乐祸地说:"这回真是善有善报,恶有恶报。天道好轮回,不信抬头看,苍天饶过谁。齐三家的大黄狗被人给药死了,看他还豪横不了。"我回过神来:"你慢慢说,是怎么回事?"

原来齐三这两年已经养成习惯,早晨总是听着狗叫声起床。村里勤快人很多,总爱起早贪黑地干活儿。天刚蒙蒙亮,街上便有了行人。齐三家养的是典型的癞皮狗,有点儿动静就没完没了地乱叫着。它歇斯底里般嘶哑的叫声在黎明中撕扯着沉睡的耳膜,搅得人们不得安宁。

这天早上,已经日上三竿,院子里一片沉寂,被尿憋醒的齐三趿拉着鞋,披着外衣打着哈欠,边走边嘟囔着:"该死的东西,今早怎么这么安静?不吵不叫的,整得我睡过头了。"然后背着狗窝对着墙根儿一顿乱呲,挤出最后一滴尿,抖了抖了,激灵一下打个冷战,望着天空很舒服地伸个懒腰,转过身子望向狗窝。只见大黄狗长拖拖地躺在狗窝前,一动不动。他赶忙过去,双手在狗身上猛推了推,狗直挺着身子,已经僵硬。他推开院门破马张飞地蹿到大街上大骂,静谧的村庄立时变得热闹喧嚣,卖呆的人们逐渐围拢过来。妇女儿童的嬉言碎语和一些别有用心的闲话,撩拨得齐三更加肆无忌惮,语无伦次地点名道姓发泄着。大喇叭从不落空:"齐三,大清早你就号丧,你家死人了咋的?不就死条狗吗?又不是你爹!"本来齐三指桑骂槐地怀疑小五子,被大喇叭插这一杠子,立马转变了风向,把矛头指向了大喇叭,双方你来我往地对骂着，势均力敌互不相让。到底还是大喇叭嗓音高八度，又得到围观者的帮衬哄抬，最终齐三只有垂头丧气地回到屋里，听着外面的人群哄笑着散去，感觉自己真是王八钻灶坑——憋气又窝火，懊恼地一头钻进被窝里……

看着小陈队长眉飞色舞地讲着，我听得心情感觉轻松了许多。本想亲自收拾收拾这个臭名昭著的齐三，没想到恶人自有恶人磨，不但遭了报应，还被大喇叭整得鼻青脸肿。但转念一想，村风若长此下去，还怎么建设好美丽文明标兵村？不行，得抽时间和大喇叭好好谈一谈。大喇叭也是个热心人，本质不坏，就是嘴臭，平时说话得罪了不少人。她家老爷们儿为此没少和她打架，但就是不长记性。

在全村组长以上的扩大会议上，我咳嗽一声，清了清嗓子："大家都静一静啊！我们现在言归正传，合计一下接下来的工作怎么进行，希望大家畅所欲言，集思广益，把建设好小南屯作为总体目标，群策群力，筹资筹劳，早日让老百姓过上城里人的生活。接下来大家各抒己见。"各组的组长都以各自利益为重，认为小南屯的现状不能让村里来负担，否则其他各组再效仿该怎么办？总之是各揣心腹事，呛呛了半天也没个定夺。

首先是任杰起来发难："车书记，你们村里爱咋管咋管，反正不能带上我们组，至于啥原因，不说想必你也知道。大前年涨水，我们组的路被冲毁了一大段，你动员全村每组一小段，帮我们修复水毁路段。其他组是出车又出力，大干几天几夜，唯独小南屯连兔子大的人影都没见。可恨的齐三连个头都没露，但是在我们竣工庆典时，靦着个癞蛤蟆脸左一桌右一桌地喝个没完。当时要没几个老成持重的主事人，早被几个后生给轰出去了。死皮赖脸地见好就上，谁和他能整出一边大的。我从那时候就发誓和他们组老死不相往来，所以说车书记，我不是不给你面子，以后开会如果研究他们屯的事，就不要再通知我了。我们在家实在闲着没啥事还能哄哄孙子呢。"

话没落地，刘波也蹦起来："也不能算上我们，不该他的，也不欠他的，凭啥让我们帮他们？不说还好，说起来就是满肚子气。前年村路秋整，本是小南屯地界内的一段村路，按照村里的统一规划，保证路面清洁，路肩换新，清除路两侧的杂草。可齐三倒好，愣是锹镐未动，更别说是拉山毛垫路肩了。我找上门去跟他理论，他不说人话，还给我一顿抢白。他说那段路长年都是我们组人在走，他们只是在秋收时偶尔走几趟，怎么都能将就把庄稼拉回去，我们若是闲着没事乐意修就去修吧。他说各人自扫门前雪，休管他家瓦上霜……你们说气人不？现在他们的瓦上有霜了，大家说我们能管吗？更可恨的是不修也就拉倒了，我们修完了他们还使劲祸害。往外拉地偏赶下雨阴天，车轮上带的泥坨子晃了满大道，也不出人清理。我逼他出工清理，他却和我骂起来，甚至还动了手。看把我这边耳朵咬的，要不是当初缝得及时，恐怕现在我只剩一只半耳朵了，还怎么出来见人？"

小陈队长听审般地坐在那里，面红耳赤，静默无语。见此情景，我用手指敲着桌子，打断了大家的发言，表情凝重地说道："为害之甚，以至于此。齐三留下的一堆罗乱账，大家何至于强加在小陈队长的头上？何况在座的各位都是小陈队长的长辈。自从他接任之后的所作所为，大家都是有目共睹的。先不说他对诸位敬重有加，单说我们谁家有个大事小情的，大家一起考察出差时，他不都是忙前跑后的？某些人还倚老卖老，酒足饭饱后连自己的包都指使人家给拎着。齐三在位时没见你们谁有这么大脾气。现在来能耐了，对着人家大呼小叫的。怎么？老实人不欺负有罪是咋的？今天我把话撂这儿，找你们来是研究事的，不是让你们来发泄抱怨的。谁有好的谏言我欢迎，想扯皮捣蛋的给我靠边站！不想干的打报告，换能干的人上，别占着茅坑不拉屎。"我的一番话说得大家面红耳赤，呼呼直喘粗气。我也感觉到话说得有点重，但说出去的话犹如泼出去的水，只能硬到底。

圆滑的王升总能在恰当的时候出来打圆场："嘿，嘿……"他干笑了几声，先把紧张的气氛缓和下来，然后说："都是齐三惹的祸，看把大家闹的，特别是把车书记气得好几天都没吃好饭。大家都是为了公事掰扯，说破无毒嘛。"小陈队长也赶紧插嘴："都是我们不好，给大家制造了这么大的麻烦，为我们的事操神费力的，给村里增添这么大负担，各位叔伯大爷们说得都对，都是居家过日子的，平时没啥来往。亲戚还讲个礼尚往来呢，你们有事时我们还袖手旁观，甚至落井下石。临了，到我们有事了，凭啥让你们来帮着分忧解难？我们自己的梦还是自己圆吧。"他舒缓一口气，坚定地对我说："车书记，你就不要为难大家了。也请您放心，我回去一定做好大家工作，保证带领大家治理好我们的人居环境。"一番话下来，听得在座的各位神态扭捏，面露赧颜，甚至有人连道："惭愧！惭愧！"

此情此景真是机不可失，必须趁热打铁，我连忙接过话说："大家就不要互相外道了，我们本就是个大家庭，居家过日子哪有舌头不碰牙的？我有言在先，这次小南屯环境整治村里绝不摊派，各组自愿参加。帮忙是人情，不帮也是本分。就冲小陈队长这份决心，让我们看到了希望。正是'人心齐，泰山移'，还有什么比这更难的事？"我把话撂到这儿。李贵首先表态："算上我们一个。我们队里虽然没有钱，但是人还是有的，你就说让我们干啥吧，绝不含糊！回去我就开始组织。"

李贵这个红脸汉子一鼓噪，谁也坐不住了，纷纷表态。小陈队长眼噙着泪水，深鞠了一躬，说："我代表小南屯全体父老谢谢大家！大恩不言谢，我会把这份恩情深深印在心里，以后看我们小南屯怎么用实际行动回报大家吧！"

我把早就酝酿好的想法讲了出来："首先，感谢大家对我工作的支持，也谢谢你们能够对小南屯伸出援手。下面我就安排一下具体分工，屯内几条巷路由对应的住户具体负责，屯外的主路由我们几个组共同负责。所需的机械设备包括车辆，从我的公司调派，你们只负责细微的部位清理。大家回去就落实，明天我们就全面动起来。"

第二天，我早早地来到位于梅河口五金街的劳保商店，自掏腰包给村委会成员每人买了一套工作服，外加一双矮腰靴子。售货员老练地问道："什么单位的？想开多少钱？"作为公司老板，我从来没有亲自买过这些东西，忽然灵机一动，假装认真地问："最多能开多少？越多越好。""那得看你回去能不能交差，管事儿的如果和你关系不错，就可以睁只眼闭只眼，如果遇上个多事儿的，他就会背地里出来询价的。满条街都是卖劳保商品的，一问就漏。"我假装露出失望的表情："噢，那不是很难办了？敢情这还是份苦差事。"售货员斜睖我两眼，嘴一撇："你是头一次出来办货吧？一看就是个生瓜蛋子。正所谓上有政策下有对策，根本就没有办不了的事儿。"我忽面露惊喜，认真请教般地看着她，拿出一副聆听的样子，她果然上套，也想拉下我这个客户。竟然教了我欺上瞒下的办法："如果管事儿的开通贪心，你就可以分些好处给他，一旦吃上这口，以后还不是像风筝一样牵在你手里？若遇上个死板的，也好整，在货品等级上做文章。说白了就是以次充好，很难查出来。有点儿啥事儿只要硬撑到底，死不承认，把过错往商家身上一推，谁拿你也没办法。"我装作茅塞顿开的样子，使劲地拍打着脑门，原来买点东西还是这么有说道的事儿，真得好好琢磨琢磨，于是问了句："这么干的多吗？有没有露的？"对方嘲笑地看着我说："现在哪有不这么干的？连傻子都知道钱好，只是多贪少贪的事儿，要说露的也不少。像那些平时为人高调，做事轻飘，本身又没几个钱，一旦见钱来得容易了，就张扬起来。正所谓：狗肚子装不了二两油，穷人乍富，挺胸凹肚，走路迈着八字步，花起钱来没有数。哪个领导眼睛瞎？不出事才怪呢！喂，你到底开多少？""啊？你看着给我整吧！"

我拿着收据满怀心思地开着车，暗想：亏得我用的是家里人来跑料，怎么也不至于和我整那花花肠子，就算有事儿也是肥水不流外人田。

# 第二十九章　老跑之死

车在村部院里还没停稳，齐三就冲了过来，拽开车门，心急火燎地对我说："我家老跑死了，你管不管？"一句话给我问蒙了，我半转着身子，一条腿郎当在车外，"老跑？老跑是谁？谁死了是我能管得了的吗？"一旁的郭志插了一嘴："老跑就是他家养的那个种公猪，他家的祖宗，待遇比他爹还高呢。"气得齐三恶狠狠地瞪了郭志一眼。我本来见他气就不打一处来，听是死了头猪，便没好气地说："别说是死头猪，就是人死了也轮不到我管。"怼得齐三直结巴："自、自然死的、我就、不、不找你了。它是被人药死的。"一听说是药死的，我就不能不管了。这件事引起了我的重视，我说："怎么回事？走，进屋里慢慢说。"

进屋落座后我让郭志给齐三倒了杯水，再仔细打量他，只见他嘴角布满水泡，两眼充满血丝，面色灰暗，已不复往日的嚣张跋扈。他眼神空洞地望着窗外，沙哑的声音从嗓子眼儿艰难地挤出来："车书记，我知道你看不上我，大家也都烦我。这不怪你们，都是我平时做得不好，变相给大家制造了麻烦。但有啥事冲我人来，和牲畜有啥关系？就算俺家大黄有人没人瞎汪汪，让人给药死了也就算了。你说老跑待在圈里招谁惹谁了？短短几天时间两条命全没了，干脆把我们全弄死得了。"齐三稳定了一下情绪，继续说，"就在大黄死的前两天，我看见小五子回到村里。他东游西逛地到处转悠，晚上和几个小青年在商店喝的酒。因为和他有些过节，我对他的举动就特别留意。狗死的那天，你也能听说我在大街上五雷嚎风地一顿疯狂乱骂。后来大喇叭接上茬，我俩

242

相互对骂中提到小五子，一定是谁把话传了过去。这不，把老跑又给药死了。你说不是他还能有谁？"我听他说得有鼻子有眼儿的，只好和他一起到镇派出所报了案。

到了派出所，他把刚才说的经过又学了一遍。办案人员听完事情的经过，仔细询问了几个细节后说："这只是你个人的怀疑，案件要求的人证、物证目前都没有。你想一想，还有什么要补充的，不然我们只能下去调查，立不了案。"一听立不了案，急得齐三忽地从椅子上蹦起来："你们不管我就往上找，我就不信没人管了。老跑死的当天还有人在村里看见小五子了。"气得办案人也跟着急了："你能听明白话不？谁说不管了？这不正在向你了解情况呢吗？没有证据能随便抓人吗？你能好好配合不？"我赶忙过来打圆场："都坐下好好说，老齐你再仔细想想，还有什么重要环节漏了？警察也不能随便抓人，是吧？别头脑一热就胡咧咧。要是不管能领你上这儿来吗？"齐三也感觉理亏地耷拉下脑袋。

办案民警按照齐三提供的材料找到了相关当事人，据当事人描述，在大黄狗死的头天晚上确实和小五子一块喝过酒。但酒局还没散小五子就被他的朋友给拉走了，走后去哪儿就不知道了。走访了和小五子接触过的人，说法大致一样。随后，民警拨通了小五子的手机。接电话的是一个女孩，据女孩所说，小五子昨晚在棋社打麻将犯赌被关进拘留所了。为了弄清事实，办案民警紧跟着来到拘留所，和值班领导道明来意。

小五子相当配合地说："我昨天下午确实回村里了，我家的地租给汪成了，地租钱他一直没给呢，是他打电话叫我回去取钱的。不信你们可以去问他。回来之后就直接到棋社了，晚上九点来钟响局①了，这儿都有记录。"民警紧跟了一句："头几天你在那儿喝完酒去哪儿了？""棋社打麻将三缺一，我朋友开车去接我的，一问就知道了。我知道村里

①响局：指参加赌博的人被警察现场抓获。

人拿我不当好人，就因为我从小爹妈死得早，没人管教，养成了偷鸡摸狗、东蒙西骗、好吃懒做的习惯。但那都是在外边，我再坏也不至于在本村本堡干些缺德事，兔子还不吃窝边草呢！何况我从小还是吃百家饭长大的。另外我这两年也做了些小买卖，攒了些积蓄，处了个女朋友。毕竟我也老大不小的了，再没点正事儿，这辈子不就过去了吗？我虽然不懂什么人过留名雁过留声的，但我起码知道回到村里能风风光光挺直腰板儿做人。"

真是浪子回头金不换啊！一番话说完，两个民警也对他另眼相看，边走边说："想不到这个坏小子也能出息，真是社会改造了他呀！"我们正在派出所焦急地等待着，见两个民警并没带什么人回来。进屋后小姜喝了一大杯水，然后当着我们的面把事情经过向所长陈述了一遍，最后所长提议："我们还是再到现场看看吧！"

一行人驱车来到齐三家，刚下车所长就夸张地用手在鼻子旁扇着，还不忘调侃两句："车书记，全市公厕集散地落在你这儿了？哎呀妈呀，这也太丰富了！"我是既尴尬又生气："有别人埋汰我的，还有你硇碜哥的吗？"年轻的所长冲我做了个鬼脸，我是哭笑不得，气氛轻松许多。再细打量齐三家的猪舍，四周是用红砖砌筑的墙，房盖被蓝色的彩钢瓦严实地包裹着，房盖上的气窗安着隔栅，从外往里投毒根本不可能。围墙足有两米高，如果有人翻入，墙面必留有蹬踏过的痕迹。布满灰尘的墙面没有一丝新印。大家里里外外查看一遍，没有发现任何端倪，可猪和狗又确实被药死了。齐三急得直搓手，冒出一句："我豁出去了，你们那儿不是有法医吗？不行就解剖吧！"所长看着他又好气又好笑地说："我们是有法医，但都是给人做解剖的，也没给猪做过鉴定啊！"郭志插一嘴："咱村不是有个严兽医吗？把他找来吧，咱就有病乱投医吧。"事情的发展越来越滑稽。

严兽医来到现场听说让他给猪做解剖，脑袋摇得像个拨浪鼓："劁猪我在行，给猪做解剖那不要呢吗？那是杀猪的干的活儿，你们去找李玉吧！"所长和两个民警站在一旁像在看猴戏，不多时李玉拎着杀猪刀风风火火地赶过来。他还没站稳便大声嚷气地说："用不用先把毛退了？用的话赶快烧水。"我白了他一眼，说："快点的吧！"他嘴一咧，傻笑一下算是回应。磨身在卖肉的三轮车上拎下一张案板，找块平坦地面放下，用两根细麻绳三下五除二就将四只猪蹄捆牢，喊来三个壮汉，吆喝一声"起"，五百多斤的猪稳稳地被放在案板上。他操起刀在手中耍了两个刀花儿，只见他一挥手，整个猪膛便大敞四开。

挥刀的刹那间，齐三含着泪抽搐着转过头去。不怪郭志说他敬老跑胜过他爹，看到眼前一幕还真是。那还是刚掀起养猪热潮时，刚被撸下来的齐三整天无所事事。虽然他人品不咋的，但绝不是懒汉，也比较有头脑，就是用不到正地方去，还总自以为是。他见大家都在买猪崽儿育肥猪，感觉猪崽儿才是紧俏货，来钱快又不愁卖，便到邻省的西丰县买了两头老母猪。回家后按时定点地亲自饲养。每天还调着方儿地换食加料，很怕母猪吃腻了没有胃口。两个多月过去，母猪养得是背宽肚圆，就是不闹圈。邻居家比他晚买一个多月而且瘦得像刀似的母猪都打圈怀崽儿了。这下急得齐三整天抓耳挠腮、茶饭不思地琢磨问题出在哪儿了。

后经明白人点拨，去找兽医老严。齐三是真不愿意去找严兽医。几年前，齐三找严兽医劁猪，老严带着徒弟起大早把活儿给干完了。进屋洗完手，齐三把劁猪钱递过去，老严接过钱问道："酒烫好了？"

"烫什么酒？烫酒干啥呀？"

"你不懂规矩吗？起大早上你家来干活，完事炒俩菜，烫壶酒，就这点事儿不知道啊？"

"钱不都给你了吗？一分不少，你又不是来帮忙，干吗还非得给你烫壶酒？咋的了？该你的啊？"气得老严一甩胳膊转身就走。徒弟在外面收拾着家伙什儿，见师父从屋里出来头也不回地往院外走，他跑跑颠颠地在后面边追边喊："师父，还没吃饭呢！""吃啥饭？吃人饭还是吃下食饭？人家吃的都是狗食饭，压根儿就没吃过人饭，你也跟着吃呀？"徒弟本想和师父一起出来蹭顿酒饭，瘪肚子瞬间被气得鼓鼓的。

这回还咋靦脸去找人家？但齐三就有这种死皮赖脸的精神。在别人看来放不下脸的事儿，对他来说，只要用得着，就算跪下来给人家舔屁股都成。这也算是他的长处，现用人现交。他拎着两瓶老村长酒就来到老严家。

老严是个嗜酒如命的人，就这缺点往往不被人待见。不管到哪儿，见酒就挪不动步，让一让就上桌，也不太讲究脸面。靠着这门手艺，在哪儿干活都喝个半醉，回到家继续喝。家里从来不缺酒，不管在哪儿喝酒，剩下的酒都顺手拎走。按他自己说，不喝酒手就抖，拿不稳刀，干不了活儿。

这天，他正在家喝着小酒，见齐三拎着酒走进屋，两眼刚一放亮，瞬间又把脸摞了下来。齐三殷勤地打着招呼，顺势把酒放在桌上。老严拉拉个脸，说："拿起来，什么玩意儿？嘎哈呀？给我下药来了？"老严是个老江湖了，一见齐三拎着两瓶酒进来，必有要事相求，不然他绝不会出手这么大方。上次在他家吃瘪就耿耿于怀，总想找个机会好好报复一下，找回颜面。今天他找上门来了，酒得留下，气还得撒出去。所以先给他个下马威，好好砢碜砢碜他。

老严了解齐三这个人，有事求人时咋整都行，什么三七疙瘩话儿都不怕，你就是骂他祖宗十八代他也不在乎。一通发泄后老严问："你来干啥？"这时齐三哈腰把酒挪到老严面前，屁股半搭着炕沿，胳膊肘半拐着桌角坐了下来，说明了来意。老严半睁着惺忪的醉眼，用嘴朝着齐三一努："回去吧！明早炒几个菜，把酒烫好，我过去看看。"齐三走后，老严酒醉心明白，母猪就是给喂太肥了。一肚子脂肪，吃完就睡，还闹什么圈？就是闹圈也怀不了几个崽儿。

第二天早晨，齐三老婆掂掇了几个菜，四六八碟地摆满了炕桌。

老严先到屋里转了一圈，看了眼酒菜，心里有了数。又来到猪圈装模作样地来回扒拉着猪肚子看，然后直起腰扑拉着手上的灰土，煞有介事地说："这猪让你给整废了。"齐三一听脸刷地白了，带着哭腔："那咋整啊？"老严瞟了他一眼，说："走，屋里说，还有些办法。"齐三急得心都快从嗓子眼儿吐出来了。老严却故意吊着他的胃口，在热水盆里洗了把手。齐三赶忙递过毛巾。老严悠闲地喝着小酒，不时地咂巴嘴，摇头晃脑地品着酒。急得齐三两口子觍着脸、瞪着眼光瞅着他了，两人一筷子菜都没动。一盅酒下肚，老严假装回过神来看着齐三，道："喝呀，没多大事儿，吃完饭上我那开个方儿拿点药，吃上个十天半个月的就好了。"齐三心里悬着的石头这才落了地，仰脖咕咚一下把一盅酒全干了。用手抹了一下嘴角流出的酒渍子，说："老哥，你早说呀！吓死我了。没事就好，我陪你好好喝点。"老严斜楞着齐三，心里暗想：就是卖你点猪泻药和催情药，这点事儿就算不来我都知道，省下的那顿饭今儿个算是变本加厉地找回来了。

十多天后，母猪果然闹圈了，齐三赶着母猪在邻村找了两次公猪。到日子产崽儿没下几个，两口子一算账，起早贪黑地还整个赔钱。齐三也算是有点头脑，琢磨着自家买头种公猪，也能挣点外快。

齐三这回学乖了，不去集市上盲目地抓猪，专往一些大养殖场跑。功夫不负有心人，还真让他在公主岭踅摸头好种猪，花高价买了回来。这头种公猪真龙兴，一见老母猪，前爪刨地，哼哼直叫。要说齐三，干活那是没得说。为了招揽生意起早贪黑地捯饬出个猪笼子放在手扶车上，向外宣传"上门服务"。母猪交配完不运动精子就全部留存体内了。自家的母猪当初就是交配完因为路远走回来后，那点宝贝全拉拉没了，所以没下几个崽儿。

农村人认死理，被他这一煽呼觉得有道理，再说谁也不愿赶着猪去配种，一扯拉就是小半天。起初齐三把老跑从圈里放出来它就乱跑，也不上搭在车上的跳板。众人围着往车上轰，它就是踟蹰不前，原地打磨磨。众人只好七手八脚、连推带拽地费九牛二虎之力把它弄上车。干完活儿齐三总是趄摸着在人家弄点好吃的喂它，什么馒头花卷的，净是些干货。久而久之，只要猪圈门一开，跳板一放，老跑便会扭搭扭搭地从圈里出来，晃着屁股踩着跳板自己就上了车，跟通人气儿似的知道又要干啥去。美得齐三大嘴丫子直咧到耳朵根，也不分个场合，见人就吹老跑如何如何厉害，老跑来到齐家后终于当爹了。

第一窝崽儿就产下十二个，个个都很壮实，生龙活虎、活蹦乱跳的非常招人稀罕。老跑这下身价倍增，一时间远近闻名，排号等活儿的络绎不绝。齐三俨然成了香饽饽，转眼成了红人。发子家的老母猪没征兆就打圈，闹个不亦乐乎。没有排号又没事先打招呼，急得他措脚连心里出外进地，媳妇直骂："老母猪打圈给你还折腾够呛，你行啊？不行快去找齐三去！""你还不知道他那样？不行事儿时都牛哄哄的，现在支棱起来了眼高于顶，还会把谁放在眼里？要去你去，我可不去。""我怎么就嫁了你这么个窝囊废？是事儿不出头，属王八的——见硬就缩头。谁家过日子还能让老娘们儿抛头露面？你在家划拉俩菜，老娘去把他请来！"发子表面顺应着，心里嘀咕着：当王八不也是你做出来的？家里啥事不是你欠欠的？这时候讲什么抛头露面了。

齐三眯缝着眼睛看着发子媳妇，嬉皮笑脸地说："大美子，你怎么蹽到俺家来了？别脏了你的脚。发哥没在家呀？怎么这么放心让你可哪儿乱窜？"大美子嘴一撇："损色，人模狗样的，狗嘴里啥时候能吐出象牙？你家挂杀人刀了？没事就不能来了？"齐三本想占点儿便宜，反让大美子一顿膘白，弄得干嘎巴嘴，支吾着："别整那没用的，有事儿说事儿，没事儿我这还忙着呢！""哟，小样！房梁上搁尿盆——架子还不小呢。没事就不能来坐坐？哎，外边都传言你活儿挺好，我来瞧瞧。"齐三不得不服软，遇到这茬谁也没辙，赔着笑脸："姑奶奶，打住！你听错了，那是俺家老跑活儿好，不是我。"齐三瞪着蛤蟆眼。"噢，老跑哇！能不能借我用一下？我家老母猪在家作呢，给钱，不能干白活儿。"说罢，大美子捂着嘴笑起来。

发子站在屋里，抻着脖子往外望，见媳妇拧搭地走在前面，齐三在后边猫着腰紧跟着，心里不禁由衷地佩服大美子，关键时候还真行。他赶忙开门把齐三让到屋里，齐三边往屋里走，嘴里还不忘调侃："哥，我还寻思你不在家呢。""净扯淡，快上炕，酒已经倒上了？"齐三先上了炕。"你们哥俩先喝着，我上卖店再整点熟食。"大美子很热情。

齐三头一次到发子家来，他家的锅碗瓢盆擦得油光锃亮，地头炕脑一尘不染。都说大美子在外边不咋的，谁也没看见。但她把家收拾得利索的，这是亲眼所见。大美子还真麻溜，不多时就将两盘熟食切好端上桌。齐三变得相当客气："嫂子，别忙活了，你也上桌一块喝点吧！""不了，你们哥俩唠着，我先去把猪喂了，要不太作，咱们也喝不好，我一会儿对付一口就行了。"齐三和发子两人虽然平时关系不咋的，谁也看不起谁，但不知今天怎么变得这么投机，半杯酒下肚就有唠不完的嗑。齐三感慨地说："外边都传嫂子厉害，我亲眼所见，嫂子不仅贤惠利索，还持家有道。上得了厅堂，下得了厨房。就咱这屯子找不出第二人。再瞅俺家那口子，简直是一个窝囊废，那把家造巴的赶不上猪圈干净呢。咱屯子那些老娘们儿跟你家大美子比，那就是鸡和凤凰的对比。哥，你真是老有福气了！"

发子腰板儿立刻挺一挺，说："兄弟，哥不是跟你夸海口，你嫂子在外边和我嘚瑟，那是我让着她，别落下口舌说我挺大个老爷们儿就欺负媳妇的能耐。回家她不得给我规矩的？我让她站着，她就不敢坐着。我不吃完，她都不敢上桌。另外，老弟你就是有头脑，眼光也独到。你看你家老跑，活脱就是你的财神爷。"一唠到老跑，齐三立马兴致高涨，精神一抖："那可不是？自从老跑进家，我家是不愁吃、不愁喝，财源广进、日进斗金啊！老跑的能耐那是有目共睹的。别说是猪，就是人有几个能比得了的？我吃啥它吃啥，我吃不着的它都能吃着，调着方儿地给它弄。人要办事得搭钱，我家老跑还挣钱，那可是真金白银啊……"

"唉，猪肠子里怎么有一只耗子？"李玉的一声惊叫将齐三的思绪拉了回来，看着猪肠子里翻出的耗子，他啊的一声瘫坐在地。正在这时，从圈里的板炕下边又钻出一只耗子，走路晃晃荡荡的。大家立刻明白是怎么回事了。搬开板炕一瞧，砌墙时没有填满砂浆，墙角被耗子盗了个洞，事实真相水落石出。平时不爱吭声的齐三媳妇忧心忡忡地说："你这么一折腾，闹出这么大动静，以后还怎么在这儿住哇！"

# 第三十章　精心规划

　　酝酿了这么长时间的活儿终于开工了，从工地调来的工程车轰鸣着开进了小南屯。全员参与，男女老少齐上阵。为了夺个好彩头，图个吉利，每辆铲车、钩机和各式的工程车都挂上了鞭炮，吉时一到，万炮齐鸣，响声雷动，直到鞭炮的最后一响消逝在空际……一辆飞驰而来的半挂车戛然停在了齐三家门前，从车上下来几个搬运工人，七手八脚地从屋里往外翻箱倒柜。我看着身边的小陈队长问："怎么回事？""不知道啊。"这时，齐三搬着电视走了出来。我赶忙迎上前去，看着满嘴大泡的齐三，问道："你这是干啥？"伍子胥一夜白了头绝不是传说，虽才隔夜，他已两鬓斑白。

　　岁月能够磨砺一个人，事件也能改变一个人。经历这些事情后，说齐三脱胎换骨那是有些言过其实，但其形象和本质绝对是明显地改变了。齐三强抑着自己的眼泪，却掩饰不了激动的情感："车书记，我想出去发展发展。趁着年轻再闯一闯。如果在外面碰壁了，再回来找你讨口饭吃。"说话间大家都围了过来。"齐三，咱们这儿马上就好了，你这一走，谁还跟我吵架呢？你真的记恨嫂子了？"齐三夹着的眼泪终于淌了下来，诚恳地对大喇叭说："嫂子，你是个好人，白肠白肚的直性子。虽然没交下什么人，但也不会得罪啥人。你我两家前后院住着，如果我混不下去了，还不得你管吗？等我有了固定落脚地，一定通知大家。以前我浑，不懂事，请大家原谅。我以后一定做个好人。"一通鞭炮声，工是开了，同时也在鞭炮声中送走了一家人家。虽然场景凄凉，但也能让人刻骨铭心。

意外的插曲使开工变得坎坷曲折，有道是好事多磨，终于可以静下心来研究事儿了。动起来了，各家各户动起来了，全村援助队伍动起来了！铁锹飞舞，扫帚抡圆。飞驰的独轮车灵活地穿梭在人群当中，将一车车垃圾集中堆放在村头。再由铲车分类装进各种大小车辆，什么大金刚、卡玛斯、手扶蹦蹦拖拉机……把各类粪便拉到村外的大土坑里，分层摊开，一层粪便一层土，最后在上边盖上一尺多厚的土层。等熟化之后在上冻前就可以扬到大地里，是很好的有机肥。大家将石头瓦块、圪挠草棍等一些无法"消化"的建筑垃圾，倒在以前修路取料留下的大沙坑里，然后在上面盖上一层废弃土……经过一周的奋战，村里垃圾清除殆尽。调来镇里的水车，将街路冲刷一新。

村落街道，旮旯胡同，乃至边边角角虽经水车全面冲刷一遍，街道表面清洁许多，但臭味依然不减。就好像凝固在了空气当中，笼罩着整个村落。人们翘首企盼一阵风的到来，哪怕是一丁点儿，一丝丝也好，将这弥漫的臭气吹散。还有那些讨厌的蚊蝇，感觉毫未见减地在村落中穿来绕去。人们在心里呐喊着：疾风啊，快来吧！快将这满屯的臭气和讨厌的蚊蝇吹走吧！略见成效的是老鼠少了很多，起码再也不见它们白天出来乱窜。我从工地拉来两车石灰，均匀地撒在街路两侧和垃圾堆放过的空地上。

天可怜见，这天夜里，我睡得正香，被一声声响彻耳际清脆的雷声惊醒。一道道闪电强似电弧般地划过夜空。伴随着震耳欲聋的雷鸣声，暗夜骤然间亮如白昼，响雷催生劲风，豆大的雨点有节奏地拍打着玻璃，雨点声逐渐密集起来，紧跟着瓢泼大雨包裹在劲疾的狂风当中，肆虐地拍打着窗户。借着闪电光，我望着窗外雨水汇成的水帘，久积在心中的一股闷气终于舒散出来，重重地吐出一口浊气。这场雨有如神助，来得太是时候了。我呆呆地望着窗外出神，全然没有了睡意。足足有一个多小时，窗外的雨声戛然而止。这场雨来得急，止得也快。

推开窗户，一股清新的略带潮湿的空气扑面而来，我深深地吸了一口，又轻轻地吐了出去，五脏六腑说不出的畅快。坐在书房的靠椅上，回手从书柜里随意地拿出一本《康熙传》，心有所思地翻着，目光在字里行间浏览着，虽未逐字细看，但也被康熙那种锐意改革的雄才伟略深深地打动着。不知不觉间，天已蒙蒙亮，我放下书，站起身来伸了个懒腰，打了个哈欠，来到洗漱间洗把脸，披着外衣下楼信步来到小区门口的公园。

这里说是公园，倒不如说是一个景观更恰当。占地面积虽说不到五万平方米，但麻雀虽小，五脏俱全。人工湖的中央是个人造的小岛，通过九曲十八弯的廊桥来到岛上。石板铺设的人行道环岛一周，岛上最惹眼的建筑是西南角的一座荷兰式风车楼。其他什么儿童乐园、健身设施、篮球场、休闲广场等应有尽有。我徜徉在湖边的人行道上，望着眼前的美景，对比着小南屯的村形地貌，心里立刻有了主意。虽没有资金打造出丽湖那般的景色，但可借鉴的地方还是有很多的。而且我在人际关系这方面有着得天独厚的优势，可以找几个行家来帮着参谋参谋。三个臭皮匠还顶个诸葛亮呢，更何况咱找的都是专业人员。想到就做，回家胡乱扒拉口早饭，就来到办公室。

可算挨到上班时间，我操起手机给世纯打了个电话："喂，哥们儿，你能不能派两个人到我们村里帮我规划设计一下？我想借助现有的资源好好打造一下。"世纯爽快地答应着："没问题，你在哪儿？我亲自带个小孩过去帮你瞅瞅。""那也太劳您大驾了！岂不是高射炮打蚊子——大材小用了？这可是免费为我服务啊！""说啥呢？哥们儿这点事儿我能要钱吗？就是举手之劳的事儿。"车刚拐进村口，坐在副驾驶座位上的世纯就指着拐弯处的空场说："这里应该做个村标，向来往的行人展示出自强村的新风新貌。"随即他便在本上勾勒起来，汽车稳稳地停在村头的空地上，打开车门便嗅到一股清新的空气。被暴雨洗涤后的街路焕然一新，往日沉寂的街道也热闹喧嚣起来。长久憋闷的人们仿佛偶获自由，三三两两地晒着太阳，脸上再不见往日的烦躁。见我们从车上下来，人们从四面八方向我们围拢过来。嘴尖舌快的发子抢着问："车书记，您又来了？这回让我们干什么？您就发号施令吧！"通过这次清理垃圾大会战，我对发子的看法与评价有了新的定位。他平日为人总是疵毛撅腚、斤斤计较的，很有负面的煽动性。这次会战期间，他不仅表现积极，起到了表率作用，还助人为乐，简直是脱胎换骨变了一个人。

挨着他家的邻居是个寡妇，人长得五大三粗的，看着很敦实。可偏偏就在丈夫死后操神费力地落下一身毛病，干点儿活儿就上喘。发子看在眼里，嘴上不说什么，每次都是干完自家的活就过去帮忙。平时看不出，他干起活来还真是把好手，麻溜利索。这次清理垃圾，他推着独轮车跑起来像风一样。在他的感染下，大家干起活来特别有劲，你追我赶地相互攀比着，半个多月的工程量短短几天就搞定了。见到他上前来搭讪，搁在平时我是不屑与他搭茬的。现在我还挺得意他那种嘚瑟劲儿，若是起个好作用，让我既能省心又见成效。于是我对他上次的表现给出了高度评价，他听到我的赞扬，尤其又是当着大家的面表扬，乐得咧着嘴挺了挺佝偻的腰。

人们越聚越多，我指着身边的世纯给大家介绍："这是我请来的专家，规划设计院的权威，来给我们村做个整体规划，好早日让我们过上城里人的生活。"大家听后特别激动，掌声自发性地响起来，并且一阵盖过一阵，弄得世纯倒不好意思了，结结巴巴地表着态。人们见这个从城里来的名人也会脸红，也会结巴，便觉得和我们农村人没什么两样，立刻拉近了距离，说起话来也随便了许多，争先恐后地搭话。有些大姑娘小媳妇也凑过来调侃着，我挥了挥手说："大家都散了吧！我们这儿还有正事呢。我得带着专家们转转，来一趟不容易，得为我们好好设计设计。"

话还没说完，就见发子拎着几瓶饮料像风一样刮了过来，我用赞许的眼光看过去，嘴上没说，心里却想：还真是个面上人，做事还真挺周到。大喇叭也端着个白钢盆，里边装着刚洗过的黄瓜，过来给大伙吃。平时最不上进的两个人，现在却变得这么有眼力见儿。世纯感慨地说："老车，想不到你们村的人待人接物这么讲究，就连城里人都做不到。这一定和你这个带头人有关，你在世面上口碑就很好，真是金杯银杯不如有个好口碑。"听着这些发自内心的赞扬话，我连连说："惭愧，惭愧……"心里却美滋滋的，暗想：今天是什么日子？最上不了台面的俩人，今天却给我露了这么大脸，这脸长得太及时了。因为世纯平常交际很广，人又很世故，人前背后没少说现在是世风日下人心不古，人变得越来越没有人情味了。今天的场面，对于我们村来说，他就是个活广告。在小陈队长的指引下，我们每条街每处地走个遍。我和世纯走在前边，他不厌其烦地和我讲解着哪处要建什么。他带来的设计师跟在后面详细地做着记录，不时地在纸上勾画着。发子屁颠屁颠地跟在后头，听我们唠的正事插不上嘴。好算走完最后一处才停下来，他抓住时机说："车书记，中午到我家吃饭吧！我安排点顺口的。青菜全是自家种的，一点化肥都没有，纯绿色的。"我看着他说："就不去吃了，谢谢你的好意！大家看了也不好，活儿没开始干就大吃二喝的，影响不好。等我们把村子打造好了，我一定去叨扰。"走了几步，我接着说："不然你就和我们一起去吧，我请客。"发子受宠若惊地说："我很想去，但这次就不去了，你们有很多正事要谈。"看到他今天的所作所为，不禁让我想起一个领导和我说过的一段话：无论人上到哪一层台阶，阶下都有人仰望你，阶上都有人俯视你。抬头自卑，低头自得。唯有平视才能看见真实的自己。人需要时刻找准自己的位置，在人之上时，把别人当成人，才能得到别人的尊重。人和人之间都是相互的，别目中无人、自以为是。只有这样才能远离骂名，脚下有路。

回城的路上，我和世纯闲聊着村里的奇闻趣事。听得世纯是津津乐道："想不到农村的故事这么多，赶明儿个你整理出来就可以编写成

255

一本书了。到时候我们就可以拜读你的作品了。""去你的吧，不要往一边扯，回去好好帮我筹划我村的作品吧！一定要以花费最少为前提，打造出最完美的环境。""你这不是赶鸭子上架，强人所难吗？巧妇难为无米之炊，你弄死我算了。"一路上逗着哏，很快就回到城里，我找了家小酒馆，简单地吃了一口饭。朋友之间就是如此，没有那么多客套话，平时各忙各的，遇到事情时，喊一嗓子，必当义不容辞。

三天后，世纯将一张五彩斑斓的鸟瞰图放在我面前，我两眼盯在图上，激动地说："这么快？没糊弄我吧？""你是我大哥，你要的东西不快行吗？那你还不得拿小话敲打死我呀？"说着，他指着图上的数字告诉我分别代表着什么，每个数字都在附表上有详细的说明，而且还都有简单的施工图。看来哥们儿还真没少费心，虽然我心里清楚，嘴上还不放过地臊白两句，彼此的默契心照不宣，最舒服的关系就是相互斗嘴后还能彼此会心一笑，平时都习惯了，不掐两句还不舒服呢。

# 第三十一章  筹备材料

　　天时、地利、人和，一应俱全，只欠"材料"这个东风。那可是硬头货，没有材料你就得干瞪眼。买材料就得拿钱，镇里给请示的指标迟迟没有批复，大好的天儿也等不起。我只好发动大家能赊的赊，能欠的欠，赊欠不了的我就东挪西借或自掏腰包，把材料先整回来。郭志也不甘示弱，积极地表态："用河沙这事儿包在我身上。"于是，他找了两台车到大河里去拉，挑着装，粗沙细沙都有。结果没拉几车就让河道管理站的人给叫停了。郭志赶紧给张志打电话，粗声大气地说道："喂，老同学，我的张大局长，你的属下也忒厉害了。我们村里用点儿沙子，来了二话没说就给停了。你管不管？"听得张志是丈二和尚摸不着头脑，说："哎，老郭，你能不能把话说清楚？怎么听起来着头不着尾的，谁上你那儿去了？""我不认识，反正就是你们水利局的。""哎，哥们儿，你以后把事情搞明白再发火，好不好？水利局的事我管不着，也管不了。我是水库管理局的，和他们两码事。你快去镇上水利所找小马，让他帮你协调吧！他和他们熟头巴脑地说话好使。"

　　小马非常爽快，拍着胸脯打保票："没问题，小事一桩！"他带着老郭来到水利局河道管理的站长办公室，跟站长把事情的经过简单介绍后，郭志顺兜儿掏出两盒烟放到桌上，本以为沈站长会客气一下，谁知他的眼皮连抬都没抬一下。"你是啥？村里的监委主任？你们村书记干啥去了？就是他来也不好办。这么大个事儿，怎么？先斩后奏啊。你们拉沙子和谁打招呼了？真是拿我们太不当回事儿了！"郭志一听，火腾的一下就起来了，"你说的是人话吗？官不大，派头还挺足。沙子我就拉了，你能把我咋的？"小马一看如此结局，脸上感觉很无光，两头不讨好，赶紧过来打着圆场。他刚一张嘴，沈站长吼道："滚一边晃去！"气得小马脸色铁青，郭志狠狠瞪了沈站长一眼，抓起桌上的两盒烟磨身将门重重一摔，走下楼去。

小马劝着郭志："咱俩合计合计该咋办，先不要告诉车书记，他那个性格知道了，不把事情闹个大头小尾的也不会善罢甘休。另外，这点儿小事咱俩都办不了，传出去多没面子。那块没有手续不让咱拉，咱不会找个有手续的地方吗？这样谁也就管不着了。"郭志突然想起什么似的，一拍脑门："对呀！咱找富波去，毕竟他是车书记的好哥们儿。"随后郭志又摇了摇头："不行，他那沙子是有本钱的，咱俩这点儿面子怕是不够，别到时候顶触了再叫车书记出头怕是不好。不然还是让车书记打招呼吧！今儿个这事儿咱别跟他学就是了。""看你那傻样，一条道跑到黑，咱不会变通一下？打着车书记的名号不就结了？"郭志勉强答应了，硬着头皮和小马去找富波，并说明了来意。富波毫未迟疑地说："小菜一碟，这点儿小事你俩何必亲自来跑一趟，只要车书记一个电话就妥妥的。别说车书记对我有恩，就是为了你村的新农村建设，我奉献点儿河沙不是应该的吗？都是河里产的，就是加点儿油的事。两铲子下去就是一大堆。你们只管来车，装车的事儿都包在我身上。"两人从富波那儿出来松了一口气，没想到事情办得如此顺利，来时的担心荡然无存。小马感叹着："同样是人，做人的差距咋就这么大呢？平时没事的时候处得挺好，一旦有事求到头上翻脸就不认人，以前也不这样啊！"郭志斜瞥了一眼小马："别那么多愁善感了，山大什么野兽都有，林子大了什么鸟都不缺。我现在这心里特舒坦，找个地方喝点？我请客！"

富波给我拨通了电话，问我是否还需要沙子，并简单地向我介绍他俩去的过程，弄得我直蒙门，不知道是咋回事，只能含糊其词地"嗯，哦"着，听到后来明白了，只能应承着。郭志和小马喝完酒，小脸红扑扑地回来了。我刚想张嘴问他咋回事，看着身边的众人，只好忍下了。郭志似乎看出我的疑问，怯怯地说："车书记，你别生气。上他那拉点沙子不是应该的吗？想当年若不是你出面，他能从一台拖拉机发展到现在吗？现在他发达了，家业也大了，当上了大老板，整天狐朋狗友地围着，顿顿不落桌的，找过你吗？"他的话使我的思绪回到了从前。

那是我当村书记没几年的时候，心气很高，做事认真，为人讲究，以助人为乐为己任。只要村里有人求到我头上，我头拱地地去办，甚至自己做不到的，托门挖窗去给办。久而久之，路多了人脉也广了。那时候我还不认识富波，他是我们邻村的村民，家里养了一台推土机，通过关系拍下了我村辖区内的一块沙场。头一年因置办设备再加上修路，基本没赚到钱，甚至还赔了一些。随着房地产业的兴起，城里高楼大厦鳞次栉比，河沙用量大增，楼价飞升，物价上涨，拉沙子的车每天进进出出，川流不息。有几个好事儿的刺儿头坐在村头的小卖店里，一边打着小牌，一边统计着过往的车辆。这些无赖就是社会的残渣，平日里游手好闲无所事事，最见不得别人赚钱发财。一见富波赚得沟满壕平，顿时眼红动了歪心眼儿。以王闯为首的几个人凑到一起，什么二老歪、三驴子、四斜楞的，几个人每天是吃喝嫖赌、坑蒙拐骗、形影不离，这几个臭味相投的人混在一起，遭罪的只能是那些老实人和正经人。

这天，四个人头顶着头听着王闯出馊主意："沙场虽然是富波的，但这道不是咱组里的吗？咱就在这道上设个卡，然后和潘队长言语一声，就说组里安排的，他富波为了息事宁人顺顺溜溜地做生意，就得出点血来打点。凭什么让他一个外来户在我们这儿赚得满身流油？我们连揩味点油星的份儿都没有，这事要是做成了，哥儿几个以后还愁吃愁喝吗？何至于平时打个小牌为了输赢都得闹个急头白脸的？"

几个无赖一拍即合，连声道："好，好！该着我们时来运转！"说到做到，第二天就在村路上架起了栏杆，被拦停的十多台拉沙车排满了道，遮阳伞下的四个无赖边喝着茶水边打着小牌。他们对司机的哀求充耳不闻，旁若无人地玩耍着。知道信儿的富波匆忙赶到现场，听明原因后急忙给潘队长打电话，但对方手机一直处于关机状态。他心里明白这是对方故意摆道刁难。他只好一边安排人回家取钱，一边祈求着王闫先把车放了。有道是：阎王好见小鬼难缠。但偏偏遇到的这个"阎王"却是很难缠的。

王闫带搭不理的，那是摆明了不见兔子不撒鹰，等着看看"摆"厚不厚再说。取钱的人很快就赶回来，在一旁使了个眼色，富波连忙过去，躲在运沙车后边掐着五千块钱沉思片刻问："还有没？"那人又递过去五千块。富波咬咬牙把一万元捆在一起，走到王闫身旁，拽了他一下，王闫会意地跟富波走向一旁，从兜儿里掏出那一万块钱递了过去。王闫把钱在手里掂了掂，说："富老板，你不能这么小气吧？我们是在给组里收买路钱，今天就放你们过去吧！"富波在心里暗骂着：败类，若不是今天工地要料急，我非得和你们好好折腾折腾不可！面上还不得不赔着笑脸："好说，好说，以后还得请您高抬贵手呢！"说完转身离去。王闫将五千元揣进里怀兜儿里，剩下的五千块揣在外衣兜里。然后他摆了一下手示意放行，二老歪连忙跑过去将杆儿挪开，司机都把气撒在车上，烘大油门吹起满地尘土，一溜烟儿地呼啸着离去。

几个人边拍打着满身的灰尘边骂骂咧咧地聚在三驴子家的小屋里。王闫在外衣兜里掏出五千块钱，啪的一声摔在炕上，"哥们儿，看吧！出师告捷。富波那小子太抠，想拿个三千两千地打发我们。我当时就急了，上坟烧报纸，你糊弄鬼呢？硬是让我抠出来五千块。哥们儿每人一千二，剩下那二百喝酒。"二老歪、三驴子连声吹捧，只有四斜楞用他那斜楞眼睛瞟着王闫被里怀兜儿撑起的鼓囊囊的外套。王闫似有察觉，做鬼心虚地向下抻了抻衣角，反而弄得越发鼓溜，连忙打个岔："别看了，二老歪，麻溜把钱分一下，咱们好喝酒去。""别介老大，剩那二百你揣起来，喝酒钱我们仨各拿一百。"气得四斜楞用他那白多黑少的斜楞眼狠狠瞪了一眼二老歪，三驴子也在一旁附和着："对，以后有老大给我们坐镇，我们不得天天吃香的喝辣的？神仙也比不了我们。"四斜楞没说什么，只有屈从。王闫全看在眼里，心里琢磨：这俩二货好摆弄，四斜楞倒是挺难弹弄，以后做事还真得防着他点儿，别在他这条阴沟里翻了船。心里有了主意，先收买人心，故示大方地说："钱必须均分，剩下的钱吃饭不够我添，就这么定了。不要争了，谁让我是老大呢？不做表率怎能服众？"

敲诈来的钱就是好花，也不当钱花。几个人叫了满满腾腾的一桌菜，什么天上飞的飞龙鸟、地上跑的鹿蹄筋、水里游的鳖花鱼，水陆空特色应有尽有。二老歪嘴里不停地叨咕着："咱们小酒天天有，喝完白酒喝啤酒，喝完啤酒唱一宿……"酒过三巡菜过五味，四斜楞大声嚷道："老大，明天再干他一票吧！太爽了！"王闫两根手指捋着下巴上的几根稀疏的鼠须，故作深沉地说："不妥，隔三岔五地整一下还行，否则激怒了他，弄得两败俱伤都没有好果子吃。""多大个事呀，弄这点钱在他身上那就是九牛一毛的事儿，你们前怕狼后怕虎地不敢干，我干！老三算你一个，敢不敢？"三驴子一听叫他，打了一嗝，赶忙看向王闫："大哥，老四喝多了，别搭理他。"说者无心听者有意，对王闫来说，这个人不可能再继续合作下去了。对四斜楞来说，光脚的还怕你穿鞋的不成？没有胆量就没有产量。心想：老二和老三这俩货让人算计了都不知道，让人卖了还帮着数钱，成大事者光有个屁胆是不够的，必须还要有心细这一说。

这几个人你提我敬推杯换盏中各揣心腹事。其实，二老歪早看出王闫有猫腻，揣着明白装糊涂，难得糊涂，至少还能分一杯羹。如果少了王闫，剩下几人就没了主心骨难成大事，心里的不愉快全让四斜楞给抒发出来。他见大家喝得也差不多了，举杯提议让大哥收杯，就此散去。

醉醺醺的几个人出了酒馆，二老歪早有打算，给三驴子使了个眼色，他搀扶着王闫说："老大，咱俩一路，我送你吧！"按照王闫的酒量，今天喝这些酒对他来说根本就不是个事儿，经二老歪这么一说，故意打个趔趄，会意的三驴子忙冲上来扶住另一侧，三人有节奏地歪扭着向前走去，只留下四斜楞孤独一人向另一边走去。二老歪心里盘算着：今天这个局面老大和老四互不相融，四斜楞难成大事，弄不好二比二的结局，能把老三拽过来，就能形成三比一的结局。而且经此一来，我在老大面前那就是说一不二的了，何乐而不为呢？其实，王闫对二老歪今天的做法很认可，关键时刻必须给些甜头儿才行。

此事如此平静了三两天，王闫三人每天照常喝着小酒打着小牌，只有四斜楞一人孤寂无聊，无人问津，真正成了孤家寡人。他眼看着过往的车辆，盘算着如何再弄一笔，苦于孤掌难鸣，苦思冥想下有了计谋。夜深人静时四斜楞拎着瓶酒，敲开了三驴子家门，两人就着花生米你一口我一口地喝起来。四斜楞一看酒喝得差不多了，说："三哥，想不想再弄几个子儿花？"三驴子看着四斜楞说："想啊！做梦都想。这两天都待长毛了，闲出屁了。""那明天咱再把杆架起来。他俩不干，咱俩干，敢不敢？""有啥不敢的？咱怕过谁？"

第二天俩人重操旧业，望着远处飞驰而来的货车丝毫没有停车的意思，急忙向旁一闪，拦路的杆子被货车撞折后飞向远处，货车呼啸着急驰而过。二人呆立当场，很久才缓过神来自言自语道："怎么会呢？不要命了？"原来富波被敲诈的当天晚上，就去了潘队长家，问明原委。潘队长证实没有叫他们替组里去收费，因为组里和富波有约定，组里的农田作业道由富波无偿维修，富波可以使用，收过路费纯属几个地痞的个人行为。弄清真相后，气得富波咬牙切齿地想把钱要回来，还是在媳妇劝说下，不想把事情闹大，这才忍了下来。于是告诉所有司机，以后再遇到他们拦路设卡，不要理会，直接开车冲过去，有什么后果他担着。

此事很快传到王闫耳中，心里暗骂：小样儿，就你们这两块料还想另立炉灶？也不撒泡尿照照自己。四斜楞也感觉自己离开王闫不行，经此一事越发是心服口服，只好觍着脸厚着皮求王闫饶恕，并拍着胸脯表忠心。王闫故意板着脸不开面，后经二老歪从中撮合才重归于好。

富波撞杆这事让四斜楞恨得牙痒痒的，整天催促王闫想办法狠狠治一治他。王闫的道道儿就是多，脑瓜一转，计上心来。诡秘地说："以前的道行不通了，整不好还得蹲笆篱子，这回就给他整大乎点，不但出血还得让他闹心。"几人精神振奋，各个押着脖子侧耳细听。王闫如此这般地说了一遍，众人齐声叫好，只有三驴子不太乐意。原来，王闫是想让三驴子把他患脑血栓的爹换出来。拉沙子车不是快吗？就在车一过的时候顺势倒下，那富波就吃不了兜着走。不但三驴子的爹有地方待了，还能大大地讹上一笔。三驴子想不明白为什么偏让他爹去做呢？别人也不是没爹，万一有个什么三长两短……二老歪急了："不行让我爹去！"王闫说："算了吧！你爹利手利脚的能被风带倒吗？只有他爹最合适，不干就拉倒吧！就当我没说。"王闫抓住三驴子的心理，故意这么一说。在利益的驱使下，三驴子答应了，他依计行事说服了他爹，将腿脚不利索的老爹换出来坐在路边的小凳上等着拉沙车过来。

这几天憋着气的拉沙车路经此地时都铆足了劲儿开得特别快，三驴子他爹见一辆疾驰而来的拉沙车赶忙站起来，本想顺着风势倒下，不承想那不听使唤的身子被风带得转了大半圈，乓的一声后脑勺着地，正卡在一块突出的石头上，当即昏迷不醒。被旁边商店的人发现，连忙喊来正在玩牌的三驴子。实际三驴子早就看到了，他一边心不在焉地打着牌，一边暗自夸他爹演技好。等到有人来喊他，才跟随众人跑到近前，一看傻眼了。他爹抽搐着蹬着腿好像不是装出来的。他连哭带嚎地堵了辆车，把他爹送到医院。这边马上报案，交警在沙场将"肇事逃逸"的司机带走。司机在人倒下的瞬间已经跑出去老远，根本就不知道此事，所以被抓时一头雾水，也挺冤的。

富波赶忙带着钱赶往医院。经过两天的抢救，老头儿还是走了。家里人在那几个无赖的造势下将死人直接拉到沙场设立灵堂，雇了喇叭乐队吱哇乱叫。在农村谁家有个红白事，基本家家都往上凑。虽然大家不明白灵堂为什么设在河套里，但也没有人过问这些。气得富波愤怒不已，拎着刀就要出去对命。得亏他家人和几个明事理的人把他摁巴住，合计找人出头协商，但几经协商未果。有一些好事者给富波出主意，让他请我出面，富波犹豫道："平时跟人家也没有交往，又不是很熟，这回摊上事儿了找人家，人家能管吗？""你就去试一下吧，听说车江为人热情仗义，没准儿他会管。"富波硬着头皮来找我，道明来意，我爽快地答应下来。心中早有打算，此事根源也已摸清。

擒贼先擒王，就先从王闫下手。我把王闫叫来，对他道明其中的利害关系，起初他还支支吾吾不承认此事和他们有关，我只好把他敲诈人家一万元钱，拿出五千大伙分了和盘托出。王闫听后不以为然，直言那又能咋样，一副满不在乎的样子。气得我大声呵斥："你们已经构成敲诈勒索罪了，而且数额巨大，少说也得判个三年五载的。尤其是你，主谋这个罪名你是推不掉的。"王闫听得已是满头冷汗，直说："求你救救我吧！""只有你自己才能救自己，别人救不了你，不要把事情做得太绝了。法网恢恢疏而不漏，你们触犯了法律是逃不掉的，坦白从宽，抗拒从严。"

王闫也是个有头脑的人，连忙表态愿意积极配合解决此事。回到沙场，王闫鬼鬼祟祟地把三驴子搜到一边，悄声地说："坏了，三驴子，咱这事捅咕大了，派出所把我叫去了，开口就问咱们碰瓷整出人命这事。我虽然没承认，但人家拿出一些材料让我看，一手材料都掌握了，正要填单子办理拘留手续，刚巧遇到车书记去开会，问明原因替我们几个做了保，这才把我放回来，不然咱哥儿几个现在说不定被整哪儿去了。你和你家那哥儿几个合计一下，就别再闹了，赶紧把你家老爷子安葬了吧！"三驴子本就是个粗人，听王闫这么一讲也吓够呛，更没什么主意，紧张地说："俺家那哥几个都得听我的，谁也不敢咋呼，你就做主吧！"王闫又给二老歪和四斜楞打了电话，二人也都希望尽快息事宁人。

就这样，殡也出了，灵堂也撤了，也没有人再追究此事，这事就算过去了……

听郭志这么一提，本想张嘴呲他两句，想想他也是为了村里，到嘴边的话便又缩了回去。就这样，工程终于可以顺利进行了。

# 第三十二章　温河打人

我每天早晨必须过去转一圈，看看进程，然后再做其他事。干活的人工基本都是本乡本土的，大家熟头巴脑的无话不说。

这一天，我照常到工地转一转，忽有一个面熟的老头儿跟我打招呼，似曾相识却又叫不出名字，尤其对方还指名道姓地喊着我，挺尴尬的。我嘴里只能含糊地应着"啊，嗯……"不敢直视其人，眼睛只能盯着他和出来的砂浆，忽然觉得不对劲，机械拌出来的砂浆怎么会这样呢？怎么会有水泥疙瘩呢？我用手抓了一把，细细地捻着，发现水泥是一块一块的硬块，根本不是搅拌问题，连忙叫停。我把王升喊到现场，问他水泥是从哪儿拉来的，王升看着我有些不太敢说话，吞吞吐吐地说："这都是你给我的联系方式送过来的。"我立刻拿起电话直接拨通了供货商，让他马上到小南屯来一趟。

不多会儿，建材商店的赵老板开车来到小南屯，车门子没关就来到我面前："车总，什么事这么急？哪儿办错了惹你生这么大的气？你言语一声我们立马就改，别跟老哥一般见识，啥事你就只管吩咐。"我用脚尖勾起一条水泥袋子踢到他面前，说："你看，这是你送的吧？"赵老板瞄了一眼，根本都没有哈腰去看便说："这哪儿来的？我不知道，我家从来没卖过西丰小厂子产的水泥。"一边的王升看实在混不过去，只好承认这是他小舅子从外边要账弄回来的十吨水泥，恨得我是气不打一处来："凡是用这种水泥砌筑过的和说不准是用哪种水泥砌的建筑物全部拆除！"惹得赵老板也有些不高兴，嘴上说得挺客气的，但话里话外的小疙瘩话谁都能听出来："车总，你哥和你合作这么多年，就没给你送过一袋过期的水泥，我挣的是良心钱。知道你对材料要求高，从来都不敢糊弄。你这个人讲信誉，找你这个主道不容易，凡是你的货，我都亲自把关。今天你也看见了，你哥可以跟你拍胸脯子说话，换个人敢打这保票吗？"

赵老板头一回跟我说话这么硬气。他之前在我面前从来都是俯首帖耳的。几句话整得我一时无言以对，只能怪自己做事太草率了，啥事没弄明白就把人叫来了，只好赔些好话。

现在做买卖很难，尤其是建筑市场这些年处于低迷状态。从事这个行业的又都是些粗人，债务关系越来越多，不管啥人都能做工程，恶性循环越来越严重，想找个能够信赖的合作伙伴简直太难了。我们合作这么多年，从来没有差过他一分钱。他说了两句过头话后看我的脸色不对劲，赶忙拉了回来，唠了两句闲嗑上车走了。

我随处走走看了看，和那些相识的工匠打着招呼。这些工匠大多是本村本土的民工，在这里干活不但少了奔波之苦，守家待地的也不少挣，而且也算是给自家干活，干起活来那是特有劲头。

忽然听见一阵女人嚷嚷的声音，拐过弯便见大喇叭嗑着瓜子正和一个泥水匠扯皮。那个泥水匠正在那撅着屁股背对着大喇叭扒墙，大喇叭指名道姓地对着泥水匠说些刻薄话："哎呀，张瓦匠，你可真邪性，方性就是大，你这个'扒'级瓦匠干啥啥扒，给别人家干活扒一扒还行，就连自己家也不放过。"张瓦匠头都没回就说："去你的，滚一边去！净扯王八犊子，就那点儿破事还能讲究一辈子？谁还没有点儿过失，哪有吃饭不掉饭粒的？"大喇叭也不让劲儿："你那叫掉饭粒呀？吃生米吧！"我听了心中暗想：这个虎娘们专揭人家伤疤，真是哪儿疼往哪儿踢。

那还是张瓦匠家盖新房时，主体大框请了二茬工，剩下些小来小去的活儿都是自己干的。很快锅台就砌好了，瓷砖也粘上了。房子盖好后选了个吉日搬家，媳妇抱了捆秸秆准备燎锅底，哈腰找了半天灶坑门儿没找到，这才发现压根就没留灶坑门儿，闹出个天大的笑话。

我在后面咳嗽一声，二人同时转过身。我半开玩笑地说："大喇叭，又在这胡诌八扯嚼舌根子呢？"大喇叭哈哈大笑："闲着没事涮他玩呗，你们唠吧，我得回去做饭了。"这才把张瓦匠从窘境中解救出来，不然的话，大喇叭那张嘴，指不定说出什么更难听的话。刚刚的不愉快被大喇叭和张瓦匠这一闹腾，早已释怀了。人活着不要为了某件事去纠结，像大喇叭这样每天无忧无虑的活法不也挺好吗？

接连几天没事我就回村里转一转，各项工艺我要求的规格都很高。我对建筑工程施工方面算是行家里手，初中毕业后我就从事土木工程。虽然理论知识方面一知半解的，不十分内行，但实际操作方面从头到尾、从糙到细，都是颇有研究的。尤其是对整体结构和外观打造各项工艺要求比较严格苛刻，就是这样，工匠们打造出来的作品，也不是都尽如人意。有些工匠为了几个工钱敷衍了事，还有些工匠技术低劣滥竽充数，更有甚者拿着工钱拉关系送人情。就连修条巷路都能出麻烦，本来设计好的一条笔直的巷路，垫到温河家门前竟然出了个弯儿。

我喊来领头的工匠大声质问："怎么搞的？用仪器还能干出这个熊色？就是个大白扔扯个线也不会偏到他姥姥家去的！不会干趁早滚蛋！我这儿都一卯顶一楔的不养废人。"王线寸憋屈地看着我涨红了脸说："大楼那么难我都从未出过毛病，别说这一条道了。你们村组一个管事的都不在，我放线放到这儿，他家出来个老爷们儿二话都没说，就把木头橛子给拔扔了，骂骂咧咧地还要削我。看他喝得醉马天堂的，我们也没敢吱声，他用手一比画就让我们这么走。还有他家那个老娘们儿，挺着个大肚子，两手叉着腰也出来了，仰脸朝天地骂人，骂得可难听了。在场的让她狗血淋头地骂个遍，谁都没敢接茬。你这怎么能怪我们呢？也不问个青红皂白就损我们一顿，在哪儿干活还不挣钱？我们不干了，把工钱给我们开了吧，我们不受这个窝囊气了。"

几句话整得我一时下不了台，就在这时，王升和小陈队长听到动静赶过来，我立时把气撒到他俩身上，呵斥小陈队长去把这家老爷们儿叫出来。我们的争吵声早就惊动了温河两口子，温河假装喝多了赖在屋里不出来，正像王线寸所说，他老婆挺着个大肚子拧搭拧搭地出来了，站到院门口要泼地说："这是我家的地，天王老子来了也不好使！"她放完狠话睨了我一眼，转过头望着天。

我没好气地说："你回去！我和你说不着，叫你家老爷们儿出来！怎么的？这个时候倒成缩头乌龟了？"一句话说炸锅了，那老娘们儿确实是个辣茬，反唇相讥："王八咋的了？他乐意！"弄得我的火腾地一下就上来了，双拳紧握。王升一看不好，很怕我脾气上来把事儿闹大没法收场，赶忙冲着屋里喊："小温子，你能死出来不？"王升是他远房姑夫，说话并不忌讳。

这时温河从屋里栽栽歪歪地走了出来，还故意装傻充愣地和大家打招呼。月老儿也真会牵线，竟把这一对彪乎的活宝整一块去了。我一声没吭，抓起身边的一瓶矿泉水对着他的脸淋了过去，他毫无防备激灵地打了个冷战，立刻清醒了许多。他硬说那是他家的房宅地，用也可以，组里必须拿出双倍的机动地作为补偿。我实在是忍无可忍："既然给你脸不要脸，我非和你整个大头小尾不可！"我吩咐小陈队长回村部取台账来，同时给镇土地所负责人打了个电话，请他派专人带着宅基地布置图过来，一并将他家的责任田和宅基地重新测量。

温河见我动真格的了，起初有些悔意说了几句软话，见我未加理睬，便破罐破摔地要起横来："要量也可以，全队的地一家不能少都得量，凭啥只量我一家？"见他要横，我更加强硬："就量你家的！别人家没占道也没提出异议。另外，我们也没有闲工夫！"

其实，我早就想治治这恶汉了。早有人反映他经常在打雷下雨天穿着雨衣装神弄鬼吓唬寡妇。村治保主任曾带着人蹲过几次坑，都被他事先察觉有了防备，苦于没有证据。

温河平时走街串巷收些鸡鸭鹅狗，在家收拾完了拿到集市上去卖，总是把连毛带粪便的垃圾倒在前院的河边。前院的邻居姓贺，老爷们儿当兵复员后常年在外做买卖，媳妇陪孩子在家读书。家中里里外外被媳妇收拾得井然有序，草棍皆无一尘不染。偏偏温河这个懒汉把一些污秽之物倒在人家房前，恶心人家。开始贺家媳妇还客客气气地招呼："大哥，勤快两步远点倒着，这是我家宅基地，不好收拾。"不说倒好，这一说他就更来劲了，竟在三更半夜把一些死猫烂狗的往人家院子里撇。贺家媳妇找到村里，我们出面调解几回，他好个三五天后就变本加厉地祸害人家……

说话的工夫，人就到齐了，打开图看了温河家的边界四框，拿着GPS定位仪很快就把界点定完了。不但修路没有占他家的宅基地，而且离他家宅基地还有一段距离。趁此机会我把他家前后左右邻居聚到一起，交代一下他们之间的交界，把他家这些年侵占邻居的地都给找回来了，并钉好木桩作为标记。温河气急败坏地扬言："钉个破桩子有啥用？哪天我高兴了，就给它拔扔了！"

第二天午后，我领着安全员在工地检查安全隐患，正对工人进行安全交底时被一阵急促的手机铃声打断，电话里传来老六急躁的声音："车总，不好了，你快过来吧！工头老贾让人给打了。"

"谁打的？因为什么？现在人在哪儿呢？"

"那个姓温的打的，村里的水泥路面刚铺完，走不了车。他开着三轮车过来硬往上轧，老贾阻拦，他下车不容分说就给老贾两个电炮，牙都给打掉了两颗，临走时还踹了老贾两脚。等我们过来的时候，他就开车朝村外跑了。老贾被王升和小陈队长送去医院了，我们也报警了，警察让我在现场等着。"

"好，你就在现场等着吧！把经过说清楚，然后再找几个证人，我先去医院。"

我带着钱去医院把押金交上，一切安排妥当，我再磨身去派出所，心想：这次一定不会放过这个温河，把材料准备充分了，定他个破坏公物故意伤害罪。这种社会垃圾必须严惩不贷。老六平时对我是言听计从的，从不反驳也无异议。这次却是忧心忡忡，几次出言相劝，不想让我因公事而树敌太多，毕竟不能在这儿当一辈子村干部。我心里清楚这哥们儿是为我好，我太清楚他的为人了。他做事谨小慎微，从不草率行事。按理说他这种人应该成大事，但也许是被他那瞻前顾后、优柔寡断的性格给耽误了。商场好比战场，商机就是战机，商机一旦错过了就不会再来，这绝对是商道。

老六最后在电话里诚恳地对我说："你和他大动干戈、伤神费心的不值当。尤其他这种包藏祸心之人，做事不择手段，纯是个彻头彻尾的小人。和这种小人弄得两败俱伤值得吗？"就冲他这几句推心置腹的心里话，绝对是我一生中不可或缺的朋友。但我这个人性格刚烈，宁折不弯。尤其遇到那些想称王称霸的村匪无赖，我是决不妥协。为了不辜负他的一番苦心，只得耐心地回应他："你放心吧！我做事有分寸的，我会把这件事情处理好的。"

作为一名村干部，不能把个人安危放在第一位，必须扶正祛邪。更不能因为怕得罪人，就装老好人，关键时刻必须挺身而出，为老百姓作主。否则，这个村里怎么能够风清气正？也会寒了那些真正做事的人的心。这次必须拿这个温河来杀一儆百，以儆效尤。我是铁了心要除恶务尽。心里揣着事，脚下马不停蹄地往医院赶。

当我走出电梯，东瞅西问地来到老贾的病房前，病房的门敞开着，本该安静的病房被来回进出的医护人员和奔走呼号的家属闹得鸡犬不宁。靠门口的一张床上躺着一个奄奄一息的老人，脸上戴着氧气罩，心脉检测仪上的折线几乎已经拉直，看样子马上就要吹灯拔蜡了。老贾躺在最里边的床上，栽楞个身子，半拉脑袋埋在枕头下边，露出的半边脸上敷着用手巾包的冰袋。护理的小许子赶忙过来打招呼："车总，你怎么来了？你那么忙，还有时间到这来……""人怎么样？检查过了

271

吗？怎么没打针呢？"老贾听到我的声音，赶忙拿下敷在脸上的冰块，手拄着床沿，支起了半边身子，我赶忙按着他的肩头让他躺好。

老贾是个身材高大，细眉长目的壮汉。笔直的鼻子下配着两片薄唇，看起来很有书生气。说是老贾，其实还不到五十。他刚结婚时家里很穷，日子过得比较拮据。现在还要供两个大学生，除了种点地，农闲时就出来打工。他心灵手巧，觉得打短工也挣不了几个钱，日子过得也不宽绰。家里的一台农用拖拉机在他的琢磨下，愣是给改装成了一台钻机。他又召集一些守家在地的亲朋好友组建了一个民工队，专门承包一些农村的平房和大墙的基础工程。偶尔也做些路面工程，由于工程价格合理质量过硬，找他干活的人越来越多。于是，他手里的工程也就应接不暇。就这样一个壮汉见我到来，竟然止不住哇的一声哭了。哭声中夹带着满腹的委屈。我一边安慰着一边端详他，本就不大的一只左眼肿成一条缝儿，上嘴唇凸出很高，一片薄唇整个变成了雷公嘴。如果不说话，冷不丁看见，谁也认不出是他。

这时，小陈队长拿着一堆检查单子满头大汗地进来了。我连忙问："检查结果怎么样？""刚取回来，还没给医生看呢。"刚好这个科的李主任是我的哥们儿，我和小陈队长一块来到主任办公室。我和李主任之间不存在那些繁文缛节，所以见面用不着虚头巴脑的。见他在给病人家属介绍病情，我们就坐在一边等。他忙完回过头来问："你怎么来了？也不事先打个电话，我若不在，你岂不白跑一趟？"我打着哈哈："哎呀我的李大主任，知道您老人家很忙，我今儿个可不是闲逛，是有事来找你。"李主任递过来一杯热茶："怎么回事？坐下来慢慢说。"李主任个子不高，瘦小精悍，一双俊目炯炯有神。尤其是长了一双穿针引线的女人手，一看就是一个干练的外科医生。

我把单子递过去，简单地说明了一下情况。他看了看片子，然后喊来一个医生，让他再系统地检查头部，其他部位暂时看是没啥事儿。另外，他说都是好朋友，没有必要的检查就别做了，并让护士长给调了一个肃静点的病房，交代完之后转头对我说："别走了，一会下班我请你吃饭，平时你总忙，难得今天送上门来。再叫两个好哥们儿。"我连忙说："别，改日吧！今天肯定是不行，摊上这档子事儿，我还得去处理。"李主任无奈地摇摇头，笑吟吟地说："你这是何苦呢？放着清福不享，偏偏当这个小破官，操心不说还往里搭钱。就这样一天还干个有来到去的，自己那么大个项目扔给别人管，你放心吗？"

我也没和他分辩，无奈地耸耸肩告别了李主任。这么多年了说这话的也不止他一个，都不理解我为啥还要当这个官。我刚创业的时候，还是一个懵懂的青年，正是这些淳朴善良的乡亲们对我的支持，才有了我今天的成就。我富了不能忘本，我要带领大家一起过上好日子，这就是我的初心。我来到病房，这时病房安静了许多，我和老贾交代了几句，又匆匆地赶往派出所。邵所长热情地迎了出来，坐在邵所长的办公室里，我一边品着茶一边道出我的想法："对温河这个害群之马要严惩不贷，决不姑息。"听完我的表态，邵所长也义愤填膺地说："我让办案人员把他这些年的劣迹都查实了，治理这种人就得如此，定会让他得到教训，以后好长点记性，重新做人。"

"邵所长费心了，我替老百姓谢谢你！"

"这是我的本职工作，不过，听到你这句话心里很舒服。"

这时，两个办案民警空手而回。他们一进屋就抓起桌上的水杯倒满凉白开咕咚咕咚就喝了下去，用手擦去下巴上流淌的水迹，这才向邵所汇报经过。他们首先来到现场找到老六以及在场的相关证人取了笔录，然后来到温河家。他家的院门反锁着，院子里散放着两条狼狗，见来了生人是狂咬乱吠的。就在狗的乱咬乱叫夹杂着拍打铁门的叫门声中，随着房门打开的同时，走出来个胖老娘们儿，披头散发的长了一张大屁股脸，塌鼻梁下一张海口，黑不溜秋的大脖子差不多得有半年没洗。她外罩红色薄纱裙，大肚脐眼儿露在外边。她腆着个大肚子怀抱个白色的哈巴狗，问道："你们号什么？喊什么？还让不让老娘睡个消停觉了？"两个民警办案这么多年就没见过这么泼的女人，同去的郭志倒是司空见惯了，毫不示弱地回敬一句："你挺着个大肚子嘴上积点德，别到时候生个孩子没有屁眼儿。"谁想这个彪女人不怒反乐，说出的话更气人："哟，要是生出个孩子那样不更好吗？光吃不拉，省着糟蹋粮食。"两个民警哪见过这个阵仗，无从插嘴。郭志也给气了个够呛，大声呵斥道："别扯他妈犊子了，快叫温河出来！派出所这两位同志找他了解情况。""哟呵，这么大的官架子呀？找俺家河子呀？他不在家，不知找哪家老娘们儿鬼混去了……"

扯了半天，她还是乖乖地把两只狼狗哄进了笼子里关上了，然后把两位民警和郭志让进屋，犄角旮旯看了一遍，没发现人。郭志从敞开的后窗跳出去，房前屋后地搜了一遍，也没发现人。民警要了温河的手机号码拨了过去，手机处于关机状态。又在附近走访了几家，也没什么结果，只好先回来了。邵所长听完汇报沉思片刻，然后抬头对我说："车书记，你回去安排治保主任给他家最后下一道通牒，叫他不要一味地东躲西藏了，一定要面对现实，只有投案自首才是出路，否则被我们抓住了只能是罪加一等。"他扭过身对两位民警说，"你们两个去医院到受害人那儿取证，今晚加班。我们到他家蹲坑守候，我就不信他躲过初一还能躲过十五？还真拿我们当吃干饭的了！"两个民警领着指示转身出去了，我也起身告辞。

我回到村里交代王升去温河家走一趟，王升办事圆滑，不会惹出是非。郭志是个火暴脾气，说话直来直去，脾气上来压不住，这种事儿办不了。但也没让他闲着，带上几个人密切关注温河家动态，一旦发现他出现，立即向我汇报，不要擅自行动，以免打草惊蛇。另外，温河是个睚眦必报的小人。当天晚上，按照邵所长的安排，几个人守候在温家。让人意外的是街上多了一辆警车，闪着警灯，时不时地转上一圈。

一夜就这么过去了，没有任何收获。第二天早起，好算熬到上班点。

我匆匆忙忙地赶到派出所，开口便问邵所长："不是秘密蹲坑抓捕吗？怎么还整辆警车大张旗鼓地来回转悠？这不是间接地通风报信，告诉他我们在抓他吗？要是这样，得猴年马月才能抓住他呀？"邵所长见我急赤白脸的样子，笑着说："哥，这你就不懂了吧？姓温的不让咱们消停，咱还能让他好过？我们就是研究犯罪人的心理的。他本已是惊弓之鸟，我们再这么一敲山震虎，他就更加寝食难安了。别人又不敢收留他，所有近亲又被我们监视了，熬不了几天。只要他精神崩溃了，就好抓了。"听了邵所长一席话，我如梦初醒，开心地说："我怎么就没看出来你这猫捉老鼠的把戏呢？你们将犯罪人的心理研究得太透彻了，瞧你这一身正气就让人肃然起敬，真是邪不压正啊！你忙吧，我回村了。"

# 第三十三章 初见成效

我坐在办公桌后的转椅上，脚搭着桌沿，手拍着脑门，闭上眼睛苦思冥想：温河到底能藏在哪儿呢？浑然物外，静思忘我中被王升的声音惊醒，我很不愉快地抬头看了他一眼："你啥时候进来的？干啥毛愣三光的？"王升惊愕地看着我，怯怯地说："我刚进来，猪圈、鸡舍已经建好了。另外文化站请了两位画家，正在给我们新建的文化墙绘画，您要不要过去看一眼？"听到这些接连不断的好事，刚才的阴霾一扫而光，也立刻来了精神头，我起身往外就走，边走边吩咐道："叫上大家一起到现场去看看。"王升事先就给小陈队长打了电话，通知他们去了现场。

离老远就看见小陈队长和几个养殖户站在养殖场门口。尤其是陈发子特别扎眼，头发抹得油光锃亮，脚上的小白鞋今天格外白。刚下车他就把我们领到猪场的大门口，门口放着一台自动鞋套机，我夸张地睁大双眼："这是参观猪场还是到你家做客？"陈发子一本正经地回答："现在的猪场比我家还重要，现在所有的设备都是现代化。而且我们要创办一个无菌养殖场，从投料到饮水全是自动化，这边控制室开关一摁，那边就自动出水。另外，粪便尿水都被水稀释后冲进化粪池，池子设计的是干湿分离。被隔离出来的干粪随时随地清理出来拉走。"我们边看着猪舍边听着他的介绍。

一间间被钢管焊成的隔断分隔开来，中间是两米宽的过道。大约五米远顶棚就有一个排气孔。用水泥预制的食槽刚好够一个猪头伸进去，再也不会因两头猪争食把饲料撅个满地。自来水管笔直地固定在栅栏上，贴着墙根一溜用木板铺成的猪炕，为了便于清理，一码水泥轧光的地面。参观完猪场往外走，王升有感而发："现在的猪也太享福了，我们小时候也没住过这样的砖瓦房，天天还搁人伺候。"我白了他一眼，调侃着说："不然你也来住几天？享享清福，完事给你来一刀？"大家哈哈大笑，我接着笑着说，"好死不如赖活，还是好好活着吧！以后比这好的事儿多了去了。"

大家说笑声中走近广场边的文化墙，老远就看到这簇拥着一群人。透过人墙往里看，雪白的墙面四周刷着深灰色的乳胶漆，正有两个画工在文化墙上作画。定睛细看，这哪是在绘画？简直就是涂鸦乱抹，挺好的一面文化墙竟被搞成了这样。离离拉拉的油墨滴了满墙，整幅漫画反映不出什么寓意，配画的题字也歪歪扭扭，实在是白瞎这面墙了！

再看这俩人，从头到脚淋了满身油墨不说，单看一张大脸被红漆绿油外加黑墨点缀得满满的，再经过流淌的汗水这么一拉，简直滑稽无比。实在是看不下去了，我用手拨开众人挤了进去。断喝一声："停下吧！别在这儿丢人现眼了。想要练手也得挑个地方，真拿我们农村人没啥见识？当我们是土老帽呢？"两个人惊慌失措地转身看着我。其中一人手忙脚乱地把画笔还掉落在了地上，忙不迭地弯腰去捡，一时脚下没站稳，还造了个前趴。另一人赶忙将他搀起，引起了围观者的哄笑。其实，这二人早就听到了围观者的窃窃私语，他们早被众人评头论足的讽刺声弄得心慌意乱，本身又没什么功底，越是紧张，作品越是乱七八糟。

围观的众人中有人出声："车书记，你在哪儿挖来这俩活宝？知道咱们平常生活单调，搞了这么一个节目来调剂我们。另外，我们虽然整天大门不出二门不迈的，但在电视上也看过，知道国家对计划生育的要求变了，而且还提倡生二胎，我这是不能生了，不然还准备整个二胎呢。挺白的一面墙画点啥不好？你看那女人画得人不人鬼不鬼的。你再看看那个男人，谁家老爷们儿那样弯着腰，拎着个大烟袋，伸个大下巴，糟践谁呢？"

有人指了指其中的一个画工说："我看倒有点像他！那几个小孩光腚拉叉地在烈日下玩耍，现在的孩子多金贵，谁家的孩子不都纸包纸裹的，含在嘴里怕化了，像个小祖宗一样供着。"

又有人接着说："俺家老蒯就经常说'没有孙子盼孙子，有了孙子倒成了孙子'。他们倒好，把个孩子整得连个猪羔子都不如。这是啥画家呀？猪鼻子插大葱——装象呢吧！"

农村人就不怕事大，特别是有呆可卖的时候。不知是谁接了一句："老张二婆子，你说得不对，那不是猪鼻子插大葱，那叫癞蛤蟆插鸡毛掸子——愣装大尾巴狼。"

起哄声此起彼伏，我虽然和这两个画工并不相识，不知道他们是从哪儿被请来的，但也不能让他们太难堪了。一浪高过一浪的嘲笑已经无法用语言来制止，我只能用双手比画着做着下按的手势，示意大家静下来，并快速地对身边的人群扫视一遍，人群立马变得鸦雀无声。趁着这个空当，两个画工仓皇地穿过人群，登上电动车灰头土脸地离去。

我交代郭志、王升二人："马上把这面墙重新粉刷，我亲自安排专业的画家构图。"这时，刚才发话的孟姨走了过来，惶惑不安地说："车书记，是不是又给你找麻烦了？我只是快当快当嘴，别给你找麻烦。你这一天事情已经够多了，但是一看到他们画那些东西，我肚子就疼。你看，论起来我也就比你妈小个三五岁，都经历过二十世纪七十年代计划生育。你婶子我现在想起那时的情景浑身都哆嗦。"

那时我刚刚记事儿。跟着挨过饿，也见过往拖拉机上抓孕妇吱哇乱叫的场面。母亲也经常和我提起那个时候的事儿，叫我不要忘乎所以，也是耳提面命今天的生活来之不易，不要被今天的大鱼大肉冲昏了头脑，一定要在乐中思危，不忘本色。最让我深有感触的一件事一生印在脑海中，萦绕不忘。

那是 1976 年的寒冬，满地的庄稼已经收储到队里的场院。一楼子一楼子的玉米棒子，鳞次栉比的麦子垛和一仓仓脱粒的稻子……满眼的收成并没有给农民带来温饱。依照国家政策上等优质的粮食首先纳入国库，剩下的才能按工酬劳和人头分配。队里的场院和粮食加工厂就在我家邻侧，我母亲做啥都是干净、麻溜、利索，而且做出来的东西有滋有味，队里就把夜战伙食点儿分派在我家。

那时生产队的冬季大约有两个月的夜战，一干一宿，半夜打个尖儿①。那时的猪都是生产队喂养，在逢年过节的时候大家才能沾点荤腥。除此之外只有打夜战②的时候才能够杀头猪，为了增加脂肪抵御严寒。不满十岁的我只能在旁边看着他们席散人尽，寻思到桌上寻个残羹剩饭，但几乎都是盆碗朝天，就连锅里的锅巴都被这些人偷偷揣走了。平时都是母亲做饭，我蹲在灶边给烧火。烧的都是稻草和玉米秆，根本就离不开人。

记得那是寒冬腊月最冷的一天夜里，生产队里磨大米，夜半打尖儿母亲把猪肉炖粉条子刚端上桌，时任队长的二愣子搓了搓手，从怀里掏出一个装着小烧的点滴瓶。他拧开盖子搁了一口，然后扫视了一圈，最后抠搜地倒了多半碗递给身边的老韩，说："喝一口吧！暖暖身子。"然后把剩下的半瓶迅速又揣进怀里。老韩冲大家使了个眼色，大家不容分说拽开了二愣子本就不结实的纽扣，老韩顺势拿过了剩下的半瓶酒，说："今儿个这半瓶酒算我的，等我发财了十倍地给你补上。"就在这当，趁着天寒地冻他们正在开怀畅饮的时候，我揣着家里仅有的一条空面袋子来到大敞四开的加工厂。

因为是三更半夜，平常又是轮流吃饭从不锁门，那天特别冷，伙食又是过年才能吃到的猪肉炖粉条子，谁还愿意留守？厂房内空无一

①打（个）尖儿：这里指在夜间劳动过程中抽时间进食。
②打夜战：指在夜间加班加点干农活。

279

人。我蹑手蹑脚地钻进了加工厂，想好了一肚子词对付遇到的人，偏偏遇到了一帮吃货，真是人去楼空。做贼心虚的感觉一扫而光，我从兜里掏出口袋，稳稳当当地挑选最好的精米装了大半袋，然后把米堆上的坑扑拉平了，趔趔趄趄地把米扛出来藏在家里的柴草垛旁。

那晚我半宿没敢睡觉，既担心被人发现，又担心被耗子吃掉这来之不易的米。

好算熬到了天亮，我借着上厕所的工夫，将袋子里的米揣了两衣兜儿回来。母亲打开了锁着的米箱，趁母亲去厨房忙活时，我慌慌张张地将揣在衣兜儿里的大米倒在米箱中。心想每天倒入米箱中两衣兜儿大米母亲不会发现，慌乱中少许的米粒被撒在了地面上，还未来得及拾起，听到母亲走近的脚步声。我赶忙上炕钻进了被窝。母亲看着地上的米粒，狐疑地看着炕上蒙头大睡的我和父亲，喃喃自语道："不会呀，我扛米都是用盆接着箱子的呀，怎么会撒到地上呢？"母亲边说边哈腰去捡拾地上的米粒。捡完米粒掀开箱子盖正要放进去，只听她说："咦，我刚才从中间扛了一碗米，中间有一个小坑，现在怎么又鼓起一个包？"

就在母亲纳闷，百思不得其解时，我实在忍不住了，捅开了蒙在头上的被，一五一十地向她讲述了昨晚的经过。没等我把话说完，母亲一个嘴巴子呼了过来，打得我满眼冒金星晕头转向。还没等我缓过神来，耳边便响起母亲义正词严地厉叱："男子汉行走世上必须要有'冻死迎风站，饿死挺肚行'的品格。靠那些鸡鸣狗盗的手段，怎么能安家立业？你马上把剩下的大米送回去！并向昨晚在场的叔伯大爷们承认错误！"

这当口，在外面偷听的二愣子推门走了进来，说："哎呀，弟妹，你就不要再教训孩子了。我在外面都听明白了，本来昨晚收工时我在米上做了记号。结果回去发现记号没了，开始怀疑打夜战的几个人，他们都不承认。后来顺着离离拉拉的米粒找到你家，正在外面进退两难时，听到你在屋里教训孩子。孩子才几岁呀？这么大点儿，还啥事不懂呢，你就消消火吧！"他边说边从背后拎出了小半袋大米，说："这点玩意儿，就当是队里在你家打扰这段时间的补偿吧。"话还没等落地，我母亲的火腾的一下就起来了，"二愣子，你少跟我扯那没用的，我家是穷，但我们有的是力气，穷也要有穷的志气。我家的家风是孝顺、诚实、坦荡、有担当！不能靠别人的施舍来过活的。是穷得叮当乱响，但我家祖训也有：志者不饮盗泉之水，贫者不受嗟来之食。不要拎着那半袋米给我家扣屎盆子。孩子不懂事，本来还想让孩子在大家面前承认错误，没想到你这个笑里藏刀的东西首先发难，爱咋咋的，我家擎着。"吵闹声吵醒了父亲，父亲问道："怎么回事？"二愣子没敢搭茬，转身走了。

说起来二愣子和我父亲还有段过节，否则母亲不能如此敏感。父亲在家里兄弟当中排行老二，姊妹八个，因为过早地辍学务农，不到十七岁便成了家里的壮劳力。叔伯当时都是吃白卡片①的，所以父亲在家里的地位很低，苦活累活基本都落在他身上。父亲心灵手巧，什么农具家伙什儿手到擒来，编筐窝篓样样精通。尤其喜欢驾车驭马，通人气的骡马见到父亲那是贴耳甩尾，就像孩童一样撒娇卖乖。当时的生产队长是我的姥爷，他是抗美援朝时受过伤的复员军人，是一个十分正统的人。他见骡马和父亲这么投脾气，便把父亲安排在大车队，先给别人搭手跟车。经过一段时间的历练，独驾一挂马车游刃有余。

二愣子来到大车队，他与父亲年龄相仿，主动要求和父亲一个组。后来他自己偷偷驾车给亲属干私活造了个车翻马毁，憨厚的父亲主动把责任承担过来，把他摘得一清二白。他一点感恩之心没有不说，还人前背后地卖讽我父亲，说我父亲一意孤行，不听他劝阻，多亏他在场，否则会造成更严重的后果。

心直口快颇有正义感的张婶实在看不下去了，就把这些话传给了父亲。父亲那时正是血气方刚的年龄，少年心性压不住火气，刚好在

①吃白卡片：过去住在郊区的菜农，持白卡片去粮店领粮，称之为吃白卡片。

队里的马号又听到了二愣子在和旁人乱嚼是非，父亲按捺不住内心的怒火，冲进了马号与他当面对质。面对父亲的质问，他不屑一顾不说，竟还公然挑衅："我就埋汰你了，你能把我咋的？"父亲顺手操起了马号清粪用的铁锹，一锹劈了过去。二愣子本能地抬手一挡，"哎哟！"一声翻滚在地。红了眼的父亲又举起了铁锹，被身边的村民一把抱住："老车，不能再砍了！会出人命的。"此刻，桀骜不驯的二愣子也变得温顺如羊，他顾不上胳膊的疼痛，连忙服软求饶。吃软不吃硬的父亲缓缓放下了手中高举的铁锹，就这样，父亲想做个好农民都不成了。

后来，二愣子攀上了村主任这个高枝，娶了村主任的姑表妹，顺理成章地当上了小队长。父亲的日子就更加难熬了，干的是队里最脏最累的活儿，挣的工分却最少，年底竟然成了队里的冒支户①。一分钱没挣不说，还欠了队里一屁股债。当时张婶家壮劳力多，挣的工分也多，帮我家顶了点三角债，再加上她平时也总为我家抱不平，彻底触怒了二愣子，从此他便怀恨在心。

"人和车都走远了，也看不见了，车书记你还望啥呢？"半空中飘来的一句话直钻耳膜，把我从虚幻茫然之中拉回了现实。望着围观的群众，我神情恍惚地应着。答非所问的话语引来现场围观者们一片沉寂，好在自己平时擅长察言观色，发觉自己跑题了，立马转变了风向，直入主题："大家放心吧！村里会把这堵文化墙重新粉刷，到时候大家各抒己见，集思广益，我一定请两位专业的画家，把我们美好的生活绘成蓝景。"这几句话看似冠冕堂皇实则是我的心里话，说完后我的心里十分敞亮。

①冒支户：过去农村挣工分，年底结算，一年到头入不敷出的人家。

# 第三十四章  温河自首

　　我坐在办公室翻看着王升递交的各组流水账，此刻我深深体会到"民生无小事"这句话的含义。手里翻着枯燥的票据，心中却若有所思，遐想中被蹑手蹑脚的开门声打断，我不经意地扫了一眼。只见开门处探进了一个斗大的脑袋，滚圆的赤红脸庞镶嵌着两只绿豆眼，发紫的头皮上几根毛发刺刺着。这张脸太熟悉了。我立马惊觉地站了起来，此人正是温河的父亲。

　　二愣子在村里混得是人腥狗臭，只好在乡里协调下投奔了邻村的岳父家。一身臭毛病的他整天仰人鼻息，还得不到好脸色。久而久之，积郁成疾，患上了精神分裂症。平时不犯病时见谁都傻笑，特别是被孩子们归拢得温顺如羊。但一看到从前当村主任的大舅哥就两眼充血，像被挑逗后激怒的藏獒，嘴里发出野兽般的嗷嗷声。市内的各大医院都看遍了也没治出什么效果，反而是越治越重。人们常说："怒从心头起，恶向胆边生。"终于在二十世纪九十年代初，正在吃早饭的人们听到了噩耗：二愣子用铁锹将他姑表大舅哥砍死在水田中。

　　这个老温头正是二愣子的姑表连襟。这一思绪闪电般地在我脑海里滑过，感觉自己有些失态，镇定之后自嘲着：平时自诩泰山压顶而自不乱，这来了个糟老头儿就弄得心神不宁了，还说什么心怀坦荡……想到此处，我挺了挺腰板儿，洒脱一笑，说："哎，老温头儿，探头探脑地在这儿寻摸啥呢？你不是跟我发过誓到死都不登我们村部的门吗？今儿个这又是刮的啥风？把你给吹来了？"老温头儿强挤出一丝笑容，打躬作揖地说道："车书记，求你高抬贵手，大人不计小人过，饶了我儿子吧！他从小就没了娘，是我疏于管教，再给他一次重新做人的机会吧！他媳妇挺个大肚子，他真要进去了，这边孩子生了，床前炕上端屎端尿的没个贴近人，你说我可咋整啊？"

没等话说完，他就鼻涕一把泪一把地老泪纵横。可能是老牛舐犊之情的本性，话里流露出来那种自然的父子情深的天性。我这个人最见不得别人的眼泪，尤其是一个老人的眼泪，原本我就是个嘴硬心软的人。杀人不过头点地，得饶人处且饶人。如果他真能幡然悔悟重新做人，那可是浪子回头金不换，我岂不是又做了一件功德？

想到此处，我温言和语地对他说："爷们儿，不是我不想帮，现在这事我说了不算，温河现在已经涉及了严重的寻衅滋事问题，触碰了法律红线已经构成了犯罪，不是我能够解决的。他躲得了初一躲不了十五，唯一的出路就是劝他主动投案自首，如实交代问题，求得受害人的谅解，争取获得宽大处理。别的忙我帮不上，到时候我给说说好话，求求情还是可以的。"

老温头儿忙不迭地表态："车书记，太谢谢你了！以前我们家从少到老没少给村里找麻烦，村里人见到我们如遇瘟神。我今天厚着老脸来找你，本就没抱多大指望，没想到你这么爽快就答应我，真是不计前嫌以德报怨。就冲你车书记这样为我们老百姓想事儿，以后就看我们一家老少怎样好好做人吧！我们也一定全力为村里服务，今后你让怎么做，我们就怎么做，一定做个好村民。我这就回去领着儿子到派出所去自首。不瞒你说，其实这败家子就躲在我家，一来人就藏在用稻袋子搪起来的空隙里，抱着侥幸心理想躲过去。以为这事就会不了了之，没想到这次真动真格的了。还得麻烦你到派出所给美言几句，大恩不言谢，容后再报。"说完转身走了出去。

迫于压力，温河在父亲的陪同下来到派出所投案自首。邵所长一听来人就是温河，不禁怒气直往上冲，吩咐手下："先把他铐起来关到审讯室，等我把手头事处理一下亲自审！"老温头儿一看这架势立马急了，忙喊着："你们不能这样！是车书记让我领儿子来自首的，说能够减轻罪责，怎么到这里连问都没问就给铐起来了？"邵所长斥道："喊什么喊！按照对此案的取证和深入调查，已经能够确定他就是犯罪嫌疑人了，你怎么知道我们不问？你没听见我说忙完手头这些事要亲自审吗？他是重要的犯罪嫌疑人，村匪村霸是我们重点打击的涉黑涉恶人员。"几句话给老温头儿震蒙了。现在村子里最醒目的位置都挂着"扫黑除恶，除恶务尽。有黑扫黑，无黑除恶，无恶治乱。"的条幅，人们都深深知道一旦沾黑涉恶，那谁也救不了。他嘴里一遍遍地喃喃低语："平时也没干啥坏事，他这怎么能涉黑涉恶了呢？"邵所长厉声喝道："请你出去等候！这是办案区，严禁闲杂人等入内。"

老温头儿六神无主地走出派出所，脑中一片空白，猛然间想起了我，急忙掏出手机，刚一接通，他就迫不及待地说："车书记，你快点过来吧！小河子被扣起来了，依我看事情很严重，弄不好就得进去，事情的发展很不乐观。"我沉思片刻，说道："你先别着急，找个地方先休息一下，我马上过来。"只听老温头儿在那边感激涕零地说："这又得折腾你了，不知说啥才好，总而言之，不管事情办得啥样，你都是我家的大恩人。"撂下电话，我就开车赶往派出所，其实在老温头儿打电话之前，邵所长就已经和我沟通了。温河这种情况已经算是能贴上寻衅滋事的边，若再把以前的事查一查，就得判个三年两年的。我用商量的口吻跟邵所长说："他若真能改过自新，能不能给他一次机会？不然他若真进去了，家就散了。那样的话，我看他家老头儿也活不了几年。救人一命胜造七级浮屠……"邵所长在电话里乐了："你这个嘴冷心热的家伙，过来一下吧！咱俩合计合计。你再劝导他一番，如果他能真心悔改，就按你说的办，再给他一次重新做人的机会。"

我心里盘算着怎么教育温河让他长点记性，又不至于把事情弄得太过火。眨眼之间，就来到了派出所。还没等车停稳，老温头儿就快步过来帮我拉开了车门。我交代了几句后让他等候在门外。我一个人走进了所长室，门半掩着，邵所长故意大声打着招呼："车书记，你咋来了？有什么事吗？"我也故意提高了音调："哎哟，我的大所长，无事不登三宝殿，还真有事求您。这不，我村的村民温河被你们给抓来了嘛。"

"噢，我这边刚跟局里汇报完，一会办完手续填个单子就刑拘了。"

"别呀！邵所长，要真扔进去人就完了！他媳妇还怀着孕，看在他主动自首并且愿意重新做人的分上，能不能给他一个改过自新的机会呀？"

"车书记，你可真够操心的，村里那么多事还不够你忙的吗？还有工夫往这儿跑。以后费力不讨好的事儿你就少做些吧！再说你也不能为了他，让兄弟把这身警服脱了吧？"

"人关在哪屋了？能不能让我先看一眼。"

我俩的对话一字不落地传到温河父亲的耳朵里。

随着铁门的开启，只见温河两手戴着手铐，蹲在小黑屋的角落里。一见我进来"扑通"跪倒在地，哭天抹泪起誓发愿地向我保证出去后一定要做个好人。我把脸一沉，大声呵斥："你站起来！别再演了！你的眼泪和谎言骗不了人，你能做好人？那不是太阳从西边出来了吗？你快收一收吧！别和我扯犊子了！我今天能够来纯是看在你那年迈的父亲的面子上。"听我这么一说，温河那还没挺直的身子一弯，双腿一软，又跪了下来，并举起了右手说："车书记，我对天发誓，只要我能出去，你让我干啥都行，要是做不到就天打……""行了！男儿膝下有黄金，你平时不挺爷们儿吗？这时怎么这么熊包？"他没等说完，就被我打断了："我信你就是了，给我站起来！先等着吧，我找所长求求情，看看情况再说吧！"

我呷了一口邵所长沏好的茶，润了润干燥的咽喉，心情沉重地对邵所长说："你快想一个既不违纪又合规的办法吧！"温河并不是个无可救药的。如果说刚开始我和邵所长是在演戏，那么现在确实是在帮他想办法。邵所长对我直言："这件事要办也不是十分难，首先要取得受害者谅解，把医药费给付了，额外再给伤者一些补偿。然后再写一份悔过书交上来，给他一个相应的治安处罚。不过，一定要好好教育教育他，让他长点记性，做一个遵纪守法的公民。否则，他就会好了伤疤忘了疼。这样的话对上有交代，对下又有个说法。"

我觉得邵所长说得在理，轻声对他说："这事由我来办吧！我先去看看他。"

我们再次来到审讯室，温河抻个脖子在狭窄的黑屋子里像狗咬尾巴似的直转转，犹如困兽一般。再次看到我，好比走失的孩童又见到亲人一样，两眼放光，双手攥着铁栅栏，哀求道："车书记，你就相信我一次吧！求求你了，救救我吧！我以后一定听你的话，做个好人。"别看他平时胆子挺大，在村子里耀武扬威、吆五喝六的，一旦进来了，被关在这黑暗的小屋里，想到自己就要成为一名十恶不赦的囚犯了，还真的是六神无主，后悔莫及。他的精神早已崩溃，想拼命抓住一根救命稻草来挽救自己。我见时机已成熟，便把争取从轻处罚的条件简单地跟他说了一遍，也不知道他听没听进去，反正他的头像小鸡啄米似的点个不停。

就这样，温河痛痛快快地给了医疗费、误工补偿，并做了赔礼道歉，最后受到治安拘留七日的处罚，这事儿就算过去了。

# 第三十五章　画文化墙

一阵惊天动地的鞭炮声打破了小区的静谧，我摇了摇发胀的脑袋，揉了揉惺忪难睁的睡眼。努力想睁大因过量饮酒而水肿的双眼，嘴里喃喃自语着："这又是谁家办喜事？这么早就闹这么大动静，想睡个懒觉都不让。"媳妇边收拾着饭菜边赌气地说："不早了，日头都晒屁股了。也不知道你昨晚又和谁喝的，回来连衣服都不脱就一头拱在那儿了。我想帮你脱，捅都捅不动。都多大岁数了，感情一上来你就使劲喝，不要命了？"我这两年体弱多病总住院调理，还不注意保养，整天弄得心疲体乏的。我心里知道媳妇是心疼我,可还是口是心非不领情地说："别磨叽了！嘟嘟囔囔的头都要炸了，大清早的烦不烦？"说完媳妇不吱声了，我随口又问了一句："今天星期几了？"媳妇没好气地回道:"礼拜六了，瞅你喝那样儿，连星期几都不知道了，你没看今天孩子都没上学呀？"我胡乱地洗了两把脸，为了使自己清醒些，把头插在冷水里。恍然想起了一件事，立刻将插在冷水里的脑袋拔了出来，左右甩了甩，用毛巾擦了擦头上顺脸淌的水，顺手摘下了挂在衣架上的半截袖。这时，媳妇端过来一碗热乎的小米粥，碟里装了两个剥好的鸡蛋。我边扣扣子边说："不吃了，今天约了人到村里去绘画，时间来不及了。"媳妇生气地说："不行，再不赶趟儿也要把早饭吃了，又不是赶飞机呢，早一会儿晚一会儿能咋的？再说了，你总是喝完酒不吃东西，胃里空了一宿，早晨喝点小米粥暖暖胃，不然时间久了不得胃病才怪呢！"我一听媳妇说得在理，又不想惹她生气，顺从地接过粥，两口就倒进了肚里。抓起碟里的两个鸡蛋，飞快地下了楼，毛愣三光地开着车奔向水云天画室。

车拐过了大桥进入滨河北街，老远便看见大军、大林、李林站在画室前的道边。大军嘴角叼着烟正在那喷云吐雾，"吱嘎"一声，我的车停在他们身边，摇下车窗说："不好意思，让你们久等了！"大林风趣地回答："你这还来早了呢，把车靠边，下来一块儿等德伟吧。德伟事多，得先把学生安排好，不像我这退休的无所事事。"大林哥六十多岁，长得很年轻，面庞清秀白皙，眼睛不大，梳着油光锃亮的及耳长发，穿着一件白色金属扣衬衫，背着一个单肩长带黑皮包。

我靠边下车，调侃着大林哥："你这是上我那儿旅游啊，还是去画画？是不是还得给你准备件工作装啊？"没等大林吱声，旁边的大军接了茬："这你就老外了不是？太小看我们张大师了，那可是咱市书画界出类拔萃的画家，在这个圈里称作大师绝不为过。画个画要是溅到身上一点油墨，那还不得臊死。正像你说过的瓦工抹灰穿白衬衫等同道理，没有两把刷子，还敢穿白衬衫？再看我就不敢穿白的，只能穿这种灰不溜秋的土布衫。"两句话整得大林倒不会说了，干嘎巴嘴不出声。

一边卖呆的李林笑着说："大军，不带你这么欺负人的，书画界里谁不知道你是我们这个圈子的带头人？倒不全是因为你疏财仗义，乐于助人，而是因为你有真才实学。画笔在你手里妙笔生花，画出的作品活灵活现，你不但作品画得大气，而且人也大气。画画到了一定的境界，还能做到视金钱如粪土的人就更少有了。所以我们大家都心悦诚服地把你当成我们的主心骨。"几句话说得大军特别受用，咧着粗线条的大嘴说："别扯犊子了，让江子笑话咱们在这自吹自擂，那不真成老王卖瓜——自卖自夸了吗？"看着这几个文化人在这斗嘴也挺有意思的。有人说文化人大多性情古怪，做人做事往往让人难以理解。我接触的文化人也不少，在我印象中文化人性情古怪不假，但分对什么人，一旦遇到对撇的人，那是真性情，推心置腹的性情，慷慨赴死般的性情。

正在这遐思妙想当中，德伟从一辆出租车上下来，边打着招呼边疾走过来。只见大林闪亮的小眼睛盯着德伟说："哎，稳当人，从周一到周五你起早贪黑的，休息日也不消停，一个月给你开多少钱？昨晚就定好了，让我们哥儿几个在这等你倒无所谓，还让车总这大忙人和我们一起在这儿晒着太阳等你。"德伟一再傻笑着说："不好意思，不好意思……"还没等德伟说完，就被李林打断了："别酸了，快上车吧！一见面就耗子啃木箱——闲磨牙，就不怕车总笑话我们几个没有文人样？以后还怎么在文坛里混了？"他们几个的交火，哪次都是被李林不紧不慢的一通大道理浇灭。

看着他们斗了这么长时间嘴，我早已嘴痒："哎呀，怎么的大林哥？让人整得瘪茄子了？没地儿撒气，看我和德伟软和，把气撒在我俩身上啦？招你惹你了？还真专拣软柿子捏呀！快上车吧！若是你们这几个大画家今天给我弄砸了，看我怎么收拾你们。"嬉笑声中几个人上了车，坐在后座的德伟将着乱草般的长发，说："昨晚喝太多了，今早起晚了，没来得及洗漱就给学生布置作业去了。"大林又抢着说："你才喝多少？江子和大军比我们喝得都多。你看江子这精神十足地亲自开车接我们。"我透过后视镜看着后座的德伟，本就黝黑的面庞略露苍灰色，凌乱的长发披散在肩上。油腻中带着点邋遢，颇有几分犀利哥的味道，看着这个扮相有种说不出的感觉。虽然文化人各有喜好，但德伟毕竟为人师表，有机会我背后一定要劝劝他剪掉长发，注意仪表，不要给人一种放荡不羁的感觉。虽然在私立学校混饭吃，那也是凭着功底深厚和技艺精湛。总不能在学生和家长心目中因形象而减分。

村里的男女老少听说今天要来几个画家，早早地就将文化墙围住，都在翘首企盼。大家都非常关心这面墙，因为这是他们茶余饭后在广场休闲娱乐时触目可见的景观。汽车徐徐地停在广场南侧，还没等我们站稳，呼啦一下村民们全都围了过来。大家七嘴八舌地打着招呼。

靠前的张婶大声问："车书记，你找的这几个人看着还像那么回事，这回再不能整个半拉克叽的人就跑了吧？"我刚想出声制止，以免她说出什么更难听的话。"老张二老婆子，你一天就瞎嘟嘟，这回和上次能一样吗？这回是咱书记请来的，单凭那举止谈吐，一看就是名家。"循声望去，见是陈发子抢话。自从这段时间环境整治，他的表现和以往的做派那真是天壤之别。我对他也格外有了好感，冲他笑着点了点头。

张婶也觉得话说多了，但也不能立马卷帘子，故意没话找话说了句："车书记是能人，找来的画家也差不了。什么都能画，是吧？"这时，大林抓住了机会："姐们儿，你们想画什么只管说，不敢说什么都能画好，但我们什么都会画。"还是陈发子有眼力见儿，从商店搬来了一箱绿茶，给每人发了瓶水。我也趁机对大家说："大伙该干啥干啥去吧！别耽误他们画画，否则今天画不完，明天我还得搭顿饭，大家忍心看我掏钱吗？"一句玩笑哄得大家四散而去，只剩下三五个老人和孩童恋恋不舍不肯离去。

大军笑着对我说："我们又不是大姑娘，又不怕看，你把人都哄走干吗？这没你啥事了，你也该忙啥就忙啥去吧。"我一本正经地对大军说："不撵我也得走了，得给你们准备午饭去了。另外，不信你看，过一会儿他们还得回来。"大军赶忙说："中午就不用你管了，我们吃点面包对付一口就行。"我也就没客气，掏出二百块钱给小陈队长，叫他买点猪肉炖点豆角，焖上一锅大米饭，整几瓶冰镇啤酒。小陈队长推辞不要，说："到我们这儿为我们服务来了，怎么能让你掏钱呢？"几次三番地撕巴，后来我一立愣眼睛，小陈队长只好乖乖地顺从了。

下午三点多钟，大军打来电话："哎呀，江子，你真不管我们了？让我们用腿量回去呀？你也太有底了，知道你的手下能给我们陪好啊？你的人缘也太好了，这一天净听大家夸你了，跟你交朋友，我们脸上也沾了光。"

撂下电话我开着车拉着孙海急三火四地往回赶。刚拐进广场，透过黑压压的人群往里看，见不到全貌，只能窥豹一斑。尽管这样，配合着围观者不停地叫好声就能感觉到这面文化墙画得是非同凡响。我下了车，分开众人挤到里边，定睛一看，那画画得是栩栩如生，仿佛是身临其境。再看那配文真是笔走龙蛇，缩放有致，欹正相生，清新飘逸。古人云："从来书画本相通，首在精神次在功；悟得梅兰肘下趣，自然纸上有春风。"能在一面墙上绘出这么大一幅蓝景，只能用登峰造极来形容了。其他几人都在涮笔、收拾东西，只有大军还拿着笔在他那幅万马奔腾中不时地勾勒点缀着。凝神看着那幅万马奔腾，忽然马群好似三维电影般地跑到我眼前，将我的思绪带到了三年前。

那是朋友召集的一次酒会上，主请的客人是从北京来的书画界的名家石帆。据说他的作品在很多重要的场所都有展示。主办人宝华为了表示对客人的重视和诚意，把酒会安排在当时最有档次的嘉年华酒店，请来了梅河口知名的文人墨客和一些附庸风雅的商界精英作陪。酒会开始之前，宝华知道我平时嗜酒如命之外，对字画墨宝情有独钟，便极力地向石帆老师为我求张墨宝。我本没抱多大幻想，因为那天的来宾很多，不可能面面俱到。而且，石帆老师又是个国家级的画家，轻易是不会随便给人画画的。一般名人墨客都有自己的个性，这种场合也不适合作画。也许是受到我们北方人这种粗犷豪放性格的感染，他一改恃才傲物的个性，快人快语地说："宝华先生，你这么推崇你的朋友，从和你的交往来说，你的朋友肯定也差不了。正所谓：'物以类聚人以群分'嘛。只是这地方太吵，根本静不下心来作画。"宝华见石帆老师答应得爽快，春风满面地回答："早已给您准备好了房间，而且案台也已摆好，就等着您挥毫泼墨了。"他边说边将我俩带到另一个宽敞的房间，摆好的案台上铺了一块毡布，上面放了一沓宣纸，笔墨纸砚一应俱全。

石帆老师见到此情此景，大笑着说："看来你是早有预谋，得亏我答应得爽快，不然真应了那句'敬酒不吃吃罚酒'。"宝华也哈哈大笑：

"给江哥的这张画是一定要画的，别人我就不管了。""好！没问题。就冲宝华你对朋友的这份情义，今天我就好人做到底，送佛送到西。你朋友喜欢什么，今儿个就让他称心如意。"宝华向我使个眼色，说："江哥，你那缺什么画？"我迟疑了一下，说："我办公桌后缺一张山水画。"办公桌后的山水画算是一张巨作，篇幅较大，也比较费时，不是三笔两笔就能勾勒出来的。我本以为这么一说算是狮子大张口，会有些难度。没想到石帆老师竟然毫未迟疑地说："没问题，这就画。"只见他铺开了纸张，提笔凝神，略思片刻。蘸墨点水，心敏手运，勾画涂勒，富有韵律。时而如水上芭蕾，或轻描淡写，或精描细刻。时而如疾风骤雨，或跌宕多姿，或浓墨重彩。犹如表演一场宫廷圆舞曲，从头至尾一气呵成，通顺流畅，惟妙惟肖，浑然天成。

我在旁边看得如痴如醉，如入境中。"哎，看什么呢？还不拿到那边晾一晾。"一句话让我如梦方醒，使我从画中回到了现实，小心翼翼地将手里的画放在了临窗的阳光下。再次注目细观：重峦叠嶂，山明水秀。高山流水，白练腾空。千山万壑，云缠雾绕。湖光山色，烟波浩渺。自上而下的瀑布飞流湍急，穿云裂石……不禁想起了李白的诗句："飞流直下三千尺，疑是银河落九天。"正沉浸在画中，宝华的司机苏小子推门进来说："周总，客人都到齐了，什么时候上菜？"

"我们这就过去。走吧！江哥，别在那傻看了。"

"啊？你们先过去吧！等画干了收起来我就过去。"

"没事，先搁那晾着吧！把这屋门锁上。"

"不行，你们先过去吧！今天人多手杂的，这房门又不保险。而且这又是名画，可遇不可求的。"

"那你也得吃饭呀，让苏小子给你看着，这回放心了吧？"

主宾落座，心里惦记着我的画，于是我在靠门边的位置坐下。坐在右手边的是一个高大粗犷的壮汉，我俩并不相识。赴会的足有二十多人，吵吵嚷嚷的乱哄哄一片，宝华无暇一一介绍。酒已满上，宝华端杯正要提酒，苏小子拿着晾干的画走进来。不知谁说了句："能不能让我们先过过眼瘾？打开让我们欣赏一下呗！"随即响起了一片鼓掌声，苏小子为难地展开画卷，刚才还闹闹哄哄的场面随着画卷的展开顿时变得鸦雀无声。大家向我投来既羡慕又嫉妒的目光。酒过三巡之后，场面已经不受控制。大家纷纷起身向三位老师敬酒，或仨或俩互相敬酒。身边的壮汉向我敬酒，虽不相识，但出于礼貌也得迎合。坐在左手边的宝华的哥哥宝国看在眼里，问："你俩不相识吗？"然后指着壮汉对我说："他是咱梅河口画马画得最好的刘大军。"大军这个名我早就听说过，本以为是个一身书生气的文人相，没想到竟然是身边这个看着粗莽的壮汉，真是应了"人不可貌相，海水不可斗量"这句话。经过彼此互相了解之后，我们彼此之间都有相见恨晚的感觉。

尤其我俩都喜欢马，他专攻于画马，我小的时候家就养马。马通人性，在主人伤心的时候它会用脸去蹭主人的脸；在主人开心的时候它也会与主人一起分享快乐，会带着主人在辽阔的原野上尽情地驰骋。我一直对不爱马的人怀有偏见，认为那是对美感觉迟钝所造成的。而且，这种缺陷很难弥补。有时候看传记，有些了不起的人物多以老牛自喻，总有些替他们惋惜。这大概是由于过分提倡老黄牛精神而引发的现象吧，他们一定是没有见过真正的马。在我眼里，牛总是慢慢腾腾的，有点儿跟不上节奏的感觉，一副安贫知命、随遇而安的样子。马则不然，它们的本性就是你追我赶积极向上的。成千上万的马匹聚集在一起呼啸奔腾，马儿们都会高昂着骄傲的头颅，四蹄翻飞，不管前面有多少马，它们都会彼此追赶着像风一样卷过去。马一旦要是认准了主人，将是一生追随，矢志不渝。这让我想起了杜甫的《房兵曹胡马》："胡马大宛名，锋棱瘦骨成。竹批双耳峻，风入四蹄轻。所向无空阔，真堪托死生。骁腾有如此，万里可横行。"这首诗充分表达了对马的信任，可以生命相托。由此，我和大军走到了一起，并成了莫逆之交。

闲来无事，我们便以茶论友，畅谈一些所好之事。大军常常以画马自诩，我随口说了一句："相交如此长时间，还没欣赏到你的真迹呢！"说者无心听者有意，没过几日，他便亲自将一张裱好的《八骏图》送到我公司。

乍眼一看，这幅《八骏图》画得挺漂亮，非常有气势。但仔细打量便发现，这马画得总有那么一点儿欠缺，因为马跑起来是没有沁着头的。我沏了壶茶，我们边喝边聊，实在忍不住了，我问大军："你见过真正的马吗？看到过它们跑起来的形态吗？"大军诚恳地说："我只见过在农村拉车的马，在书和画报上见过很多马，从没见过真正跑起来的马。我的画全凭臆想或借鉴图书上的马。我这辈子有个心愿，等有机会去趟草原，看看万马奔腾的壮观景象，近距离地接触接触马，好好地观察观察它们的一举一动，了解一下它们的生活习性，真正走进马的世界，和它们成为好朋友。不然，一天到晚这么盲目地画，岂不是照猫画虎？"听到此处，我也就不避讳了，直言道："大军，马跑起来是不沁着头的，飞奔起来都是昂着头，挺着胸的。过阶段我要去趟草原，那就等你放暑假咱们一块去吧！再约上几个好朋友，去草原人少了也没什么意思。"

如是一说，大军不置可否，思忖片刻，抬头悠悠地说道："兄弟，我心里明白，你是故意编排了一个过程。其实，你就是想达成我的心愿。去可以，但必须 AA 制，不让我花钱，我是不会去的。"

# 第三十六章　草原之旅

　　大家听说要去草原，全都欢呼雀跃。那里的蓝天白云、青草牛羊、稀稀落落的蒙古包和奔驰的骏马等，早已使草原成为大家心驰神往的地方。一拍即合，来一回说走就走的旅行。

　　就在大家延颈企踵之时，德伟终于请下了假。一行十人分坐两辆车，胆大心细的福臣和有眼力见儿的井龙把事先买好的烟酒糖茶、矿泉水和洗好的水果分装在两辆车上。福臣在单位也是说一不二的领导，但和我们在一起采风游玩，每次他都心甘情愿地冲在前面，吃喝住行安排得面面俱到。我开着车走在前边，车上挤了五个人。从上车开始，车上四人就兴奋得叽叽喳喳闹个不停。尤其是坐在副驾驶上的恒利三哥，整个一副喜眉笑眼的模样。他平时待人接物没啥架子，喜欢开玩笑，简直就是一个老顽童。他总是笑逐颜开的，说起话来诙谐风趣，见啥人说啥话，从不讨人嫌。他家又是开二人转剧场的，荤的素的张口就来，不用现打草稿。他和福臣二人在车上你来我往地耍开了活宝。利华和若楠坐在后边笑得是前仰后合，气喘吁吁地讨饶："不行了，要笑死了，快停下吧！"终归是福臣技差一筹，渐落下风，只得闭口服输。

　　汽车飞快地驶进了春城服务区，还没等车停稳，恒利三哥便尖着嗓子喊道："下车了！有尿的上卫生间，没尿的下车抽烟！不会抽烟又没尿的下车遛弯儿！"下车方便后已近中午，大家一致决定在此随便吃口饭，稍事休息再继续赶路。席间，若楠绘声绘色地给另一辆车上的人讲述着路上的经过，说到精彩处时眉飞色舞的，听得众人是神驰意往。井龙好不容易插进了一句话："大哥，你看你们车上一片欢声笑语，热火朝天地闹了一路，开车也不觉得累。我们这车倒好，一上车就都东倒西歪地闭目养神，整个一路上鸦雀无声，掉地上一根针都能听到，死气沉沉的，整得我开车眼皮直打架。不行调一下吧，把三哥调到我们车里，别可你们一个车乐呵……"

还没等井龙说完，若楠抽冷子来一句："那可不行，三哥是我们这车上的开心果，谁打蔫了咬上一口，立马就来精神头了。"大家见是若楠插话，谁也没吱声。因为若楠是个作家，平时说话总是文绉绉的，论口才谁也说不过她。她心直口快，性格比较率真。她长得小巧玲珑，全身透露着一种优雅秀气，稚嫩细腻的脸庞镶嵌着一双细眉俊目，长长的睫毛一眨一眨的，好似会说话一般。两个大大的浅浅的酒窝，笑起来整个人都是甜甜的。一头乌黑的秀发十分飘逸，厚厚的齐刘海刚好搭在眉上，显得更加单纯质朴，整个人散发出特有的兰心蕙质。她偶尔略施粉黛，不过浓妆淡抹总相宜。把她比作大家闺秀也许有所不及，但说是小家碧玉又绝对有过之。这样一个娇小的美才女，做起事来却具男子汉的豁达与豪爽。所以，大家谁也不愿反驳她的意思。

还是曹娟打破了僵局："还是我和三哥调一下吧！我们那个车上一车的大烟鬼，满身散发着一股烟袋油子味，实在是让人难以忍受。"曹娟向来说话直率，平时为人处世大大咧咧，说话唠嗑想说就说，从不惺惺作态。

我适宜地插了一句："大家吃完出去活动活动腿，今晚到查干湖安营扎寨，顺便浏览一下查干湖湿地的自然风光。"大家听此一说纷纷悠然向往，虽然查干湖处于本省地域，但在座的绝大多数没有去过，尤其查干湖的冬捕远近闻名。话题一转，刚才的争执即刻烟消云散。

曹娟顺利地坐上了三哥的位置，车里多了个女人立时变得喧嚣尘上。尤其是大嗓门的老曹和福臣你来我往不相上下，利华挥舞着双手喊道："你俩静一静吧！我坐车的都受不了啦。车总还在开车，别让他分神。"车里立刻安静了许多。

车驶出了收费口，我把车停在一辆越野车旁，下车后跟迎过来的几个人一一握手。同来的人们错愕地望着我，我将大家介绍给对方后，解释道："我是在春城服务区时联系的马秋老弟，我对查干湖也并不十分熟悉，只是冬天来过两次。车上说的那些还是听马老弟给我讲过的，祭湖时外人根本就靠不了前。为了让大家玩得开心，只好向马老弟咨询一下，看看这儿都有哪些好玩的好吃的，没想到他撂下手头的工作，百忙之中抽空亲自来陪我们。"马秋诚恳地说道："江哥，你就不要见外了，今天到我这一亩三分地了，给老弟一个机会，让老弟略尽地主之谊。大家一会儿上车，我们先把住宿的地方安排好，然后我带大家坐船到湖里随处转一转，再上岸参观查干湖渔猎文化博物馆，领略一下当时渔猎的萨满文化，最后请大家品尝查干湖特色——全鱼宴。"

从住处出来后，大家在马秋的引领下来到查干湖码头，分别登上了两条船。船只在船夫的掌舵下慢悠悠地划向了远处的芦苇荡，两船上的人们不时地撩着水泼向对方，相互之间嬉戏着，一下子好似回到了纯真的童年时代，人性的真善美表露无遗。随着游船顺着芦苇荡间的航道穿梭深入，一丈多高的芦苇遮住了两船之间的视线，初时打着口哨互相回应，后来觉得不尽兴，福臣便扯着嗓子长喊一声，余音在漫无边际的苇荡中萦绕。不甘示弱的对方也用同样的方式回应着，受其感染，两条船上的人们争相大喊。有的学着鸟叫，有的学着犬吠，可能是触景生情吧，有的唱起《洪湖水浪打浪》。真是一石激起千层浪，苇荡深处的水鸟被此起彼伏的喊叫声惊动，扑棱棱地飞上天空盘旋着侦察情况，见来者并无敌意，遂又落回原处。

船夫看着这些人如此兴致勃勃，偶尔也插上几句，介绍着水鸟的种类。酣畅过后，人们余兴未尽地来到渔猎文化博物馆。大家聚在进口前等待买门票，三哥扫了一眼告知牌，一本正经地对大家说："进去后禁止大声喧哗，我们要表现出良好的素质，别让人家笑话咱。"一行人有序地走进博物馆，这个馆共分上下两层对外开放，里边有序地排列着不同年代的各种蜡像和野兽标本。在靠里一块宽敞处，摆放着一具白垩纪时代猛犸象标本，各种标本蜡像制作得栩栩如生，走在其中有种身临其境的感觉。上至东北三宝，下至各种生产捕猎器具，应有尽有，一下子把我们拉进了遥远的年代。

我们边走边听导游的讲解，顺着楼梯来到二楼。到了一个幽暗的转角边上，一个直挺挺的蜡像伫立在那儿，两腿叉开，身子略向右侧倾斜，右手握拳高过头顶，左手握拳弯曲下垂。人们陆续从他身边走过，利华和若楠正讨论着看过的蜡像，两位文化人对这些蜡像叹为观止，深刻地辩论着。猛然见到转角处这个膀大腰圆的蜡像，利华惊叹地自语道："想不到世上真有如此鬼斧神工的作品。"说着便从它身边走了过去，若楠跟在利华的身后，目不转睛地盯着这蜡像。由于此处灯光比较昏暗，蜡像的面目表情看得并不十分清楚，但感觉制作得实在是逼真。于是，她叫住利华，说道："利华，快看，这个蜡像太形象了！我们这些井底之蛙只有走出来才知道天高地阔，平时在家自诩见闻广博，想不到来到这偏远的查干湖，竟然见到如此逼真的蜡像。"于是，这二人便停留在这蜡像前，仔细观察着，利华说："是呀，这蜡像还背个斜挎包，还挺新潮。"边说边伸出右手去抚摸蜡像的脸，蜡像忽然动了起来，并开口说道："你俩干啥？能不能让我安静地待会儿？"吓得若楠和利华一个高蹦起，"妈呀！"大叫，连喊："见鬼了！见鬼了！"我在后边三步并作两步冲过去，福臣一看闹大发了连忙喊道："江子，是我！"

一次庄重的观览就这样被一场闹剧收场了。虽没能深刻地了解馆内呈示的全部寓意，但也被福臣的恶作剧津津乐道。草草收场走出博物馆已经日落西山，早已守候在出口的马秋问了句："车哥，还去哪儿转一转吗？"我非常感激地看着他说："不了，时间也不早了，大家都累了，找个地方吃口饭休息吧。"马秋爽快地应道："妥了！哥，酒菜早已备好，就等大家品尝了。"

眨眼间，我们回到了住处。再仔细观看，"关东鱼王"四个字高挂门楣上方。红漆的大门敞开着，我们陆续从人行边门走进院落。住宿被安排在靠左的一排厢房内，刚来时大家都迫切地想要观光查干湖，对此地谁也没有留意。再次走进这个四合院，感觉别有洞天。古色古香的院落前后三进，院落之间果木葱郁茂盛。红彤彤的李子、黄灿灿的杏挂满枝头，梅花鹿雕塑活灵活现，曲径通幽，真是闹中的净土。

我们被店主请入后堂一间宽敞的包房。大家落座后，服务员行云流水地将各种菜肴顷刻间摆满了桌子，我垂涎欲滴地看着满桌的熘炒烹炸炖的鱼宴，不由得想起张志和的诗句："西塞山前白鹭飞，桃花流水鳜鱼肥。"什么宫廷御宴，任何美味佳肴也不过如此。真有"人间仙肴皆在此，品上一口意无穷"的感觉。偏偏马秋没有说话，席上各人只能望着诱人的菜肴咽着口水静等发话。就在此时，随着一阵高亢奔放的马头琴声，陆续走进来一行人。领头者穿着一身蒙古族袍服，身材威猛，满脸的络腮胡须，典型的蒙古族巴图鲁。他怀抱一柄马头琴，身后跟着一排身着蒙古族盛装的姑娘，口中唱着清越悠扬的蒙古族歌曲，天籁之音时而雄浑激越，旷达豪放，气魄宏大，让人听起来热血沸腾；时而悲壮凄凉，马嘶鹰鸣，有一种淡淡的伤感渗透在里边。旋律自然流畅，又不失磅礴大气。唱起来上口，听起来惬意舒服，飘飘欲仙，余音绕梁，凝聚在耳边久久不曾散去，让人陶醉。

在低回婉转的马头琴声伴随着悠扬动听的歌声中，姑娘们双手捧着洁白的哈达缓步上前，我们接过了姑娘们献上的哈达，受到蒙古族的最高礼节待遇。表演散去，马秋举杯提酒，几句场面话后，大家开始喝酒品菜。开始还挺斯文，一杯酒下肚后，就都放开了吃，筷子抡圆了，大快朵颐。大家从来没见过这么全的鱼宴，小到几公分，大到十几斤，冷热生熟具备、软嫩酥脆俱全、香甜麻辣俱有的丰盛宴席。而且还极富地方特色，蕴含着民族色彩，符合大众口味，也具有极高的营养价值。

席间，大军频频向马秋敬酒，二人推心置腹地交谈着。他是一个性情中人，可能是头一回受到这么大礼遇，也可能是对马秋的姓氏感兴趣，爱屋及乌吧。服务员礼貌地来到马秋身旁说："请问先生，还需要点什么吗？后厨要打烊了。"没等主人发话，我先接了茬："什么也不需要了，我们也要撤了。"喝得太尽兴了，忘记时间了，已经快到十点了。我端起酒杯说道："大家静一静，天下没有不散的宴席，我们杯中酒，有请马秋收杯结束。"推辞当中，马老弟硬是让我来收杯，并挽留我们在松原再玩两天。我把大家渴望踏上草原的心情告诉了他，让他早点回去休息，明天我们起早赶路。

天刚蒙蒙亮，恒利三哥便扯着嗓子挨屋叫人。井龙揉着眼睛嘟囔着："你属夜猫子的？昨晚折腾半宿，天不亮你就起来作妖。"气得三哥边骂边掀开井龙的毛巾被，照着后背"啪啪"两下，打得井龙嗷的一声蹦了起来，跳到床的另一侧，"你下手怎么这么狠？"他俩的吵闹声把我整得精神了，翻身坐了起来，用手按了按还在微微发胀的脑袋，随口问了句："几点了？"三哥有些不好意思地说："快到四点了，昨晚说今天早点出发，我醒了睡不着，就想把大家喊起来赶路……"汽车背对着朝晖向白城方向驶去。

起初，透过车窗欣赏着艳丽的朝霞，大家还有说有笑。不久，车里便飘起了微微的鼾声。听着这略带节奏的催眠曲，我的上下眼皮也不停地打架。我使劲地捏了下鼻梁，略微坚持了一会儿，不得不打开了播放机。随着悠扬的歌声响起，坐在副驾驶的福臣睁开了双眼，看了我一眼，便喊道："都醒一醒，精神精神。本来江哥昨晚就没睡好，还要坚持着开车，我们再睡觉他还咋开车了？都陪他唠会儿嗑，一会就精神了。"

刚一进白城高速管理区，就有一段在修路，我们改走国道。沿途路边一溜儿都是卖瓜果梨桃的，汽车在离公厕不远处靠边停下来。趁着大伙上厕所的当儿，我伸着懒腰慢踱到水果摊前，装作内行地挑选着香瓜。刚从公厕出来的若楠也急匆匆赶过来，看着琳琅满目的果品，指着一筐八分熟的李子说："我要吃酸李子，就那个。"稍事休息之后，我们继续前行。大家边吃着瓜果边赞美着白城的香瓜独具一格的品质。我伸手向若楠说："把你的酸李子给我拿两个，我也提提神。"这李子又大又圆，略微泛黄，还未放暄。全车的人除了若楠，也就我能吃几个。我边嚼着又脆又酸的李子边夸酸味儿太正了。看得福臣从牙缝儿里直往外冒酸水，眼斜嘴歪地抻着脖子往下咽口水。他连连求饶："小哥呀，你可别嚼了，我这牙都倒了，实在受不了了，放过我吧！"满车人哈哈大笑，不知不觉间来到一处依山傍水的河湾。

河湾边矗立着一个硕大的蒙古包，另有五个小的蒙古包围在四周。我们刚一下车，便听见一阵幽婉缠绵的马头琴声从蒙古包里飘出，还有弥漫在空气中浓浓的烤羊的味道。还未走进毡房，便已感受到了浓浓的蒙古族气息。我们围坐在一张靠边的长条桌边，过不多时，用木盘盛着的烤羊腿，大盆的手把肉、羊杂汤等摆满了桌。三哥叫了一壶用羊皮囊装着的马奶酒。大军盛了一碗羊杂汤，放好了调料，轻轻嘬了一口，咂巴咂巴嘴，憨憨地说道："嗯，就是这个味道，纯正的味道！"福臣和老曹一听大军的赞美声，也跟着各自盛了一碗，细细品尝。只见福臣瞪着眼，闭着嘴"咕噜"一声咽下去了，老曹却转过身"噗嗤"一声全吐出去了。福臣歪着脑袋斜楞着眼睛看着大军，说："就是这个味道？这是个啥味道啊？"心直口快的曹娟接了过去说："啥纯正的味道啊？"见多识广的井龙赶忙接过话茬："这就是草原蒙古族的味道，羊肠羊肚翻过来后用水洗一遍就完事了。来到这儿就得入乡随俗了。"踏上乌兰浩特的午餐就这样草草结束了。

经过了一整日的长途奔袭，傍晚五点多钟我们来到了阿尔山市。主路两侧宾馆酒店随处可见，旅游城市的特点非常明显。在导航的指引下，我们顺利地住进了金都宾馆。还没等我们安顿好，刚刚还晴朗瓦蓝的天，突然间乌云密布，飞沙走石，疾风卷着骤雨瓢泼而落。雨来得急走得也快，顷刻间，又无影无踪。

雨后的天空瓦蓝瓦蓝的，空气甜滋滋的，格外清新。大家一扫车马劳顿带来的疲乏，三五结对地随处游逛。街上人来人往，熙熙攘攘的全是外来的游客，这个位于大兴安岭西南麓的北国边城，突然间拥进了这么多天南海北的游人，使得这个容量有限的小城变得拥挤不堪。一个最具地方特色的酒店好不容易挤出两张桌，可能是因为带点儿"抢"的节奏，这顿饭也是我们吃得最香、喝得最嗨的一顿。尤其是若楠在三哥的怂恿下即兴发挥，给大家来了一段顺口溜：一路行来一路歌，纯正味道不用说；阿尔山下齐聚首，推杯换盏在此桌。大家拍手叫好，只有大军脸腾的一下红了，想起了中午羊汤的事。若楠赶忙摇手解释："大军哥，不是那个意思。"这一解释，惹得大家更是大笑不止。大军见大伙都这么高兴，反而不以为然了。你提我敬中留下满桌的残杯冷炙，结账后大家脚步趔趄相互搀扶着回到了住处。

　　阿尔山昼夜温差很大，绝对是个避暑的好去处。我睡到下半夜便被透过窗户吹进来的冷风冻醒了，起来关上窗户，翻来覆去就再也睡不着了。索性起床穿上衣服借着曙色到河边走一走，回来时大家早已收拾停当，准备出发了。

　　我们坐着旅游观光车来到阿尔山脚下，顺着上山的羊肠小路随着众多游客往上爬。头上郁郁葱葱的树冠遮天蔽日，井龙和若楠身如灵猿般地冲在前面，不时地喊上一嗓子："到山顶啦！"走在最后的福臣和大军可就遭罪了。自诩富态的体型从不锻炼，才到半山腰便步履蹒跚汗流浃背的。福臣故意耍怪，手脚并用撅着个屁股往上爬。走在身后的一对老年夫妇看到此情此景，不禁互相鼓励道："看看这个老哥都这样了，还没放弃上山，我们也加把劲儿吧！一定要登上山顶。"福臣听到对话，挺起身，摘掉帽子，扭头看了他们一眼。"咦，老伴，看着这个老哥岁数也不像太大呀！"羞得福臣把墨镜往下拉了拉，遮住了大半张脸。

　　走在福臣前边的利华和恒利三哥停下了脚步，站在路边等候他俩。

利华顺手拣起一根木棍递给福臣。这样一来不要紧，福臣变本加厉，像抓住一根救命稻草一般，耍赖地对利华说："我不行了，走不动了，你在前边拽着我吧！"说着他就把木棍的另一头伸向利华，利华只能无奈地拽着他走。福臣戴着墨镜，装作盲人，让人牵着走，然后喊着身边的人来卖呆，逗得大伙笑得肚子都疼。费了九牛二虎之力，他终于爬到山顶，一屁股坐在地上，张着大嘴，喘着粗气。再看眼前的天池，目光及处，大失所望，有感而发："这是什么天池？不就是山尖上被炮弹炸出了个坑，像镶嵌了一个洗脸盆。早知道就这么个小天池，我就不费那九牛二虎之力往上登了，这把我累的……这个小天池和长白山天池简直是天壤之别。跑了上千里的路就为了看这么个水坑子呀？"若楠赶忙拽了拽他的衣袖，说："别吵吵了，大伙都看你呢。你仔细观察一下，这和长白山天池各有千秋。这湖面挺别具一格的，好像天上掉下来的一个玉盘，既没有进水口，又没有出水口。"碧绿的湖水在四周苍茫的大树衬托下，显得是那样的深邃神秘，碧波蓝天相互映衬，静谧的湖面像一面优美的玉镜。凝望片刻，那种幽深的蓝绿让人陶醉，令人耳目一新。

　　大多数人只是驻足看上一眼，满足一下看天池的愿望，仅此而已，很少有人注意它别具一格的美。从天池下来，一行人来到了蜿蜒曲折的哈拉哈河边，沿着河边的木栈道迤逦而行，欣赏着轻舒缓慢的河流自由流淌着。我们徜徉在白桦林中，人在画中，画中有我的感觉超然物外。浑然忘我的惬意使人变得不骄不躁，哈拉哈河的水渐渐流向了石塘林地下的暗河，涓涓的流水声潺潺入耳，却不见河水的踪影。我们几乎是被人流拥到了出口。我们在出口处的地摊上草草地吃了口东西，三哥和大军等每人喝了瓶地产啤酒，品尝一下当地啤酒的味道，然后我们坐上车向着呼伦贝尔进发。

　　汽车飞驰在302国道上，顺手打开播放器，《我和草原有个约定》随之响起，身处其境又受到了歌曲的感染，曹娟跟着轻哼起来，在她的感召下，大家都随之附和着："我和草原有个约定，相约去诉说思念的情，如今依偎在草原的怀抱，就让这约定凝成永恒……"大家的热情都被调动起来了。

这首歌被大家唱得是酣畅淋漓，听得我是心潮澎湃，心醉神驰，如饮下一杯琼浆玉露，通体百脉畅通精神备至。"天苍苍，野茫茫，风吹草低见牛羊……"那生动优美的诗句早就在我心中绘制了一幅美丽别致的诱人蓝图。呼伦贝尔草原在我们眼前出现的那一刻，我就深深地爱上了这美丽的大草原。这里空气清新，繁花似锦。白的如雪，粉的像霞，红的似火，黄的胜金，尤其那神秘的紫色，仿佛超脱天然的紫水晶……整个草原像似一个五彩缤纷的百花园，惹得蜂蝶在百花丛中狂欢乱舞。

一眼望去，广袤无垠的大草原草天相连，绿草如茵，深深地吸上一口，清香的花草味扑鼻而来，让人心旷神怡，如醉如痴。那蓝蓝的天，那白白的云，那青青的草，还有那漫游在草原上成千上万的牛羊和纵横驰骋的骏马，配上那清爽激越、缠绵浑厚的牧羊曲，风吹草动，组成了一幅如诗如画的天造美景。我们将车停在了公路边，整个公路宽敞整洁，目之所及，除了我们再无他人。曹娟放开了喉咙动情地喊着："草原，我来了！"若楠也不甘示弱，忘情地回道："草原，我爱你！"歇斯底里的叫声在空阔的草原上显得那样渺小。在她俩的带动下，几个人张开双臂，有如孩子般地踩着松软的绿茵向草原深处奔跑，边跑边放情地叫喊，忘乎所以，似乎想将自己融入这个广阔的世界。那震耳欲聋的呐喊，将积聚在五脏六腑的浊气全部释放。

德伟和刘军从后备箱里拿出画架，嘴里叼着烟，透过缭绕的烟幕将眼前的景色收入画中。这时，不知从哪儿冒出三个玩家，骑着庞巴迪四轮草地摩托，做着各种花式动作在离我们不远处玩耍，急刹车转弯时车轮带起的草皮四溅飞散。大家看到此情此景后兴趣索然，多愁善感的若楠自言自语道："上天为我们创造了这么美妙的自然景观，竟然被这些无知的人恣意践踏摧残，那些稚嫩的花草招谁惹谁了？却被无情地毁去。"利华半安慰地说："林子大了什么鸟都有，走吧！眼不见心不烦。不过，草的生命力是很强的。离离原上草，一岁一枯荣；野火烧不尽，春风吹又生。"火暴脾气的井龙听得不耐烦了，说："你们这些文化人呀，说话总是文绉绉的。什么林子呀？什么鸟不鸟的？说直白点儿那就是山大了什么兽都有就结了呗。"若楠一听知道自己扫了大家的兴，莞尔一笑，说："其实也没什么，我就是见不得别人把自己心目中美好的事物给破坏掉。"短暂观赏之后继续赶路。

"夕阳无限好，只是近黄昏。"李商隐的这句诗写出了我们所有人此刻的心情。黄昏时分，我们一行人来到了古老的巴尔虎蒙古族部落。巴尔虎坐落于满洲里以东至额尔古纳之间。这时草原被金色的光圈笼罩着，远处的山峦披上了晚霞独有的彩衣。天边那棉絮般洁白的云朵，也变得如火焰一般红艳，红得有些夸张，好似一盆大红的染料泼向了天际，形成了一幅具有动感美的红色的泼墨画。霞光逐渐由鲜红转为暗红，大大的红红的太阳彻底沉落于西山，夜幕慢慢拉开，一轮圆月在鱼鳞般的云隙间若隐若现。草原上朦胧的月光忽明忽暗，天空仿佛升腾起一片淡淡的银雾。远处燃起了几堆篝火，噌噌上蹿的火苗配合着起舞的人群忽高忽低。草原长调在马头琴的配奏下，时而浑厚奔放，时而低沉哀怨，原本漫长的夜很快就过去了。

日上三竿之时，我随着熙攘的人流穿梭在巴尔虎部落景区之内。我心不在焉地听着导游夸张地介绍："这个部落的名字是根据巴尔虎部落的远祖巴尔虎岱巴特尔的名字命名的。他们被称为林中百姓，是生活在森林当中的狩猎民族。这也是一代天骄成吉思汗发起挥戈南下之地。现在，这是呼伦贝尔唯一一家展现原生态巴尔虎民族民风、民俗的风情旅游景点。由于历史悠久，形成了独具特色的少数民族文化。各个毡房都是由成吉思汗的子嗣或他的属下功臣们命名的。毡房内的装饰各有千秋，展示出了不同的蒙古族风情……"

脱离了人潮，我们来到了西北角的跑马场，正赶上套马表演。当栅栏门打开的一刹那，马儿并没有像想象的那样蜂拥而出。靠门边的马匹出来后踌躇不前，直到有匹火炭般神俊的枣红马出来扬起前蹄，引颈高吭纵起身躯后，其他的马匹才跟随着嘶鸣。这嘶鸣声在马场回荡，响彻云霄。幼马居中，老马殿后，万马奔腾，磅礴浩然，遒劲的身姿诠释了力的完美。马群风一般地在草原扫过，雷鸣般的奔腾蹄声回荡在耳际，似潮涌洪流，展现了生命的力量。

外行看热闹，内行看门道。大军和德伟更是目不转睛，神随马动，物我两忘。大军喃喃自语："以前画马就是盲人摸象，照葫芦画瓢。简直就是坐井观天，不虚此行啊！"若楠在一旁听后说道："大军哥，你又上升到一种高度，只有走出来多学多看，然后取人之长，避己之短，才能再上新台阶。你这次草原没有白来，收获颇丰啊！"德伟更是心无旁骛咔咔不停地按着快门，把马儿的每一种雄姿神态收录在相机里。他时而单腿跪地，时而胳膊肘拐地，敬业专注的姿势引来了众多围观者，七嘴八舌地讨教着。福臣故作深沉地摆手示意："肃静，请不要打扰我们宋主编工作。"一句玩笑话大家却信以为真，敬慕的眼神随着德伟甩动的马尾辫晃来晃去，直到一个老太太上前将了一把说："这大妹子的头发就是好，又黑又浓的。"德伟惊愕地回过头，摸了摸自己不修边幅的胡须，尴尬地笑了笑。大家更深深地相信他是个文艺工作者，久久不肯散去。

这时，导游倡议："大家可以换上蒙古族服装，骑马游玩拍照，按小时收费。"恒利三哥赶忙摆手讨饶："你们只管尽情地玩吧，我就算了吧！我这老胳膊老腿的，不禁折腾，我就给你们看堆吧。"大军也跟着说："我骑马不行，画马还可以，只求大家骑马在我眼前多遛几圈，让我多看看。"

我不遑多让地奔向一匹马，不知是因为喜欢诗还是喜欢马，李白多以白马作诗，受其影响，我也喜欢白马。记得李白在《春怨》中写道："白马金羁辽海东，罗帷绣被卧春风。"我接过了白马缰绳，没有立刻上马，先是用手轻轻地摸了几下它的额头，又抚了抚它的脸颊……它通人气般地抻长了脖子用脸颊蹭着我的前胸算是回应。我轻轻一跃跨上马背先让它在油绿的草原上轻快地小跑着，信马由缰却不能使它尽兴。它的喉咙里滚动着咴咴的低鸣，喷着鼻息，四蹄发出"嚓嚓"的有节奏的声音。我一抖手中的缰绳，白马甩头高昂起来，四蹄放开狂奔，撒欢儿奔跑，但很平稳。随着骏马的奔驰起伏，跳跃和喘息，使我的心情变得更加开朗舒展，压抑消失，豪兴顿起。在广阔的草原上打着呼哨，大喊大叫。在颠簸的马背上充分地感受到自由的亲切和驾驭生命的能力，是何等的痛快舒畅啊！

　　跑累了，我一紧手中的缰绳，马立刻慢了下来。我放开手中缰绳从马背上溜到草地上，四肢展开，仰望着蓝天。清凉的微风，温暖的阳光，坚实的土地，苍茫无边的草原，把尘世间的喧嚣抛在了九霄云外。好似时间在倒流，时空在倒转，我仿佛听到了成吉思汗的铁骑呼啸而来。恍恍惚惚懵懵懂懂中，我似乎进入了如梦如幻、似真非真的另一个世界……

　　大家效仿着，头顶头地躺了下来。若楠诗兴顿起，大声吟咏："王良伯乐骨已朽，曹霸丹青亦希有。开图蓦见神骏姿，对酒高歌雄剑吼。只今骐骥困盐车，落日长鸣漫昂首。嗤嗤俗眼迷天机，相士嫌贫马嫌瘦。"老曹扭脸问福臣："曹霸是谁？"问得福臣哑口无言，憋了半天整出一句："是你爹。"气得老曹骂道："滚犊子吧！"随后把目光转向了我，我也不知道，为了掩饰窘态，我也随口弄了两句："一碧无垠骏马翔，少年鞭响牧歌扬。姑娘舞动裙欢悦，篝火星燃醉晚阳。"

　　利华听后有感而发："你们俩吟诗作赋的，真和你们俩玩不到一块儿了，不是一个档次。"若楠一听赶忙解释："我听说要来草原的时候，在家做了功课，翻书找了两首诗，现学现卖的。刚才背诵的是宋朝诗人陈深的《书骏马图》。"这种坦诚相待的胸怀击破了大家心中的芥蒂，草原上空重新响起了欢快的笑声。

远处的恒利三哥大声喊道："你们快过来看看，大军给我画的马咋样？"大家争先恐后地奔了过去，团团围站在画架旁。只见大军这马画得是颇具"徐家野逸"之风，志节高尚，放荡不羁。若以近观，其所画之马，墨骨突显，淡施色彩，神态自然，脱离刻意做作之气，尽显飘逸。若以远视，其马放纵简括，遒劲飞动，墨彩飞扬，似烟波出没，似云缠雾绕，又似草书，圆畅自然。三哥得意地环视众人问："怎么样？"一旁的井龙猛然来了句："你能不能要点儿脸？这幅画是大军给江哥画的，来时在车上就说了要给江哥画幅好画。"我怕三哥下不来台，赶忙插上一句："我们去骑马时大军确实说要给三哥画幅画。"三哥立马眉开眼笑地说："你看人江子唠嗑，要不怎么能当老总呢？你再看看你，一开口就能给我怼南墙去。"大家已经司空见惯了他俩的互掐，所以也就不以为然了。

　　坐在回程的车里，望着窗外的蓝天白云、骏马羊群，渐渐地从眼前退去，草原再美，再使我流连忘返，但毕竟我也是个匆匆过客。而我只能在回忆里凝目，再见了！呼伦贝尔，再见了！美丽的草原。

# 第三十七章　村庄如画

　　收回思绪，望着眼前栩栩如生、五彩缤纷的文化墙。那幅隐露在云雨中的毗连着白墙灰瓦的亭台楼阁，典雅的马头墙映射出江南楼阁的古雅之气，真有"水秀山清眉远长，归来斜倚小阁窗。春风不解江南雨，笑看雨巷寻客尝。"的意境。江南总是和烟雨相伴，有许多美妙的诗句都和烟雨有关。笼罩在烟雨中的小桥、流水、人家，造就了众多的著名诗人与画家。有了烟雨，自然就少不了撑着油纸伞的江南美女。正是一场烟雨促成了许仙和白娘子的一段传世姻缘，也正是这段凄美的传说，大大提升了西湖断桥的知名度。天下众多少男少女奔拥到西湖边，一睹西湖美景。纵有西湖风景美如画之说，但更是女子造就了江南。美女让江南充满了一种灵动的美，自古江南多才女。琴棋书画无其不精，有了多才多艺的美女才是个完整的江南。

　　我正看着画在那儿胡思乱想，冷不丁被大林拍了一下："看啥呢？是不是哪块画错了？"我讪笑着掩饰慌乱的尴尬，然后灵机一动，装作行家地问了大林一句："你不觉得画上少了点什么吗？"大林挠着后脑勺蹙着眉头在看，说："噢，是缺了一段配文。"大林眨巴两下小眼睛，想给我个难堪，故意问我："江子老弟，你是个作家，你看配什么文好？"没承想他来了这么一手，将了我一军，弄得我措手不及，好在我平时喜爱读书。我思忖片刻，说："你这幅画描绘了烟雨中美好的江南景色，我看你就附上一首白居易的《忆江南》吧！"我俩的交谈被在一旁看热闹的德伟和大军听得一字不漏，德伟由衷折服地竖起大拇指，说："江子哥，你真不是浪得虚名！"我故意拿了个小生之态，双手抱拳，斜靠胸前，嘴里不停地说："过奖，过奖，岂敢，岂敢。"惹得众人哈哈大笑，大军给了我一拳头，说："江子，你也太幽默了！"说笑间，大林提笔在画的上方题下了：江南好，风景旧曾谙。日出江花红胜火，春来江水绿如蓝。能不忆江南？只见这字笔走龙蛇，力透纸背，刷刷点点，一气呵成。真是画好、字好、诗更好，这首诗透彻地诠释了整幅画的意境。

伴随着咔嚓咔嚓的快门声，一处处美景定格在照片中。有时最简单的照片却是最难拍的，一个好的摄影师拍一幅好作品，除了技术外，还得有些运气成分。这些运气不是随时都有，而是需要耐心等待的。起早贪黑，有时为了一个好时机，需要静静地等上好几个钟头。人往往越努力运气越好，孙海就是这样一个做事比较执着且能付出辛苦的人，他是一个比较幸运的摄影师，他的作品像画一样美妙绝伦。生活中，有些美景一闪即逝，而在孙海的镜头下，都能把它们变成瞬间的永恒。孙海正在变换着身姿，选择不同的角度，抓拍最满意的画面。他的作品角度独特，用光巧妙，无论是人物还是景物，在他的镜头里，平面处理、画面结构、光线的把握都恰到好处。眨眼之间，汗水从他略微拔顶的头上淌了下来，一点儿都没影响他的拍摄。小南屯的美景在他的盯视中毫无遗漏，老人憨憨的褶皱的笑脸，孩童稚嫩的天真的面容，都停留在时空里。有很多展示梅河口发展建设的大片都是出自孙海之手。

大家还在痴迷于大林写字时优雅的神态当中，停顿良久，掌声惊雷般响起，久久不绝。我心头闪过一个念头，对他们四人说："天儿还早着呢，我领你们到处转转，帮我参谋参谋。"李林笑着说："好啊，我本身就是干装潢的，画画只是我的业余爱好。刚才大林出尽了风头，这回我也要发挥一下我的长处。不一定参谋得好，但我们大家各抒己见集思广益吧。"李林个头不高，敦敦实实的，黝黑的脸庞透露着朴实的气质，为人处世实实在在的。他指着环村而过的大柳河说："我们可以多在水上做些文章，村在水中抱，水在村中流，水中有亭阁，人在水上行。把村头这个野泡子用钩机好好修一修，在湖中心堆个小岛子，再在上面建个小凉亭，用廊桥连起来，四周栽上垂柳和各种绿化树。靠近蓝莓地这块建个六角阁楼，里面做些长条凳，供采摘蓝莓的游客休息。这样建完，长廊亭阁、水榭楼台相互映照，整个一个小江南。"

听着李林的这番设计，德伟也憋不住了，抢着说："江子哥，我们刚进村时就感觉缺点什么，现在这么一细看，缺少一个象征自强的村标。你们村正好坐落于 202 国道沿线，全国各地来往的车辆特别多，过往的人们见到这么优雅的村落居然不知道叫啥名，岂不是一大遗憾？另外，我是专攻山水草木鸟语花香的，你看这大柳河畔一眼望不到边的蓝莓树是多么诱人啊！如果给它修一条循环路，再在路边栽上各色花草，采摘的游客便可徜徉在花丛之中。城里的上班族如果周末能够带着老人、孩子到此一游，既可以领略乡村美好的风光，又可以亲历采摘果实的喜悦。在游玩中减压且弥补了工作的单调，那将是多么幸福的事啊！待到这里名声大噪之后，便可往饮食服务行业发展，那岂不是不用奔波坐在家里就能把钱赚了吗？"

我按照几人替我谋划的美好蓝图去精雕细琢，又得到了镇党委的大力支持，帮我们筹措了一大笔资金。之后，我们在破损的水泥路面上铺了一层漆黑的油渣，请来了专业的画线工画出了一趟趟规则的白线。水系环绕着村落，村落中点缀着散落的红花绿树，红花绿树间夹杂着整洁的村路。偶有溪流从门前流淌，进户搭建起各式连接院落的桥涵，构筑成了浑然的小桥流水人家。望着眼前的美景我自信满满，自以为整个村落打造得无可挑剔，完美无瑕。每当踏上小南屯，总有一些神怡心醉的感觉。

这一日，我照常巡游陶醉于小南屯，远远地看见蓝莓园边的长廊里坐着几个衣着讲究的老人。其间有个熟悉的身影正在奉茶倒水，蓝莓园里几个头戴大草帽的老人正在弯腰采摘蓝莓。我凑在近前，正要夸耀几句，还没等我开口，便被现场口若悬河的介绍声吸引，只见这人手舞足蹈地讲得绘声绘色。虽然我站在他身后，但凭着语音和夸夸其谈的口才，也能听出是齐三。

他出去以后，凭着三寸不烂之舌，很快结识了几个朋友。其中有个生意人张老板手里有俩钱，是个闲不住的人，没事和齐三闲聊："你们村里有什么好项目没？不指望能挣多少钱，就是想颐养天年过着闲云野鹤的生活。最好是荒废的农园。"齐三一拍大腿，道："有啊！就在我们小南屯有个蓝莓园，交通方便，两年前村里搞的，疏于管理又缺少技术人员，没整明白不挣钱。后期往外发包，没人承包。现在小南屯大搞新农村建设，环境大变，俨然就是一个世外桃源。蓝莓园重新启动承包程序，价格也不会太高。"

听到此处，对方迫不及待地开车拉着齐三就来到了小南屯。张老板一眼就相中了这个蓝莓园，赶紧让齐三带他去村部找我洽谈签合同。来到村部齐三道明了来意。我心中暗喜，这个闲置的蓝莓园终于有人要接盘了，但脸上故作平静。思忖片刻，冷眼旁观和齐三同来之人，一脸焦态溢于言表，心中已经有了结果。扭头对齐三说："你也知道，这个蓝莓园在村里几经周折，投入了大量的财力物力。如今小南屯环境建设好了，村里准备再投入一些资金，重新把蓝莓园搞起来，做个采摘旅游项目。"张老板没容我继续往下说，便打断我说："书记，你就说个价，我绝对不是来捡便宜的。而且，我有信心把蓝莓园管理得更好。"

我看着齐三，故意卖他个面子，说："你介绍的这位老哥既然这么有诚意，那我们就坐下来合计合计吧。另外，我还有个建议，这么大一片蓝莓园需要有个好的管理者。"说着话我回头看着齐三，继续说道："我看不如你回来帮着管理吧！"还没等他接言，张老板便抢着说："那是自然，不过他不是帮我管理，我是要给他些股份的。"就这样蓝莓园包给了张老板。这个蓝莓园在他俩手里弄得还真是有模有样的。他们首先买来很多草炭土填在蓝莓树的四周，后又用地膜铺在上面。既保存了土壤里的水分，又不至于杂草丛生，还特别的环保，不管刮多大的风也没有扬尘现象。他们所用的劳动力又都是本村本屯的，这真是守家在地的就把钱给赚了。

这一年，蓝莓枝头都挂满了累累的果，又大又圆润，特别的丰收。齐三来找我商量，想在园边的空地上建一个小型冷库来存放蓝莓，以后还想建一条蓝莓生产线。我高兴地答应着："没问题，需要村里帮你们做什么只管吱声，我们一定大力支持和帮扶。"

听到身后有响动，齐三扭过头，说："啊？车书记，你啥时候来的呀？"几位老者也跟着转过身，其中一位是刚退休不长时间的老市领导。我赶忙走到面前打招呼："老领导，您怎么有空到我们村来视察呀？也不提前知会一声，我也好好准备准备。"老领导指着和他同来的这群人，笑着说："小车，这些都是我在通化干部培训班的同学，来咱梅河口参观学习，我现在也没什么事，做个向导陪他们随处转转。都夸咱们的城市建得好，我提议到农村来走一走，这不，出城第一站就来你们这儿了，本想带他们去当年我包保的山城镇河南鲜村去看一看，没想到被你这儿吸引住了。如今，你们这儿建得太好了，这几年你干得不错，确实给村里做了些实事。你没来时这个小伙子就把你夸得很了不起。说你不单会做事，你这儿的村民素质也都很高，就像眼前这位小同志一样说话很得体。另外，给你提个小小建议，刚才我走了几家，发现那些生活泔水都倒在小河里了，就没想个解决的办法吗？在自家的院子里找个角落挖个坑做个沉井啥的。还有，你天天在这儿转，没觉得缺少一些东西吗？现在咱梅河口市可是全国文明城市，新农村建设缺少文化底蕴，那不是空有其表没有内涵吗？其实，无论人和物，只有神形具备，那才是完美无缺的，所以美中不足的就是缺少'文化'这块。另外，我听说你加入了梅河口市作家协会了，作家协会那个咏霖主席在组织部待过，很有水平，诗词歌赋方面很有情怀，功底深厚。如果将你们小南屯现有的风貌，再赋予一些文化内涵，就可以打造出随处皆有诗情画意的景色。有了梧桐树，怎会引不来金凤凰？到那时，你们小南屯不就成了集休闲旅游于一体的打卡地了吗？另外还有那个李春良，听说他出了好几部作品了，还获得了大奖。他的《玛珥湖》，我已拜读过了。你手里空有那么多资源，不用岂不是暴殄天物？"

不愧做过大领导，说出的话，条理清晰，不但没有什么官话套话，而且很风趣。亭子外，烈日似火，大地像蒸笼一样，却没有影响到我的情绪。这时，齐三恰合时宜地端了一碗大碗茶递给领导，趁着领导喝茶的空当，心中揣着敬佩，他接上了话，半带恭维地说："听君一席话，胜读十年书，使我茅塞顿开，豁然开朗。"等他说完，我说道："领导，就在几天前，作家协会的主要成员来小南屯采风了，不但有咏霖主席和春良大哥，就连远在北京的剧作家谷凯也恰逢其会。"

还没等我把话说完就被老领导打断了："谁？你说的是谁？就是那个回梅河口拍《一村之长》的谷凯回来了？他可是咱梅河口的大功臣，让咱们这个名不见经传的小城在央视上露了把脸。经他手创作出来的剧本太贴近生活了，深受人们喜爱，人物刻画得那叫一个生动。《马向阳下乡记》我也看过了，写得真好！咱们文明城市的创建跟文化界可是息息相关的，一定要把你们的能量充分发挥出来，要肩负起党和政府赋予你们的使命。听说谷凯手头接了好几个剧本，一定很忙，怎么会有时间回来？"

我简明扼要地向领导作了汇报。

那天，我刚眯上眼睛，想午睡一会，就被一阵电话铃声惊醒。我有些不情愿地接通了电话，耳边传来了一个熟悉的声音："江子，我是咏霖，谷凯傍晚到家，我们在通化备了杀猪菜给他接风洗尘。"我立马精神起来，说："这大伏天的吃杀猪菜，是不是有点太热了？油腻腻的，能有胃口吗？不然去吃海鲜吧。"咏霖主席说："我也那么想，但谷凯说就想吃咱东北的家乡菜，那种久违的味道，是家乡的味道，在外面绝对是吃不到的。他特意强调吃啥不重要，重要的是要和大家见见，想大家了。"

咏霖主席个头不高，浓黑的头发带着自然的波浪，一顺水儿地往后倒，浓眉下一双大眼睛炯炯有神。一张利口非常健谈，说出话来一套一套的，既有层次，又有哲理。他为人坦诚，组织能力极强，文学功底深厚，对事物的看法眼光独到。他做起事来既讲原则又不失圆滑，深受大家爱戴。我早早地来到饭店，包房里早已来了六七个作家协会的成员。一阵寒暄过后，大家坐下来，天南地北地畅所欲言。咏霖主席抬腕看了看表，说："时间差不多了，你们先唠着，我下楼去接一下。"大家纷纷起身跟着一块儿下了楼。

过不多时，一辆白色商务车停在饭店门口，随着两条大长腿着地，一个身材高挑且矫健的男人下了车。他头戴一顶白色的棒球帽，一副近视眼镜架在英挺的鼻梁上，镜片后的眼神亲切和蔼。他神态自若，深沉稳重，一看就是一个饱读诗书的学者。他身穿一件蓝黄相间的T恤衫，配着一条浅蓝色的牛仔裤，穿着简约，干净利索，无处不透露着艺术家的气息。谷凯曾经在医药站从事销售工作，企业改制后，随着北漂的大军落脚在北京，人生的酸甜苦辣都深有体会。丰富的自身经历、天生的写作才华和后天的不断努力，造就了今天的他。灵感来时，不分昼夜，奋笔疾书，写出的文章如行云流水，挥洒自如，读起来脍炙人口，令人回味无穷。

包房内充满了浓浓的白肉血肠的香气，沸腾的酸菜锅也没能盖住久别重逢的热情，大家都喜欢听谷凯或从书中或从各地采风中带来的见闻。咏霖主席举起一杯酒，顿时，屋内鸦雀无声。他说道："我和大家的心情一样，一肚子话想和谷凯倾吐，但时间有限，我们大家先听听谷凯回来的目的和安排。"大家的目光刷地聚在了谷凯的脸上。只见谷凯绅士地朝大家点了点头，而后开口说道："我这次回来主要是有两件事要办。一是我现在正在编写一部关于新农村建设的剧本，回来看看我的家乡的发展变化；第二件事就是回来办理退休手续。"

咏霖主席接过了话茬："江子他们小南屯就打造得非常好，依山傍水，河湖环绕，交通发达，自然环境优美，人文景观丰富多彩，成排成趟的村舍错落有致，紫红色的琉璃瓦在橘黄色墙面的衬托下，显得古朴典雅。既保留了村庄主题，又突显了田园特色，值得一去！"

春良也不失时机地抢过了话头儿："难得谷凯回来一趟，我们大家尽量抽出时间陪他走一走，把他想去的地方都走一遍，让他把咱家乡的美景都看在眼里，写在剧本里。另外，三角龙湾也不错，风景很美，湖深林密，富有神秘感，还演绎出了很多传奇故事。我的《玛珥湖》就是以它为背景创作的，建议大家去看看。"

话音还未落地，健男就接过话把儿："我也要参加，难得有这样的机会，能够跟你们一起去采风，定会收获满满。"于是，大家纷纷表态报名参加，并敲定了出行的时间。

我们漫步在小南屯的村落里，七月的盛夏，瓦蓝瓦蓝的天空没有一丝云彩。火热的太阳炙烤着大地，一缕风丝都没有，就连树上的知了都热得在无精打采地嘶叫着，小河里的水静静地流着。虽然酷热难耐，但大家兴致不减，对小南屯的环境赞不绝口，各抒己见：这儿应该题上两个字，那儿应该附上一首诗……

回来的路上，谷凯感慨地对我说："人立身于世，所凭借的就是个人最为真实的品行与内涵，相信在你的带领下，明天的小南屯会比《马向阳下乡记》里的大槐树村更好。"我由衷地发出了肺腑之言："真的要有那么一天，今天在场之人都是功不可没呀！"

几日后，我们十几个人又分坐三辆车相约在东街农行集合，一起朝三角龙湾行进。临近中午到达目的地。我们随着人流来到了龙湾湖码头，有序地登上了游船。船儿悠悠荡漾在如镜的湖面上，两岸的风景在我们面前慢慢划过。船上有几位年长的摄影爱好者，在欢呼惊叹中不停地按动着相机的快门，从各个角度抓拍。我也兴奋地三步并作两步踏上甲板，以便更加近距离地欣赏这梦幻般的景色，并情不自禁地掏出了兜里的手机，也跟着抓拍两岸的景色。正沉醉在山明水秀之中，喇叭里不时地传来管理员的提示："各位游客请注意，船身晃动幅度较大，不要在甲板上随意走动。请注意自身安全，保护好随身携带的物品，避免坠落湖中。"我只好回到船舱里。

船不知不觉间行到了对岸，岸边有块不大的临时停靠点。健男一直陪着谷嫂行在前，晓玲、树新跟延平压后，春良和谷凯边观赏美景边谈论着《玛珥湖》，咏霖捧着数码相机很专业地抓拍着各种景物，大到参天古树，小到花朵上停落的蜜蜂。我们沿着曲曲弯弯的石阶，往山顶攀登。阳光透过树叶间的缝隙像线一样地洒落下来，地上印满了铜钱大小的粼粼光斑。远处偶尔传来几名女生少见多怪的惊呼，一路涉足，一路留恋。当太阳西坠时，我们登上了山顶，站在山巅极目远望，碧蓝如洗的晴空下，是一片连绵不断的青山绿树。各种不知名的野花在丛林间争相盛开，绽放着如云霞般绚烂的色彩。围绕在龙湾湖四周的群山，倒映在湖面上，那真是"横看成岭侧成峰，远近高低各不同"，别有一番韵味，好一幅浓淡相宜的水墨画。我不禁吟诵起刘禹锡的《望洞庭》："湖光秋月两相和，潭面无风镜未磨。遥望洞庭山水翠，白银盘里一青螺。"我感觉这首诗仿佛就是描写眼前的此番景象，把景带入了诗里，把诗汇入了景中。

游游逛逛间，我们来到了吊水湖景区，远远地就望见了吊水湖瀑布前挤满了人，互相拍照留念。我们一行人也挤了进去，在一段宽约十米的瀑布旁，有一处喷泉自崖壁中间凌空喷下，好似茶壶中的水从壶嘴中倒出来一样，这也是"吊水壶"名字的由来。这里林幽水清，廊桥纵横，温度跟外界截然不同，呼吸间清凉的空气中有种甜甜的味道。成群结队的银鱼，在清澈见底的水里上下游弋，和人类共同拥有着大自然，享受着天然氧吧。那真是"泉眼无声惜细流，树阴照水爱晴柔"。

转眼间，太阳就要落山了，我们踏上了回程的路，世界上最美的风景都不及回家的那一段路。刚刚还是霞光万道，倏忽间就变得鲜红似血，转瞬之间，又变得橙黄。天边的霞光逐渐淡了下去，直到夜幕吞没了最后一抹光线。真没想到黄昏时的万物竟然这么美，也是如此的短暂，众人还在留恋夕阳无限好，取而代之的已是满天星辰……

老领导赞许地点了点头，随后带着嘱咐的口气说："小车，你一定带领大家干点实事，不要搞什么花架子。村里垃圾干湿分离的问题要从根儿上解决，做到一劳永逸。"

我听到这番话心里不觉暗暗佩服：不愧是当领导的，一眼就能抓住问题的实质。前两天市领导来检查时就曾提过生活垃圾要干湿分离的事。当时我听了还不以为然，后来镇党委李书记非常重视，和我研究怎么来做。今天又听到老领导这么说，我立马谦虚地表态："我们一定想个好的处理办法。"

齐三见我称呼对方为老领导，唠得又热火朝天，转身就想离开。不料被老领导叫住，"哎，小伙子，还没唠完呢，怎么就想走了？一会儿还得说说你们的蓝莓，怎么侍弄得个头儿这么大，口感这么好？另外，有没有琢磨琢磨在电商平台上搞一下销售渠道？"然后又回过头对我说："小车，你有事儿就先忙去吧！不用陪着我，我和这个小伙子好好聊一聊。"我正想找个机会给镇领导打个电话，汇报一下这里的事就借故走到一边。

正胡思乱想着，忽听有人喊道："车书记，领导们上车要走了，你不送一送啊？"回头一看是齐三，我赶忙跑了过去，说："老领导，李书记马上就到，您不等一下了？"

"不了，你们都很忙，我就不打扰你们了。以后有时间我们再来。"

"那您等一下，给你们装些蓝莓。"

"那个小伙子已经给我们拿了，给钱还不要，那怎么行呢？"说完开着车扬长而去。

他们前脚刚走，李书记后脚就到了。我把老领导的话简略地汇报了一下，李书记说："正想找你呢，做好了两个降解池盖的样品，你去

319

看一下合适不。"我挑选了一个简约美观且实用的，回来之后开始加工。几天后，我们家家户户都有了降解池，将垃圾做到干湿分离，分类处理。后经有关部门检查验收，效果非常好，得到了市领导的认可，并在全市进行推广。

由此，我们的河流是真正的清了。我站在村口的小河边，呼吸着清新的空气，望着公园一样绿树成荫的整洁的村庄，陶醉在山村特有的诗情画意里。"车书记，我看你老半天了。你傻傻地站了那么半天，想啥呢？只要你一来，我们小南屯就准有好事。"我猛然惊醒，回头一看，见大喇叭讪讪地笑着，我未做回答，反而问道："你总是毛毛愣愣的，这是要干啥去？"大喇叭压着嗓子说："婶子给你摘了筐李子。"她边说边把李子递到我面前，我疑惑地看着她，平时大大咧咧的大喇叭，今天这是整得哪一出？她马上就明白了，说道："我没有别的意思，见你领大家干活儿时总是从树上摘没熟的青李子放在嘴里嚼，嚼得我们满嘴冒酸水。如今，李子熟了，我就想摘一筐送给你。"听到此处，我心里一热，鼻子一酸，眼角便湿润了。此时的小南屯，经过大家的努力，无论是眼前的人，还是眼前的景色，都今非昔比。不再是到处垃圾，无处下脚；不再是到处野草丛生，蛇鼠乱窜；不再是到处空气污染，蚊蝇乱舞；也不再是到处吵吵闹闹，骂声一片。展现在眼前的是到处的欢声笑语和如诗、如画、如梦的美好景象。这让我更加坚信：只要做些有益于社会的事，人们永远不会忘了你。